Robert Ludlum

Né dans les années vingt à New York, Robert Ludlum grandit dans le New Jersey. Il se destina très tôt au théâtre, mais, attiré également par la carrière militaire, il s'engagea avant la majorité dans les Marines pendant la Seconde Guerre mondiale. Après la victoire, il reprit des études à la Wesleyan University puis devint comédien et metteur en scène. À quarante ans, il se tourna vers l'écriture. Son premier thriller, *L'héritage Scarlatti,* publié en 1971, fut tout de suite un succès et l'imposa comme le maître du genre. Il publia ensuite une série de romans qui sont autant de chefs-d'œuvre, parmi lesquels *Le week-end Osterman* (1972), *L'échange Rhinemann* (1974), *Le duel des gémeaux* (1976), *Le manuscrit Chancellor* (1977), *La mosaïque Parsifal* (1982) et *La route d'Omaha* (1992). Ses romans sont lus dans 28 pays et traduits en 22 langues. Grand voyageur, Robert Ludlum aimait séjourner dans les capitales de la « vieille Europe » où se situent nombre de ses intrigues. Il est décédé à la suite d'une crise cardiaque en Floride en mars 2001.

SUR LA ROUTE DE GANDOLFO

DU MÊME AUTEUR
CHEZ POCKET :

L'AGENDA ICARE
LA CONSPIRATION TREVAYNE
LE DUEL DES GÉMEAUX
L'ÉCHANGE RHINEMANN
L'ILLUSION SCORPIO
LE MANUSCRIT CHANCELLOR
LA ROUTE D'OMAHA
LE SECRET HALIDON
LES VEILLEURS DE L'APOCALYPSE
LA VENGEANCE DANS LA PEAU
LE WEEK-END OSTERMAN

ROBERT LUDLUM

SUR LA ROUTE DE GANDOLFO

Traduit de l'américain
par Sara Oudin

ÉDITIONS ROBERT LAFFONT

Titre original :

THE ROAD TO GANDOLFO

ISBN : 2-266-13209-1

A John Patrick,
écrivain de talent et homme respectable,
qui a eu l'idée de ce livre.

Sur la route de Gandolfo est l'un de ces accidents rares, pour ne pas dire insensés, qui ne se produisent qu'une fois ou deux dans la vie d'un écrivain. La providence, divine ou démoniaque, lui offre une idée qui enflamme aussitôt son imagination. Il est convaincu qu'il s'agit là d'un augure absolument *stupéfiant,* qui devrait constituer la trame d'un récit tout aussi *stupéfiant.* Des visions de scènes fortes et colorées se succèdent sur son écran intérieur, explosant l'une après l'autre dans le fil d'une action... eh bien, disons-le, franchement *stupéfiante* !

Il sort sa rame de papier. Il époussette sa machine à écrire et taille ses crayons. Il ferme les portes et s'enferme dans un flot de musique puissante, destinée à noyer les bruits de l'homme et de la nature qui viendraient à perturber l'univers de cette création *stupéfiante.* La frénésie s'empare de lui. L'argument qui constituera le coup de théâtre central de cet incroyable récit commence à prendre corps avec l'apparition d'une foule de visages et de silhouettes, de personnalités et de conflits. L'intrigue se noue, les mailles complexes du filet se resserrent et s'entrecroisent dans un bruit d'enfer — qui balaye l'œuvre de ces maîtres authentiques que sont le bon vieux Mozart et (comment s'appelle-t-il déjà ?) Haendel.

Mais tout à coup, il y a quelque chose qui cloche. Qui cloche vraiment.

L'auteur éclate de rire. Il ne peut plus s'arrêter.

Quelle horreur ! De telles prémices devraient lui inspirer le plus grand respect... et non pas ces gloussements imbéciles !

Mais il a eu beau faire, le pauvre diable se trouve piégé, bombardé par un concert de voix qui lui répètent, sur le mode *ars antiqua*, un vieil air connu : *Ha ! Ha ! Ha ! Elle est bien bonne celle-là !*

Le pauvre diable consulte ses Muses. Qu'est-ce qui leur prend de cligner de l'œil ? Est-ce *Le Messie* qu'il entend, ou bien est-ce *Au clair de la lune* ? Qu'est-il arrivé à son coup de théâtre stupéfiant ? Qu'est-ce qui lui prend de se dégonfler comme une baudruche dans un ciel clair, pour se réduire à un simple... *gloussement* ?

Le pauvre diable est ahuri. Il renonce. Ou plutôt il rempile parce qu'il commence à s'amuser beaucoup. Après tout, c'était l'époque du Watergate, et personne n'aurait osé inventer ce scénario-*là* ! Je veux dire que ça aurait fait un bide terrible. A l'époque, du moins.

Donc, notre pauvre diable replonge dans l'intrigue avec une immense délectation, se demandant vaguement qui acceptera de lui signer un contrat, et imaginant que sa femme pourrait y faire obstacle, maintenant que le mufle fait la vaisselle de temps à autre et prépare un délicieux Martini.

L'*œuvre* est finalement présentée et accueillie avec des éclats de rire reconnaissants à l'égard de son auteur. Éclats de rire aussitôt suivis de cris de révolte et de menaces de résiliation d'une sauvagerie quasi meurtrière.

« Pas sous *votre* signature ! »

Le temps impose le changement. Et le changement est souvent décapant.

Ce livre paraît aujourd'hui sous ma signature et j'espère qu'il vous plaira. Je me suis vraiment beaucoup amusé à l'écrire.

Robert LUDLUM

Connecticut Shore, 1982.

Une grande partie de cette histoire s'est déroulée il y a quelques années. Mais certains événements sont contemporains. Telle est la licence poétique du drame liturgique.

PREMIÈRE PARTIE

Derrière chaque corporation, il doit y avoir cette force, ou cette motivation singulière, qui la distingue de toute autre structure corporative et lui confère une identité spécifique.

Les Lois économiques de Shepherd
Livre XXXII, chapitre 12

Prologue

La foule s'amoncelait sur la place Saint-Pierre. Des milliers et des milliers de fidèles attendaient avec impatience que le souverain pontife apparaisse au balcon et lève les bras en signe de bénédiction. Le jeûne et les prières étaient terminés; la fête de San Gennaro débuterait avec les sonneries de l'angélus du soir qui se répondraient à travers le Vatican. Et l'on entendrait résonner les cloches dans Rome tout entière, annonçant les réjouissances et la félicité. La bénédiction du pape Francesco Ier en serait le signal.

Il y aurait des danses dans les rues, des torches et des chandelles, de la musique et du vin. Sur la Piazza Navona, autour de la fontaine de Trevi et même dans certaines rues du Palatin, de longues tables étaient dressées, chargées de *pasta,* de fruits et de pâtisseries maison de toutes sortes. Car le pontife, le bien-aimé Francesco, n'avait-il pas donné lui-même la leçon? Ouvrez vos cœurs et vos placards à votre prochain. Et qu'il en fasse de même. Que les hommes de toute condition prennent conscience que nous ne formons qu'une seule et grande famille. En ces temps de privations, de chaos et de vie chère, quel meilleur moyen pour faire face que de s'inspirer de l'esprit du Seigneur et de montrer à son prochain qu'on l'aime vraiment ?

Pour quelques jours, laissez tomber vos rancœurs et faites taire les dissensions. Faites passer le message que tous les hommes sont frères, et toutes les femmes sont sœurs ; que nous sommes tous frères et sœurs et gardiens les uns des autres. Pour ces quelques jours au moins, laissez la charité, la grâce et la compassion guider le cœur de chacun, dans la joie comme dans la tristesse, car aucun mal ne peut résister à la force du bien.

Embrassez-vous et levez vos verres ; laissez aller vos rires et vos larmes, et acceptez-vous les uns les autres dans l'expression de votre amour. Montrez au monde qu'il n'y a pas de honte à laisser jubiler son esprit. Et quand vous aurez touché vos frères et vos sœurs, quand vous aurez entendu leurs voix, gardez ce tendre souvenir au-delà de la fête de San Gennaro. Et que les principes de bienveillance du Christ guident votre vie. Ce monde peut être meilleur ; il appartient aux vivants d'en décider ainsi. Telle était la leçon de Francesco Ier.

Un silence s'abattit sur la place Saint-Pierre et sur les dizaines de milliers de personnes qui attendaient. D'une seconde à l'autre, la silhouette bien-aimée d'*Il Papa* s'avancerait sur le balcon, avec force, dignité et amour, et lèverait les bras en signe de bénédiction. Et pour donner le signal de l'angélus.

Dans les salons à haut plafond du Vatican, qui dominaient la place, les cardinaux, les monsignores et les prêtres parlaient en groupes, sans perdre un instant des yeux la silhouette du pontife, assis dans un coin. La pièce resplendissait de couleurs vives : des violets, des pourpres, des blancs immaculés. Les robes, les chasubles et les coiffes — symboles des plus hauts offices de l'Église — oscillaient et tournoyaient, donnant l'illusion d'une fresque en perpétuel mouvement.

Et dans un coin, assis dans un fauteuil à oreillettes en ivoire et velours bleu, se trouvait le vicaire du Christ, le pape Francesco Ier. C'était un homme simple à l'allure massive et aux traits épais mais doux d'un *campagnuolo,* un homme de la terre. Debout derrière lui se tenait son camérier, un jeune prêtre noir américain, de l'archidiocèse de New York. Le choix d'un tel auxiliaire ressemblait tout à fait à Francesco.

Ils bavardaient tranquillement tous les deux, le pontife ayant tourné sa tête énorme et levant ses immenses yeux marron clair vers le jeune prêtre, dans une attitude des plus sereines.

— *Mannaggi !* murmura Francesco, camouflant ses lèvres de sa large main de paysan. C'est complètement fou ! La ville entière va être saoule pendant une semaine ! Et les gens vont faire l'amour dans la rue. Vous êtes sûr de ne pas vous tromper ?

— J'ai vérifié. Voulez-vous en discuter avec lui ? répliqua le Noir en se penchant vers le Saint-Père avec une sollicitude tranquille.

— Mon Dieu, non ! Au village il était toujours plus malin que les autres !

Un cardinal s'approcha du fauteuil pontifical et s'inclina.

— C'est l'heure, Très Saint-Père. La foule vous attend, fit-il doucement.

— Qui ça ? Oh oui, bien sûr. Dans une minute, mon bon ami.

Le cardinal sourit sous son énorme chapeau ; son regard était empli d'adoration. Francesco l'appelait toujours son bon ami.

— Merci, Votre Sainteté, murmura-t-il avant de se retirer.

Le vicaire du Christ se mit à marmonner. Puis les mots prirent corps.

— *Che gelida... manina... a rigido esanime... ah, la, la-laa-tra-la, la, la-laa...*

— Qu'est-ce qui vous prend ?

Le jeune aide papal de l'archidiocèse de New York, district de Harlem, était visiblement contrarié.

— L'air de Rodolphe. Ah, ce Puccini ! Ça me fait du bien de chanter quand je suis nerveux.

— Ça suffit comme ça ! Ou alors choisissez un chant grégorien. Une litanie, au moins.

— Je n'en connais pas. Vous avez fait des progrès en italien, mais ce n'est pas encore ça.

— J'essaye, mon vieux. Mais vous n'êtes pas un très bon professeur. Allons, venez. Il faut y aller maintenant. Sur le balcon.

— Pas la peine de pousser. J'y vais. Voyons voir, je lève la main, ensuite de haut en bas et de droite à gauche...

— *De gauche à droite !* siffla le prêtre d'un ton cassant. Vous pourriez écouter ! Si nous devons poursuivre cette mascarade, pour l'amour du ciel, apprenez au moins les principes fondamentaux !

— Je croyais que si c'était moi qui la donnais

— je veux dire au lieu de la recevoir — il fallait que j'inverse.

— Pas d'embrouilles. Restez naturel.

— Alors, je chanterai.

— Pas naturel à ce point ! Venez.

— D'accord, d'accord.

Le pontife se leva de son fauteuil et sourit affablement à tous ceux qui étaient présents dans la salle. Il se tourna à nouveau vers son camérier et parla à voix basse pour que personne ne puisse l'entendre.

— Si jamais on me pose la question, qui est San Gennaro ?

— Personne ne vous le demandera, et si jamais cela arrive utilisez la réponse standard.

— Ah, oui. « Penchez-vous sur les Écritures, mon fils. » Tout ça est complètement fou !

— Marchez lentement, et tenez vous droit. Et souriez, pour l'amour de Dieu ! Vous êtes *heureux.*

— Je suis *au supplice,* sale Africain !

Le pape Francesco Ier franchit les énormes battants et sortit sur le balcon pour être salué par une clameur tonitruante qui secoua jusqu'aux fondations de l'église Saint-Pierre. Des milliers et des milliers de fidèles élevèrent la voix en chœur, exprimant leur jubilation spirituelle :

— *Il Papa ! Il Papa ! Il Papa !*

Et tandis que le Saint-Père sortait dans un halo de particules lumineuses reflétées par le soleil orange qui se couchait à l'ouest, ils furent nombreux, dans les salons, à entendre les accents contenus de la mélopée qui sortait des saintes lèvres. Chacun pensa qu'il devait s'agir de quelque œuvre obscure de musique ancienne, inconnue de la plupart d'entre eux, sauf peut-être des plus érudits. Car vaste était la culture de l'*erudito,* le pape Francesco.

— *Che... gelida... manina... a rigido esanime... ah, la, la-laa... Tra-la, la, la... la-la-laaa...*

1

— Le salaud ! vociféra le général de brigade Arnold Symington en abaissant son presse-papiers sur l'épaisse plaque de verre de son bureau du Pentagone. (La plaque vibra et des éclats volèrent dans toutes les directions.) *Comment a-t-il pu faire ça ?*

— Il l'a fait, mon général, répliqua le lieutenant effrayé, se protégeant les yeux de la main. Les Chinois sont furieux. C'est le Premier ministre en personne qui a dicté la protestation déposée auprès de notre mission diplomatique. Ils ont publié plusieurs éditoriaux sur le sujet dans *L'Étoile rouge* et diffusé la nouvelle sur Radio Pékin.

— Comment diable ont-ils *osé* ? fit Symington en retirant un fragment de verre de son petit doigt. Comment ont-ils bien pu raconter ça ? « Nous interrompons notre programme pour vous annoncer que le délégué militaire américain, le général MacKenzie Hawkins, *a fait sauter les couilles* d'une statue de jade de dix pieds de haut sur la place Son Tai » ? Foutaises. Pékin n'aurait pas donné son accord. Ça la foutrait mal !

— Ils ont donné une version un peu différente de l'incident, monsieur. Ils ont dit qu'il avait saccagé un monument historique en pierre précieuse, dans la Cité Interdite. Ils disent que c'est comme si quelqu'un avait fait sauter le Lincoln Memorial.

— Ce n'est pas tout à fait le même genre de statue ! Lincoln est habillé, on ne voit pas ses couilles ! C'est pas pareil !

— Quoi qu'il en soit, la Maison-Blanche pense que ce parallèle est justifié, monsieur. Le président exige que Hawkins soit destitué. Plus que destitué, à vrai dire. Il veut le faire casser. Cour martiale et tout le cirque ! Et publiquement !

— Nom de Dieu ! Mais c'est hors de question ! s'exclama Symington en se renfonçant dans son fauteuil et en prenant une profonde inspiration pour tenter de retrouver son calme. (Il tendit le bras vers le rapport qui se trouvait sur son bureau.) Nous le ferons transférer. Avec un blâme. Et nous enverrons une notification de la censure — nous appellerons ça une censure — à Pékin.

— Ce n'est pas assez fort, mon général. Le Département d'État a été clair là-dessus. Et le président a approuvé. Nous avons des accords commerciaux en instance...

— Pour l'amour du ciel, lieutenant ! interrompit le général, ne pourrait-on expliquer à cette espèce de girouette qui occupe le bureau Ovale qu'il ne peut pas ménager tous les intérêts à la fois ? MacKenzie a été *sélectionné*. Parmi trente-sept autres candidats. Et je me souviens mot pour mot de ce que le président a déclaré ce jour-là.

« Nous tenons l'homme de la situation », voilà ce qu'il a dit.

— Ça n'a plus cours, mon général. Il pense aujourd'hui que nos accords commerciaux avec la Chine sont une priorité par rapport à ces considérations antérieures, fit le lieutenant qui commençait à transpirer.

— Vous me tuez, vous autres, grommela Symington d'un air menaçant, en baissant ostensiblement le ton. Vous commencez vraiment à me les casser ! Et comment comptez-vous vous y prendre ? Je veux dire pour balayer ces « considérations antérieures » ? Hawkins est peut-être aujourd'hui une sacrée épine dans le pied du corps diplomatique, mais ça n'efface pas ce qu'il était jusqu'à hier. Il s'est comporté en véritable héros dans la bataille des Ardennes, et dans l'équipe de football de West Point. Et si on devait lui décerner des médailles pour tout ce qu'il a fait en Asie du Sud-Est, il n'aurait pas la carrure assez large pour porter toute cette quincaillerie. Pourtant, à côté de lui, John Wayne a l'air d'une tapette ! C'est un homme, un *vrai*. C'est d'ailleurs pour ça que le yo-yo qui fait la loi dans le bureau Ovale l'avait choisi !

— Je pense vraiment que la fonction de président... Quoi que vous puissiez penser de l'homme, en tant que commandant suprême, il...

— *Allez vous faire foutre !* grogna à nouveau le général, en dissociant chaque mot avec la même emphase, ce qui donnait au juron une cadence quasi militaire. J'essaye seulement de vous expliquer — dans les termes les plus convaincants que je connaisse — qu'on ne juge pas un MacKenzie Hawkins en cour martiale, et publiquement, parce que Pékin a émis une protestation. Et ce, quels que soient le nombre et l'importance de ces foutus accords commerciaux en instance. Et vous savez *pourquoi,* lieutenant ?

Le jeune officier, sûr de son jugement, répliqua doucement :

— Parce qu'il monterait cette affaire en épingle. Et publiquement.

— *Bing-go !* commenta Symington d'une voix aiguë et monocorde. Les Hawkins de ce pays ont leurs électeurs, lieutenant. C'est précisément pour ça que notre commandant suprême l'a choisi ! C'était un palliatif politique. Et vous croyez peut-être que Hawkins n'en a pas conscience ? Mais ça n'est pas vous qui l'avez recruté, n'est-ce pas ? C'est moi.

— Nous nous attendons à ce type de réaction, mon général.

Les paroles du lieutenant étaient à peine audibles. Symington se pencha en avant avec précaution, pour ne pas risquer de planter ses coudes dans les fissures de la plaque de son bureau.

— Que dites-vous ?

— Le Département d'État a prévu une contre-offensive de choc. C'est pourquoi nous devons mettre en place un dispositif efficace. La Maison-Blanche déplore cette nécessité, mais reconnaît le facteur de risque.

— Je m'attendais à entendre quelque chose de ce genre. (Les propos de Symington étaient encore moins audibles que ceux du lieutenant.) Mais, dites-moi, comment allez-vous le mettre au pas ?

Le lieutenant hésita.

— Excusez-moi, mon général. Mais notre objectif n'est pas de mettre au pas le général Hawkins. Nous sommes dans une position extrêmement délicate. La République populaire demande des réparations. A juste titre d'ailleurs. C'était un acte grossier, et vulgaire, de la part du général Hawkins. Mais il refuse de présenter des excuses publiques.

Symington baissa les yeux sur le rapport qu'il tenait toujours dans sa main droite.

— Est-ce qu'on dit pourquoi, là-dedans ?

— Le général Hawkins prétend que c'était un piège. Sa déclaration figure en page trois.

Symington feuilleta le dossier jusqu'à la page trois et se mit à lire. Le lieutenant sortit son mouchoir et se tapota le menton. Symington reposa calmement le dossier sur la plaque de verre ébréchée et releva les yeux.

— Si ce que raconte Mac est vrai, alors c'était un piège. Vous n'avez qu'à diffuser sa version de l'incident.

— Elle n'est pas crédible, mon général. Il était ivre.

— Mac dit *drogué,* pas ivre, lieutenant.

— Ils étaient en train de boire, mon général.

— Il a été drogué. J'imagine que Hawkins est capable de faire la différence. Je l'ai déjà vu complètement imbibé d'alcool.

— Il ne réfute pourtant pas l'accusation.

— Il rejette la responsabilité de ses actes. Hawkins était le meilleur stratège de toute l'Indochine en matière de renseignements. Il a drogué des courriers et des convoyeurs au Cambodge, au Laos, dans les deux Viêt-nams et probablement aussi de l'autre côté des frontières de la Mandchourie. Il sait faire la différence.

— Je crains que cela ne change rien à l'affaire, mon général. Le risque de crise nous oblige à céder aux exigences de Pékin. Ces accords commerciaux sont d'une importance capitale. Franchement, mon général, nous avons besoin de carburant.

— Grand Dieu ! Moi qui croyais justement que nous en avions !

Le lieutenant remit son mouchoir dans sa poche, affichant un pâle sourire.

— Je me rends bien compte que nous devrions prendre tout ça un peu moins au sérieux. Mais il ne reste plus que dix jours pour mettre cette affaire au clair ; pour placer nos pions et obtenir une réaction favorable.

Symington observa le jeune officier. Son expression était celle d'un adulte sur le point de pleurer.

— Que voulez-vous dire ?

— C'est dur à admettre, mais le général Hawkins a placé ses intérêts personnels au-dessus de son devoir. Nous devons faire un exemple. Pour le bien de tous.

— Un exemple ? Parce qu'il cherche à faire éclater la vérité ?

— Il y a un devoir plus important que la vérité, mon général.

— Je sais, fit le général d'un ton las. Les accords commerciaux — le gaz, c'est ça ?

— Très honnêtement, oui. Dans certaines circonstances, il faut accepter de sacrifier des symboles à des objectifs plus pragmatiques. Les sportifs le comprennent parfaitement.

— J'en conviens. Mais ne comptez pas sur Mac pour se coucher et jouer les statues déboulonnées. Quel est donc votre atout ?

— L'Inspection générale, fit le lieutenant, avec des airs d'étudiant insupportable de première année de biologie qui exhiberait un ténia disséqué. Nous avons entamé une enquête en profondeur sur son compte. Nous savons qu'il a été impliqué dans des activités douteuses en Indochine. Nous avons des raisons de croire qu'il a violé les codes de conduite internationaux.

— Et comment ! Il était l'un des meilleurs à ce jeu-là !

— Il n'existe pas de juridiction spécifique. Et les spécialistes de l'Inspection générale possèdent des dossiers qui sont bien antérieurs à la nomination officielle du général Mac Hawkins.

Le lieutenant sourit. C'était un vrai sourire cette fois, le sourire d'un homme heureux.

— Alors vous voudriez le coincer pour des opérations clandestines dont la moitié de nos chefs et la plupart de ceux de la CIA savent qu'elles lui vaudraient normalement un plein camion de citations. S'ils pouvaient en parler, bien entendu. Ça me tue !

Symington hocha la tête d'un air effectivement abattu.

— Vous pourriez peut-être nous faire gagner du temps, mon général. Auriez-vous quelques informations particulières à nous communiquer ?

— Ne comptez pas sur moi ! Si vous tenez à

crucifier cet emmerdeur, vous n'avez qu'à construire votre croix vous-même !

— Vous comprenez la situation, n'est-ce pas, mon général ?

Symington repoussa sa chaise en arrière et donna un coup de pied dans les fragments de verre qui étaient tombés par terre.

— Je vais vous dire un truc, fit-il. Depuis 1945, je ne comprends plus rien à rien. (Il fixa le jeune officier et ajouta :) Je sais que vous travaillez au 1600[1], mais faites-vous partie de l'armée régulière ?

— Non, mon général. Lieutenant de réserve. Avec une assignation temporaire. Je suis détaché de Y., J. & B. Pour éteindre les incendies avant qu'ils n'atteignent le drapeau, en l'occurrence.

— Y., J. & B. ? Je ne connais pas cette division.

— Il ne s'agit pas d'une division, monsieur. Youngblood, Jakel & Blowe, Los Angeles. La première agence de publicité de la côte Ouest.

Le visage du général Symington prit lentement l'expression d'un basset en détresse.

— L'uniforme vous va très bien, lieutenant, fit-il en secouant la tête, avant de marquer une pause. Depuis 1945... répéta-t-il.

Le commandant Sam Devereaux, chargé d'enquête auprès de l'inspecteur général, jeta un regard à travers la pièce sur le calendrier accroché au mur. Il se leva de la chaise de son bureau,

1. 1600 Pennsylvania Avenue : l'adresse de la Maison-Blanche. *(N.d.T.)*

s'approcha du calendrier, et barra d'une croix la date du jour. Dans un mois et trois jours exactement, il serait rendu à la vie civile.

Non pas qu'il ait jamais été soldat. Pas vraiment. Pas spirituellement en tout cas. Il était une sorte d'anomalie militaire. Un accident, doublé d'une énorme bavure, avait indûment prolongé la durée de son service. Il n'avait guère eu le choix : il devait se réengager ou finir à Leavenworth[1].

Sam était avocat, un excellent juriste spécialisé en droit criminel. Il avait bénéficié de plusieurs sursis pour suivre les cours du Harvard College puis de la Harvard Law School. Après deux années de spécialisation postuniversitaire et de stages, il avait abouti dans le prestigieux cabinet d'Aaron Pinkus et Associés, à Boston, où il avait pu mettre ses connaissances en pratique pendant près de quatorze mois.

L'armée n'était plus qu'une ombre vaguement désagréable qui planait sur sa vie. Il avait oublié cette longue succession de sursis opportuns.

Mais l'armée des États-Unis ne l'avait pas oublié.

Au cours d'une de ces crises logistiques qui secouent régulièrement la vie militaire, le Pentagone s'aperçut que le nombre des avocats était en baisse brutale dans les rangs de l'armée américaine. Par manque de juges et de défenseurs, le département de la Justice militaire se trouvait paralysé. Des centaines de jugements en cour martiale avaient dû être suspendus, aux quatre coins du globe. Les prisons étaient pleines. Le

1. Célèbre pénitencier américain. *(N.d.T.)*

Pentagone décida de piocher dans la liste des sursitaires de longue date et des tas de jeunes avocats, sans attaches et sans enfants — une denrée disponible — se retrouvèrent munis de convocations impératives, dans lesquelles on leur expliquait la différence entre « sursitaire » et « réformé ».

Ça, c'était l'accident. Mais la bavure se produisit plus tard. Beaucoup plus tard. A des milliers de kilomètres de là, à la confluence des frontières du Laos, de la Birmanie et de la Thaïlande.

Le Triangle d'or.

Devereaux, pour des raisons connues seulement de Dieu et de la logistique militaire, ne vit jamais la moindre cour martiale et encore moins de procès militaire. Il fut assigné à la Division des investigations juridiques de l'Inspection générale, et envoyé à Saigon pour surveiller les infractions à la loi.

Il y en avait tant qu'il était impossible d'en tenir le compte. Et dans la mesure où le trafic de drogue prenait le pas sur le marché noir — simplement parce que ce dernier était contrôlé en fait par des entrepreneurs américains — ses enquêtes le conduisirent jusqu'au Triangle d'or, vers lequel un cinquième de la production mondiale de narcotiques était acheminé, grâce à la complaisance d'hommes puissants de Saigon, de Washington, de Vientiane et de Hong Kong.

Sam était consciencieux. Il n'aimait pas les trafiquants de drogue et il leur balança ses dossiers à la figure, en s'assurant toutefois que ses dépêches à Saigon étaient bien transmises de manière opérationnelle par le réseau confus de la voie hiérarchique.

Pas de rapports signés. Juste les noms et les délits. Après tout, il risquait de se faire descendre ou de prendre un mauvais coup de couteau, ou du moins d'être mis au placard. Il faisait ses classes en matière d'activités clandestines.

A son tableau de chasse, sept généraux de l'ARVN, trente et un représentants du congrès de Thieu, douze colonels de l'armée américaine, trois généraux de brigade et cinquante-huit majors, capitaines, lieutenants, sergents-chefs et divers. Auxquels il faut ajouter cinq membres du Congrès, quatre sénateurs, un membre du cabinet du président, onze responsables syndicaux de compagnies américaines à l'étranger — dont six avaient déjà eu de sérieux ennuis en matière de fonds électoraux — et un prêtre baptiste à la mâchoire carrée, qui jouissait d'une large audience nationale.

A la connaissance de Sam, seuls un sous-lieutenant et deux sergents-chefs avaient été inculpés. Les autres cas étaient « en instance ».

Et c'est là que Sam Devereaux commit une erreur. Il était tellement exaspéré de voir que la justice sud-asiatique déraillait à la moindre tentative d'influence qu'il décida de piéger un très gros poisson dans les mailles du filet de la corruption et d'en faire un exemple. Il porta son choix sur un général de brigade de Bangkok. Un homme du nom d'Heseltine Brokemichael. Le général de brigade Heseltine Brokemichael, West Point, promotion 43.

Sam avait des preuves, des tas de preuves. Il

avait tendu une série de pièges complexes, dans lesquels il était intervenu personnellement comme « contact », ce qui lui avait permis de déposer sous serment contre le général de brigade et ses activités condamnables. Il avait constitué patiemment son dossier. Il ne pouvait y avoir deux généraux Brokemichael et Sam jouait les anges vengeurs de la justice, prêt à fondre sur sa proie pour lui porter le coup fatal.

Mais justement ils étaient deux. Deux généraux de brigade portant le même nom, Heseltine Brokemichael et Ethelred Brokemichael ! Des cousins, apparemment. Et celui de Bangkok, Heseltine, n'avait rien à voir avec celui de Vientiane, Ethelred. Celui de Vientiane était un traître. Pas son cousin. Et, plus grave encore, le Brokemichael de Bangkok était animé d'un esprit de vengeance plus féroce que celui de Sam. Il était convaincu d'avoir affaire à un enquêteur corrompu de l'Inspection générale. Et il n'avait pas tout à fait tort. Devereaux avait enfreint la plupart des lois internationales sur la contrebande et *toutes* celles du gouvernement des États-Unis.

Sam fut donc arrêté par la police militaire, jeté dans une cellule en isolement total et menacé de passer la meilleure partie de sa vie à Leavenworth.

Heureusement, un officier supérieur qui travaillait sous les ordres de l'inspecteur général et qui ne comprenait pas vraiment par quel esprit de justice Sam avait pu commettre tant de délits, mais qui mesurait parfaitement la contribution juridique et légale qu'il avait faite à la cause de l'Inspection générale, lui vint en aide. Devereaux avait en fait accumulé plus de preuves matérielles que tout autre officier de justice militaire en Asie du Sud-Est. Son travail dans ce domaine compensait largement l'inertie de Washington.

L'officier supérieur autorisa donc, officieusement, qu'on négocie un peu le dossier de Sam. S'il acceptait les mesures disciplinaires réclamées par un général de brigade de Bangkok fou furieux de la méprise dont il avait été victime — et qui représentaient une perte de six mois de solde — aucune charge criminelle ne serait retenue contre lui. Il y avait une autre condition : il devait continuer à travailler pour l'Inspection générale pendant une période supplémentaire de deux ans, à compter de la date d'expiration de son service militaire. D'ici là, se disait l'officier supérieur, le bordel de l'Indochine serait remis entre les mains de ceux qui l'avaient créé, et les dossiers de l'Inspection générale seraient classés ou, plus judicieusement, brûlés.

Le réengagement ou Leavenworth. Rempiler ou croupir.

C'est ainsi que le commandant Sam Devereaux, citoyen-soldat et patriote, rallongea son temps de service. Le bordel en Indochine ne fut en rien réduit mais simplement remis entre les mains de ses organisateurs. Et Devereaux fut transféré à Washington DC.

Plus qu'un mois et trois jours, songea-t-il en regardant par la fenêtre de son bureau. Il observait les MP du poste de garde qui contrôlaient les véhicules sortant. Il était plus de cinq heures. Il fallait qu'il attrape un avion à Dulles Airport, dans deux heures. Il avait fait ses bagages ce matin et apporté sa valise au bureau.

Ces quatre années arrivaient à leur fin. Deux plus deux. Il se dit qu'il pouvait déplorer le temps perdu, mais qu'en tout cas il n'avait pas été perdu en vain. L'abîme de corruption qu'était l'Asie du Sud-Est avait des ramifications jusque dans les couloirs de Washington. Les occupants de ces couloirs savaient qui il était. Il avait reçu plus d'offres de cabinets juridiques prestigieux qu'il ne pouvait en accepter, ni même prendre en considération. Et il ne le voulait pas. Il était en désaccord avec eux. Comme il était en désaccord avec le dossier d'enquête qui se trouvait sur son bureau.

Encore une affaire de manipulation. Il s'agissait cette fois de porter le discrédit sur un officier de carrière du nom de Hawkins. Le lieutenant général MacKenzie Hawkins.

Au premier abord, Sam avait été surpris. MacKenzie Hawkins était un original. Une légende. Il avait l'étoffe de ceux dont on fait les cultes. Des cultes politiquement situés un peu à droite de Gengis Khan.

La place de Hawkins au firmament militaire semblait assurée. Bantam Books avait publié sa biographie ; les droits de télévision et ceux du *Reader's Digest* avaient été vendus avant même que le premier mot ne soit couché sur le papier.

Hollywood avait offert des sommes indécentes pour faire un film sur l'histoire de sa vie. Et les antimilitaristes avaient fait de lui un fasciste et un objet de haine.

Si la biographie n'avait pas connu un immense

succès démesuré, c'est que le sujet ne s'était pas montré immensément coopératif. Apparemment, certaines manies personnelles ne rehaussaient pas l'image du héros, en particulier ses quatre mariages. Le film fut loin d'être un triomphe et se résumait à d'interminables scènes de batailles, avec peu ou pas d'allusion à l'homme autrement que sous les traits d'un acteur louchant dans la poussière du combat, hurlant à ses hommes avec un curieux zézaiement : « Descendez-moi ces foutus... [grondement du canon]... Sauvez le drapeau ! En avant, soldats ! »

Hollywood aussi avait découvert les quatre épouses et certains autres penchants du conseiller technique qui sévissait sur le plateau de tournage. MacKenzie sortait avec trois starlettes à la fois et sauta la femme du metteur en scène dans la piscine de sa villa, tandis que celui-ci les observait, furibond, depuis la fenêtre du salon.

Il ne mit pas fin au tournage pour autant, Dieu merci ! Ça lui avait déjà coûté près de six millions de dollars.

Ces ratages auraient atteint un autre homme, ou du moins l'auraient embarrassé. Mais pas Mac Hawkins. En privé, parmi ses pairs, il ridiculisait ceux qui étaient responsables de cet échec et régalait ses interlocuteurs de ragots sur Manhattan et sur Hollywood.

Il fut envoyé à l'école de guerre avec une nouvelle spécialisation : le renseignement, les opérations clandestines.

Ses pairs se sentirent un peu plus en sécurité avec le charismatique Hawkins assigné aux missions secrètes.

Et de colonel il devint général de brigade. Il absorba tout ce qui avait trait à ses nouvelles activités. Il passa deux années à décortiquer, à analyser chaque phase du travail d'espionnage, jusqu'à ce que les instructeurs n'aient plus rien à lui apprendre.

Puis on l'envoya à Saigon, où l'escalade des hostilités avait abouti à une guerre à grande échelle, au Viêt-nam et au Sud-Laos, au Cambodge, en Thaïlande et en Birmanie. Il réussit à corrompre les corrupteurs eux-mêmes, et les idéologues aussi. Ses rapports sur ses activités derrière les lignes et au-delà des frontières neutres présentaient ces « opérations de couverture » comme une réaction stratégique logique. Ses méthodes étaient si peu orthodoxes, si ouvertement criminelles, que le G2 de Saigon finit par nier son existence. Il y avait des limites, après tout. Même dans le cadre d'une activité clandestine.

Si *America First* était une devise — et c'était la sienne — Hawkins ne voyait pas pourquoi elle ne pourrait s'appliquer au milieu détestable des opérations secrètes.

Pour Hawkins, l'Amérique était un tout. Pas question de faire le détail !

Sam Devereaux pensait qu'il était un peu triste de voir un tel homme se faire jeter ainsi par des manipulateurs qui étaient arrivés là où ils étaient en se drapant si glorieusement et si généreusement dans la bannière étoilée. Hawkins était devenu un lion fautif dans l'arène politique et il devait être éliminé. Ces hommes, qui auraient dû défendre l'honneur du général, faisaient de leur mieux pour le couler rapidement — en dix jours pour être plus précis.

Normalement, Sam aurait pris un certain plaisir à constituer un dossier contre un con messianique du type d'Hawkins. Et malgré ses sentiments contraires, il constituerait ce dossier. C'était son dernier dossier pour l'inspecteur général et il n'allait pas risquer de rempiler pour deux ans de plus. Mais il n'en était pas moins triste. Le Faucon, comme on l'appelait — aussi fanatique et pervers qu'il pût être —, méritait mieux que le sort qui l'attendait.

Mais peut-être Sam était-il déprimé par les dernières instructions « opérationnelles » de la Maison-Blanche : trouver quelque chose en matière de mœurs, que Hawkins ne pourra pas nier. Vérifier s'il a jamais recouru aux soins d'un psychiatre.

Un psychiatre ! Mon Dieu ! Ils n'ont toujours pas compris.

Entre-temps, Sam avait dépêché une équipe d'enquêteurs de l'Inspection générale à Saigon pour voir si l'on pouvait exhumer quelques informations compromettantes. Et il attendait à Dulles Airport un avion qui devait le conduire à Los Angeles.

Les ex-femmes de Hawkins vivaient toutes dans un rayon de cinquante kilomètres les unes des autres, quelque part entre Malibu et Beverly Beach. Elles seraient plus précieuses que n'importe quel psychiatre. Bon sang ! Un psychiatre !

Au 1600 Pennsylvania Avenue, à Washington DC, ils étaient tous novocaïnés à mort.

2

— Mon nom est Lin Shoo, fit l'homme en uniforme d'une voix douce, fixant de ses yeux bridés le grand soldat américain tout échevelé qui était assis dans un fauteuil de cuir, un verre de whisky dans une main et un cigare au bout mâchonné dans l'autre. Je suis commandant de la police populaire de Pékin. Et vous êtes en résidence surveillée à partir de ce moment. Inutile de vous braquer. Ce ne sont que des formalités de procédure.

— De quelles formalités parlez-vous ? hurla MacKenzie depuis son fauteuil — le seul élément de mobilier occidental dans cette maison orientale. (Il posa un pied chaussé d'une lourde botte sur une table en laque noire et leva le bras contre le dossier de cuir, le bout de son cigare allumé frôlant dangereusement un paravent de soie.) Il n'y a pas de procédure en dehors de celles qui passent par la mission diplomatique. Allez donc les voir et déposez votre réclamation. Il vous faudra probablement faire la queue.

Hawkins gloussa et plongea dans son verre.

— Vous avez choisi de résider en dehors de la

mission, poursuivit le Chinois qui répondait au nom de Lin Shoo, le regard rivé sur le cigare et le paravent. Juridiquement, vous n'êtes donc pas en territoire américain. Et vous êtes soumis à l'autorité de la Police populaire. Nous savons cependant que vous n'irez nulle part, général. C'est pourquoi je disais que c'était une simple formalité.

— Qu'est-ce que vous avez, là-dehors ? demanda Hawkins en agitant son cigare en direction des étroites fenêtres rectangulaires.

— Il y a deux patrouilles, de chaque côté de votre résidence. Huit hommes en tout.

— C'est un sacré dispositif de surveillance pour quelqu'un qui est censé ne pas bouger.

— Une petite liberté. Pour la photo, deux valent mieux qu'une et trois auraient paru menaçantes.

— Vous, prenant des libertés ?

Hawkins tira sur son cigare et reposa sa main sur le dossier de son fauteuil de cuir. Le bout allumé était à moins de trois centimètres du paravent.

— C'est le ministre de l'Éducation qui les a prises. Vous admettrez, général, que votre lieu de résidence surveillée est des plus agréables, non ? Une maison ravissante, sur une ravissante colline. Tellement calme, et avec une si belle vue !

Lin Shoo contourna le fauteuil et écarta discrètement le panneau de soie du cigare d'Hawkins. C'était trop tard. La chaleur de la cendre avait marqué le tissu d'une petite brûlure circulaire.

— C'est un quartier cher, répliqua Hawkins. Il

y a quelqu'un, dans ce paradis populaire où personne ne possède rien et où tout appartient à tout le monde, qui est en train de s'en mettre plein les poches. Quatre cents tickets par mois !

— Vous avez eu beaucoup de chance de trouver cette maison. La propriété est accessible aux collectivités. Et une collectivité n'est pas une personne privée.

L'officier de police s'approcha de l'étroite ouverture qui donnait sur l'unique chambre à coucher de la maison. Il y faisait sombre. La lumière du soleil aurait dû entrer à flots par la large fenêtre, mais celle-ci était obturée par une couverture punaisée à même la fine cloison murale. Sur le sol, plusieurs nattes étaient empilées les unes sur les autres ; des papiers de bonbons américains traînaient un peu partout ; et il flottait une nette odeur de whisky.

— Et pourquoi les photographes ?

Le Chinois se détourna de cette vue déplaisante.

— Pour montrer au monde que nous vous traitons mieux que vous nous avez traités. Cette maison n'est pas une cage de tigre à Saigon, ni un cul-de-basse-fosse dans les eaux infestées de requins d'Holcotaz.

— Alcatraz. C'est un nom indien.

— Je vous demande pardon ?

— Rien. Vous faites beaucoup de publicité autour de cette affaire, on dirait.

Lin Shoo resta silencieux un long moment. C'était la pause qui annonçait la sentence.

— Si quelqu'un — après avoir dénoncé publiquement pendant des années les objectifs profondément ressentis de votre patrie bien-aimée — avait dynamité votre Lin-Kolon Memorial[1], en plein milieu de votre Washington Square, dans votre État de Columbia, les barbares en robe noire de votre Cour suprême de justice l'auraient déjà exécuté depuis longtemps. (Le Chinois sourit et lissa la tunique de son uniforme Mao avant de poursuivre :) Nous ne nous conduisons pas de manière aussi primitive. Toute vie est précieuse. Même celle d'un chien malade, comme vous.

— Et bien entendu, vous n'avez jamais dénoncé personne, n'est-ce pas ?

— Nos chefs ne dévoilent que la vérité. C'est un fait établi dans le monde entier. La leçon de notre président infaillible. La vérité n'est pas une dénonciation, général. C'est simplement la vérité. La connaissance suprême.

— Comme dans mon État de Columbia[2], marmonna Hawkins en retirant son pied de la table laquée. Mais pourquoi diable vous en prenez-vous à moi ? Il y a tout un tas de gens qui en ont dénoncé tout un tas d'autres. Pourquoi moi ?

— Parce que les autres ne sont pas aussi fameux que vous — ou infâmes, si vous préférez. Encore que j'aie apprécié le film sur votre vie. Très artistique. Une véritable ode à la violence.

— Vous l'avez vu ?

— En projection privée. Et seulement des extraits. Ceux où l'on voit l'acteur qui joue votre

1. Le personnage fait évidemment une allusion, prononcée à la chinoise, au Lincoln Memorial. *(N.d.T.)*

2. Ironique. Le district de Columbia, où se trouve Washington, n'a pas le statut d'un État. *(N.d.T.)*

rôle tuer notre jeune héros. Particulièrement sauvage, général. (Le communiste contourna la table de laque noire et sourit à nouveau, ajoutant :) Oui, vous êtes un homme infâme. Et maintenant, vous nous insultez en détruisant un monument vénérable.

— En voilà assez ! Je ne sais même pas ce qui s'est passé. J'ai été drogué, et vous le savez parfaitement. J'étais en compagnie de votre général Lu Sin. Avec *son* harem, dans sa maison.

— Vous devez nous rendre notre honneur, général Hawkins. Vous ne comprenez donc pas ? fit Lin Shoo d'une voix tranquille, comme si Hawkins ne l'avait pas interrompu. Il vous suffirait de nous présenter des excuses. Nous avons prévu une cérémonie. En présence d'un petit contingent de journalistes. Nous avons même rédigé le texte pour vous.

— *Ben voyons !* (Hawkins bondit hors de son fauteuil, dominant le policier de toute sa hauteur.) Nous y revoilà ! Combien de fois faudra-t-il vous le répéter ? *Un Américain ne rampe pas !* Vous pouvez aller vous faire foutre avec votre cérémonie, avec ces foutus journalistes, ou sans eux ! Tenez-le-vous pour dit, espèce de nain couleur de vomi.

— Ne vous mettez pas dans cet état. Vous accordez beaucoup trop d'importance à une cérémonie purement formelle. Vous mettez tout le monde — *nous tous* — dans une position extrêmement difficile. Une petite cérémonie, toute simple...

— Très peu pour moi, merci ! Je représente les forces armées des États-Unis et rien n'est simple ni petit à nos yeux ! On n'est pas du genre à se la couler douce, mec ; on marche à la baguette, nous !

— Je vous demande pardon ?

Hawkins haussa les épaules, un soupçon étonné par ses propres paroles.

— Peu importe. La réponse est non. Vous avez peut-être réussi à faire trembler ces pédales de la mission, mais vous ne me faites pas peur.

— *Ils* ont fait appel à vous, parce qu'ils en avaient reçu l'instruction. Cela ne vous a certainement pas échappé.

— Pure connerie !

Hawkins s'approcha de la cheminée, but une gorgée de whisky et posa son verre à côté d'une boîte de couleur vive.

— Ces pédés sont sûrement en train de mijoter quelque chose avec le groupe de tantouses du Département d'État, poursuivit-il. Attendez un peu que la Maison-Blanche, attendez que le Pentagone lise mon rapport. Pauvres nabots aux jambes arquées !

Hawkins ricanait et ses yeux brillaient.

— Comme vous êtes grossier ! fit Lin Shoo calmement en secouant la tête avec tristesse. (Il prit la boîte de couleur vive posée à côté du verre du général.) Des pétards Tsing Taow. La meilleure marque du monde. Si forts et si brillants, avec cet éclair de lumière blanche quand ils éclatent *bang, bang, bang* ! Très agréables à regarder, et à entendre.

— Ouais, acquiesça Hawkins, un peu déconcerté par le changement de sujet. C'est Lu Sin qui me les a donnés. On en a fait péter toute une caisse l'autre soir. Avant que ce salaud ne me drogue.

— Très beau, général Hawkins. C'est un très beau cadeau.

— Dieu sait qu'il me devait bien ça !

— Vous ne voyez donc pas, continua l'officier de police. Ils éclatent comme des explosifs. Ils ressemblent à une charge de détonateur. Mais ils ne sont ni l'un ni l'autre. Ce ne sont que des leurres. Des simulacres d'autre chose. Vrais en eux-mêmes, mais seulement l'*illusion* d'une *autre* réalité. Pas dangereux du tout.

— Et alors ?

— C'est précisément ce qu'on vous demande. L'apparence, pas la réalité. Il vous suffit de faire *semblant*. Lors d'une cérémonie brève et très simple, avec seulement quelques mots dont vous savez qu'ils ne sont qu'une illusion. Pas dangereux du tout. Et très courtois.

— Mon cul ! rugit Hawkins. Tout le monde sait ce qu'est un pétard ; mais personne ne saura que tout ça n'est qu'un simulacre.

— Entre nous, je ne suis pas de cet avis. Ce n'est rien de plus qu'un rituel diplomatique. Tout le monde comprendra, je vous en donne ma parole.

— Ah ouais ? Comment pouvez-vous en être aussi sûr ? Vous êtes un flic de Pékin, pas un de ces lèche-cul !

Le communiste pianota sur la boîte de pétards et soupira ostensiblement.

— Navré de vous décevoir, général. Je n'appartiens pas à la Police populaire. Je suis vice-préfet en second du ministère de l'Éducation. Je suis ici pour faire appel à vous. Un appel à votre raison. Le reste est néanmoins tout à fait exact. Vous êtes en résidence surveillée, et les patrouilles que vous pouvez voir dehors sont *bien* des policiers.

— Dieu du ciel ! Ils m'ont envoyé une tapette ! s'exclama Hawkins en ricanant à nouveau. Vous êtes bien embêtés, mes chéris. Très embêtés, n'est-ce pas ?

Le communiste soupira une nouvelle fois.

— Oui. Les imbéciles qui sont à l'origine de cette histoire ont été envoyés dans les mines de Mongolie extérieure. C'était pure folie. Je dois pourtant convenir que vous étiez une véritable tentation, général Hawkins. Avez-vous seulement idée de la masse d'injures grossières que vous avez déversées à la face du monde sur chaque nation marxiste, socialiste ou même, pardonnez-moi, vaguement démocratique ? Le pire exemple — je devrais dire le *meilleur* — de démagogie !

— Une bonne partie de ces conneries étaient écrites par ceux qui me payaient pour parler, fit Hawkins un peu songeur. (Mais il ajouta aussitôt :) Non pas que je ne les aie pas crues ! J'en suis sacrément convaincu !

— Vous êtes impossible ! s'écria Lin Shoo en tapant du pied comme un enfant. Vous êtes aussi cinglé que Lu Sin et sa bande de tigres de papier. Ils peuvent bien passer le reste de leur vie à casser des cailloux et à enculer les moutons mongoliens ! Vous êtes vraiment impossible !

Hawkins considéra le communiste — l'expression furieuse qui tordait son visage autant que la boîte multicolore de pétards qu'il tenait en main.

Il venait de prendre une décision et ils savaient l'un et l'autre à quoi s'en tenir.

— S'il n'y avait que ça, yeux bridés ! fit le lieutenant général en s'approchant de Lin Shoo.

— *Non ! Non ! Pas de violence !* Vous êtes fou !

Mais il était trop tard pour crier. Hawkins avait agrippé sa tunique et l'avait soulevé promptement avant de le cogner sous la mâchoire. Le vice-préfet du ministère de l'Éducation perdit instantanément connaissance.

Hawkins prit la boîte de pétards dans la main de Lin Shoo et se précipita dans la chambre en contournant la table de laque. Il saisit la couverture punaisée sur le cadre de la fenêtre, en souleva un tout petit espace sur le côté et jeta un coup d'œil à l'arrière de la maison. Les deux policiers étaient là, bavardant tranquillement, leur arme au côté. Au-delà, la colline descendait en pente douce jusqu'au village.

Hawkins lâcha la couverture et repartit en courant vers la pièce principale, où il se laissa tomber à quatre pattes et se mit à ramper dans le style course d'obstacles en direction de la porte d'entrée. Là, il se leva et entrebâilla silencieusement la porte. Les deux policiers de garde se trouvaient à une douzaine de mètres, aussi détendus que des troupes postées à l'arrière-front. Qui plus est, ils avaient le regard tourné vers la route du village, et ne prêtaient aucune attention à la maison.

MacKenzie prit la boîte multicolore de pétards, déchira le papier de soie et la secoua pour faire sortir les mèches des cylindres. Il en enroula deux pour lier deux fusées en une seule, et sortit son briquet Zippo de sa poche.

Il s'arrêta un instant, retenant son souffle, furieux contre lui-même. Les mèches des pétards plaquées contre sa jambe, il repassa avec précaution devant les fenêtres et retourna dans la chambre pour prendre son étui de revolver et sa cartouchière qui étaient restés accrochés à un clou planté dans la mince paroi. Il boucla cet attirail autour de sa taille, retira son colt 45 de l'étui et vérifia le chargeur. Satisfait, il remit l'arme dans le fourreau de cuir et sortit de la chambre. Il fit le tour du fauteuil installé devant la cheminée Han Shu, enjamba le corps immobile de Lin Shoo et retourna à la porte d'entrée.

Il alluma le Zippo et enflamma les deux mèches torsadées. Puis il ouvrit la porte et lança les pétards sur l'herbe, au-delà du porche.

Il ferma la porte, la verrouilla en un tour de main et traîna un petit coffre en laque rouge qui se trouvait devant le foyer pour l'appuyer contre l'épais panneau sculpté. Il se précipita dans la chambre à nouveau, souleva un coin de la couverture de la fenêtre et attendit.

Les explosions furent plus fortes qu'il ne s'y attendait.

Les gardes postés à l'arrière de la maison furent secoués de leur léthargie ; leurs armes se heurtèrent quand ils s'en emparèrent, chacun de leur côté. Fusil au poing, les deux hommes coururent vers l'avant de la maison.

Dès qu'ils furent hors de vue, Hawkins arracha la couverture, et lança son pied dans les minces panneaux de bois et dans les panneaux de verre encore plus minces, faisant voler la fenêtre tout entière en éclats. Il sauta dans l'herbe et se mit à courir en direction des champs et de la colline.

3

Au pied de la colline se trouvait le principal chemin de terre, qui encerclait le village. Tels les rayons d'une roue, de nombreuses ramifications conduisaient directement à la petite place du marché, au centre de la ville. Une voie semi-pavée descendait de ce chemin de ceinture et assurait la liaison avec une route, à six kilomètres à l'est environ. La mission diplomatique américaine se trouvait à vingt kilomètres au bout de cette route, dans Pékin même.

Ce dont il avait besoin, c'était d'un véhicule, une automobile de préférence, mais les automobiles étaient pratiquement inexistantes en dehors des cercles officiels les plus élevés. La Police populaire disposait de voitures, bien sûr. Il avait bien pensé à revenir sur ses pas en contournant la colline pour récupérer celle de Lin Shoo, mais c'était trop risqué. Même s'il la trouvait et s'il parvenait à la voler, ce serait un véhicule trop facilement repérable.

Hawkins fit le tour du village, restant sur le talus qui surplombait la route. Ils allaient se lancer à sa poursuite. Mais il pouvait rester indéfiniment dans les collines. Ça ne le dérangeait pas. Il avait déjà bivouaqué clandestinement dans les montagnes de Cong-Sol et de Lai Tai, au Cambodge, durant des mois et des mois. Il était capable de survivre dans la forêt, mieux que la plupart des animaux. C'était un *pro,* nom de nom !

Mais c'était vain. Il fallait qu'il rejoigne la mission et que le monde libre sache à quel genre d'ennemi il avait affaire. Trop c'était trop, nom de Dieu ! Ils allaient envoyer des messages radio, barricader toute la résidence, et se battre jusqu'à ce que les porteurs de missiles envoient leurs engins, quitte à faire sauter la moitié de Pékin. Et les hélicoptères pourraient ensuite venir et les sortir de là.

Bien sûr, les civils allaient en chier dans leur froc, mais il saurait les rassurer. Ils allaient voir, ces pédés, comment on se bat ! Se battre ! Pas parler !

MacKenzie cessa de fantasmer. Sur la droite, à cinq cents mètres environ au bas du virage, il vit arriver une motocyclette. Elle était conduite par un officier de police *shee-san,* une sorte de cavalier motorisé de l'armée chinoise. Une véritable aubaine !

Hawkins sortit de l'herbe haute et se mit à ramper jusqu'au pied du talus. En moins d'une minute, il était au bord de la route. La moto était toujours dans le virage, hors de vue, mais il l'entendait se rapprocher. Il se laissa tomber dans la poussière, en plein milieu de la route, repliant les jambes, pour paraître plus petit qu'il n'était, et se tint parfaitement immobile.

Le moteur de la moto s'emballa au débouché du virage, puis se mit à cracher avant de s'arrêter. Le *shee-san* descendit de moto et cala sa machine. Hawkins entendit et sentit le martèlement rapide des pas du soldat tandis qu'il s'approchait.

Le *shee-san* se pencha sur lui et lui toucha l'épaule, reculant à la vue d'un uniforme américain. Mac bougea. Le *shee-san* hurla.

Cinq minutes plus tard, Hawkins avait enfilé la tunique et le pantalon du *shee-san* sur son propre pantalon et sa chemise retroussés. Il posa les lunettes du soldat sur son nez et mit sa casquette à visière grotesquement minuscule, en fixant la mentonnière pour la maintenir en place. Une sorte de pustule de tissu, posée sur ses cheveux noirs grisonnants, coupés en brosse. Heureusement pour son sens du confort, il avait un cigare. Il en mâchonna le bout pour lui donner la consistance souhaitée et l'alluma.

Il était prêt à prendre la route.

L'attaché d'ambassade fit irruption dans le bureau du chef de la mission sans dire un mot à la secrétaire ni même frapper à la porte. Le diplomate était en train de se curer les dents avec du fil dentaire.

— Excusez-moi, monsieur. Je viens juste de recevoir les instructions de Washington. J'ai pensé que vous voudriez les voir.

Le chef de la mission diplomatique de Pékin tendit le bras vers le câble et se mit à lire. Ses yeux s'écarquillèrent et sa bouche resta ouverte d'étonnement. Un long morceau de fil dentaire, coincé entre ses dents, retomba sur le bureau.

Mac vit le barrage routier qui lui bloquait l'entrée de l'autoroute de Pékin. Il était à un kilomètre environ sur la voie semi-pavée. Une seule voiture de patrouille *shee-san* et un alignement de soldats en travers de la route. C'était tout ce qu'il pouvait distinguer à travers ses lunettes embuées.

En se rapprochant, il constata que les gardes criaient les uns après les autres. L'un d'eux passa devant le barrage et se mit à agiter son arme en l'air, hystériquement, faisant signe au motocycliste de s'arrêter.

Il n'y avait qu'une chose à faire, pensa Hawkins. Si vous avez l'intention de commander une pierre tombale, commandez-la *grande.* Finissons-en avec toutes ces armes à répétition, et ces barils de poudre qui pètent le feu ! avec les cris de ces sales cocos qui vous percent les oreilles !

Nom de Dieu ! Il ne voyait rien avec toute cette poussière, et son foutu pied qui n'arrêtait pas de glisser de cette minuscule pédale à la con !

Il porta la main à son holster et sortit son colt 45.

Impossible de viser, putain de merde ! Mais grâce au ciel il pouvait toujours tirer ! C'est ce qu'il fit, à plusieurs reprises.

A sa grande stupeur, les *shee-san* ne répliquèrent pas. Ils se planquèrent derrière les tas de poussière et de sable et se mirent à crier comme des cochons hystériques, galopant entre les talus, s'enterrant pour s'abriter de son unique arme.

Putain ! Quelle honte !

A moins que ses lunettes ne soient en train de lui jouer un tour, avec toute cette poussière et la fumée de son cigare, même le soldat en première ligne — un officier, cela ne pouvait être qu'un officier —, même lui n'avait pas assez de couilles pour lui tirer dessus.

Un officier !

MacKenzie continua à foncer plein tube et vida le chargeur de son colt 45. Il se pencha pour s'engager sur un tremplin de boue et de sable, et fit une embardée avant de se retrouver au-dessus d'une pente herbeuse. En l'air sur sa moto, il vit les taches formées par les têtes hurlantes au-dessous de lui et regretta d'être à court de munitions. Il tourna violemment les poignées vers lui pour pouvoir retomber et prit la tangente en direction de la route.

Ouais ! Il touchait à nouveau le sol ! Il avait forcé le barrage ! Il filait comme un fou sur la grande route de Pékin !

L'asphalte lisse était un véritable plaisir. Les roues de la moto ronronnaient. Le vent lui fouettait le visage, telle une bouffée d'air pur, dépoussiéré, et plaquait la fumée de son cigare contre ses oreilles. Même ses lunettes étaient propres maintenant.

Il parcourut les douze kilomètres restants à la vitesse d'un météore environné d'étoiles, traversant une galaxie indifférente. Plus que deux kilomètres, et il tournerait dans l'une des petites rues des quartiers nord de Pékin. Il était sur le point de réussir ! Bon Dieu ! Ils allaient voir, ces sales Chinetoques, comment les Américains savaient riposter !

Il fonça à travers les rues encombrées et cabra sa moto dans la dernière courbe aboutissant à la place de la Fleur-Glorieuse. La mission se dressait au bout de la petite place, derrière la splendeur orientale de sa façade d'albâtre. Il y avait, comme d'habitude, des foules de Pékinois et de provinciaux qui fourmillaient autour, dans l'espoir d'entrevoir un de ces hommes étranges, grands et roses, qui entraient et sortaient par les portes d'acier de l'enceinte.

Ça ne ressemblait guère à une enceinte. Pas de mur de brique ni de haute grille métallique autour de la mission. Juste un mince claustra de bois, une cloison décorative, laquée par souci des intempéries, entourant la pelouse rase qui précédait les marches du perron de la résidence.

Les défenses se situaient en fait au niveau des fenêtres et des portes : des grilles de fer et d'acier.

MacKenzie fit tourner le moteur à la vitesse maximale, se disant que le bruit ferait s'écarter la cohue des curieux.

C'est ce qui se produisit, en effet.

Les Chinois s'écartèrent en le voyant arriver au bout de la rue. Et Hawkins faillit tomber de la selle de sa moto devant le spectacle qui s'offrit à ses yeux ; ce qui, d'une certaine manière, se précipitait à sa rencontre ; à près de quatre-vingt-dix kilomètres à l'heure, sur ce bout de trottoir, le long de la place de la Fleur-Glorieuse.

Il y avait là trois obstacles successifs en bois — tels des chevaux d'arçon allongés — en avant des claustras fermés du portail ! Chacune des planches horizontales était à une trentaine de centimètres au-dessus de la précédente, formant une succession de lourds gradins appuyés contre l'enceinte délicate qui se dessinait en filigrane.

Alignés en rang, l'arme en bandoulière, une douzaine de soldats flanqués de deux officiers le regardaient arriver.

Et voilà, pensa MacKenzie, il ne me reste plus que la beauté du geste, le mouvement, l'acte en lui-même !

C'était un défi total !

Merde ! Si seulement il lui restait encore des munitions !

Il se ramassa sur sa moto et la lança en plein milieu de la barricade. Il actionna l'accélérateur et appuya à fond sur la pédale du starter.

L'aiguille du compteur de vitesse oscilla avec une soudaineté et une violence qui semblaient lui appartenir en propre. Elle tremblota puis monta d'un seul coup au maximum. L'homme et la machine s'élevèrent dans l'étroit couloir aérien tel un étrange et gigantesque boulet de chair humaine et de métal amalgamés.

Au milieu des cris de la foule paniquée et des soldats effrayés qui s'écartaient, Hawkins freina à mort et s'écrasa de tout son poids à l'arrière de la selle. La roue avant de la moto se souleva du sol tel un phénix abstrait, suivie dans une folle extension par le conducteur et l'engin, et vint heurter la partie supérieure de la barricade.

Il y eut un fracas de bois et de treillis éclatés au moment où MacKenzie percuta la rangée de planches, tel un boulet entraînant avec lui une partie du fût. La moto retomba lourdement sur l'allée de galets polis qui conduisait aux marches de la mission. MacKenzie fut projeté en avant, culbutant les barrières, roulant sur le gravier minuscule, avant de cogner avec un bruit sourd au pied de l'envolée de marches qui menaient à la porte d'acier, le cigare toujours coincé entre les dents.

D'une seconde à l'autre maintenant, les Chinois allaient se regrouper et la fusillade commencerait, lui laissant peut-être quelques secondes avant l'oubli.

Mais il n'y eut pas de fusillade. On entendit seulement les cris de plus en plus forts de la foule et des soldats. Des visages asiatiques contemplaient les dégâts et l'amoncellement de planches brisées, devant l'enceinte endommagée de la mission. La plupart des soldats qui s'étaient plaqués au sol étaient maintenant à quatre pattes sur le trottoir.

Cependant, personne ne tira. C'est alors que MacKenzie comprit ce qui se passait : il n'était plus, juridiquement, en territoire chinois. S'il était abattu à l'intérieur de l'enceinte de la mission, cela pourrait être assimilé à une exécution en territoire américain et tourner à l'incident diplomatique international. Bon Dieu ! Il était sauvé in extremis par ces folles perdues de la mission ! Il était vivant grâce à ces fioritures diplomatiques !

Il se releva avec peine, grimpa les marches en courant jusqu'à la porte d'acier et se mit à appuyer frénétiquement sur la sonnette et à taper du poing sur la porte.

Il n'y eut aucune réaction.

Il cogna plus fort et garda sa main libre sur la sonnette. Il hurla à l'attention de ceux qui étaient à l'intérieur et, au bout d'un temps qui lui parut durer plusieurs minutes, la petite lucarne rectangulaire de la porte s'ouvrit.

Deux yeux écarquillés et terrifiés apparurent.

— Pour l'amour du ciel ! c'est Hawkins ! rugit MacKenzie en approchant ses lèvres à quelques centimètres à peine du regard paniqué. Ouvrez donc cette foutue porte, pauvre con ! Qu'est-ce que vous attendez !

Les yeux clignèrent, mais la porte ne s'ouvrit pas.

Hawkins hurla à nouveau et les yeux clignèrent à nouveau. Après plusieurs secondes, les yeux furent remplacés par deux lèvres tremblantes.

— Il n'y a personne, monsieur, furent les mots incroyables qui en sortirent.

— Quoi ?

— Désolé, général.

Les lèvres tremblantes s'effacèrent alors, avant un claquement rapide. La lucarne était fermée.

MacKenzie resta là, en état de choc. Puis il se remit à cogner et à hurler de plus belle. Il pressa si fort sur le bouton de la sonnette qu'il fit craquer la Bakélite.

Toujours rien.

Il se retourna vers la foule et les soldats et prit conscience des cris, des rires et des quolibets qui se succédaient par vagues.

Hawkins sauta au bas des marches et se mit à courir sur la pelouse le long du bâtiment. Toutes les fenêtres étaient non seulement fermées, mais les volets métalliques intérieurs avaient été rabattus derrière les barreaux. La mission tout entière était scellée comme une énorme huître rectangulaire et blanche.

Il se précipita vers la façade latérale. C'était partout pareil : des fenêtres closes, des volets métalliques et des grilles.

Il fit le tour de la pelouse et courut vers la porte arrière. Il cogna dessus et se mit à crier plus fort qu'il ne l'avait jamais fait de toute sa vie.

Finalement, la fente s'ouvrit et une autre paire d'yeux apparut, moins effrayés que ceux de la porte principale, mais néanmoins écarquillés et visiblement perturbés.

— Ouvrez cette foutue porte, nom de Dieu !

Cette fois encore, des lèvres apparurent. Mais Hawkins remarqua la moustache grise. C'était l'ambassadeur.

— Foutez le camp, Hawkins ! fit la voix profonde avec un accent inimitable cultivé, de toute évidence, dans la meilleure société de la Nouvelle-Angleterre. Vous êtes tout simplement indésirable !

Et la fente se referma.

MacKenzie resta là, immobile. Le temps et l'espace étaient soudain réduits à néant. Il avait vaguement réalisé que la foule et les soldats s'étaient déplacés le long de l'enceinte, sur les côtés et à l'arrière de la mission.

Il pouvait y arriver. En utilisant le grillage des fenêtres. Il sauta sur la plus proche et grimpa en s'appuyant aux barreaux entrecroisés.

En quelques minutes, il avait escaladé le côté du bâtiment et vint se rétablir au bord du toit couvert de tuiles.

Il rampa péniblement jusqu'au faîte et jeta un regard alentour. Le mât du drapeau était planté en plein centre de la pelouse, à gauche de l'allée de gravier. La bannière étoilée flottait doucement en ondulant dans la brise, dans un isolement superbe.

Le lieutenant général MacKenzie Hawkins renifla le vent et ouvrit son pantalon.

4

Devereaux sourit au portier du Beverly Hills Hotel, puis contourna l'énorme automobile jusqu'à la portière côté chauffeur, donna un pourboire au gardien et s'installa au volant, la lumière du soleil ricochant sur le capot. Tout ça sentait tellement la Californie du Sud : les portiers, les gardiens d'autos, les pourboires muets, les voitures grand format et le soleil aveuglant.

De même la conversation téléphonique qu'il avait eue quelques heures plus tôt avec la première Mrs. MacKenzie Hawkins.

Il avait décidé de procéder logiquement, rassemblant morceau par morceau les pièces du puzzle. Une image finirait sûrement par émerger ; et il lui serait plus facile de se documenter sur cette version particulière du *Rake's Progress*[1] s'il commençait par l'introduction du sujet dans le véritable monde de la corruption : les dessous de soie et l'argent, plutôt que le meurtre, la torture ou l'arrogance des cadets de West Point.

1. Opéra de Stravinski, sur un thème de William Hogarth, titre français : *La Carrière du débauché.*

Regina Sommerville Hawkins était cette introduction. Selon ses sources de renseignements, Regina sortait d'une des plus riches familles du sud des États-Unis. Elle avait coiffé son bonnet de cotillon pour remporter un trophée nommé Hawkins, en 1947, lorsque le jeune et célèbre combattant de la bataille des Ardennes avait impressionné davantage encore la nation par ses exploits sur un terrain de football. Et comme papa Sommerville possédait la plus grande partie de Virginia Beach, et que Ginny était une authentique belle du Sud — argent et magnolias, pas seulement le parfum — la rencontre ne fut pas difficile à organiser. Le jeune héros tout frais émoulu de West Point fut invité, choyé et temporairement séduit par l'accent chantant, la poitrine opulente et les autres avantages indigènes de cette fille de la Confédération, douce mais têtue.

Papa connaissait une foule de gens à Washington et ses relations, combinées avec les talents propres de Hawkins et ses citations, permettaient à Regina d'espérer devenir femme de général dans les six mois. Dans un an, au plus.

A Washington. Ou à Newport. Ou à New York. Ou pourquoi pas dans la délicieuse île d'Hawaii ? Entourée de serviteurs, d'uniformes, de flonflons et encore de serviteurs...

Hawkins, cependant, était un type étrange et papa ne soupçonnait pas que sa conduite particulière pût détourner de lui tant de gens. Le Faucon ne voulait pas de cette vie facile à Washington, à Newport ou à New York. Il voulait rester avec ses hommes. Et il en avait beaucoup sous ses ordres. Les sollicitations ne manquaient pas.

Regina se retrouva dans des camps militaires isolés où son mari entraînait intensivement des recrues indifférentes face à une guerre qui ne l'était pas. Alors elle décida d'abandonner son trophée. Papa ne connaissait pas assez de gens pour faciliter la chose. Hawkins fut transféré en Allemagne de l'Ouest et les médecins de Regina certifièrent que le climat ne lui convenait pas. La distance ainsi instaurée entre eux permit d'envisager plus calmement la rupture.

Aujourd'hui, près de trente ans après, Regina Sommerville Hawkins Clark Madison Greenberg vivait dans une banlieue de Los Angeles, à Tarzana, avec son quatrième mari, Emmanuel Greenberg, réalisateur de cinéma. Au téléphone, deux heures plus tôt, elle avait répondu à Sam Devereaux :

— Écoutez, mon chou. Vous voulez parler de Mac ? Je peux réunir les filles. Nous nous rencontrons tous les jeudis, normalement. Mais ce n'est pas une journée qu'il faudrait...

Sam avait donc noté ses indications pour se rendre à Tarzana et il était maintenant en route pour la résidence de Regina dans cette voiture de location. La radio diffusait *Muddied Waters* [1], un air de circonstance.

Il trouva l'allée qui menait à la résidence des Greenberg et s'y engagea, persuadé d'avoir à grimper jusqu'au sommet de la colline. A mi-chemin, la propriété était protégée par un portail métallique à ouverture électronique dont les battants s'ouvrirent à son approche.

1. *Eaux troubles.*

Il rangea la voiture devant un garage à quatre places. Sur l'asphalte lisse, étaient alignées deux Cadillac, une Rolls Silver Cloud et, en contrepoint évident, une Maserati. Deux chauffeurs en livrée bavardaient nonchalamment, appuyés contre la Rolls. Sam sortit de la voiture avec son attaché-case et referma la portière.

— Je suis le courtier de Mrs. Greenberg, annonça-t-il aux chauffeurs.

— Soyez le bienvenu ! lança le plus jeune en riant. *Merril, Lynch and the Girls.* C'est comme ça que ça devrait s'appeler ici.

— Ça arrivera peut-être un jour. C'est par là ? demanda Sam en désignant un chemin dallé qui semblait se perdre dans un bosquet de fougères californiennes et d'orangers miniatures.

— Oui monsieur, répondit l'autre chauffeur, plus vieux et très digne, comme s'il jugeait important de couper court aux plaisanteries de son cadet. C'est sur la droite, vous verrez.

Sam avança sur le chemin jusqu'à la porte d'entrée. Il n'avait jamais vu de porte rose jusqu'à ce jour, mais s'il avait une chance d'en voir une, il savait que ce serait en Californie du Sud. Il appuya sur la sonnette et entendit le carillon jouer les premières notes du thème de *Love Story.* Il se demanda si Regina connaissait la suite.

La porte s'ouvrit et elle apparut dans l'ouverture, vêtue d'un short moulant, d'un chemisier transparent tout aussi moulant qui faisait ressortir ses énormes seins comme un véritable défi.

Malgré sa quarantaine, Regina avait le cheveu sombre, le teint bronzé et un visage sans rides.

Elle était ravissante et assumait son physique avec l'assurance de la jeunesse.

— Vous êtes le comma-a-andant ? fit-elle avec l'accent chaud et nonchalant des gens du Sud.

— Commandant Sam Devereaux, confirma-t-il.

C'était ridicule de se présenter de manière aussi formelle, mais son attention était détournée par les deux obus titanesques.

— Entrez donc. J'imagine que vous avez pensé que nous serions toutes choquées à la vue d'un uniforme.

— C'est sans doute ça, en effet, fit Devereaux avec un sourire idiot, s'efforçant de détourner les yeux du chemisier et entrant dans le hall.

C'était un tout petit hall, qui donnait sur un immense salon très bas, dont le mur opposé n'était qu'une paroi de verre. Et derrière la vitre on pouvait voir une piscine en forme de haricot, au milieu d'une terrasse de grès italien fermée par une grille de fer forgé, surplombant toute la vallée.

Mais il ne vit tout ça qu'au bout de, disons, quinze secondes. Pendant le premier quart de cette première minute, il fut essentiellement occupé à observer trois autres paires de seins.

Chacune de ces poitrines était superbe dans son propre style. Pleine et ronde. Menue et pointue. Tombante mais convaincante.

Elles appartenaient, dans l'ordre, à Madge, à Lilian et à Anne. Regina Greenberg fit les présentations avec aisance et bonne humeur. Et Sam associa automatiquement les poitrines — les filles — aux fiches qu'il avait dans son attaché-case.

Lilian était le numéro trois. Palo Alto, Californie.

Madge était le numéro deux. Tuckahoe, New York.

Anne était le numéro quatre. Detroit, Michigan.

Regina — Ginny — était visiblement la plus âgée, pas tant en apparence que par son autorité. Car en vérité toutes étaient dans cette tranche d'âge un peu floue qui se situe entre trente-cinq et quarante-cinq ans, un âge particulièrement difficile à discerner en Californie du Sud. Et elles étaient toutes habillées à la manière sexy des Californiennes : des tenues décontractées, mais minutieusement étudiées à cet effet.

MacKenzie Hawkins était un homme dont on pouvait envier les goûts et les succès.

On se débarrassa rapidement et courtoisement des civilités d'usage. Sam se vit offrir un verre qu'il n'osa pas refuser en cette compagnie et s'assit dans une sorte de fauteuil sac dont il était impossible de s'extirper. Il s'arrangea pour garder son attaché-case à côté de lui, mais il réalisa aussitôt que les contorsions requises pour l'attraper, le soulever et l'ouvrir sur ses genoux exigeraient des talents de contorsionniste. Aussi espéra-t-il que cela ne serait pas nécessaire.

— Eh bien, nous y voilà, susurra Regina Greenberg. Le harem de Hawkins, comme si vous y étiez. Que veut le Pentagone ? Des témoignages ?

— Il y en a un que nous donnerons toutes sans réserves, fit Lilian d'une voix enjouée.

— Avec enthousiasme, acquiesça Madge.

— Oooh... minauda Anne.

— Oui. Nous savons que les capacités du général sont énormes, balbutia Sam. Je veux dire... Eh bien, c'est que je ne m'attendais pas à vous voir toutes en même temps. Ensemble. En groupe.

— Oh, nous formons une sorte de communauté, commandant, fit Madge — ronde et pleine — en se laissant tomber dans un fauteuil sac à côté de Sam.

(Elle se pencha vers lui, posa la main sur son bras et ajouta :) Ginny vous l'a dit, les capacités de Hawkins...

— Oui, je comprends, coupa Devereaux.

— Quand vous parlez de Mac à l'une d'entre nous, c'est comme si vous en parliez à nous toutes, intervint Lilian — menue et pointue — depuis l'autre bout de la pièce, d'une voix particulièrement mielleuse.

— C'est bien vrai, roucoula Anne — tombante mais convaincante — qui se tenait debout devant la baie vitrée donnant sur la piscine, dans une attitude provocante.

— Et quand nous n'arrivons pas à nous mettre d'accord, je joue les porte-parole, lança Regina Greenberg affalée sur un sofa recouvert de peau de jaguar qui occupait le mur de droite. Parce que j'ai été la première et que je suis la plus vieille.

— Ça n'est pas une question d'âge, ma chérie, fit Madge. Nous n'allons pas te laisser déblatérer ainsi sur ton propre compte.

— Je ne sais pas trop bien par où commencer, fit Sam qui plongea néanmoins dans le vif du sujet.

Il fit d'abord une discrète allusion aux difficultés abstraites que posait l'évocation d'une personnalité aussi farouchement individualiste. Puis il expliqua, doucement, tranquillement, que Mac Hawkins avait mis son gouvernement dans une position des plus délicates et qu'il fallait trouver une solution. Bien que ledit gouvernement fût plein d'une gratitude indéniable et indéfectible à l'égard de Hawkins pour tout ce qu'il avait accompli, il était souvent nécessaire de se pencher sur le passé d'un homme pour l'aider — et pour aider son gouvernement — à résoudre une situation problématique. Ce qui pouvait paraître négatif conduisait fréquemment à quelque chose de positif, ne serait-ce qu'en faisant contrepoids et en accentuant les évidences.

— Si j'ai bien compris, vous cherchez à le couler, récapitula Regina Greenberg. Ça devait arriver un jour ou l'autre, n'est-ce pas les filles ?

Il y eut un chœur de oui et de hu-huhs.

Sam comprit qu'il valait mieux ne pas opposer de démenti. Il y avait plus d'intelligence — ou d'intuition — dans cette pièce qu'on aurait pu le croire à première vue.

— Qu'est-ce qui vous fait dire ça ? demanda-t-il à Ginny.

— Voyons comman-andant ! s'exclama Miss. Ça fait des années que Mac se bat contre ces fouille-merde et ces grandes gueules ! Il sait bien ce que cachent leurs tas de fumier ! C'est pour ça qu'ils sont tellement contents quand nos libéraux du Nord se payent sa gueule. Mais Mac n'est pas un clown !

— Personne ne le pense en ce moment précis. Ça, je peux vous l'assurer, Mrs. Greenberg.

— Qu'est-ce qu'il a fait ?

La question était posée sur un ton défensif par

Anne, dont la silhouette se détachait toujours magnifiquement contre la vitre.

— Il a défiguré... (Sam s'interrompit : le mot était impropre.) Il a détruit un monument national appartenant à un gouvernement avec lequel nous essayons de maintenir des relations pacifiques. Un peu comme notre Lincoln Memorial.

— Il était ivre ? demanda Lilian, en pointant sur Sam ses yeux et ses petits seins pointus : deux pièces d'artillerie redoutables.

— Il prétend que non.

— Alors, c'est qu'il ne l'était pas, affirma Madge toujours assise dans le fauteuil sac à côté de lui.

— Mac est capable de saouler un bataillon tout entier, fit Ginny Greenberg en ponctuant ses affirmations d'un hochement de tête. Mais jamais, au grand jamais, il ne se risquerait au jeu du whisky au détriment de son uniforme.

— Il n'en a jamais rien dit, commandant, fit Lilian, mais c'est une règle plus forte que tous les serments qu'il a pu prononcer.

— Pour deux raisons, ajouta Ginny. Il n'aurait certainement pas voulu manquer d'honneur à son grade mais, ce qui est plus important encore, il n'aurait pas supporté que ces salauds se moquent de lui à cause de l'alcool.

— Vous voyez bien, décréta Madge dans son fauteuil sac, Mac n'a pas pu faire ce que vous disiez à leur Lincoln Memorial.

Sam considéra les filles l'une après l'autre. Aucune de ces ex-Mrs. Hawkins n'était prête à l'aider. Aucune d'entre elles ne proférerait la moindre parole négative sur cet homme.

Pourquoi ?

Il se débattit comme un diable pour sortir de son fauteuil sac et tenta d'adopter la contenance d'un procureur. Un procureur très conciliant, très aimable. Il se dirigea lentement vers l'imposante baie vitrée tandis qu'Anne rejoignait son fauteuil sac.

— Naturellement, commença-t-il en souriant, les circonstances, le groupe ici présent, appellent un certain nombre de questions. Bien sûr, vous n'êtes aucunement obligées d'y répondre, mais franchement, si vous me permettez un avis personnel, je ne comprends pas. Je voudrais vous expliquer...

— Je voudrais vous répondre, interrompit Regina. Vous n'arrivez pas à comprendre pourquoi le harem de Hawkins cherche à protéger son nom, c'est ça ?

— C'est ça.

— En tant que porte-parole, poursuivit Ginny après avoir reçu l'assentiment des autres d'un bref signe de tête, je serai brève et directe. Mac Hawkins est un type formidable — au lit comme ailleurs, et n'allez pas ricaner là-dessus parce que dans la plupart des mariages c'est un fiasco. Cet homme est invivable, c'est sûr, mais ce n'est pas sa faute. Mac nous a donné quelque chose que nous n'oublierons jamais, parce que ce quelque chose est en nous tous les jours. Il nous a appris à briser le moule. Ça semble simple, n'est-ce pas ? « Brisez le moule, et vous serez *libres* mes chéries. A vous de dresser votre propre inventaire », voilà ce qu'il nous disait. Il n'y a rien que vous soyez *obligées* de faire, ni que vous n'ayez pas *le droit* de faire. Faites appel à vos ressources et travaillez d'arrache-pied ! Je ne dis pas qu'on y a toutes cru comme aux Saintes Écritures. Mais il faut reconnaître qu'il nous a sacrément aidées à nous en sortir. Il nous a libérées avant que ce soit la mode et on s'est pas trop mal débrouillées. Et voyez-vous, si Mac frappait à la porte, il n'y en a pas une seule d'entre nous qui le laisserait dehors. Pigé ?

— Pigé, répondit Sam calmement.

Le téléphone sonna. Regina tendit le bras derrière le sofa vers le téléphone français posé sur la table de marbre. Elle se tourna vers Sam :

— C'est pour vous.

Sam parut un peu surpris.

— J'avais laissé votre numéro à l'hôtel, mais je ne m'attendais pas...

Il se dirigea vers la table et prit l'appareil.

— Il a *quoi* ? (Le sang s'était retiré de son visage. Il tendait à nouveau l'oreille.) Mon Dieu ! Ça n'est pas possible ! (Puis, avec la lassitude consécutive à un choc :) Si, je me rends bien compte que c'est tout à fait possible. Je vais rentrer à l'hôtel et j'attendrai vos instructions. A moins que vous ne préfériez confier cette affaire à quelqu'un d'autre. J'aurai terminé mon temps dans un mois, monsieur. Je comprends. Cinq jours tout au plus, monsieur.

Il raccrocha et se tourna vers le harem de Hawkins. Ces quatre somptueuses paires de mamelles qui suscitaient et défiaient à la fois toute description.

— Nous n'avons plus besoin de vous, mesdames. Mais ce sera peut-être le cas pour Mac.

— Je serai votre seul contact avec la Maison-Blanche, mon commandant, déclara le jeune lieutenant en faisant les cent pas — d'une manière un peu infantile, pensa Sam — dans la chambre luxueuse du Beverly Hills Hotel. Vous pouvez me désigner sous le code Lodestone. Pas de noms, s'il vous plaît.

— Lieutenant Lodestone, Maison-Blanche. Ça sonne plutôt bien, répliqua Devereaux en se servant un autre bourbon.

— Vous devriez boire un peu moins.

— Pourquoi n'allez-vous pas en Chine ? A ma place, je veux dire.

— C'est un long voyage qui vous attend.

— Pas si c'est vous qui le faites.

— Dans un sens, j'aimerais bien pouvoir y aller. Vous vous rendez compte qu'il y a là-bas sept cents millions de consommateurs potentiels ? J'aimerais vraiment pouvoir aller jeter un œil sur ce marché-là.

Un quoi ?

— Un coup d'œil. Aller voir ça d'un peu plus près, quoi.

— Oh, je vois.

— Vous vous rendez compte d'une aubaine !

Le lieutenant se tenait près de la fenêtre, les mains croisées derrière le dos.

— Profitez-en, bon Dieu ! Dans trente-deux jours j'aurai la permission de quitter ce cirque et je ne tiens pas à échanger mon uniforme contre un costume Mao !

— Je crains de ne pouvoir le faire, malheureusement. La Maison-Blanche a besoin de professionnels. Tous les autres types des relations publiques sont partis. Il y en a même qui sont allés créer un journal d'entreprise pour un gros bonnet de Dannemora... Merde ! Quand j'y pense ! (Le lieutenant se détourna de la fenêtre et s'approcha du secrétaire sur lequel étaient posées une demi-douzaine de photos, format 15 × 21.) Tout est là, mon commandant. Tout ce dont vous avez besoin. Elles sont un peu floues mais on voit très bien l'animal ! Il ne pourra certainement plus nier, maintenant.

Sam regarda les clichés confus mais identifiables pris à Pékin au téléobjectif.

— Il a presque réussi, n'est-ce pas ?

— Quelle honte ! s'exclama le lieutenant qui grimaça en examinant les photographies. Il n'y a plus rien à dire.

— Sauf qu'il a pratiquement réussi son coup.

Sam traversa la pièce pour aller s'asseoir avec son bourbon dans un fauteuil. Le lieutenant le suivit.

— Notre inspecteur en chef des Renseignements généraux à Saigon vous enverra directement ses rapports à Tōkyō. Emportez-les avec vous à Pékin. C'est un joli tas de merde ! fit le jeune officier avec son plus beau sourire. Juste au cas où vous auriez besoin d'un dernier clou pour fermer le cercueil.

— Vous êtes vraiment un type très sympa. Est-ce que je connaîtrais votre père ? ironisa Sam en avalant une gorgée de bourbon.

— Vous ne devez pas en faire une affaire personnelle, mon commandant. C'est une opération objective et nous avons carte blanche. Ça fait partie du...

— Ne me dites pas...

— C'est la règle du jeu, fit Lodestone en ravalant ses mots. Je suis désolé. Et de toute façon, si vous en faites une affaire personnelle, qu'espérez-vous de plus ? Cet homme est un maniaque. Un fou dangereux et égotiste qui s'oppose avec violence à nos visées pacifiques.

— Je suis un juriste, lieutenant, pas l'ange de la vengeance. Votre maniaque a souvent été impliqué dans d'autres jeux dangereux. Il a beaucoup de gens de son côté. J'en ai rencontré huit — quatre, pardon — cet après-midi.

Sam considéra son verre. Où était donc passé tout le bourbon ?

— Plus maintenant, il n'en a plus, fit le lieutenant d'un ton sec.

— Plus de quoi ?

— S'il avait des électeurs, ils sont perdus pour lui.

— Des électeurs ? Serait-il politicien ?

Sam décida qu'il avait besoin d'un autre verre. Il n'arrivait plus à suivre ce Buster Brown[1]. Alors pourquoi ne pas se saouler carrément ?

— Il a pissé sur le drapeau américain !

— Est-ce qu'il l'a vraiment atteint ?

— Nous vous envoyons en Chine, poursuivit Lodestone en négligeant la question, par les moyens les plus rapides. Un jet Phantom par le circuit nord, avec escale à Juneau et dans les Aléoutiennes, jusqu'à Tōkyō. Et de là un avion

1. Personnage servant d'effigie à une marque de chaussures américaines. Une sorte de Tintin, naïf et intrépide *(N.d.T.)*.

de ravitaillement jusqu'à Pékin. Je vous ai apporté de Washington tous les papiers officiels dont vous aurez besoin.

Devereaux marmonna dans son bourbon :

— Je n'aime pas le potage aux ailerons de requin et je déteste les œufs pourris...

— Puis-je vous suggérer de prendre un peu de repos, mon commandant ? Il est près de vingt-trois heures et nous devons partir pour la base aérienne à, disons, quatre heures du matin. Vous décollez à l'aube.

— J'aimerais pouvoir parler comme ça, Lodestone. Joliment dit. Cinq heures. Et vous descendez dans le hall, pas question de rester ici.

— Pardon ? fit le jeune homme en tendant le cou.

— C'est un ordre que je vous donne. Foutez-moi le camp ! Je ne veux plus vous voir avant que vous veniez me chercher et accrocher mes étiquettes de bagages.

— Quoi ?

— Fichez-moi le camp d'ici ! (C'est alors que Sam se souvint et ses yeux — quoique légèrement embués — devinrent moqueurs.) Vous savez ce que vous êtes, lieutenant ? Vous êtes un fouille-merde ! Un fouille-merde de première classe. Maintenant je sais ce que ça veut dire !

Quatre heures... Il réfléchissait.

Ça valait la peine d'essayer. Mais d'abord il avait besoin d'un autre verre.

Il se servit, s'approcha du secrétaire et se mit à rire en voyant les photos de Pékin. Ce fils de pute avait du flair, pas de doute. Mais il n'était pas là pour regarder des photos. Sam ouvrit le tiroir et sortit son carnet. Il en tourna les pages et fit un effort pour se concentrer sur sa propre écriture. Il alla au téléphone qui se trouvait à côté du lit, composa le neuf, puis le numéro qui figurait sur la page ouverte.

— Allô ?

La voix avait la douceur des magnolias et Sam avait l'impression de respirer réellement le parfum sucré des fleurs.

— Mrs. Greenberg ? C'est Sam Devereaux.

— Oh ! Comment allez-vous ? (L'accueil de Regina était franchement enthousiaste. Elle ne faisait aucun effort pour dissimuler son plaisir de constater que son interlocuteur était un homme.) Nous nous demandions toutes laquelle d'entre nous vous appelleriez. Je suis sincèrement flattée, comman-andant. Je veux dire qu'après tout, je suis la plus vieille. Je suis vraiment touchée.

Son mari était probablement absent, pensa Sam noyé dans son bourbon, et réconforté par le souvenir de son chemisier transparent.

— C'est très gentil à vous. Voyez-vous, dans quelques heures à peine, je dois partir pour un très, très long voyage. Au-delà des océans, et des montagnes, et des îles... (Jésus ! Il n'avait même pas pensé à la manière dont il pourrait lui annoncer ça. Il n'était même pas vraiment sûr de pouvoir composer son numéro. Putain de bourbon !) En fait, c'est un voyage checret — secret, je veux dire. Très confidentiel. Mais je dois m'entretenir avec votre... homonyme.

— Bien sûr, mon chou ! Et naturellement,

vous n'avez pas eu la moindre chance de nous poser toutes ces questions officielles si importantes. Je comprends tout à fait.

— Eh bien, il m'est venu plusieurs choses à l'esprit... une en particulier.

— C'est toujours comme ça. Je suis convaincue que je devrais faire tout ce qui est en mon possible pour aider le gouvernement dans cette situation délicate. Vous êtes au Beverly Hills ?

— Oui, madame. Chambre huit cent vingt.

— Attendez une seconde. (Elle posa la main sur son récepteur mais Sam put l'entendre appeler :) Manny ! Il y a une urgence nationale. Je dois aller en ville.

5

— Commandant ! Commandant Devereaux ! Votre téléphone est décroché ! Que se passe-t-il ?

Un tambourinement incessant et grotesque accompagnait les cris nasillards de Lodestone.

— Qu'est-ce que c'est que tout ce raffut ? demanda Regina, tirant Sam hors des couvertures. On dirait un piston rouillé.

Devereaux ouvrit les yeux sur l'abîme visuel d'une érection.

— Ceci, chère sainte patronne de Tarzana, est la voix des démons malfaisants. Ils refont surface quand la terre bouillonne.

— Savez-vous quelle heure il est ? Appelez la police de l'hôtel, pour l'amour du ciel !

— Non, fit Sam, sortant à regret de son lit. Parce que si je fais ça, ce monsieur appellera les chefs d'état-major de l'armée. Et je pense qu'ils meurent de trouille devant lui. Ce ne sont que des tueurs professionnels. Lui, il est dans la publicité.

Et avant que Devereaux n'ait totalement retrouvé ses esprits, des mains l'avaient habillé, des voitures l'avaient emmené, des hommes lui avaient hurlé à la figure et il était piégé dans un jet Phantom de l'armée américaine.

Ils souriaient tous. Tout le monde souriait en Chine. Avec leurs lèvres davantage qu'avec leurs yeux, remarqua Sam.

On vint le chercher à l'aéroport de Pékin avec un véhicule diplomatique américain, escorté de deux voitures de l'armée chinoise et de huit officiers chinois. Tous sourires dehors, même les véhicules.

Les deux Américains nerveux arrivés dans la voiture diplomatique étaient des attachés d'ambassade. Ils étaient impatients de retourner à la mission. La proximité des troupes chinoises les mettait mal à l'aise. Et l'un comme l'autre ne parlèrent guère que du temps, qui était lourd et nuageux. A chaque fois que Sam abordait le sujet de MacKenzie Hawkins — et pourquoi pas ? il s'était soulagé sur leur toit, après tout — leurs bouches se raidissaient, ils secouaient la tête avec un petit mouvement de côté, et pointaient le doigt vers les vitres de l'automobile, désignant divers endroits. Puis ils ricanaient sans raison.

Finalement, Devereaux comprit qu'ils étaient persuadés que la voiture diplomatique était équipée de micros. Alors il se mit à rire lui aussi. Sans raison.

Si la voiture était sous écoute électronique, et si quelqu'un écoutait, pensa Devereaux, cette personne imaginerait sûrement trois adultes mâles en train de se passer des bandes dessinées pornos.

Si le trajet depuis la base aérienne parut

étrange à Sam, son entrevue d'une demi-heure avec l'ambassadeur à la mission diplomatique de la place de la Fleur-Glorieuse fut grotesque.

Il fut introduit dans le bâtiment par son escorte caquetante, accueilli solennellement par un groupe d'Américains au visage sévère qui s'étaient rassemblés dans le hall tels des observateurs dans un laboratoire zoologique — inquiets pour leur sécurité, mais fascinés par le nouvel animal qui était soumis à leur examen — et conduit rapidement au bout d'un couloir vers une large porte qui était visiblement celle du bureau de l'ambassadeur. Une fois à l'intérieur, l'ambassadeur le salua d'une brève poignée de main, tout en maintenant d'un doigt sa moustache légèrement tremblotante. L'un des deux attachés qui l'escortaient sortit un petit appareil métallique à peu près de la taille d'un paquet de cigarettes et se mit à l'agiter autour des fenêtres comme s'il bénissait les panneaux de verre. L'ambassadeur l'observait.

— Je ne peux rien affirmer, murmura l'attaché.

— Comment ça ?

— L'aiguille a bougé un peu, mais ce pourrait être les haut-parleurs de la place.

— Merde ! Il nous faut trouver des scanners plus sophistiqués. Préparez-moi un mémo pour Washington. (L'ambassadeur prit Sam par l'épaule, et le reconduisit à la porte.) Venez donc avec moi, général.

— Je suis commandant.

— C'est bien.

L'ambassadeur poussa Sam hors du bureau et

l'entraîna de l'autre côté du couloir, vers une autre porte qu'il ouvrit, avant de précéder Devereaux au bas d'un escalier abrupt en pierre, dans un large sous-sol. Il n'y avait qu'une seule ampoule nue sur le mur. L'ambassadeur l'alluma et conduisit Sam, au-delà d'un amas de caisses en bois, vers une autre porte, dessinée dans un mur à peine visible. Elle était lourde et le diplomate dut appuyer le pied contre le ciment du chambranle pour réussir à l'ouvrir.

A l'intérieur se trouvait une glacière, hors d'usage depuis longtemps et qui servait à présent de cellier à vin.

L'ambassadeur entra et gratta une allumette. Sur l'une des étagères se trouvait une bougie, à moitié consumée. L'ambassadeur approcha la flamme de la mèche et la lumière jaillit, vacillant contre les parois et les étagères. Le vin stocké là n'était pas des meilleurs, observa Devereaux en silence.

L'ambassadeur tendit le bras et attira Sam au centre de la petite pièce. Puis il tira la lourde porte et la referma presque, mais pas totalement.

Ses traits minces et aristocratiques accentués par la flamme vacillante de la bougie, l'ambassadeur sourit d'un air embarrassé.

— Vous devez nous prendre pour des paranoïaques. Mais je puis vous assurer que ça n'est pas du tout le cas.

— Oh non, monsieur. C'est très confortable ici. Et très tranquille.

Il s'efforça de rendre son sourire à l'ambassadeur. Et pendant les trente minutes qui suivirent, il reçut les dernières instructions de son gouvernement. Le lieu était parfaitement adapté à la circonstance : profondément enterré et la terre autour peuplée de vers qui n'avaient jamais vu la lumière du jour.

Armé de son attaché-case et dépourvu du moindre courage, Devereaux quitta la mission par la porte d'acier et fut accueilli par un officier chinois qui lui fit signe au bout du chemin. Sam vit pour la première fois la trace des dégâts : de larges éclats de bois, et plusieurs équerres métalliques dispersés sur la pelouse.

L'officier se tenait à l'extérieur des limites de la propriété et lui fit un sourire grimaçant.

— Mon nom est Lin Shoo, commandant Deveroxx. Je vais vous conduire auprès du lieutenant général Hawkins. Ma voiture, je vous en prie.

Sam monta à l'arrière de la voiture de fonction militaire et se renfonça dans le siège, sa mallette sur les genoux. Contrairement aux Américains nerveux, Lin Shoo ne fit preuve d'aucune inhibition verbale. On en vint rapidement au sujet de MacKenzie Hawkins.

— Un individu tout à fait imprévisible, commandant Deveroxx, fit le Chinois en secouant la tête. Il est possédé par les dragons.

— Est-ce que quelqu'un a déjà essayé de le raisonner ?

— Je l'ai fait, en personne. Avec toute la persuasion et le charme dont j'ai été capable.

— Mais sans grand succès, je devine.

— Que vous dire ? Il m'a agressé. On ne peut pas dire que ce soit la réaction que j'espérais.

— Et c'est à cause de ça que vous voulez le poursuivre jusqu'au bout. L'ambassadeur dit que vous êtes intransigeant. Que vous exigez un procès ou qu'il y aura une foule de *hazzerai.*

— *Hazzerai ?*

— Ça veut dire des ennuis. C'est un mot juif.

— Vous n'avez pas l'air juif.

— Parlons un peu de ce procès, interrompit Sam. Toutes les charges sont centrées sur l'agression ?

— Oh non. Ce ne serait pas consistant sur le plan philosophique. Nous acceptons la souffrance physique. Dans la lutte comme dans la souffrance, il y a une certaine force. (Lin Shoo sourit, mais Devereaux ne savait pas pourquoi.) Le général sera jugé pour crime contre la patrie.

— C'est une extension de l'accusation initiale, constata calmement Sam.

— Bien plus complexe que ça, répliqua Lin Shoo. (Son sourire tournait à la dépression résignée.) Déprédation volontaire de monuments nationaux — similaires à vos Linkolon Memorials. Il s'est échappé une fois, le savez-vous ? Avec un camion volé il est rentré dans la statue de la place Son Tai. Il est maintenant accusé d'avoir défiguré l'œuvre d'un artiste respectable — la statue dans laquelle il est rentré a été sculptée d'après les croquis de l'épouse de notre président. Et il ne saurait être question qu'il prétende avoir été drogué. Il y a trop de diplomates qui l'ont vu, qui ont assisté à la scène. Il faisait un tel raffut dans Son Tai.

— Il plaidera les circonstances atténuantes.

On peut toujours tenter le coup, songeait Devereaux.

— En ce qui concerne l'agression, il aura du mal à convaincre les juges.

— Je vois.

Sam ne voyait rien du tout, mais il lui parut inutile de poursuivre cette argumentation. Il demanda :

— Combien va-t-il payer ?

— Comment ça ? Payer ? La statue ?

— La prison. La sentence. Combien d'années risque-t-il ?

— En gros, quatre mille sept cent cinquante ans.

— Que dites-vous ? Autant l'exécuter tout de suite !

— La vie est une chose précieuse aux yeux des enfants de notre mère patrie. Toute chose vivante est en mesure de payer sa contribution. Même un criminel aussi vicieux que votre fou de général impérialiste. Il pourrait passer de longues années très productives en Mongolie.

— Attendez une minute ! s'exclama Devereaux en changeant de position pour regarder Lin Shoo bien en face.

Il n'en était pas tout à fait sûr, mais il croyait avoir entendu un petit bruit métallique sur le siège avant. Assez proche du relâchement du cran de sécurité d'un pistolet.

Il décida de ne plus y penser. Cela valait sans doute mieux ainsi. Il dirigea à nouveau toute son attention sur Lin Shoo.

— C'est complètement fou ! Vous savez bien

que tout ça n'est qu'une farce ! De quoi diable parlez-vous ? Quatre mille... La Mongolie ?

L'attaché-case de Devereaux tomba de ses genoux. Il entendit, de nouveau, le petit déclic métallique. Il balbutia :

— Je veux dire : soyons raisonnables...

Les paroles de Devereaux dérivaient nerveusement. Il ramassa sa mallette de cuir.

— Ce sont les peines réglementaires encourues pour ce genre de crime, fit Lin Shoo. Aucun gouvernement étranger n'a le droit d'intervenir dans la discipline interne de la nation qui l'accueille. C'est inconcevable. Mais, dans ce cas particulier, ce n'est peut-être pas totalement irraisonnable.

Sam marqua une pause avant de répondre. Il vit le visage de Lin Shoo perdre progressivement son expression renfrognée, jusqu'à retrouver un sourire poli, sans le moindre humour.

— Dois-je comprendre qu'il y aurait une possibilité de négocier hors procès ?

— Comment ça ? Hors procès ?

— Je veux parler d'un arrangement à l'amiable. Un compromis.

Lin Shoo perdit alors tout air menaçant. Son sourire en devint presque sincère.

— Mais certainement. Un compromis serait révélateur. Et dans la révélation aussi, il y a une certaine force.

— Et peut-être un peu moins de quatre mille années en Mongolie — dans le compromis ?

— Tout est possible. Vous pourriez bien réussir là où d'autres ont échoué. Après tout, c'est notre intérêt mutuel de parvenir à un compromis.

— J'espère que vous savez à quel point vous avez raison. Hawkins est un héros national.

— Votre Speeroo Agaroo[1] l'était aussi. C'est votre président lui-même qui l'a dit.

— Que proposez-vous ? Une dispense de procès ?

Lin Shoo perdit son sourire, trop soudainement pour s'en réjouir, songea Sam.

— Nous ne pouvons pas faire ça. Le procès a déjà été annoncé. Il y a trop de gens dans la communauté internationale qui sont au courant.

— Vous voulez sauver la face, ou vous voulez vendre votre gaz ?

Devereaux se renfonça dans son siège. L'officier chinois voulait bien un compromis.

— Le compromis consisterait à ménager un peu les deux.

— Qu'entendez-vous par un peu ? Dans l'éventualité où je parviendrais à raisonner Hawkins, bien entendu.

— Nous pourrions envisager une réduction de la sentence, par exemple.

Le sourire de Lin Shoo était réapparu.

— De quatre mille à deux mille cinq cents années ? ironisa Devereaux. Vous êtes magnanime. Parlons plutôt de sursis. Je vous concède l'acquittement.

— Comment ça, un sursis ?

— Je vous expliquerai plus tard. Ça vous plaira. Donnez-moi quelques bonnes raisons de travailler sur le dossier Hawkins.

1. Spiro Agnew, vice-président des États-Unis sous Nixon, acculé à la démission pour une affaire de corruption.

Sam tambourina sur le dessus de son attaché-case, faisant résonner ses ongles contre le cuir. C'était un truc idiot qui déconcentrait souvent ses adversaires et qui provoquait parfois une concession hâtive.

— Un procès chinois peut prendre plusieurs formes. Long, compliqué et quasiment rituel. Ou bien très court, rapide et dénué de tout excès. Trois mois ou trois heures, selon les cas. Je peux, peut-être, encourager cette deuxième hypothèse.

— Avec un sursis à la clé, j'achète, répliqua Sam vivement. C'est assez motivant pour m'obliger à travailler dur sur ce dossier. Marché conclu.

— Ce sursis... Il faudrait que vous le définissiez d'une manière plus juridictionnelle.

— En gros, non seulement vous sauvez la face et vous vendez votre gaz, mais cela vous donnera l'occasion de montrer votre fermeté et de rester les héros dans la presse mondiale. Tout ça en même temps. Que voulez-vous de plus ?

Lin Shoo sourit. Devereaux se demanda un instant si ce sourire ne cachait pas plus de subtilité que le Chinois ne se souciait d'en montrer. Mais il rejeta cette idée. Lin Shoo le tira de sa réflexion en lui posant une question et en y répondant avant même que Sam n'ait ouvert la bouche.

— Que voulons-nous de plus ? Nous voulons voir le général Hawkins hors de Chine. Oui, c'est ce que nous voulons.

— Quelle coïncidence. C'est justement une des conditions annexes de son sursis.

— Vraiment ?

Lin Shoo le regarda droit dans les yeux.

— Vous, je peux m'arranger avec vous, fit Sam comme s'il se parlait à lui-même. Mais il faut maintenant que je m'inquiète de l'autre animal.

6

On pouvait voir clairement la cellule à travers le panneau de verre blindé encadré dans la lourde porte en acier. Il y avait là un lit de style occidental, un bureau, des spots encastrés dans le plafond, à la fois une lampe de bureau et une lampe de chevet, et un large tapis sur le sol. Il y avait une porte ouverte sur le mur de droite qui donnait sur une petite salle de bains et une étagère à vêtements sur la gauche. La pièce ne faisait guère plus de trois mètres sur quatre, mais tout bien considéré, elle était beaucoup plus grande que ce que Sam avait imaginé.

La seule chose qui manquait, c'était MacKenzie Hawkins.

— Vous voyez, fit Lin Shoo. Nous sommes plutôt prévenants. Et les quartiers du général ont été spécialement aménagés.

— Je suis impressionné, répliqua Devereaux. Sauf que je ne vois pas le général.

— Oh, il est là, fit le Chinois en souriant et d'une voix douce. Il a ses petits jeux. Il entend des pas, et il se cache d'un côté ou de l'autre de la porte. Les gardes ont été alertés à deux reprises et ils ont fait irruption indûment dans la cellule. Heureusement, ils étaient suffisamment nombreux pour maîtriser le général. Maintenant, toutes les équipes sont au courant. Et ses repas sont servis par un guichet.

— Il essaye encore... fit Sam en gloussant. C'est quelque chose...

— Si ce n'était que ça, ajouta Lin Shoo sur un ton énigmatique en s'approchant d'un cercle tramé sous le panneau de verre et en pressant un bouton rouge. Général Hawkins ? Je vous en prie, général, montrez-vous. C'est votre bon et fidèle ami, Lin Shoo. Je sais que vous êtes derrière cette porte, général.

— Allez vous faire voir, sale Chinetoque !

Lin Shoo relâcha un moment le bouton et se tourna vers Devereaux.

— Il n'est pas toujours de la plus exquise courtoisie. (Puis le Chinois s'approcha à nouveau du micro et réappuya sur le bouton.) Je vous en prie, général, j'ai avec moi un de vos compatriotes. Un représentant de votre gouvernement. Un membre des forces armées de votre nation...

— Vous feriez mieux de fouiller son sac ! Ou peut-être même d'aller voir sous sa jupe ! Son tube de rouge à lèvres est sûrement une bombe !

Ces avertissements étaient proférés par un général toujours invisible.

Lin Shoo se retourna à nouveau vers Devereaux, l'air ahuri. Sam écarta doucement le Chinois, appuya lui-même sur le bouton, et hurla dans le micro.

— Sortez de là, espèce de glandouilleur ! Montrez un peu votre sale tête de nœud ! Ou alors j'ouvre le guichet et je laisse tomber mon foutu bâton de rouge à lèvres dans votre cellule ! Je vous ferai sauter la cervelle, fils de pute ! A propos, vous avez le bonjour de Regina Greenberg.

L'énorme tête de MacKenzie Hawkins apparut lentement derrière la vitre blindée. Elle émergeait sur le côté, démesurée, les cheveux en brosse et la peau tannée. Le visage de Mac exprimait une consternation absolue. Un cigare à moitié mâchonné était coincé entre ses dents, sous ses yeux ahuris, injectés de sang, qui trahissaient une curiosité incrédule.

— Comment ? Qu'est-ce que vous dites ?

Les lèvres pincées de Lin Shoo en bâillaient d'étonnement.

— C'est un code militaire top secret, fit Devereaux. Nous ne l'employons que dans des circonstances extrêmes.

— Je n'insisterai pas là-dessus. Ce serait discourtois. Si vous actionnez le levier sur le côté de la vitre, le général Hawkins vous verra. Je vous ferai entrer dès que vous vous sentirez à l'aise. Mais si cela ne vous ennuie pas, je préfère rester ici.

Sam abaissa la petite poignée qui se trouvait sur le côté de la vitre ; on entendit un petit déclic. Le large visage penché réagit par une immédiate hostilité. Devereaux avait le sentiment que Hawkins observait quelque chose de très obscène mais sans importance : Sam, l'accident militaire.

Devereaux fit un signe de tête à Lin Shoo. Le Chinois tendit les deux mains, comme pour pousser avec l'une et tirer avec l'autre, et déverrouilla la porte. Le lourd panneau d'acier s'ouvrit. Sam entra.

Pour se heurter à un énorme poing qui vint à sa rencontre, et entra directement en collision avec son œil gauche. L'impact fut violent ; la pièce, le monde, la galaxie tout entière sortirent de leur orbite et éclatèrent en des centaines de milliers de petites taches de lumière blanche.

Sam sentit le linge humide posé sur son visage avant de sentir la douleur dans sa tête, en particulier dans son œil, et il trouva cela étrange. Il se redressa, retira le morceau de tissu et cligna de l'œil. Tout ce qu'il vit au premier abord fut un plafond blanc. La lumière au milieu lui faisait mal à la tête, à l'œil gauche, plus précisément. Il réalisa qu'il était allongé sur un lit, alors il roula sur lui-même et tout lui revint en mémoire.

Hawkins était à son bureau, avec les papiers et les photographies étalés devant lui. Le général était en train de lire une liasse de documents agrafés.

Devereaux n'avait pas besoin de relever davantage la tête pour comprendre que son attaché-case ouvert devait se trouver pas très loin du général. Il le fit cependant et le repéra aux pieds de Hawkins. Ouvert et renversé. Vide. Tout le contenu déversé sur le bureau du général.

Sam toussa pour s'éclaircir la gorge. Il ne trouvait rien de mieux à faire. Hawkins se retourna. Son expression n'était guère engageante. Il y manquait, d'une certaine manière, cette lueur humaine de reconnaissance entre compagnons d'armes.

— Vous vous êtes donné beaucoup de mal, on dirait, pauvre minable...

Péniblement, Devereaux balança ses jambes hors du lit et porta la main à son œil gauche. Il le toucha doucement, surtout parce qu'il y voyait à peine.

— Je suis peut-être un moins que rien, général, mais je ne suis pas si minable, comme j'espère bien vous le prouver un jour. Putain ! Ça fait mal !

— Vous voulez prouver quelque chose ? (Hawkins désigna les papiers sur son bureau et se laissa aller à un soupçon de sourire cynique.) A moi ? Avec ce que vous savez sur mon compte ? Vous avez des couilles au cul, mon petit. Permettez-moi de vous le dire.

— Cette expression est aussi ringarde que vous, maugréa Sam en se levant. (Il avait du mal à trouver son équilibre.) Ça vous amuse de lire tout ça ?

— C'est un sacré dossier ! Ils vont sûrement vouloir faire un autre film sur moi !

— Leavenworth Productions. Les films sont tournés dans la blanchisserie de la prison. Vous êtes une véritable manne.

Devereaux désigna la couverture drapée sur la porte, recouvrant le panneau de verre blindé.

— Vous trouvez ça malin ?

— Ça n'est pas si bête. Ça les perturbe. L'esprit oriental est sensible à deux types de pressions : la perturbation et l'embarras, fit Hawkins en levant les yeux sur lui.

Cette déclaration surprit Sam. C'était peut-être le choix des mots de Hawkins, ou peut-être l'intelligence tranquille que recelait sa voix. Quoi qu'il en soit, c'était inattendu de sa part.

— Je voulais dire que ça ne sert pas à grand-chose. La pièce est truffée de micros. Vous entendez, truffée ! Il leur suffit d'appuyer sur un bouton rouge, et ils peuvent entendre tout ce que nous disons.

— Faux, répliqua le général. Si vous êtes un soldat et pas un de ces enculés, venez donc un peu par ici.

Hawkins s'approcha de la couverture et rabattit, d'abord, un petit coin sur la droite, puis le coin opposé sur la gauche. Dans les deux coins, il y avait des trous dans le mur, presque invisibles. Ils étaient maintenant parfaitement visibles, avec du papier toilette humide enfoncé dedans. Hawkins relâcha les coins de la couverture, lui désigna six autres zones bouchées avec du papier toilette — deux sur chaque mur, en haut et à la base — et lui fit son plus beau sourire de baroudeur. J'ai contrôlé cette foutue cellule pouce par pouce, j'ai bouché tous les micros ; il n'y en a pas d'autres. Naturellement, je n'y avais pas touché avant. Vous voyez comme ils ont pris toutes les précautions, ces aimables singes ? Il y en a même au-dessus de mon oreiller, au cas où je parlerais dans mon sommeil. Ça a été le plus difficile à repérer.

De mauvaise grâce, Sam hocha la tête en signe d'approbation. Puis l'évidence lui vint à l'esprit.

— Si vous les avez tous bouchés, ils vont se

précipiter pour nous emmener ailleurs. Vous auriez dû y penser.

— Vous devriez réfléchir un peu. La surveillance électronique de secteurs fermés est branchée sur un terminal unique. D'abord, ils penseront qu'il y a un court-circuit dans le terminal, qu'il leur faudra au moins une heure pour repérer. Si toutefois ils ne sont pas obligés de démolir les murs et s'ils peuvent le faire avec des détecteurs. Et ça va les perturber. Ensuite, s'ils écartent l'éventualité d'un court-circuit, ils devineront que je les ai bouchés, et ils seront embarrassés. Les deux points de pression. Et il leur faudra une heure de plus pour trouver le moyen de nous emmener dans un autre endroit sans admettre leur erreur. Nous avons donc au moins deux heures devant nous. Alors vous feriez mieux d'occuper ce temps à m'expliquer un peu tout ça.

Devereaux avait le sentiment précis qu'il avait tout intérêt en effet à lui expliquer la situation. Hawkins était un professionnel rusé et Sam n'avait guère envie d'une nouvelle confrontation. En tout cas pas d'une confrontation physique ni même, comme il commençait à s'y attendre, mentale.

— Vous ne voulez pas avoir des nouvelles de Regina Greenberg ?

— J'ai lu vos notes. Vous avez une écriture épouvantable !

— Je suis avocat, et tous les avocats ont une écriture illisible. Ça fait partie des épreuves pour l'examen du barreau. Et puis, je n'avais pas l'intention de les faire taper.

— J'espère bien que non, fit Hawkins. Vous avez aussi l'esprit mal tourné.

— Vous avez des goûts spectaculaires !

— Je n'aime pas parler de mes ex-épouses.

— Elles n'ont pas hésité à parler de vous, contra Sam.

— Je les connais bien. Vous n'avez sûrement rien obtenu qui puisse vous servir. Pas de leur bouche. Ça non. Tout ce que vous avez pu obtenir d'autre ne me regarde pas.

— Dois-je y voir une position morale ?

— A ma manière brutale, oui. J'ai une certaine classe, mon petit. (Hawkins pointa le doigt sur le bureau. Son bras, sa main et son doigt tendus étaient d'une raideur impressionnante.) Et maintenant, vous allez m'expliquer tout ça.

— Qu'y a-t-il à expliquer là-dedans ? Vous avez lu, dites-vous. Est-il vraiment besoin que je vous dise que cela constitue un cas indubitable de *persona non grata* d'un côté, et d'embarras évident de l'autre ? Si oui, je viens juste de le faire.

Devereaux se toucha l'œil. Ça lui faisait horriblement mal, et il dut se rasseoir sur le lit.

— Et ce bordel de rapport sur l'Indochine ! grogna Hawkins en allant prendre sur le bureau les feuillets agrafés. A vous lire on dirait que je travaillais pour ces maudits Jaunes !

— N'exagérons rien ! Il soulève simplement certaines questions sur vos méthodes d'opération...

— Je n'exagère rien ! interrompit le général. Selon vous, je travaillais pour eux, ou je jouais les agents doubles ; ou alors j'empochais la moitié de l'argent qui circulait en Asie du Sud-Est ! Ou peut-être étais-je tellement con que je ne savais même pas ce que je faisais ?

— Ahhh ! s'exclama Sam dans un trémolo chancelant. Je commence à comprendre, comme dirait Alice à Cock Robin. Un militaire, un vrai, avec deux médailles d'honneur décernées par le Congrès, ne saurait être un traître à sa nation. Mais tous ces combats, tous ces coups et ces explosions, ces gens qui s'enfuient de l'autre côté des lignes, ces captures et ces tortures, et ces moyens primitifs de survie — l'effet cumulatif de tout ça déboulonnera sûrement le soi-disant héros, et le fera basculer dans le pays du sourire. Très triste, mais mentalement un homme ne peut pas encaisser tout ça, c'est tout.

— Foutaises ! grogna Hawkins. J'ai davantage la tête sur les épaules que tous ces salauds d'enculés qui ont demandé ce foutu rapport !

— Deux points pour le général, fit Devereaux en tendant les deux doigts de la main pour former le V de la victoire. Je déclare ici pour mémoire que la tête du général est mieux vissée sur ses épaules que celle de n'importe qui d'autre à la Maison-Blanche. Et je dois ajouter aussi que le général...

— Que voulez-vous dire, mon petit ?

— Allons, Hawkins. Vous êtes foutu ! Quand et comment cela est-il arrivé, je n'en sais rien. Je sais seulement que vous vous êtes mis dans un sacré pétrin. Vous avez fait trop de bruit. Et vous êtes indésirable. Pas seulement indésirable ! Vous êtes un pion que la Maison-Blanche se fera un plaisir de balancer, haut et clair. Vous êtes un exemple !

— Foutaises encore que tout ça ! Attendez un peu que le Pentagone ait vent de cette affaire.

— C'est fait. Ils en ont déjà plein les narines ! Et les pontes se pincent le nez et se rentrent les uns dans les autres en se précipitant vers les usines de déodorant. Vous n'existez plus, général. Sauf peut-être dans quelque mémoire obstinée.

Sam se leva du lit. La douleur dans son œil se propageait à nouveau dans toute sa tête.

— Personne ne vous croira, et moi le dernier, fit Hawkins sur la défensive. (Sa voix trahissait une confiance légèrement entamée.) J'ai des amis. J'ai une feuille de carrière qui ressemble à une annonce de recrutement. Bordel ! Je suis un général sorti du rang ! De cette foutue boue en Belgique ! Ils ne peuvent tout de même pas me traiter de la sorte !

— Je ne suis pas soldat, je suis avocat. Et je vous dis que vous avez été largement aspergé de gaz amnésique. Et que ces photos de Pékin ont scellé le cachet de cire. Vous avez dépassé les bornes !

— Il faudra qu'ils le prouvent !

— Ils ont tout ce qu'il faut pour ça. Ils m'ont remis les preuves dans un cellier à vin il y a à peine une heure de ça. Un psychotique qui tenait une bougie. Un citoyen tout à fait honorable. Ils vous tiennent.

Hawkins plissa les yeux et retira le cigare mâchonné de sa bouche.

— Quelles preuves ?

— Des dossiers médicaux. La preuve la plus évidente. Psychiatriques et physiologiques. Effondrement nerveux, et ça n'est que le début. Le département de la Défense fournira une déclaration selon laquelle, en substance, vous étiez placé intentionnellement dans des situations ambivalentes pour en maîtriser le développement. « Évolution schizoïde. » Je crois que c'est comme ça que ça s'appelle. Des objectifs conflictuels, comme dans les dossiers indochinois. Et aussi ces photos de vous en train de pisser sur le toit de la mission ont une explication psychiatrique très complexe.

— J'en ai une meilleure. J'étais dans une colère monstre. Attendez au moins de connaître ma version.

— Vous n'aurez pas l'occasion de la donner. Si notre plan échouait, le président envisage de monter au créneau, de louer votre passé, de montrer vos dossiers médicaux actuels — avec une réticence à briser le cœur bien entendu — et de demander au pays de prier pour vous.

— Ça n'arrivera pas, fit le général en secouant la tête avec confiance. Personne ne croit plus en un président.

— Peut-être, mais c'est toujours lui qui tient les rênes. Pas les siennes, sans doute, mais un certain nombre d'autres. Vous pourriez vous retrouver sanglé au fond d'un silo nucléaire, si tel est son bon plaisir.

Sam vit qu'il y avait un petit miroir métallique accroché dans le cabinet de toilette. Il s'approcha de la porte.

— Mais pourquoi ferait-il une chose pareille ? Pourquoi le laisserait-on faire une chose pareille ?

Le cigare de Hawkins battait dans sa main. Devereaux considérait l'étendue et la couleur de l'hématome qui cernait son œil gauche.

— Parce que nous avons besoin de gaz, répliqua-t-il.

— Hein ? (Hawkins en laissa tomber son cigare sur le tapis. Et, visiblement distrait, il l'écrasa en posant le pied dessus.) Du gaz ?

— C'est trop compliqué. Laissez tomber. (Sam pressa du bout des doigts la chair sensible autour de son œil. Il n'avait pas reçu de gnon depuis plus de quinze ans. Il se demandait combien de temps cela mettrait à se résorber...) Acceptez la situation comme elle est, et essayez de vous en tirer le mieux possible. Vous n'avez guère le choix.

— Vous voulez dire que je suis supposé me coucher et encaisser les coups sans broncher ?

Devereaux sortit du cabinet de toilette, s'arrêta et soupira.

— Je dirais que l'objectif immédiat est d'éviter de vous laisser croupir en Mongolie. Pour quelque quatre mille ans et des poussières. Si vous acceptez de coopérer, je pourrai peut-être arranger ça.

— Et me sortir de Chine ?

— C'est ça.

— Quelle coopération attendez-vous de moi ? Avec les Chinetoques et avec Washington ?

Le strabisme de Hawkins était très prononcé.

— Une coopération totale. D'un côté comme de l'autre.

— Que je quitte l'armée ?

— Vous n'avez aucune raison d'y rester, si ?

— Et merde !

— Je vous comprends. Mais où cela vous mènera-t-il ? Le monde est vaste en dehors de cet uniforme. Profitez-en.

Hawkins retourna au bureau dans un silence furieux. Il prit l'une des photographies, haussa les épaules et la laissa tomber. Il fouilla dans sa poche en quête d'un nouveau cigare.

— Bon Dieu, mec ! Vous ne réfléchissez décidément jamais. Vous êtes peut-être avocat, comme vous le disiez, mais vous n'êtes pas soldat. Quand un officier supérieur se casse les dents sur une patrouille hostile, il ne l'encourage pas, il coupe court à toute résistance. Ils ne sont pas près de me ficher la paix. Ils vont me boucler dans un de ces foutus silos dont vous parliez tout à l'heure. Pour m'obliger à la fermer.

Devereaux prit une longue inspiration.

— Il est possible que je parvienne à construire une défense acceptable par toutes les parties concernées. A condition que vous crachiez le morceau. Confession totale, excuses publiques et tout le bazar !

— Et merde !

— Pensez à la Mongolie, général...

Hawkins mordit dans son cigare. Avec la même détermination que s'il dégoupillait une grenade.

— A quel type de défense songez-vous ?

— Je ne sais pas... J'imagine, par exemple, une lettre au ministre de la Défense, accompagnée d'un enregistrement sur bande magnétique, certifié authentique. Dans la lettre, et sur la bande, vous déclareriez que dans ce moment de lucidité totale vous êtes conscient de votre état mental, etc.

Hawkins fixa Devereaux.

— Vous n'y pensez pas !

— Il y a beaucoup de silos dans le Dakota.

— Mon Dieu !

— Ça n'est pas si terrible que ça. La lettre et la bande seront enterrées par le Pentagone. Elles ne seront utilisées que si vous faites publiquement des remous. Et elles vous seront retournées, toutes les deux, mettons dans cinq ans. Qu'en dites-vous ?

Hawkins plongea la main dans sa poche pour y prendre une pochette d'allumettes. Il en craqua une et une bouffée de fumée âcre fit pratiquement disparaître son visage. Mais sa voix restait claire derrière cet écran de fumée.

— Dans votre supplice chinois, j'espère qu'il ne sera pas question de psychiatre et de toutes ces conneries. Personne n'essayera de me faire passer pour fou ?

— Certainement pas. Rien de tel. Juste de la fatigue.

Devereaux faisait les cent pas dans le petit espace clos, comme il le faisait si souvent dans les couloirs des tribunaux, quand il élaborait son système de défense. Il ajouta :

— Un peu d'alcool, peut-être. C'est plus sympathique, et même attendrissant, quand le client est du genre impulsif. (Sam marqua une pause pour s'éclaircir les idées.) Les Chinois préféreraient une approche idéologique. Ça les rendrait sans doute plus indulgents. Vous avez enfin vu la lumière ! Ils ont été généreux, gentils avec vous. Et le régime populaire a su se montrer élégant, tolérant. Vous n'aviez pas réalisé tout ça. Vous êtes réellement navré pour toutes ces choses désagréables que vous débitez sur son compte depuis un quart de siècle.

— Vous me fendez le cœur, mon garçon ! Merde !

Avec une technique et une dextérité qui échappaient à Sam, Hawkins mâchonnait son cigare tout en rugissant. Puis il le reprit en main et baissa le ton de sa voix.

— Je sais, je sais. La Mongolie... Mon Dieu !

Devereaux observait l'homme, douloureusement. Il avança de plusieurs pas dans sa direction et lui dit doucement :

— Vous avez été baisé, général. Vous êtes pris dans l'engrenage. Personne n'est mieux placé que moi pour le savoir. J'ai lu votre dossier et si j'approuve, disons, vingt pour cent de vos déclarations, je n'en pense pas moins qu'à bien des égards vous êtes une menace. Mais vous n'avez rien d'un manipulateur. Et encore moins d'un plaisantin. Vous vous souvenez de ce que vous disiez aux filles ? Vous leur disiez que chaque individu doit faire son propre inventaire. Et c'est très significatif, à mon sens. Alors, laissez-moi vous aider. Je ne suis pas un soldat, c'est vrai, mais je suis un super-avocat.

Hawkins se détourna. Embarrassé, pensa Sam. Lorsque les mots sortirent, ils trahissaient un tel désarroi qu'il flancha.

— Je me demande pourquoi je me sens si concerné par ce que n'importe quel con peut dire.

Ni même pourquoi je ne me contenterais pas d'un silo dans le Dakota ou de la Mongolie. Mon garçon, j'ai passé près de trente ans dans cette putain d'armée. Si vous m'enlevez cet uniforme — peu importe où vous me mettrez — je me sentirai aussi nu qu'un canard plumé. Je ne connais que l'armée. Je ne connais rien d'autre. Je n'ai aucune autre expérience d'aucune sorte. Je n'ai jamais rien fait dans le domaine technologique, à l'exception d'une ou deux petites choses mineures. Je ne sais rien de ces affaires délicates qu'on appelle « négociations ». Tout ce que je sais faire, c'est foutre la merde et coincer les voleurs. Ces foutus rapports chinois sont exacts sur ce point. J'ai baisé le KGB, la CIA, l'ARVN et même ces vendus du quartier général de Saigon. Mais là, c'est pas la même chose. Je pourrais gérer une équipe, je suppose, mais on me refile toujours les désaxés, les anciens taulards. S'ils étaient dans la vie civile, on ne les laisserait même pas sortir dans la rue, je suppose. J'ai toujours été très gentil avec eux. Je savais contrôler les vicelards. J'étais capable de me mettre dans leurs souliers crottés et de les faire marcher. Mais je ne sais rien faire en dehors de ça.

— Ça ne ressemble pas à l'homme qui affirmait que chacun d'entre nous dispose de son propre inventaire. Vous valez mieux que ça, général.

Hawkins se retourna et fit face à Sam. Il parla lentement, d'un ton pensif :

— Laissez tomber ces conneries, mon garçon. La seule chose à laquelle j'ai été préparé, c'est peut-être à devenir un escroc. Et encore, je me démerderais sûrement très mal, parce que je me fiche totalement du fric.

— Vous aimez les défis. Comme tous les gens qui ont du talent. L'argent n'est qu'un à-côté. Le défi réside dans la quantité, dans ce qu'il représente, et non pas dans ce qu'il permet d'acheter.

— Je suppose, en effet.

Hawkins prit une longue inspiration et s'étira. Il n'arrivait pas à se résigner, pensa Devereaux. Il passa devant Sam, sans but apparent, marmonnant les premières notes de *Mairzy Dotes*[1]. Devereaux savait, de sa longue expérience avec ses clients, qu'il fallait leur laisser le temps de se faire à une décision.

— Attendez une minute, mon garçon, une minute... (Hawkins sortit le cigare de sa bouche et leva les yeux sur Sam.) Tout le monde veut que je coopère, les Chinetoques, ces enculés de Washington, probablement une douzaine de ces grandes compagnies de gaz. Je veux dire non seulement ils le veulent mais ils en ont besoin. Au point qu'ils seraient capables de falsifier des dossiers, de monter un procès... Cette boule de cire a perdu tout contrôle.

— Un moment, voulez-vous ? Nous sommes confrontés...

— Non, *vous,* écoutez-moi ! Je ne vais pas vous emmerder la vie. Je vais vous faire une proposition bien meilleure que ce que vous pouviez espérer. (Hawkins recoinça son cigare entre ses dents, le regard vif, la voix posée et pourtant intense.) Je ferai exactement, je dirai exactement

1. Une comptine pour enfants. *(N.d.T.)*

ce que vous me demanderez de dire ou de faire. Mot pour mot, geste pour geste. J'embrasserai toutes les fesses de Son Tai Square si vous me demandez de le faire. Mais je veux deux choses. Sortir de Chine et quitter l'armée. Ce sont deux choses qui vont de pair. Et encore une chose : trois jours dans les dossiers du G2, de retour à Washington. Dans les miens seulement. Les autres ne m'intéressent pas. Après tout, c'est moi qui ai écrit tout ce qu'il y a dedans ! Un dernier regard à mes contributions, avec tous les gardes que vous voudrez. Je veux seulement faire une dernière estimation et une dernière addition. C'est une procédure standard quand on renvoie un officier de renseignements, non ? Qu'en dites-vous ?

Sam hésita.

— Je ne sais pas. Ces dossiers sont secrets...

— Pas pour l'officier qui les a constitués : opérations clandestines, ordonnance 775, statuts d'amendement. En fait, il est tenu de faire une évaluation finale.

— Vous êtes sûr ?

— Je n'ai jamais été aussi sûr de quelque chose de ma vie, mon garçon.

— Bon, si c'est l'usage...

— Je vous donnerai le texte du décret ! C'est la bible militaire, mon garçon.

— Alors je ne vois aucun obstacle.

— Je veux ça par écrit. En échange de cette lettre et de cette bande magnétique qui certifieront que je suis si mal en point que je mange des chiures de lézard. En fait, c'est moi qui fixe l'ultimatum : ou Washington me donne l'ordre écrit de me plier aux instructions de l'ordonnance 775 à mon retour aux États-Unis, ou j'opte pour tous les silos de Mongolie. Il me reste encore pas mal de supporters au pays. Ils sont peut-être un peu girouettes, mais ils peuvent être aussi terriblement bruyants.

MacKenzie gloussa. Son cigare n'était plus qu'un morceau de pulpe de tabac. C'était au tour de Sam de loucher.

— A quoi pensez-vous ?

— Pas à grand-chose, mon garçon. Vous venez juste de me rappeler quelque chose. Chacun a son propre inventaire. La somme de ses parties. Il y a peut-être tout un monde là-dehors. Et encore un ou deux défis à relever.

DEUXIÈME PARTIE

Une société étroitement gérée — c'est-à-dire une société dont les investisseurs sont peu nombreux, quel qu'en soit le capital — doit avoir au cœur de son organisation financière des hommes à l'âme généreuse et au courage résolu, qui infuseront à la structure tout entière leur dévouement et leur sens de l'objectif.

Les Lois économiques de Shepherd
Livre CVI, chapitre 38

7

Le procès populaire se déroula brillamment pour toutes les parties concernées. MacKenzie Hawkins fut l'image même de l'hostilité convertie, réformée ; c'était devenu un agneau docile et il jouait son rôle à la perfection. À son arrivée à la base militaire aérienne de Travis, en Californie, il émergea de l'avion telle une figure stoïque et parla calmement face aux caméras, à la foule des journalistes et de quelques supporters marginaux ; charmant les médias et déconcertant les ultranationalistes déchaînés.

Il déclara simplement que le temps était venu, pour les vieux soldats — même ceux qui étaient restés jeunes dans l'âme —, de se retirer de leur plein gré ; que les temps avaient changé et les valeurs aussi. Que ce qui pouvait être considéré comme une trahison dix ans plus tôt était peut-être aujourd'hui un comportement justifiable. Que l'homme militaire, l'esprit militaire, n'était pas équipé — et ne pouvait être formé — pour aborder les grands problèmes internationaux. Qu'il suffisait que l'homme militaire, un simple combattant parmi les légions de sa nation — *sic*...

ibib... in gloria transit... MacKenzie Hawkins —, adhère aux vérités éternelles, telles qu'il les percevait.

Tout cela était très décapant.

Tout cela était très senti.

Tout cela était pure connerie.

Et Mac Hawkins était superbe.

On apprit que le vieux, dans son bureau Ovale, observait la scène, du fond d'un fauteuil moelleux, avec son chien favori, Python, soixante-cinq kilos, juché sur ses genoux dans une attitude protectrice. Il rit et battit des mains sur le poil de la bête ; il tapa du pied et se trémoussa en gloussant ; bref, il passa un très bon moment. Sa famille se joignit à lui et rigola en tapant des mains et des pieds, tout comme papa. Ils ne comprenaient pas très bien pourquoi papa était si content, mais c'était le moment le plus drôle qu'ils aient connu depuis que papa avait abattu cet horrible petit épagneul d'une balle dans l'estomac.

Sam Devereaux observa la transformation de MacKenzie Hawkins, l'ours féroce mué en opossum inoffensif, avec une crainte dubitative. Le Faucon était devenu un petit piaf au ventre mou, et ce qui lui échappait totalement, c'était le motif de ce comportement. Non pas que Sam ait sous-estimé le spectre de l'emprisonnement — la Mongolie ou Leavenworth — mais une fois que Hawkins avait accepté de plaider coupable, de faire des excuses publiques, la lettrc et les photos le montrant tête basse, écoutant la sentence de cent ans de liberté surveillée, il aurait pu tout simplement retrouver sa fougue militaire et laisser éclater sa fureur. Au lieu de cela, il avait choisi un comportement extrême pour calmer toute controverse. Comme s'il voulait vraiment se faire oublier, disparaître (quel mot terrible, songea Devereaux).

Naturellement, il lui vint à l'esprit que le comportement de Hawkins avait une relation avec la compensation accordée par Washington au sujet des dossiers du G2 — la fameuse ordonnance 775 — et l'accès de MacKenzie à ses dossiers. Mais si tel était le cas, c'était un effort inutile de la part du général. Trois services de renseignements s'étaient penchés sur les dossiers en question et n'avaient rien trouvé qui puisse compromettre la sécurité nationale. En gros, ils faisaient état de quelques vieux complots ourdis à Saigon, d'hypothèses spéculatives sur d'anciens réseaux européens et d'une masse de conjectures, de rumeurs et d'allégations sans fondement, bref, des gribouillis sans intérêt.

Si Hawkins croyait honnêtement tirer quelques dollars — et pour quelle autre raison aurait il tant insisté sur cette foutue ordonnance 775 ? — de ces informations périmées et non confirmées, il n'y voyait aucun mal. Avec l'inflation, sa maigre retraite et son statut de quasi-intouchable, la vie serait assez difficile pour lui. Et personne ne se souciait de ce qu'il ferait de ses vieux dossiers. De plus, si cela soulevait le moindre problème embarrassant, il y avait aussi *la lettre*.

— Bon sang ! Ça fait du bien de vous entendre à nouveau, mon jeune ami !

La voix de MacKenzie dans le téléphone était

vive et pleine d'enthousiasme, ce qui obligea Sam à écarter l'écouteur de son oreille. C'était à la fois un geste de confort et de crainte anticipée.

Devereaux avait laissé le Faucon en Californie, deux semaines plus tôt, juste après la conférence de presse à Travis. Sam était rentré à Washington, à trois jours à peine de sa démobilisation et il avait passé son temps à boucler tous les dossiers qui risquaient — même si le risque était mince — d'entraver cette glorieuse perspective.

Hawkins ne faisait pas partie de ces dossiers mais sa seule présence constituait une menace abstraite. Une menace de principe.

— Bonjour, Mac, fit Sam d'une voix prudente. (Ils s'étaient dispensés des titres militaires dès le début du procès de Pékin.) Vous êtes à Washington ?

— Où voulez-vous que je sois, mon garçon ? Demain, je dois me pointer au G2 comme prévu par l'ordonnance 775. Vous n'étiez pas au courant ?

— J'ai été assez occupé. J'avais pas mal de choses à boucler ici. Et il n'y avait pas de raison pour qu'on me tienne au courant de votre passage.

— Il y en a au moins une, répliqua le Faucon. C'est vous qui devez m'escorter. Je pensais que vous le saviez.

Sam ressentit un spasme soudain et violent au creux de l'estomac. Il ouvrit machinalement le tiroir de son bureau et s'empara du tube de Maalox tout en continuant à parler.

— Vous *escorter* ? Qu'avez-vous à faire d'une escorte ? Vous ne connaissez pas l'adresse ? Je vais vous la donner, Mac, je vous la donne de suite. Ne quittez pas. *Sergent!* Donnez-moi l'adresse des archives du G2! Magnez-vous le train!

— Un instant, Sam, intervint Mac Hawkins d'une voix apaisante. Il s'agit simplement d'une procédure militaire. Il n'y a pas de quoi vous énerver. De toute façon, je connais l'adresse; et vous aussi, vous devriez la connaître mon garçon, c'est un fait.

— Je ne *veux* pas vous escorter. Je suis une très mauvaise escorte. Je vous ai déjà fait mes adieux en Californie.

— On pourrait se revoir pour le dîner. Qu'en dites-vous?

Devereaux prit une longue inspiration. Il avala ses comprimés de Maalox et fit signe à la WAC[1] qui lui servait de secrétaire de sortir.

— Mac, je suis navré, mais j'ai *vraiment* encore beaucoup de choses à terminer. Peut-être à la fin de la semaine. Quand vous voudrez — après-demain, par exemple. Après seize heures pour être plus précis.

— A vrai dire, Sam, notre visite aux archives du G2 est prévue pour demain matin. Je veux dire qu'il *faut* que vous y soyez, fiston. Ce sont les ordres. Nous ne voudrions pour rien au monde que quelque chose cloche là-bas, pas vrai? Mon Dieu! Ils ne nous lâcheraient plus, ni vous ni moi.

— Où voulez-vous dîner? demanda Devereaux en grimaçant.

Le tube de Maalox était vide.

1. Women's Anny Corps.

Vous devez m'escorter. Je pensais que vous étiez au courant... Ce sont les ordres. Nous ne voudrions pour rien au monde que quelque chose cloche là-bas, pas vrai ?

Pour rien au monde, en effet. Devereaux secoua la tête. Un couple installé à la table voisine l'observait. Il s'arrêta et leur fit un sourire imbécile. Ils se murmurèrent quelque chose à l'oreille et détournèrent les yeux. Leur réaction était claire. Qui serait leur prochaine victime ?

Un homme grand apparut entre les tentures de l'entrée et traversa la salle. Ce fut au tour de Sam d'ouvrir des yeux ahuris.

C'était le Faucon. Il en était sûr. Mais l'homme élancé qui se frayait un chemin poliment à travers la salle bondée n'avait qu'une ressemblance lointaine avec le MacKenzie Hawkins échevelé et mâchonnant le cigare qui avait louché sur lui derrière la vitre blindée d'une cellule de Pékin. Et encore plus lointaine avec le Hawkins qui avançait sabre au clair par tous les temps, comme s'il marchait en cadence au son d'un millier de cornemuses — et contre le vent.

D'abord, il y avait cette barbe à la Van Dyck. Non seulement elle était nouvelle, mais elle était parfaitement dessinée et entretenue. Tout comme ses cheveux : plus longs, mais soigneusement relevés en crans au-dessus des oreilles. Très, très distingué. Et ses yeux — à vrai dire, on ne pouvait pas réellement les voir, parce qu'ils étaient cachés derrière des lunettes teintées en écaille de tortue, dont les verres à peine fumés lui donnaient une allure plus académique ou diplomatique que mystérieuse.

Et sa démarche ! Mon Dieu ! La raideur toute militaire de Hawkins avait fait place à une grâce élégante et, il faut l'admettre, du meilleur effet. Il y avait une douceur dans toute son attitude, une sorte de laisser-aller décontracté, qui évoquait davantage Palm Beach que Fort Benning.

— J'ai vu que vous m'observiez, remarqua le Faucon en se glissant à la table. Pas mal, hein ? Pas un de ces sales enculés ne m'a arrêté. Qu'en dites-vous ?

— Je suis sidéré, répliqua Sam.

— Vous ne devriez pas, fiston. La première chose qu'on apprend en matière d'infiltration, c'est l'adaptabilité. Pas seulement au terrain, mais on met surtout l'accent sur les comportements et les habitudes locales. C'est une forme de guerre psychologique.

— De quoi diable parlez-vous ?

— De l'autre côté de la frontière, Sam. Nous sommes en territoire ennemi, ici. Vous ne le saviez pas ?

Quand Mac Hawkins eut élégamment liquidé à la cuillère sa vichyssoise glacée, il en vint au motif, au cœur même du sujet — une véritable bombe ! — de son dîner avec Sam. Il tenait en un seul nom, mais un nom explosif.

Heseltine Brokemichael. Ex-général de brigade en poste à Bangkok. Aujourd'hui dans un placard à Washington DC.

— Eh oui, Sam. Le vieux Brokey était avec moi en Corée et dans certains endroits, à l'est et au sud. Un officier sacrément doué. Un peu tête brûlée, mais il fallait qu'il se défende contre son espèce de connard de cousin. Comment s'appelait-il déjà ? Ethelred ? Vous parlez d'un nom à la con ! Deux Brokemichael dans cette même foutue armée, et tous les deux avec des noms insensés !

— Je n'ai plus faim, fit Devereaux calmement.

Le Faucon poursuivit son histoire.

— Eh oui ! Vous avez donné un sacré coup de frein à la carrière de Brokey. Il n'aurait pas pu obtenir une autre étoile, quand bien même il aurait soudoyé tous les astrologues du Pentagone. C'est qu'on n'est jamais sûr de rien. L'un des deux Brokemichael est un escroc mais, bien entendu, vous n'avez jamais pu le prouver non plus.

— Ils ne m'ont pas laissé faire ! siffla Devereaux entre ses dents, mais son murmure porta plus loin qu'il ne l'aurait voulu. (Le couple à la table voisine le dévisagea à nouveau. Et Sam leur sourit à nouveau.) J'avais les preuves, ajouta-t-il. J'avais constitué un dossier en béton ! Et ils m'ont obligé à laisser tomber !

— Et un homme honnête a été sabré simplement parce que ses chefs l'avaient gentiment à l'œil. C'est désolant, en vérité.

— Arrêtez, Mac. J'avais coincé ce salaud...

— Vous vous étiez trompé de salaud, mon garçon. Et de plus, vous avez dû commettre de graves infractions pour obtenir vos soi-disant preuves.

— J'ai pris un risque calculé parce que j'étais sacrément furibard. Et j'ai payé ce risque de deux années de ma vie dans cet uniforme à la con. Et ça suffit comme ça. Je veux en finir.

— C'est vraiment dommage. Je suis désolé de vous entendre dire une chose pareille parce qu'il se pourrait bien que vous soyez obligé de passer un peu plus de temps aux Renseignements généraux, si je...

— Un moment ! interrompit Devereaux dans un murmure qui confinait au rugissement contenu. Je m'en vais après-demain ! Et rien, vous m'entendez, rien ne pourra rien y changer !

— J'espère bien que non. Mais laissez-moi terminer. Il se peut que vous soyez obligé de patienter un certain temps, si je n'arrive pas à dissuader le vieux Brokey de ses intentions stupides. C'est que, voyez-vous, ces accusations contre vous à Bangkok n'ont pas vraiment été enterrées ; elles ont été seulement suspendues, en quelque sorte. A cause des circonstances compliquées, et de ces crétins de pacifistes qui protestaient contre l'armée et les militaires. Brokey n'a gardé aucune rancune contre vous, Sam ; mais il aimerait vraiment clarifier un peu son statut, vous devriez le comprendre. Il se dit que s'il fait ressortir les charges qui pèsent contre vous, alors vous replongerez dans les dossiers et vous coincerez le *bon* Brokemichael cette fois — vous avez intérêt si vous ne voulez pas vous retrouver au bagne ! — et qu'il aura droit à nouveau à un sourire aimable des gens du Pentagone, comme avant. Ça ne devrait pas vous prendre, disons, plus de six ou sept mois. Un an, tout au plus. Peut-être dix-huit mois, si le procès traînait en longueur, mais vous obtiendrez tous les deux ce que vous voulez.

— Ce que je veux, c'est foutre le camp ! Et c'est tout ce que je veux ! (Sam tordait sa serviette si fort qu'elle craqua.) J'ai payé pour mon indignation morale. C'est du passé !

— Du passé pour vous, mon garçon, pas pour le vieux Brokey.

— Les faits sont là. J'ai fait des excuses. Ils ont tout ça par écrit. Et après-demain, après seize heures, je dicterai un rapport — à une secrétaire civile — récapitulant toute cette affaire en mots d'une seule syllabe. Je ne laisserai pas rouvrir ce dossier !

— Il le faudra bien, si le vieux Brokey ressort un certain dossier de Bangkok et donne l'instruction de vous arrêter. C'est un officier général, Sam. Même si on lui fait nettoyer les chiottes de nos grands pontes, du moins à ce qu'on dit.

Hawkins avait les lèvres pincées et sifflait entre ses dents en secouant doucement la tête. Ses grands yeux innocents, derrière ses lunettes teintées, exprimaient tout sauf l'innocence.

— D'accord, Mac. Assez joué comme ça. Vous avez dit si vous n'arriviez pas à dissuader Brokemichael de cette folie. Pourriez-vous l'en dissuader ?

— L'en dissuader, ou bien l'éloigner de la scène pendant un jour ou deux. Soit l'un, soit l'autre. Oui, je peux le faire. Et une fois que vous aurez obtenu votre feuille de démobilisation, mon garçon, Brokey aura beaucoup de mal à convaincre qui que ce soit de vous courir après. Ce document équivaut à une sorte de prescription, vous savez. Mais je n'ai pas besoin de vous dire ça, à vous.

— Non, en effet. Dites-moi seulement ce que vous voulez de moi, au juste.

Le Faucon retira ses lunettes fumées et, avec

beaucoup d'élégance, essuya les verres non médicaux comme s'il polissait une plaque de jade.

— Eh bien, il se trouve que j'ai beaucoup réfléchi à mon avenir ces derniers temps. Et je pense qu'il y a une place pour vous, mais je n'en suis pas certain.

— Vous avez raison de douter. La semaine prochaine je serai de retour à mon bureau, chez Aaron Pinkus Associates à Boston, le meilleur cabinet d'avocats du Massachusetts.

— Vous pourriez peut-être prendre quelques semaines de congé supplémentaires. Disons un mois. Ne serait-ce pas possible ? Bon sang, ça fait quatre ans maintenant, mon garçon ! Vous n'êtes tout de même pas à un mois près !

— Aaron Pinkus sera un jour nommé à la Cour suprême. Et j'en apprends tous les jours avec lui. Je ne vais pas renoncer comme ça à trente ans d'études rémunérées. Qu'entendez-vous par une place pour moi ? Pour quoi faire ?

— Je risque d'avoir besoin d'un avocat. Et je pense que vous êtes le meilleur que j'aie jamais rencontré.

— Je suis sans doute le seul que vous ayez jamais rencontré.

— Mais vous avez quelques points faibles, jeune homme, interrompit Hawkins en remettant ses lunettes teintées. Je suis désolé de vous dire ça, mais c'est un fait. Et je me demande si je vais ou non faire appel à vous. Il faut que je pèse le pour et le contre.

— En attendant, vous tiendrez Brokemichael en dehors de la scène ?

— Et vous considérerez la possibilité de jouer

les avocats pour moi ? Juste pendant une semaine ou deux. Voyez-vous, j'ai un peu d'argent de côté...

— Je sais exactement combien d'argent vous avez, coupa Devereaux sur un ton compatissant. Il le fallait bien. Et vous avez besoin de mes conseils pour investir ?

— En quelque sorte.

— Alors je veux bien vous aider, même si cela n'est pas tout à fait de ma compétence. Vraiment, fit Sam.

Après toute une vie de dévotion, de risque et de service, Mac avait réussi à amasser un montant total de cinquante mille et quelques dollars. Pas d'autres biens, d'aucune sorte. Pas de maison ni de valeurs immobilières, pas d'actions en bourse. Rien. Ça et une modeste pension, c'est tout ce qu'il avait pour vivre le reste de son existence. Sam ajouta :

— Et si je ne suis pas en mesure de vous conseiller pour le mieux, alors je vous trouverai quelqu'un d'autre.

— Vous m'en voyez très touché, mon garçon.

Y avait-il un soupçon de larme scintillante au coin de l'œil de ce vieux dur à cuire d'officier ? C'était difficile à dire, à cause de ses lunettes fumées.

— C'est le moins que je puisse faire. Ça vous paraîtra peut-être dépassé, mais c'est le moins que n'importe quel contribuable américain puisse faire pour vous. Vous avez donné beaucoup, et vous voilà maintenant viré par nos industriels. J'en sais quelque chose.

— Voyez-vous, mon garçon, fit Hawkins en

inspirant profondément, héroïquement, chacun fait ce qu'il doit faire sur cette terre. En son temps et à son heure. Ouf ! Ce foutu costume de pédé est plus serré que mon uniforme des grands jours !

Le Faucon sortit un vieux magazine plié de sa poche de poitrine. Les pages du dessus étaient cornées et marquées au crayon rouge.

— Qu'est-ce que c'est que ça ? demanda Devereaux.

— Oh ! C'est encore de la propagande chinoise que ces vicieux avaient laissée traîner dans ma cellule. Le baratin communiste standard, en mauvais anglais et tout... C'est un article qui est censé démontrer le genre d'injustices répandues dans une société religieuse organisée. Le pape catholique que l'on voit ici a un cousin germain — un peu comme les Brokemichael, en somme, sauf qu'ils ne portent pas le même nom, mais qu'ils se ressemblent beaucoup. En fait, ils sont quasiment identiques. Mais le cousin du pape porte une barbe pour camoufler cette ressemblance.

— Je ne comprends pas. Où est l'injustice ?

— Ce cousin est un petit chanteur de troisième ordre dans une troupe d'opéra mineure et la moitié du temps il est au chômage. Les Chinois font évidemment la comparaison. Le chanteur chante de tout son cœur pour défendre la culture nationale et il vit dans une misère noire, tandis que son cousin, le pape, se délecte de mets délicats et vole l'argent des pauvres.

— Et ça vous a intéressé au point que vous en avez marqué les pages ?

— Oh que non, mon garçon ! J'en ai seulement souligné les inexactitudes pour le montrer à un de mes bons amis prêtre. Cela vous surprendra peut-être, mais je me suis un peu penché sur des problèmes auxquels je n'étais guère intéressé auparavant. Dieu, et l'Église, et ce genre de choses... Non, non, ne riez pas.

Devereaux sourit gentiment :

— Je ne ris jamais de ces choses-là. Je ne trouve pas qu'il y ait de quoi en rire. Les convictions religieuses d'un homme sont non seulement un droit constitutionnel pour lui, mais elles sont souvent aussi sa subsistance même.

— C'est une manière extrêmement touchante de formuler ça. Très profonde, Sam. A propos, juste une petite chose encore au sujet de cette affaire Brokemichael. Demain matin, au G2. Surtout bouclez-la et faites ce que je vous dirai de faire.

Hawkins attendait sous la bâche lorsque Sam s'arrêta au bord du trottoir, devant son hôtel. Il souleva une mallette d'aspect très luxueux d'une main, ouvrit la portière de la voiture de l'autre et se glissa à l'intérieur. Il arborait un large sourire.

— De Dieu ! Quel temps magnifique !

Le temps n'avait rien de magnifique. Il faisait froid et humide et le ciel promettait de lourdes averses.

— Votre baromètre est un peu détraqué.

— Foutaises ! Le temps — comme l'âge — dépend de notre humeur, mon garçon. Et je me sens d'une humeur géniale !

Hawkins lissa les revers de son costume de tweed, ajusta sa cravate rouge sombre à motifs cachemire sur sa chemise rayée dernier cri, et releva ses cheveux derrière les oreilles d'un geste délicat de la main.

— Je suis ravi de vous savoir dans d'aussi bonnes dispositions, fit Sam en démarrant et en se glissant dans le flot du trafic. Je ne voudrais pas jouer les rabat-joie, mais vous ne pouvez pas emmener une valise avec vous. Vous ne pouvez emporter aucun document. Rien ne doit sortir des bureaux du G2.

Hawkins se mit à rire. Il sortit un cigare de la poche de sa chemise.

— N'encombrez pas votre petite tête d'avocat avec ces détails, fit-il en cisaillant le bout de son cigare avec une pince en argent massif. J'ai tout arrangé.

— Il n'y a rien à arranger ! Je suis responsable de vous et il me reste vingt-quatre heures pour garder les mains propres.

Devereaux défoula sa mauvaise humeur sur le klaxon. Et les autres voitures lui rendirent généreusement ses assauts.

— Bon Dieu ! Mais vous êtes d'une humeur massacrante ! Préoccupez-vous donc de l'essentiel et ne vous emmerdez pas avec les à-côtés.

— Et merde ! Vous ne pourriez pas parler anglais, comme tout le monde ! Quels à-côtés ? Qu'est-ce que ça signifie ?

— Ce sont les à-côtés dont je vous parlais hier soir, fit MacKenzie en allumant son cigare. Faites ce que je vous dis et évitez d'attirer l'attention. Au fait, vous voudriez peut-être connaître le nom du type qui est responsable des archives du G2 ?

Bien sûr, ça n'a pas beaucoup d'intérêt pour vous, mais c'est une ordure particulièrement brillante, un véritable génie. Il ne savait pas ce que je faisais pour le service quand je l'ai sorti de ce camp de prisonniers à l'ouest d'Hanoi, il y a quelques années. Il a fait West Point, lui aussi. Curieuse coïncidence ! Promo 47. La même que moi. Putain ! Le hasard est une drôle de chose...

— Non !... Non, Mac ! Non, non et non ! Vous ne pouvez pas ! Je ne vous laisserai pas faire !

Sam s'attaqua à nouveau au klaxon. Il s'acharna vicieusement dessus. Au moment où une vieille dame impotente traversait le carrefour avec difficulté. La pauvre petite chose tremblante renfonça encore la tête dans ses épaules secouées de terreur.

— L'ordonnance 775 est parfaitement claire sur la fonction d'escorte. Une escorte est une escorte, pas un observateur. Il accompagne l'officier de renseignements jusqu'au lieu de consultation et il le raccompagne, mais il n'est pas autorisé à entrer dans la salle des dossiers. Je suppose qu'il y a une foule d'avocats malhonnêtes, Sam.

MacKenzie aspira une longue bouffée odorante de fumée de cigare.

— Il y a une autre chose qui est interdite dans cette salle, espèce de salopard ! (Devereaux abattit furieusement sa main sur le klaxon, une fois de plus. La vieille dame était maintenant comme paralysée en plein milieu de la rue.) C'est une valise !

— Non, pas si l'officier qui est en possession apporte son ultime contribution aux archives. Et personne n'y a accès, sauf son supérieur hiérarchique. Ce sont des renseignements secrets.

— Il n'y a rien du tout là-dedans ! hurla Sam en désignant la mallette du doigt.

— Qu'en savez-vous ? Elle est bouclée.

A son arrivée dans les bureaux de renseignements de l'armée, Hawkins fut conduit tranquillement, professionnellement, à la salle spécifiquement désignée pour l'opération, encadré par deux hommes de la police militaire. Sam fermait la marche. Cette procession lui sembla aussi formelle qu'un cortège d'exécution, sauf que Mac était décontracté et traînait légèrement le pas dans son costume en tweed un peu tape-à-l'œil, pas le moins du monde militaire. Mais lorsque tous les quatre furent à l'intérieur de la pièce, Hawkins se redressa et son ton civil et chaleureux fit place aux aboiements brusques d'une vraie peau de vache d'officier général. Il ordonna aux MP d'emmener Sam dans la pièce voisine et de faire venir leur supérieur. Les deux capitaines saluèrent, prirent Devereaux par les coudes et l'entraînèrent silencieusement vers la pièce mitoyenne, puis claquèrent la porte, la verrouillèrent, vérifièrent que tout était normal dans le corridor et se dirigèrent vers l'entrée au pas cadencé, tels des soldats de la Wehrmacht. Ils en verrouillèrent également la porte.

Sam avait une vague impression de déjà-vu. Cela lui revint à l'esprit. Il avait vu un film à la télé, plusieurs semaines auparavant. *Seven Days in May*[1]. Il s'approcha de l'unique fenêtre et regarda dehors. Puis dans la rue. A travers les barreaux. Il était au quatrième étage. Le G2 ne voulait prendre aucun risque avec les juristes de l'Inspection générale, pensa-t-il.

Il entendit un bruit de voix, provenant de la pièce voisine. Puis un rire exagérément viril accompagné d'une véritable éruption d'insanités. De vieux compagnons d'armes se souvenant du bon vieux temps, quand tout le monde en prenait plein le cul, sauf les généraux. Sam s'assit sur la chaise et ramassa un vieil exemplaire, tout corné, du *Let's Stamp out VD in G2* et se mit à lire.

Sa lecture, qui se révéla en fait passionnante, fut soudainement interrompue par un autre son, répétitif et régulier, émanant de la salle de consultation.

Trump-chump. Trump-chump. Trump-chump.

Devereaux ravala sa salive à plusieurs reprises, contrarié d'avoir oublié ses comprimés antiacide dans la voiture. Le bruit qu'il entendait ne pouvait être confondu avec aucun autre, du moins dans son système de références. C'était, à n'en pas douter, une photocopieuse.

Pourquoi diable aurait-on besoin d'une photocopieuse dans un lieu consacré à l'examen exclusivement visuel de dossiers éminemment secrets ?

D'un autre côté, pourquoi pas ?

La première question était infiniment plus logique. Cette photocopieuse était en contradiction flagrante avec l'ordonnance 775 (dans l'esprit comme dans la lettre).

1. *Sept Jours en mai.*

Sam reprit sa lecture, incapable de se concentrer, même sur les images.

Le *trump-chump* cessa au bout d'une heure et vingt minutes. Plusieurs minutes encore après, on entendit le cliquetis métallique d'une serrure et la porte de la salle de consultation s'ouvrit. MacKenzie émergea, portant sa mallette de luxe, maintenant pleine à craquer et sanglée par des courroies métalliques frappées au sigle du G2, avec une chaîne de trente centimètres qui pendait de la poignée.

— Qu'est-ce que c'est que ça? demanda Devereaux, toujours assis, avec appréhension et sans la moindre amabilité.

— Rien, répliqua Hawkins sur un ton détaché. Seulement quelques dossiers à transférer.

— Et ça, qu'est-ce que c'est?

— Commandant, poursuivit MacKenzie en haussant le ton, et en se raidissant brusquement, je vous présente le brigadier général Beryfickoosh! Garde à vous!

Devereaux se releva comme un ressort et porta la main au front pour saluer l'officier au poitrail impressionnant, orné d'une douzaine de rangs de rubans, avec un bandeau sur l'œil et, Sam était prêt à le jurer, une perruque effroyable posée sur le crâne, qui entrait dans la pièce. Son salut lui fut retourné avec une fermeté vibrante, puis l'officier lui tendit une large main musclée.

— Vous êtes sur le point d'être démobilisé, à ce que j'entends, commandant, fit le général d'un ton bourru.

— En effet, monsieur, répondit Devereaux en saisissant la main qu'il lui tendait.

A ce moment précis, Hawkins fit claquer la chaîne de la mallette sur le poignet de Sam, faisant jouer la triple combinaison entre les maillons et aboya :

— Premier transfert terminé, général !

— Opération confirmée ! articula le général en retour, tenant toujours la main de Devereaux dans sa griffe de métal et le fixant d'un œil. Le barda est maintenant sous votre garde, commandant. Soyez prêt pour le second transfert !

— Pour quoi, mon général ?

— Dites-moi, fit alors le général en relâchant la main de Sam, n'êtes-vous pas ce chieur d'avocat qui a fait suspendre le vieux Brokey Brokemichael ?

L'estomac de Devereaux était à l'agonie. Des gouttes de transpiration se formèrent instantanément sur son front et la lourde mallette le faisait ployer presque jusqu'au sol.

— Il y a deux manières de raconter cette histoire, mon général.

— C'est le moins qu'on puisse dire ! hurla Beryfickoosh. Celle de Brokey et celle d'un petit merdeux non combattant qui devrait être en train de casser des cailloux dans un bagne.

— Eh, juste une minute, mon général !

— Pardon, soldat ? Serait-ce de l'insubordination ?

— Non, mon général. Certainement pas, monsieur. Je voudrais juste faire valoir que...

— Faire valoir ? Faites donc un peu valoir votre cul et prenez la direction de cette porte. Et vous avez intérêt à assurer ce transfert, ou je vous envoie directement en cour martiale ! Pour insubordination *et* incompétence !

— Bien, mon général ! Tout de suite, mon général !

Sam tenta de saluer, mais la chaîne et la mallette étaient trop lourdes. Il fit donc une rapide volte-face et se dirigea vers la porte, qui fut ouverte, comme par miracle, par les deux capitaines de la police militaire.

Les formalités au bureau de la réception furent expédiées rapidement. Les courroies au sigle du G2 qui sanglaient la mallette étaient une sorte de symbole d'autorité. Devereaux signa le registre des sorties et la caméra miniature le photographia en silence.

Une fois dehors, Sam se retourna vers le Faucon.

— Ce type est fou ! Dix secondes de plus et il m'aurait fait coffrer et mettre au secret ! Mais *pourquoi* ?

— Le vieux Brokey a beaucoup d'amis, fit MacKenzie. Laissez, je conduirai.

— Merci.

Devereaux fouilla maladroitement dans sa poche et tendit les clés à Hawkins, la main toujours tremblante. Ils se rendirent au parking et montèrent dans la voiture.

Quinze minutes plus tard, en plein milieu d'un embouteillage, à Washington, Sam commença à se calmer. Sa panique à l'idée qu'un général apoplexique et bizarre risquait de tout foutre en l'air à deux jours de sa démobilisation s'effaçait lentement. Mais cette inquiétude était inexorablement remplacée par une autre crainte parfaitement justifiée. Et partiellement provoquée par le silence du Faucon.

— Mac, maintenant que ce paquet est sous ma responsabilité, qu'est-ce que je suis censé en faire ? Quand est-ce que ce second transfert doit avoir lieu ?

— Vous ne le savez pas ?

— Bien sûr que non.

— Le général pense que vous le savez.

— Eh bien, je ne le sais pas !

— Vous voulez peut-être y retourner et lui poser la question, Sam ? Personnellement, je ne vous le recommanderais pas. Compte tenu des sentiments qu'il a exprimés à votre égard. Mon Dieu ! Il est bien capable d'exhumer toutes sortes d'infractions très graves. Et ils viennent juste de prendre votre photo. Une chose en amène une autre, vous savez comment ces choses-là se passent. C'est un peu comme la théorie des dominos. Votre procès risque de durer un an ou deux.

— Qu'est-ce qu'il y a là-dedans, Hawkins ? Et arrêtez de vous payer ma gueule ! Qu'est-ce que c'est ?

— Navré, Sam. Je crains de ne pouvoir vous en parler. Vous devez comprendre, mon garçon, ce sont des documents secrets.

Sam était sur le canapé, le buste penché en avant, le bras tendu sur la table basse. MacKenzie actionnait la scie à métaux d'avant en arrière sur les maillons de la chaîne.

— Quand j'aurai fait sauter cette putain de chaîne, nous pourrons nous occuper de la serrure, fit MacKenzie d'un ton réconfortant. Ce serait plus facile avec un petit chalumeau.

— Pas sur mes artères, espèce de salaud ! Et merci de ne pas m'avoir dit que vous ne connaissiez pas la combinaison.

— Allons, ne vous en faites pas. J'en aurai fini d'ici cinq à dix minutes. L'acier est un peu plus résistant que je ne l'aurais cru.

Une heure et quatorze minutes plus tard, les derniers maillons étaient ouverts et il ne restait plus au poignet de Devereaux qu'une chaîne pendante et un cadenas à triple combinaison.

— Il faut que j'appelle mon bureau, fit Sam. Ils doivent m'attendre.

— Non, sûrement pas. Vous êtes avec moi. Vous couvrez mon opération 775. C'est ce qui était convenu dans notre accord. Un jour minimum, trois jours maximum.

— Mais nous ne sommes pas là-bas.

— Nous sommes allés déjeuner... fit MacKenzie en s'éclaircissant la gorge.

Je devrais quand même téléphoner.

— Putain ! Vous n'avez pas la moindre confiance en moi ! Mais pourquoi diable croyez-vous que j'ai attendu jusqu'à ce matin pour me rendre au G2 ? Il ne vous reste plus qu'un jour et je me porte garant de votre temps. Vous savez bien que vous ne risquez aucun ennui si vous n'êtes pas là-bas.

— Ben voyons. Aucun ennui — juste un peloton d'exécution.

— Arrêtez vos conneries, fit Hawkins en se relevant du sol et en déposant la mallette libérée sur le bureau de la chambre d'hôtel. Vous êtes plus en sécurité avec moi. Je connais ces emmerdeurs des Renseignements généraux. Vous êtes persuadé d'avoir tout bouclé et un de ces connards déboule dans votre bureau et vous annonce qu'il n'est pas question que vous partiez avant d'avoir rédigé vos conclusions dans telle ou telle affaire.

Devereaux jeta un coup d'œil sur le général qui tirait maintenant sur les courroies pour ouvrir la mallette. Il y avait une certaine logique dans la folie de Mac. Il y avait sûrement un dossier emmerdant ou un autre que ses supérieurs ne tiendraient pas à avoir sur le dos après son départ. Un mémo, mal classé ou pas lu. Un désaccord, ou un conflit entre juristes, qui serait resté sans conclusion. Hawkins venait à coup sûr de marquer un point. Sam était plus en sécurité en dehors du bureau.

MacKenzie sortit plusieurs centaines de pages photocopiées et les posa sur le bureau, à côté de la mallette. Devereaux pointa le doigt dessus et demanda prudemment :

— Tout ça vient de vos propres dossiers ?

— Pas exactement, à vrai dire. Beaucoup de ces documents n'ont jamais été dépouillés ni classés.

Sam se sentit soudain plus mal à l'aise encore qu'il ne l'avait été dans les trois dernières heures.

— Une minute. Quand nous étions au G2, vous avez prétendu qu'il s'agissait seulement de matériel brut sur des gens que vous aviez rencontrés.

— Ou des gens que d'autres gens ont rencontrés. C'est ce que je vous ai précisé, mon garçon. Je vous assure. Mais vous étiez tellement furieux que vous ne m'avez même pas écouté.

— Nom de Dieu ! Vous avez emporté des informations non traitées prises dans des dossiers qui n'étaient pas les vôtres ?

— Non, Sam, répliqua le Faucon en rajustant quelques pages. C'est vous qui les avez emportées. Le service de sécurité pourra en témoigner. C'est vous qui avez signé.

Devereaux se laissa tomber en arrière dans le canapé.

— Vous êtes un beau salaud.

— Comme vous dites, acquiesça tristement Hawkins. A certains moments, quand j'étais encore sur le terrain — à des lieues et des lieues au-delà de nos lignes, bien entendu —, je me demandais comment je pouvais supporter moi-même les choses que je faisais. Mais la réponse était toujours la même. J'ai été entraîné pour survivre, mon garçon. Et j'ai survécu.

Le Faucon avait maintenant quatre piles de photocopies nettement alignées à gauche de la mallette sur le bureau. Il tapota des doigts sur l'une d'entre elles, comme s'il jouait du piano, puis regarda Sam d'un air pensif.

— Je pense que vous ferez parfaitement l'affaire. Vous voulez bien accepter cet engagement temporaire comme mon avocat, n'est-ce pas ? Ce ne sera pas pour longtemps.

— Et ce sera un peu plus compliqué que de simples affaires d'investissements, n'est-ce pas ?

Devereaux resta bien calé dans le canapé.

— Un brin, je soupçonne.

— Et si je refusais, je n'aurais même plus à

m'inquiéter de Brokemichael. C'est une affaire mineure. Maintenant, me voilà compromis dans une histoire de transfert de dossiers secrets du G2. Pas de prescription pour cette petite vétille.

— J'ai bien peur que non.

— Qu'est-ce que vous attendez de moi ?

— De rédiger un certain nombre de contrats. Tout ce qu'il y a de plus simple, voyez-vous. Je suis en train de constituer une société. Une compagnie, c'est comme ça que vous l'appelleriez, je pense.

Sam respira profondément.

— C'est vraiment très amusant, si ça n'était pas si triste. En dehors des objectifs et des intentions, il y a un petit détail mineur qu'on appelle capital, et qui est un élément indispensable quand on veut créer une société. Je connais l'état de vos finances. Je ne voudrais pas vous enlever vos illusions, mais vous ne répondez pas exactement aux critères de la ligue des investisseurs.

— Aucune confiance en moi. Voilà votre problème. J'espère que vous changerez.

— Et que dois-je comprendre de cette remarque sibylline ?

— Elle signifie que je dispose des capitaux requis, au dollar près, voilà ce qu'elle signifie.

Hawkins planta ses doigts sur la pile de photocopies. Longuement, comme s'il venait de trouver un accord parfait.

— Quels capitaux ?

— Quarante millions de dollars.

— Quoi !

Dans son incrédulité ébahie, Sam bondit hors du canapé. La chaîne qui pendait à son poignet suivit et les derniers maillons allèrent cogner douloureusement son œil.

Son œil gauche.

La pièce se mit à tourner, tourner autour de lui.

8

Devereaux ouvrit l'enveloppe dès qu'il eut refermé la porte de l'hôtel. Il en retira un feuillet rectangulaire en papier épais et le considéra avec attention.

C'était un bon de caisse établi à son nom. Le montant en était de dix mille dollars.

C'était absurde.

Tout était absurde ; tout cela n'avait aucun sens.

Cela faisait exactement une semaine qu'il était revenu à la vie civile. Il n'y avait eu aucune entrave à son départ ; Brokemichael ne s'était pas manifesté et le fait qu'il ne se soit présenté à son bureau qu'une heure avant le moment officiel de sa démobilisation n'avait soulevé aucun problème de dernière minute. Pourtant, il était arrivé non seulement avec un bandeau sur l'œil gauche, mais avec un épais bandage autour du poignet droit. Des brûlures, avait-il expliqué.

Il avait déménagé et expédié ses affaires à Boston, mais il ne les avait pas suivies parce qu'un emmerdeur du nom de MacKenzie Hawkins avait décrété qu'il avait besoin de « son avocat » à

New York. Sam disposait donc d'une suite au Drake Hotel, sur Park Avenue, réservée et payée d'avance. La suite avait été louée pour un mois ; Hawkins pensait que cela suffirait.

Que cela suffirait pour quoi ? MacKenzie n'était pas encore prêt à cracher le morceau. Cependant, Sam n'avait aucune raison de s'inquiéter ; toutes ses dépenses passaient en notes de frais.

Sur le compte de qui ?

De la société.

Quelle société ?

Celle que Sam allait bientôt constituer.

Absurde !

Quarante millions de dollars de désillusions ! De quoi provoquer une lobotomie frontale !

Et maintenant, ce chèque de dix mille dollars. Libre de toutes taxes et pas de reçu exigé.

Ridicule ! Hawkins n'en avait pas les moyens. De plus, il était allé trop loin. On n'envoyait pas comme ça (et surtout pas à un avocat) dix mille dollars sans un semblant d'explication. C'était tout simplement malsain.

Sam se dirigea vers le téléphone de l'hôtel, vérifia la procédure complexe affichée sous le récepteur et composa le numéro de MacKenzie.

— Nom de Dieu, mon garçon ! C'est pas des façons ! Je veux dire que vous pourriez au moins dire merci.

— Merci pour quoi ? Complicité de vol ? D'où avez-vous sorti ces dix mille dollars ?

— De ma banque, directement.

— Vos économies ?

— C'est exact. Je n'ai rien volé à personne d'autre qu'à moi-même.

— Mais pourquoi ?

Il y eut un court silence à Washington.

— Vous avez dit le mot, fiston. Je crois que vous avez appelé ça une provision.

Il y eut un autre silence. A New York cette fois.

— Je crois que j'ai dit que j'étais le seul avocat de ma connaissance à bénéficier d'une provision basée sur le genre de chantage qui pourrait me mener tout droit au peloton d'exécution.

— C'est ce que vous avez dit. Et je voulais corriger cette impression. Je veux que vous sachiez que j'apprécie vos services. Je ne voudrais surtout pas que vous pensiez que je ne vous apprécie pas.

— Ça suffit. Vous n'avez pas les moyens, et je n'ai rien fait.

— Je pense, mon garçon, que je suis mieux placé que vous pour juger de mes moyens. Et vous avez fait quelque chose d'important. Vous m'avez fait sortir de Chine près de quatre mille ans avant la date de ma libération.

— C'est différent. Je veux dire...

— Et demain, ce sera votre première journée de travail, interrompit le Faucon. Pas grand-chose, mais ce sera un début.

Il y eut à ce moment une longue pause à New York.

— Avant que vous ne disiez quoi que ce soit, il faut que vous compreniez qu'en tant que membre du barreau, je souscris à un code déontologique très rigoureux. Et que je ne ferai rien qui puisse compromettre mon statut d'avocat.

Hawkins répliqua vivement et sans la moindre hésitation.

— J'espère bien que non, Grand Dieu ! Je ne veux pas d'un avocat véreux dans *ma* société. Ça ne ferait pas bon effet sur le papier à en-tête.

— Mac ! hurla Devereaux exaspéré. Vous n'avez pas fait imprimer le papier, j'espère ?

— Non. Je disais ça comme ça. Mais c'est une sacrée bonne idée.

Sam fit de son mieux pour se contrôler.

— Je vous en prie. Je vous en prie. Il y a à Boston un cabinet d'avocats et un homme très gentil qui sera un jour membre de la Cour suprême et qui attend mon retour dans une semaine ou deux. Il ne serait pas vraiment content d'apprendre que j'ai été employé par quelqu'un d'autre, durant mon congé. Et vous m'avez dit que mon travail pour vous serait terminé dans trois ou quatre semaines au plus. Alors, pas de papier à en-tête.

— D'accord, acquiesça tristement Hawkins.

— Bon, quel est le programme de demain ? Je vous facturerai un forfait journalier et je déduirai le total des dix mille dollars. Et je vous retournerai le solde à la fin du mois. De Boston.

— Oh, ne vous souciez pas de ça !

— Mais c'est un souci pour moi. Je dois aussi vous dire que je ne suis pas autorisé à pratiquer dans l'État de New York. Il est possible que je sois amené à payer des collaborateurs extérieurs. Cela dépend de ce que vous attendez de moi. Je suppose qu'il s'agit de constituer le dossier de cette société que vous voulez créer.

Devereaux alluma une cigarette. Il fut heureux de constater que ses mains ne tremblaient pas.

— Pas encore. Nous y viendrons dans deux ou trois jours. Demain, je veux que vous vous intéressiez à un homme du nom de Dellacroce. Angelo Dellacroce. Il vit à Scarsdale. Il possède plusieurs sociétés à New York.

— Qu'entendez-vous par « m'intéresser » ?

— Eh bien, je crois savoir qu'il a eu quelques ennuis financiers. Je voudrais savoir si c'était vraiment grave. Et si ça l'est encore. Quelle est sa situation actuelle, en somme.

— Sa situation ?

— Ouais. Savoir s'il vit toujours ici, s'il n'est pas en prison ou quelque chose comme ça.

Devereaux marqua une pause, puis parla calmement, comme s'il s'adressait à un enfant.

— Je suis avocat, pas détective privé. Les avocats ne font ces choses-là que dans les feuilletons télévisés.

MacKenzie répliqua à nouveau sans attendre.

— Je n'en crois pas un mot. Si quelqu'un souhaite entrer dans une société, l'avocat de cette société est censé enquêter sur les antécédents du gars, non ?

— Ça dépend de son degré de participation, je suppose.

— Il est considérable.

— Vous voulez dire que cet Angelo Dellacroce vous a fait part de son intérêt ?

— D'une certaine manière, oui. Mais je ne voudrais pas qu'il me croie assez grossier pour ouvrir une enquête, si vous voyez ce que je veux dire.

Devereaux nota que sa main tremblait un peu à présent. C'était mauvais signe. Moins grave que des brûlures d'estomac, mais mauvais tout de même.

— J'ai de nouveau le sentiment étrange que vous ne me dites pas tout.

— Chaque chose en son temps. Pouvez-vous faire ce que je vous demande ?

— Eh bien, il y a dans cette ville une agence dont mon bureau utilise — ou du moins utilisait — les services. Il les utilise encore probablement. Ces gens-là pourraient peut-être nous aider.

— Parfait. Voyez-les. Mais n'oubliez pas, Sam, vous êtes mon avocat. C'est comme un médecin, ou un prêtre, ou une pute honnête : mon nom ne doit pas être mentionné.

— Je me serais bien passé de la dernière comparaison, fit Devereaux. Merde !

Son estomac se plaignait. Il raccrocha.

— *Angelo Dellacroce!* (Jesse Barton, principal associé et fils du fondateur de Barton, Barton & Whistlewhite, éclata de rire.) Sam, vous avez été absent trop longtemps !

— A ce point-là ?

— Je ne plaisante pas. Aaron s'inquiéterait de votre santé mentale et retirerait personnellement votre nom sur la porte du cabinet. (Barton se pencha vers Sam.) Dellacroce est un gros bonnet de la Mafia. Cosa Nostra. Il est tellement haut placé dans les rackets de charité que le cardinal l'invite tous les ans au dîner d'Alfred E. Smith. Et, naturellement, il est intouchable. Il fait tourner en bourriques les magistrats fédéraux et les procureurs. Ils n'ont pas réussi à le coincer, mais c'est pas faute d'avoir essayé.

— Alors Aaron ne doit rien savoir de ma très innocente démarche, répliqua Sam en confidence.

— Votre indiscrétion restera entre nous. Mais s'agit-il vraiment d'une indiscrétion ? Votre client serait-il naïf à ce point ?

L'estomac de Sam se mit à répondre à sa place. Il parla rapidement pour en couvrir le bruit.

— A mon avis, oui. Je ne fais que rembourser une dette, Jesse. Ce type m'a sauvé la peau en Indochine.

— Je vois.

— C'est pourquoi il est important à mes yeux, poursuivit Sam. Alors, d'après vous, c'est un naïf. A propos de ce Dellacroce.

— Oubliez ce que j'ai dit, fit Barton en attrapant le téléphone. Miss Dempsey, passez-moi Phil Jensen je vous prie. (Jesse raccrocha avant de préciser :) Jensen est le directeur en second du bureau du procureur. Du district fédéral, pas municipal. Ils ont Dellacroce dans le collimateur depuis l'arrivée de Phil. Et ça fait près de trois ans maintenant. Jensen a renoncé à un salaire assuré de soixante mille dollars pour poursuivre les criminels.

— C'est tout à fait louable.

— Tu parles. Il veut devenir sénateur ou mieux. C'est là que se trouve vraiment le fric... (Le téléphone sonna. Barton décrocha.) Merci... Allô, Phil ? C'est Jesse. Phil, j'ai ici un vieil ami.

Il a vécu à l'étranger pendant quelques années. Il me demandait des renseignements sur Angelo Dellacroce...

L'explosion à l'autre bout du fil se répercuta dans toute la pièce. Jesse grimaça.

— Non. Dieu merci ! Il n'a rien à voir avec lui. Tu me prends pour un cinglé ?... Je viens de te dire qu'il était parti. A l'étranger, pour être plus précis. (Jesse écouta un instant son interlocuteur puis leva les yeux sur Sam.) Étiez-vous en Italie du Nord ?... Où ça, Phil ?... Près de Milan ?

Devereaux secoua la tête. Barton poursuivait, une oreille collée au récepteur, mais s'adressant toujours à Sam.

— Ou à Marseille ? Ou à Ankara ?... A Rashid, peut-être ?

Devereaux secouait toujours la tête.

— Alger ? Étiez-vous à Alger ?... Non, Phil. Tu n'y es pas du tout. Tout ça est très sérieux. Je ne t'aurais pas appelé si ça n'avait pas été le cas, tu le sais bien... De simples renseignements financiers... Tout ce qu'il y a de plus légitime... Oui, je sais, Phil... Phil dit que ces salauds seront bientôt propriétaires de Disneyland... Allons, Phil, soyons sérieux ! Il n'a pas l'intention de le contacter. Je voulais juste une confirmation du statut de Dellacroce... Bon, d'accord. C'est noté. Merci.

Barton remit le récepteur en place et se redressa.

— Voilà.

— Je viens de mettre le doigt sur un point sensible.

— Très sensible. Non seulement Dellacroce est sorti indemne d'une inculpation en béton, la semaine dernière mais à cause d'une fuite du jury d'accusation, le bureau du procureur a dû présenter des excuses publiques. Que dites-vous de ça ?

— Je n'aimerais pas être à la place de Jensen.

— Jensen préférerait sans doute être à la vôtre. Son bureau va laisser Dellacroce tranquille pendant deux ou trois mois, et puis il le convoquera à nouveau. Mais ça ne servira pas à grand-chose. On dirait que Dellacroce est tombé dans du beurre ! Il sort des tribunaux aussi facilement qu'il y entre.

— Alors, mon client ferait mieux de rester à l'écart de tout ça.

Devereaux n'avait pas posé une seule question.

— Le plus à l'écart possible, répliqua Barton. Ce n'est pas l'habit qui fait l'homme, ce sont ses partenaires financiers. Vous pouvez poser la question à qui vous voudrez, de Biscayne à San Clemente.

— Ça alors ! Vous ne trouvez pas que c'est intéressant ? Vous ne pouvez rien me dire de plus, n'est-ce pas ?

— Gardez vos distances, fit Devereaux en changeant le récepteur de main pour prendre un verre de bourbon posé sur le côté du bureau. Il faut se méfier de lui et il n'y a rien à en attendre de bon.

— Je vois ce que vous voulez dire...

— Je préférerais vous entendre dire : « Bien Sam, je me tiendrai à distance d'Angelo Dellacroce. » Ça oui, j'aimerais bien vous l'entendre dire.

— Je vois...

— Vous ne m'écoutez pas. Quand on verse une provision à un avocat, on prend la peine de l'écouter. Maintenant, répétez après moi : je garderai mes distances...

— Je sais que vous avez eu une dure journée, mais vous devriez plutôt vous intéresser à votre prochain objectif. Juste penser un peu à votre travail.

— Je pense toujours à Angelo Dellacroce.

— Nous en avons terminé avec cette partie de...

— Ravi de vous l'entendre dire.

— Pour le moment, du moins. Maintenant, je veux que vous commenciez à mettre sur le papier une sorte de brouillon, un contrat standard d'association. Un vrai document juridique, avec des blancs, pour les gens qui sont prêts à investir de l'argent.

— Des gens comme Dellacroce ?

Le ton de Devereaux ne laissait aucun doute sur ses opinions.

— Nom d'un chien ! Oubliez un peu ce clown !

— A en juger par ce que j'ai appris de lui, vous seriez plus avisé de le considérer comme le roi de Rome en personne. Mais je préfère ne plus en entendre parler. Quel type de société ? Si vous souhaitez l'enregistrer dans l'État de New York, il faudra que je fasse appel à la collaboration d'un autre avocat. Je vous l'ai déjà dit.

— Pas question, mon garçon ! hurla Hawkins.

Je ne veux avoir affaire à personne d'autre que vous !

— Il me semble avoir été très clair sur ce point. Je ne suis pas habilité à pratiquer ici. Je ne pourrai pas déposer votre dossier à New York.

— Mais qui vous parle de déposer un dossier ? Je veux seulement les documents.

Sam se sentit déconcerté. Il ne savait plus trop ce qu'il était censé dire. Ni ce qu'il pouvait dire.

— Est-ce que vous voudriez me faire croire que vous m'avez versé une provision de dix mille dollars pour que je prépare des documents que vous n'avez même pas l'intention de déposer ?

— Je n'ai pas dit que je ne le ferai pas un jour. Mais je n'ai pas l'intention de m'en inquiéter pour le moment. C'est tout.

— Alors, pourquoi prendre un avocat avant d'en avoir besoin ? Et qu'est-ce que je fous ici, à New York ?

— Parce que je ne veux pas de vous à Washington. Pour votre propre bien. Et quand un homme rassemble des fonds pour monter une société, il doit être en mesure de fournir des documents crédibles sur le plan juridique. J'inverse donc l'ordre de vos questions.

— Je suis content de le savoir. Je n'insisterai plus. Quel genre de société ?

— Une société normale.

— Ça n'existe pas ; chaque société est différente.

— Du genre de celles où les bénéfices sont partagés. Entre les investisseurs.

— De ce point de vue-là, elles se ressemblent toutes. Ou du moins elles le devraient.

— C'est ce que je veux. Pas de monnaie de singe.

— Attendez une minute. (Devereaux posa le téléphone et traversa la pièce pour aller chercher son attaché-case qu'il avait laissé sur une chaise. Il en sortit un bloc jaune et deux crayons et retourna au bureau.) J'ai besoin de précisions. Je vais vous poser quelques questions qui me permettront de préparer ce document officiel non destiné à l'utilisation ni à l'enregistrement.

— Allez-y, mon garçon.

— Quel est le titre ? Le nom de la société ?

— J'y ai réfléchi. Que dites-vous de Shepherd Company ?

— Pas grand-chose. Je ne sais pas ce que cela signifie. Non pas que cela fasse une quelconque différence. Vous pouvez l'appeler comme bon vous semble.

— J'aime bien Shepherd Company.

— Bon, fit Sam en inscrivant ces mots. Et quelle adresse ?

— États-Unis.

Devereaux considéra le récepteur :

— Quoi ?

— C'est... symbolique.

— Vous ne pouvez pas utiliser une adresse symbolique.

— Pourquoi pas ?

— J'ai oublié. Vous n'avez pas l'intention de déposer ce dossier. C'est bon. Le dépositaire ?

— Qui ça ?

— La banque ? L'endroit où les fonds de la société seront déposés.

— Laissez ça en blanc. Deux lignes. Il y aura plusieurs banques.

Le crayon de Sam s'arrêta involontairement. Il l'obligea à poursuivre son tracé.

— Quel est l'objet de la société ?

Il y eut une pause à Washington.

— Donnez-moi quelques exemples juridiquement valables.

Puis une pause plus longue encore à New York. Le crayon de Devereaux était franchement réticent.

— On pourrait commencer par « l'intention ».

— Faire de l'argent, évidemment.

— Comment ?

— En proposant quelque chose que les gens devront payer.

— Des produits manufacturés ? Des marchandises ?

— Non, non, pas vraiment.

— Marketing ?

— Vous brûlez. Continuez.

— Dans quelle direction ?

— Précisez un peu, répliqua Hawkins.

— Je ne suis pas avocat d'affaires, mais si je me souviens bien de mes cours, l'objet d'une société — sa source de profit — doit consister en une forme ou une autre de production, de fabrication, de marketing, de transaction, d'achat ou de services.

— Vous y êtes !

— Des services ?

— C'est pas mal, mais je pensais plutôt au truc précédent.

Sam exhala :

— Une transaction ?

— C'est ça. Une transaction.

— Acheter à un certain prix et revendre avec une marge ? Vous voulez parler de courtage ?

— Bravo Sam ! Vous avez trouvé le bon truc !

Devereaux appuya sur son crayon presque machinalement et se mit à écrire sur le carnet.

— Dans ce cas, il faut préciser la nature du produit. Un service ? Des biens immobiliers ? Ou des marchandises ?

— De nature religieuse, interrompit MacKenzie d'une voix basse et solennelle.

— Pardon ?

— Le produit.

Sam inhala. Ce fut une longue inspiration. Et quand il expira, il émit un petit toussotement.

— Vous voulez dire que vous voulez constituer une société pour mettre sur le marché un produit de nature religieuse ?

— Mettons, répondit Hawkins simplement.

— Des articles religieux ?

— Mieux que ça.

— Pour l'amour du ciel ! Qu'entendez-vous par « mieux que ça » ?

— Mettre sur le marché un produit de nature religieuse. Parfait, mon garçon !

Devereaux emprunta à Barton les formulaires standard de l'État de New York pour une société à responsabilité limitée. Ce fut relativement facile de transcrire ses notes sur les formulaires et de faire retaper les pages par la secrétaire de l'hôtel comme si elles lui avaient été intégralement dictées. Les choses prennent tournure, songea Sam en examinant le document final, avec ses blancs réservés pour le nom des associés, des banques de dépôt et les montants et en considérant la formulation inepte de l'objet de la société : « mise sur le marché d'un produit de nature religieuse ».

Mais tout ça avait l'air aussi légal qu'un article de code. Oui, se dit Sam en soupesant l'enveloppe contenant ce charabia qu'il était sur le point d'envoyer à Mac Hawkins, les choses prennent forme. Il serait de retour à Boston, chez Aaron Pinkus Associates dans quelques jours ; son travail « juridique » pour le Faucon était terminé. Cela lui avait pris neuf jours en tout, pratiquement trois semaines de moins que le mois que Mac avait prévu.

Il avait accepté de rester au Drake Hotel un ou deux jours de plus, pour laisser à Mac le temps d'apprécier son travail. Il ne faisait aucun doute que celui-ci l'approuverait et c'est ce qu'il fit.

— Ma parole, Sam, c'est un document diablement impressionnant, fit le Faucon au téléphone depuis Washington. Je suis abasourdi que vous ayez réussi à rédiger tout ça en si peu de temps, si rapidement.

— Il suffisait de suivre certaines règles. Ce n'était pas si difficile.

— Vous êtes trop modeste, mon jeune ami.

— Je suis pressé, voilà ce que je suis. Pressé de retourner à Boston.

— Je vous comprends bien, coupa Hawkins, sur un ton trop mollement affirmatif pour empêcher la douleur soudaine et croissante qui tordait l'estomac de Sam.

— Écoutez, Mac...

— Je vois que vous m'avez désigné comme

président de la société. Vous ne m'aviez pas dit ça.

— Je n'avais pas d'autres noms. Je vous ai demandé qui seraient les membres du conseil et vous m'avez dit de laisser tout ça en blanc.

— C'est quoi ces titres de secrétaire et de trésorier ? C'est important ?

— Pas si vous ne déposez pas les statuts.

— Supposons que je veuille le faire un jour.

— La procédure normale consiste à combiner les deux fonctions. Dans la plupart des États, on exige un minimum de deux associés pour une société à responsabilité limitée.

— Mais je pourrais en avoir davantage si je le souhaitais, n'est-ce pas ?

— Certainement.

— Je voulais juste savoir ce qui était possible, Sam. C'est sans importance. Les statuts ne seront jamais déposés. C'est juste histoire de passer le temps.

Devereaux crut détecter une note de mélancolie dans la voix de Hawkins. Mac était-il en train d'en venir aux prises avec ses propres fantasmes ? Commençait-il à comprendre que son incursion irrationnelle dans le droit des sociétés n'était qu'une compensation pour un homme dépossédé de son commandement ? Sam commença à se détendre. Il se sentait réellement désolé pour ce vieux cheval de guerre. Passer le temps était un euphémisme pour remplir ses journées.

— Ça vous occupera, c'est sûr, mon général.

— Eh ! Sam, ça fait des semaines que vous ne m'avez pas appelé général !

— Navré. Un lapsus.

— Je vous rappellerai demain, mon garçon. Vous avez travaillé dur. Amusez-vous un peu ce soir. N'oubliez pas que tout ça passera en notes de frais.

— En ce qui concerne ces dix mille dollars, c'est très généreux à vous, mais je n'en veux pas. Je n'en ai pas besoin. Je déduirai toutes les dépenses professionnelles — sténographe, fournitures et ce genre de choses — et je vous retournerai le reste. Et puis, il y a un conseiller en investissements que je connais à Washington...

Devereaux s'arrêta. Il réalisa qu'un déclic à l'autre bout de la ligne avait coupé court à la conversation.

Il n'avait aucune raison de se priver de bon temps. Il avait passé suffisamment de week-ends à New York pour savoir où étaient les points chauds : les bars pour âmes esseulées de la Troisième Avenue.

Sam eut une chance spectaculaire. Sa prise était une petite chose encore nubile qui arrivait d'Omaha dans le Nebraska — la ville d'Henry Fonda et de Marlon Brando — pour gravir les échelons de Broadway. Elle fut terriblement impressionnée par cet avocat qui travaillait beaucoup pour la Metro Goldwin Warner-Brothers quand il ne s'occupait pas des contrats pour Bowling Four Dollars et le Masterpiece Theatre.

Sam fut impressionné lui aussi. Toute la nuit durant, et pendant la plus grande partie du lendemain matin, bien avant dans l'après-midi et (après un entracte pour manger et papoter un peu) la nuit qui suivirent.

Il était neuf heures vingt-sept lorsque le téléphone sonna ; neuf heures vingt-neuf quand la jeune fille nubile lui annonça d'une voix ensommeillée :

— Sam, le téléphone est de mon côté.

— Tu es très observatrice.

— Tu veux que je décroche ? demanda-t-elle.

— Puisqu'il est de ton côté, ça me paraît une bonne idée.

— Tu es sûr ?

Sam ouvrit les yeux. La fille s'était dressée et était en train de s'étirer. Le drap avait glissé.

— Dépêche-toi, fit Devereaux.

— Puisque tu insistes.

— Je n'ai pas de femme et ma mère ne sait pas où je suis, et Aaron Pinkus n'en a rien à foutre. Décroche ce téléphone, réponds vite et raccroche.

La fille tendit le bras vers l'instrument. Et Sam tendit le bras vers la fille.

— C'est un homme avec une voix tout éraillée qui veut te parler. Il dit qu'il s'appelle Angelo Dellacroce.

Elle tendit le récepteur à Sam.

— C'est vous ! (Les mots crachaient dans le téléphone.) Vous êtes Sam Deverooze, le secrétaire trésorier de cette Shepherd Company ?

9

L'ex-général de division MacKenzie Hawkins, qui avait reçu à deux reprises les honneurs suprêmes, pour héroïsme exceptionnel face à l'ennemi, au-delà des exigences du devoir, trembla comme un petit garçon à la vue de l'ex-commandant Sam Devereaux, une sorte d'anomalie dans l'armée américaine.

Hawkins vit Sam sortir de son taxi à l'entrée du North Hampton Golf Club. Les lanternes plantées au sommet des piliers de pierre alignés de chaque côté de l'allée étaient la seule source de lumière. La nuit était froide et, dans le ciel nuageux, la lune était invisible. Les lanternes donnaient cependant assez de lumière pour révéler l'expression angoissée du visage de Devereaux.

Sam était furieux, MacKenzie le vit tout de suite. Mais il se dit qu'après tout il ne lui avait pas menti, enfin pas vraiment. Il n'avait jamais dit à Devereaux qu'il ne prendrait pas contact avec Angelo Dellacroce. Seulement qu'il n'avait, a priori, aucune raison de le faire, au moment où Sam avait soulevé la question. A ce moment-là, certes. Mais pas nécessairement par la suite.

Quant au titre de secrétaire trésorier, c'était tout autre chose. C'était du meilleur effet sur les statuts de la société : Sam Devereaux Esq., conseiller juridique, suite 4 F, Drake Hotel, New York. Juste au-dessus de la ligne réservée pour le deuxième poste important de la Shepherd Company. C'était pour le propre bien dc Devereaux ; il le comprendrait bien assez tôt. Mais pour l'instant, Sam était aussi enragé qu'un taureau en cage, tenu à l'écart des génisses en chaleur.

Le Faucon avait accepté le rendez-vous de Dellacroce parce que ça lui convenait. L'Italien était tellement inquiet d'être sous surveillance qu'il avait insisté pour rencontrer Mac en plein fairway, au sixième trou du North Hampton Golf Club, entre minuit et une heure du matin. Mais si Hawkins avait émis une objection et proposé à la place la Bell Telephone Company, Dellacroce aurait sans doute capitulé.

Car Dellacroce n'avait pas le choix. Mac possédait un dossier sur lui qui aurait justifié une peine de prison digne d'un tribunal de République populaire de Chine.

Cela dit, une rencontre de nuit, sur ce terrain environné d'épais bosquets, de ruisseaux et de petits lacs, avait tout pour séduire Hawkins. Il se sentait chez lui, sur un tel territoire. Ça ne valait pas le Cambodge ou le Laos, mais c'était une bonne occasion de se faire la main.

Il avait pris l'avion de Washington dans l'après-midi et, muni de faux papiers d'identité, avait loué une voiture pour se rendre à North Hampton. Aussitôt la nuit tombée, il avait fait le tour du club et s'était garé à la lisière ouest. Dellacroce lui avait annoncé que le club serait fermé pour la nuit et que le gardien serait remplacé par un de ses hommes.

Ce qui signifiait, bien entendu, que Dellacroce doublerait les effectifs de surveillance partout et en particulier autour du sixième trou.

Les poches bourrées de rouleaux de cordelette et de ruban adhésif de dix centimètres de large, Hawkins employa une vieille tactique d'Hô Chi Minh qui lui avait beaucoup servi par le passé. Il entreprit son opération de commando au point le plus éloigné de la zone d'hostilité et se fraya un chemin jusqu'au front.

A vingt-trois heures, les patrouilles ennemies commencèrent à se déployer sur le parcours du North Hampton Golf Club. Il y avait neuf hommes (un peu plus que Mac ne l'avait prévu), postés dans le rough, à la lisière des bois, de chaque côté du parcours, la ligne de relais s'étendant jusqu'au club-house et au départ du premier trou.

Un par un, Hawkins en neutralisa huit. Il leur retira leurs armes, les ligota, leur bâillonna la bouche — et tous les muscles faciaux avec du scotch — et les envoya au pays des rêves d'un petit coup sec de kaï-saï à la base du crâne. Puis il rebroussa chemin jusqu'au neuvième homme, posté à l'entrée.

Il lui avait réservé une stratégie qui s'était avérée particulièrement efficace contre le Pathet Lao. Car il fallait que l'homme puisse parler.

Il se montra extrêmement coopératif. Surtout

après que Mac eut lacéré son pantalon, du revers à l'entrejambes.

A minuit moins dix, la grosse limousine noire de Dellacroce glissa doucement entre les battants du portail et jusqu'au large porche encadré de piliers. Dans l'obscurité, le neuvième homme, rivé à l'un des piliers, lança :

— Tout va bien, monsieur Dellacroce. Chacun des gars est à son poste, comme vous l'aviez demandé.

La voix de l'homme était un peu aiguë et légèrement tendue, mais Hawkins pensa, à juste titre, que Dellacroce avait bien autre chose en tête.

— OK ! C'est bien, répondit-il d'une voix grinçante en descendant de la voiture, flanqué de deux gardes du corps trapus qui avançaient comme des gorilles, les mains plongées sous les revers de leurs vestons. Rocco, tu restes ici avec Augie. Et toi, Fingers, tu viens avec moi. Meat, tu ramènes la voiture au parking et tu la planques hors de vue.

Avant que Dellacroce et Fingers aient fait le tour du club-house, le neuvième homme fut mis hors d'état par un coup de kaï-saï. Et quand ils disparurent au bout de la pelouse, Rocco avait rejoint Augie dans sa paisible inconscience.

Le gentleman qui répondait au doux nom de Meat était la prochaine cible de Hawkins. Cela lui prit près de cinq minutes, mais uniquement parce que Meat était un homme d'expérience. Il n'avait pas garé la limousine en bordure du parking, mais en plein milieu. Un excellent poste d'observation, songea Mac. Meat pouvait surveiller tout ce qui se passait autour de lui, sans être gêné par des ombres ni entravé par des obstacles. Meat était un bon.

Mais pas assez bon.

MacKenzie rampa en diagonale pour sortir du parking jusqu'au premier départ, puis se dirigea dans le rough vers le sixième trou. Puisque Dellacroce avait annoncé clairement qu'il serait seul, Hawkins se doutait que Fingers était tapi dans l'ombre, sans doute en lisière des bois. Et s'il avait un soupçon de cervelle, il se posterait plutôt de l'autre côté du fairway, côté est, en position légèrement surélevée.

Mais Fingers n'avait pas tant de jugeote. Il était resté du côté ouest, prostré dans les broussailles, sans la moindre surveillance possible à l'arrière.

Bon Dieu ! se dit Hawkins, ça n'est même pas drôle de coincer un pareil connard !

Il le coinça néanmoins. En silence. Et en douze secondes. Laissant Angelo Dellacroce seul au milieu du fairway, un cigare allumé pendant à ses lèvres charnues, son corps ramassé totalement détendu, ses mains replètes croisées derrière son dos, comme s'il attendait qu'on lui serve un plat de *linguini,* dans une trattoria où le service serait un peu lent.

Trois minutes plus tard, le taxi de Devereaux arrivait sur la route déserte qui longeait le golf par-derrière et MacKenzie l'accueillait.

Comme Sam avançait d'une démarche hésitante dans l'allée, Hawkins préféra ne pas lui parler des hommes neutralisés. Cela ne pourrait que contrarier l'ex-commandant. Il valait mieux lui dire que Dellacroce avait tenu parole et qu'il était seul sur le sixième trou.

— Bon sang ! Salut Sam !

Devereaux se plaqua au sol, étreignant le gravier comme s'il était plus précieux que sa propre vie. Puis il leva les yeux. MacKenzie sortit alors de sa poche une lampe à peine plus grosse qu'un stylo mais très puissante, et l'alluma.

L'ex-commandant était furieux, à n'en pas douter. Son visage était à la fois crispé et congestionné, comme s'il était sur le point d'exploser.

— Vous n'êtes qu'un salaud, sans foi ni loi ! marmonna-t-il d'une voix où la peur était mêlée à la colère. Pauvre type ! Vous êtes l'individu le plus abject et le plus pervers qui ait jamais existé ! Qu'est-ce que vous avez encore fait, ordure !

— Allons, allons, ça n'est pas des façons de parler ! Venez, levez-vous. Vous avez l'air complètement stupide, étalé comme ça par terre, fit MacKenzie en tendant la main à Devereaux.

— Ne me touchez pas ! Espèce de limace visqueuse ! Vous êtes tout juste bon à enculer les moutons en Mongolie ! Et encore ! J'aurais dû laisser Lin Shoo vous arracher les ongles un par un, pendant quatre mille ans ! Ne me touchez pas ! hurla Sam en titubant sur ses jambes.

— Écoutez, commandant...

— Ne m'appelez pas comme ça ! Je n'ai pas de numéro de matricule et je ne veux pas qu'on s'adresse à moi en faisant une quelconque allusion à l'armée ! Je suis avocat, mais je ne suis pas votre avocat ! Où diable sommes-nous ? Il y a combien de lance-torpilles qui nous cernent ?

MacKenzie sourit.

— Il n'y a personne, mon garçon. Seulement Dellacroce, debout au milieu du fairway, comme un gentil parrain dans une partie tranquille de *pastaciutta.*

— Je ne vous crois pas ! Vous savez ce que ce gorille m'a répondu au téléphone quand j'ai dit que je ne viendrais pas ici ? Cet enfoiré de chaperon m'a dit que ma santé risquait d'en prendre un sacré coup ! Voilà ce qu'il m'a dit !

— Oh, ne faites donc pas attention à ce genre de propos. Ces gros ploucs parlent toujours à tort et à travers.

— Conneries ! siffla Devereaux en scrutant l'obscurité. Ce cinglé m'a dit que si j'étais en retard, il m'enverrait des oranges à l'hôpital, demain ! Et que si j'essayais de quitter la ville, un certain Meat me retrouverait avant la fin de la semaine !

Le Faucon secoua la tête.

— Meat est un sacré débrouillard. Mais je pense que vous n'auriez pas de mal à l'avoir. Je miserais plutôt sur vous, mon garçon.

— Je ne tiens pas à l'avoir, ni lui ni personne d'autre. Et surtout ne pariez pas sur moi ! Vous ne me reverrez plus jamais ! Je voulais seulement me débarrasser de cette histoire. Je suis venu pour rencontrer Dellacroce et lui dire que tout ça n'est qu'un sombre malentendu ! Que je me suis seulement occupé de votre courrier, pendant quelque temps, c'est tout !

— Maintenant, écoutez-moi, mon garçon.

Votre réaction est excessive. Il n'y a aucune raison de vous en faire, fit Hawkins en commençant à avancer sur le parcours, suivi par Devereaux qui calquait son pas sur lui, la tête dressée au moindre bruit. Mr. Dellacroce se montrera extrêmement coopératif. Et il n'y aura plus de propos aussi violents, vous verrez.

— Qu'est-ce que c'était ?

Sam venait d'entendre un bruit mou et humide.

— Détendez-vous, je vous en prie. Vous avez dû marcher sur une merde de chien. Rendez-moi un service : ne cherchez pas à expliquer quoi que ce soit tant que je n'aurai pas parlé avec Dellacroce, d'accord ? Ça ne devrait pas me prendre plus de trois ou quatre minutes.

— Non ! Il n'en est absolument pas question ! Je ne tiens pas à ce que ma carrière juridique prometteuse prenne fin sur le gazon d'un club de golf de la Mafia ! Ces gens-là ne plaisantent pas ! Ils utilisent des balles, des chaînes, et des blocs de ciment ! Et des rivières ! C'était quoi ce bruit ?

Il y avait eu un frémissement d'ailes dans les arbres.

— Mettons que nous avons dérangé un oiseau. Si vous vouliez seulement accepter de vous taire jusqu'à ce que j'en aie terminé avec Dellacroce. Je vous paierais dix mille dollars de plus, nets d'impôts. Qu'en dites-vous ?

— Vous êtes fou ! Non ! Une fois de plus. Parce que je n'arriverais même pas à les dépenser, une fois que je serai enterré dans un cimetière de Boston. Vous m'offririez dix millions de dollars que ma réponse serait toujours non.

— C'est peut-être envisageable.

— Pour l'amour du ciel ! Faites-vous interner avant que d'autres ne s'en chargent.

— Dans ce cas, je crains de devoir dire les choses autrement : ou vous la bouclez jusqu'à ce que j'aie fini de traiter mes affaires avec Mr. Dellacroce, ou j'appelle le FBI dès demain matin et je leur raconte qu'il y a un ex-commandant qui écoule des documents secrets non traités qu'il a dérobés illégalement dans les archives du G2.

— Oh non ! Vous ne le ferez pas ! Parce que je leur dirai la vérité ! Je leur dirai comment vous m'avez fait du chantage et comment vous m'avez dupé avant de me faire chanter à nouveau. Croyez-moi, vous auriez eu une peine de prison moins longue à Pékin !

— Il est clair que tout ça devient très compliqué, n'est-ce pas ? Vous voulez dire que vous feriez rouvrir le dossier Brokemichael ? Mais où cela vous mènerait-il ? Un homme viole les lois de l'espionnage parce qu'il ne tient pas à rester plus longtemps au service de son pays. Dans un boulot planqué, même pas sur le front. Votre histoire de chantage ne tient pas debout, si vous voulez mon avis.

— Vous êtes décidément sans scrupules.

— Je sais... Je sais, fit le Faucon. Vous vous répétez, mon garçon. Ce que vous devriez comprendre, c'est que ça ne fait pas une grosse différence pour moi. Comme vous l'avez dit vous-même, j'ai été coulé. Que voulez-vous qu'il m'arrive de pire ?

Hawkins continuait à avancer. Devereaux le suivait avec réticence, ses yeux furetant de tous côtés, les nerfs visiblement à bout. Une série de sons étouffés sortirent de sa bouche avant qu'il ne trouve les mots :

— Vous n'avez donc aucune pudeur ? Aucune compassion ? Aucun amour pour vos semblables, dans le plus profond de votre cœur ?

— Bien sûr que si ! répliqua le Faucon. (Ils coupèrent au niveau du départ du troisième trou vers le fairway du six.) Mais maintenant, bouclez-la un peu, voulez-vous ? Si les choses ne se passent pas comme vous voulez, vous aurez tout votre temps pour cracher votre sermon. Je ne peux pas me montrer plus fair-play que ça, non ?

Les nuages au-dessus de leurs têtes se dispersèrent. La lune brillait par intermittence. Et à une centaine de mètres devant eux, ils pouvaient voir la silhouette épaisse d'Angelo Dellacroce, les mains toujours croisées derrière le dos, le mégot allumé de son cigare toujours au coin des lèvres.

— Il doit avoir le plastron couvert de cendres, fit Hawkins doucement. (Puis, plus fort, il héla :) Monsieur Dellacroce ?

Un grognement émana du corps obèse planté devant eux. MacKenzie alluma sa mini-lampe de poche et la leva à la hauteur de son propre visage, éclairant ses cheveux gris acier, un peu longs, et projetant une ombre sur sa barbiche à la Van Dyck, soigneusement lissée.

— Vous faites de nous une cible superbe ! murmura Sam.

— Qui pourrait nous tirer dessus ?

Ils s'approchèrent de l'Italien. Mac tendit la main, mais Dellacroce ne fit aucun geste pour la prendre. Hawkins remarqua calmement :

— Même quand j'ai reçu la reddition des

Vietnamiens, j'ai eu droit à une poignée de main. C'est ce qui nous distingue un peu des animaux.

Lentement, Dellacroce sortit un bras de derrière son dos et ils se serrèrent la main.

— Je ne vois pas de Vietnamien ici, et qui vous parle de reddition ? articula-t-il de sa voix râpeuse.

— Loin de moi cette idée, répliqua vivement Hawkins. C'est au contraire le début d'une association profitable. Au fait, je vous présente mon bon ami, Sam Devereaux, qui est aussi mon avocat.

— Mac !

— Bouclez-la et serrez-lui la main, fit Hawkins *sotto voce*. Putain, les mecs ! J'ai dit : serrez-vous la main !

Avec une réticence encore plus grande, les deux mains se rapprochèrent, se touchèrent furtivement et se séparèrent, comme si leurs propriétaires redoutaient une contamination.

— C'est mieux, fit le Faucon avec enthousiasme. Maintenant, nous pouvons parler.

Et c'est ce qu'il fit. Il commença par énumérer les activités illégales d'Angelo Dellacroce, aux États-Unis comme à l'étranger. Il lui fallut deux minutes.

— Maintenant, monsieur Dellacroce, si les autorités n'arrivent pas à vous mettre la main dessus, c'est parce qu'elles n'ont pas accès à un seul de ces offices centraux qui traitent spécifiquement des activités diverses dont nous venons de parler. J'imagine que cela peut vous paraître étrange, monsieur Dellacroce, mais il se trouve que moi j'y ai accès. Je sais qu'il y a un compte en banque en Suisse. Que les trois premiers chiffres du numéro de ce compte sont sept, un et cinq. Et que sur ce compte il doit y avoir quelque chose comme plus de soixante-deux millions de dollars...

— *Basta! Basta!*

— Et que les dépôts ont été faits directement depuis ces lieux dont je vous parlais. Je suppose que vous avez étudié les nouvelles lois suisses relatives à ce type de compte. Elles sont assez retorses, parce qu'une fraude dans notre pays peut ne pas être considérée comme une fraude à Genève. Mais, le croiriez-vous, Interpol a maintenant la possibilité de faire état de renseignements sur ces comptes. Il suffit que la police internationale puisse produire une copie d'un versement fait par un dealer notoire sur un compte spécifique. Et c'est un formidable coup de chance, à coup sûr, mais figurez-vous que je possède des photocopies d'un bon nombre de versements de ce type...

Basta! Taisez-vous, grogna Dellacroce. Fingers! Manny! Carlo! Dino! Montrez-vous maintenant!

Il y eut, pour toute réponse, les bruits de la nuit.

— Il n'y a personne. Du moins personne qui puisse vous entendre, fit le Faucon doucement.

— Comment ça? Fingers! *Figlio della prostituta!* Sors de là!

Rien.

— Maintenant, monsieur Dellacroce, nous allons nous éloigner un peu, vous et moi, de mon ami avocat, pour pouvoir parler en toute intimité.

MacKenzie toucha le bras de l'Italien, qui se rétracta aussitôt.

— Meat ! Augie ! Rocco ! Vous m'entendez ? Montrez-vous un peu !

— Ils dorment eux aussi, fit Hawkins gentiment. Ils ne se réveilleront pas avant deux heures.

Dellacroce tourna la tête vers Mac.

— Vous avez emmené des flics avec vous ? Combien en avez-vous emmené ?

Les questions se chevauchaient.

— Aucun. Juste moi, et mon bon ami avocat.

— Combien ? Vous n'avez pas pu faire ça tout seul !

— Je l'ai fait tout seul pourtant, répondit le Faucon.

— Mes meilleurs hommes !

— J'étais pas trop content de vous voir si bien entouré, gloussa MacKenzie. Maintenant, il est temps que nous parlions en tête à tête.

Le Faucon entraîna Dellacroce dix mètres plus loin. Il lui parla calmement pendant exactement quatre minutes et trente secondes.

Au bout de ce temps, un cri déchirant vibra dans la quiétude du fairway.

— Mannnnnaaaaggggiiii !

Et Angelo Dellacroce perdit connaissance en plein milieu du gazon fraîchement tondu. MacKenzie se pencha sur lui et le gifla doucement pour l'obliger à retrouver ses esprits. Ils s'entretinrent encore un moment, le Faucon soutenant la nuque de l'Italien obèse, comme s'il s'agissait d'un cadavre au service de la science.

Le cri retentit à nouveau :

— Mannaaagggiii !

Et Dellacroce perdit à nouveau connaissance.

Alors le Faucon le ranima à nouveau.

Et ils parlèrent pendant deux minutes encore.

— Mannaaagggiii !

Cette fois, MacKenzie reposa la tête de l'Italien sur l'herbe et se leva. La lune avait percé à travers les nuages nocturnes, révélant un Sam ahuri qui fixait le corps allongé et inerte de Dellacroce. Le sort en était jeté, songea le Faucon en se dirigeant lentement vers Devereaux. Il ne pouvait différer plus longtemps. Il fallait mettre Sam au courant. Il n'y avait pas d'autre moyen.

— Eh bien, Sam, commença Mac avec une confiance tranquille, dans la lumière intermittente de la lune. C'est un bon début, non ? Mr. Dellacroce est prêt à souscrire pour le total du montant qui lui était réservé. La Shepherd Company vient d'obtenir ses dix premiers millions de dollars.

Les genoux de Devereaux faiblirent. Le Faucon se précipita au-devant de lui et le rattrapa avant qu'il ne touche le sol. Non pas que le sol fût dur, mais MacKenzie voulait faire comprendre à Sam qu'il se souciait de lui. Il était important qu'un subordonné sache que son supérieur veillait à ses côtés.

— Bon sang ! Mon garçon ! Il faut arrêter ce cirque ! Vous ne vous conduisez pas mieux que Mr. Dellacroce ! Ça ne colle pas du tout, ça ! Vous n'êtes pas de la même espèce tous les deux. Vous êtes tout de même d'une autre trempe !

Les yeux de Sam ne cessaient de papillonner sous la lune.

Les mots qui sortaient de ses lèvres tremblantes étaient pour la plupart incohérents. Mais, à force d'être répétées, certaines phrases devenaient compréhensibles.

— Secrétaire trésorier ! Oh, mon Dieu ! Me voilà secrétaire trésorier ! Dix millions de dollars ! Et dans la merde jusqu'au cou ! Du béton jusqu'au cou ! Je vais me retrouver au fond d'un canal dans un joli pyjama de béton ! Je suis un homme mort !

— Allons, allons ! Cessez de gémir ! Vous êtes un grand avocat, mon vieux ! Vous ne devriez pas vous conduire de la sorte !

— J'aurais mieux fait de ne jamais vous rencontrer, espèce de vieux salaud pervers ! C'est la seule chose qui ne devait pas m'arriver ! Oh, mon Dieu ! Et ce tueur qui tombe dans les pommes !

— Vous aussi. Enfin presque. Heureusement que je vous ai retenu...

— Shhh ! Tirons-nous d'ici ! Je lui enverrai une lettre. Je trouverai bien un quelconque papier à en-tête de Bellevue. Et je certifierai que vous êtes fou ! Que c'était une blague lamentable !

— Oh, Mr. Dellacroce ne marchera pas, mon garçon, fit Hawkins en caressant la joue de Devereaux de sa main droite tandis que, de la gauche, il maintenait une emprise de fer autour de sa nuque, empêchant tout mouvement au-dessus de la taille. Dellacroce est un homme très croyant. La plupart de ces Italiens le sont. Et la façon dont ils gagnent leur vie n'y change rien. C'est une chose à part. Et il sait que je lui ai dit la vérité.

— De quoi diable parlez-vous ? Qu'est-ce que la religion a affaire avec tout ça ? Lâchez-moi le cou !

— La religion permet à l'homme de reconnaître la vérité. Elle peut ne pas lui plaire. Elle peut même ne pas être du tout du goût de sa religion. Mais un homme croyant est capable de faire la part de ce qui est vrai et de ce qui n'est que de la merde. Vous me suivez ?

— Pas du tout ! Vous me faites mal au cou !

— Navré. Je vais vous relâcher, mais il est temps que nous ayons une petite explication.

MacKenzie retira sa main. Aussitôt, Devereaux se redressa, mais le Faucon se jeta littéralement sur lui, le clouant à nouveau au sol.

— J'ai dit qu'il fallait que nous parlions, mon garçon. Vous êtes une personne raisonnable. Vous devez comprendre la logique de la chose,

— Le problème, murmura Sam, à rude épreuve, c'est que vous, vous n'êtes ni raisonnable, ni logique ! Vous vous rendez compte de ce que vous avez fait ? Un type comme ça... (Il fit un signe de la tête en direction de Dellacroce, comme s'il avait perdu l'usage de ses mains.) Ils en ont refroidi plus d'un pour avoir simplement piqué dans la caisse. Ils ont largement les moyens de payer des funérailles grandioses au « faisan » qui leur cacherait un détournement de fonds ! Je sais de quoi je parle. Je suis de Boston.

— Vous recommencez à vous en faire un peu trop. Mr. Dellacroce ne fera rien de tel. Il sait à qui il a affaire. C'est lui qui risque de se retrouver à vingt pieds sous terre s'il ne se conduit pas comme il faut. Ce compte en banque à Genève, il en a soutiré l'argent à ses propres hommes.

Avec réticence, avec suspicion, Devereaux leva les yeux sur Mac dans la clarté de la lune.

— Vous en êtes sûr ?

— Tout ça figurait dans les dossiers du G2. Sauf que personne n'a jamais fait le rapprochement. Je pense qu'ils préféraient fermer les yeux là-dessus. Les gens de Dellacroce sont de gros soutiens du Pentagone, sans parler des contrats gouvernementaux et des cotisations syndicales. Est-ce que vous allez m'écouter maintenant ?

Avec une prudence inspirée par la peur, mais avec un assentiment dicté par la nécessité, Sam hocha la tête. Le Faucon l'aida à se relever et les deux hommes s'éloignèrent dans l'herbe du fairway. En bordure du parcours, il y avait un gros chêne dont les feuilles filtraient le clair de lune. Sam s'assit au pied de l'arbre, le dos appuyé contre le tronc. Mac posa un genou devant lui, tel l'officier de ligne expliquant ses ordres sur une base de tir.

— Vous vous souvenez quand je vous ai dit, il y a une quinzaine de jours, que je m'intéressais à des choses auxquelles je n'avais pas beaucoup pensé jusqu'à maintenant ? Dieu, et l'Église et des choses de ce genre...

— Je me souviens vous avoir promis de ne pas me moquer de vous...

La réponse de Devereaux était plate, circonspecte, monotone.

— C'était très délicat de votre part, mon garçon. Eh bien, j'avais en fait une idée derrière la tête. Peut-être pas de celles auxquelles vous pensiez. Nous savons, vous et moi, que cette foutue propagande communiste est de la foutaise, à quatre-vingt-dix-neuf pour cent. Tout le monde le sait. La nôtre s'en tient à disons cinquante à soixante pour cent. On peut donc considérer que nous sommes les meilleurs sur ce score. Mais c'est ce un pour cent d'informations bolcheviques vérifiables qui m'a donné à réfléchir. Au sujet de la situation actuelle de l'Église catholique. Je ne parle pas de la croyance des gens, c'est leur affaire, mais de la manière dont le système fonctionne. Et il m'est apparu que les types du Vatican tiennent un si bon filon qu'ils devraient en faire un peu profiter les copains. Je veux dire qu'ils investissent leur argent, mon garçon. Et quand la Bourse monte de deux points, où que ce soit dans le monde, ils empochent des milliards et des milliards.

— Et quand elle descend, ils perdent des milliards et des milliards...

— Pensez-vous ! Les agents de change ont intérêt à les sortir de ce genre de mauvais pas, s'ils ne veulent pas se faire rétamer par les chevaliers de Malte. Ça fait partie de leur contrat. Et ils n'ont pas le droit de se laisser photographier avec le pape.

— Vous dites n'importe quoi.

— Si c'était le cas, pourquoi tous les agents de change de Wall Street ont-ils ces initiales après leur nom, à votre avis ? Vous connaissez un titre universitaire qui commence par un K[1], vous ? Malte, Colombo, Lourdes. Et les saints ! Jésus ! Les chevaliers de Pierre, de Mathieu... On pourrait en citer des pages et des pages. C'est une sorte d'ordre social. Plus un agent en fait pour le Vatican, et plus le K qui figure après son nom est considéré. Et Wall Street n'est qu'un exemple

1. K : initiale de Knight : chevalier.

parmi d'autres. C'est la même chose sur toutes les places boursières dans le monde.

— Vous vous référez sans doute à une littérature un peu spéciale. Le Ku Klux Klan, peut-être ? L'édition de 1920 ?

— Pas du tout. Je ne mange pas de ce pain-là, mon garçon. Un homme a le droit de croire ce qu'il veut. Mais je ne parlais que de l'aspect financier de la chose. Et le Vatican est un gros propriétaire foncier. Vous avez une idée des biens dont ces types disposent ? Je suis prêt à parier qu'ils perçoivent des loyers depuis Ginza jusqu'à la bande de Gaza, et sur la plupart des territoires situés entre les deux. Ils possèdent des propriétés de première catégorie à New York, à Chicago, à Hartford, à Detroit et dans la plupart des villes où les Irlandais, les Ritals ou les Polacks ont émigré. Ils opèrent toujours de la même manière. Ils s'y prennent à l'avance — avant que leurs fidèles ne soient installés. Ils achètent des terrains, et ils font construire une grande église. Naturellement, tous ces types qui arrivent d'Ellis Island sont inquiets de se retrouver en pays étranger. Alors ils construisent leurs maisons près de l'église. Et en une ou deux générations, leurs enfants deviennent avocats, ou dentistes, ou marchands de voitures. A votre avis, que font-ils ? Ils déménagent vers les banlieues chic et ils vont travailler là où leurs parents vivaient, dans ce qui est devenu le centre-ville, le quartier des affaires. Et les propriétés de l'Église grimpent en flèche ! C'est un schéma classique, mon garçon.

— J'essaye de voir où est le mal là-dedans, mais je n'y arrive pas, fit Sam, fixant dans l'ombre un Hawkins au comble de l'excitation. Qu'est-ce qui cloche dans ce schéma ?

— Je n'ai pas dit qu'il y avait quelque chose qui clochait. J'ai dit que ça faisait un sacré portefeuille dans une seule et même main.

— Un portefeuille ? Vous avez acquis un nouveau vocabulaire, on dirait.

— Comme vous le disiez tout à l'heure, j'ai lu. Et pas ces livres bizarres auxquels vous pensiez. Voyez-vous, Sam, le produit que ces types du Vatican commercialisent — cela dit sans aucun irrespect de ma part, seulement en termes d'affaires — est un produit immuable. Il est amené parfois à s'adapter subtilement au marché. On peut le raboter d'un côté, ou le consolider d'un autre, mais la marchandise de base reste la même. Ça réduit sérieusement le coût et ça permet des bénéfices constants sans aucun risque de résultat négatif.

— De résultat négatif ?

— C'est un terme de comptabilité.

— Je sais bien que c'est un terme de comptabilité. Mais comment se fait-il que vous le connaissiez... Ah, je vois... Vos lectures.

— Les tiroirs de Maggie, mon garçon.

— Quoi ?

— Ça n'a pas d'importance. Vous avez mis le doigt dessus, c'est tout ce qui compte. Maintenant, vous prenez une entreprise économique dont tous les titres en bourse et les valeurs immobilières se maintiennent. Ce qui signifie que vous tenez les banques, puisque vous contrôlez à la fois les revenus et les terrains. Les ressources foncières et les ressources économiques. Et vous introduisez sur le marché un produit qui ne nécessite que des altérations minimes et qui vous assure un accroissement de bénéfice maximal. Bon sang, mon garçon ! Mais c'est une véritable mine d'or, à l'échelon mondial !

— Vous avez beaucoup lu, décidément. Mais si vous avez raison, pourquoi tout ce chahut au sujet des écoles religieuses et de leur coût ?

— Là, il s'agit de services, Sam. Pas de produits. Ça rentre dans une colonne totalement différente. Je parlais des investissements de base, pas des dépenses opérationnelles. Elles varient selon la situation économique. Et de toute manière, ça n'est ni plus ni moins qu'un moyen de pression.

— C'est un peu succinct. Ça ne leur plairait pas beaucoup, à Boston.

Le Faucon se pencha vers Sam et parla un peu plus doucement, sans perdre de son enthousiasme.

— Vous vous demandiez tout à l'heure si quelque chose clochait. Je n'aime pas beaucoup en parler, à vrai dire, parce que ça concerne les pontes et pas les troupes. Mais c'est vrai qu'il y a quelque chose d'un peu louche là-dessous.

— Vous vous permettez de parler de morale ?

— La morale et l'économie devraient être plus souvent associées qu'elles ne le sont. Tout le monde sait ça. Prenez la politique, par exemple. Personne mieux que moi ne sait comment on négocie avec les Rouges. Ils n'auront pas ma peau, ça c'est sûr ! Mais ce qui me frappe, c'est que ces foutus catholiques du Vatican — et cela signifie tous les diocèses qui ont un certain pouvoir — utilisent le prétexte du bolchevisme un peu trop librement à mon goût pour s'opposer à une foule de réformes qui pourraient faciliter la vie de ces ploucs qui ont tant de mal à gagner leur pain en travaillant leur petit lopin de terre.

Devereaux lança un regard sceptique à Hawkins.

— C'est un point de vue qui date un peu. Il y a beaucoup de changements qui sont en train de s'opérer dans l'Église. Ce nouveau pape a ouvert un certain nombre de portes. Tout comme l'avait fait Jean XXIII.

— Pas assez vite, Sam. Ce dont le Vatican a besoin, c'est d'une sainte secousse dans le commandement.

— On ne peut pas changer en une nuit un système vieux de deux mille ans.

— Oh, j'en ai bien conscience, répliqua le Faucon. Et je suis content que vous ayez mentionné le nouveau pape, ce Francesco. Parce que c'est un type très populaire. Même ceux qui ne peuvent pas le voir, à cause de ce qu'il est en train de faire, savent qu'il est le meilleur atout de l'Église. Pas au sens religieux, bien sûr. Je ne prendrais pas position là-dessus.

— Quelle position ? Dans quel sens ?

— Ce Francesco, poursuivit Mac en négligeant les questions de Devereaux, est davantage qu'un simple pape. Et c'est déjà un bon début. C'est un homme aimé, vous voyez où je veux en venir ?

— Je préférerais ne pas entendre ce genre de choses.

— C'est le genre d'homme pour lequel tout

bon catholique se sacrifierait sans hésitation. Vous voyez ce que je veux dire ?

— Je n'aime pas trop ça non plus.

Le Faucon changea prestement de genou. Lorsqu'on était contraint à l'immobilité, il valait mieux changer de point d'appui aussi souvent que possible.

— Est-ce que vous connaissez le nombre total estimatif des membres pratiquants de l'Église catholique ?

— Le quoi ?

— Combien de catholiques y a-t-il dans le monde, selon vous ? Peu importe. Je vais vous le dire. Quatre cents millions. Maintenant, si vous considérez une somme moyenne d'un dollar américain par fidèle — compte tenu du taux de change plus ou moins avantageux — ça fait environ quatre cents millions de dollars.

— Qu'est-ce qui fait quatre cents millions de dollars ?

— Le bénéfice net prévisionnel de l'opération.

— Quelle opération ?

— L'opération commerciale de la Shepherd Company. A savoir la mise sur le marché public d'« articles religieux ». Ça représente un pourcentage net de dix pour un, en termes de capitalisation. Mais naturellement, le bénéfice brut sera amputé des indispensables dépenses d'équipement et des frais de personnel.

— De quoi diable parlez-vous ?

— Nous allons kidnapper le pape, Sam.

— Quoi !

— Mais il nous faut d'abord réunir le reste du capital. Il y a trente millions de plus à venir. Je crois que j'ai pratiquement repéré les trois autres associés. Mais il faut que je peaufine encore un peu tout ça.

Le Faucon plaqua sa main contre la bouche ouverte de Devereaux.

— Ne recommencez pas. Vous passez votre temps à radoter.

Les yeux de Devereaux saillirent au-dessus de la main étalée de MacKenzie, mais le reste de son corps était comme tétanisé. Une sorte de choc comateux, songea Hawkins. Il avait souvent vu ce genre de phénomène, lorsque les nouvelles recrues étaient confrontées au feu pour la première fois, par exemple. Au moins, Sam ne hurlait pas. Ni ne se débattait. Il était juste raide, et un peu froid. Le Faucon poursuivit. Il ne lui restait plus que quelques mots à dire. Les détails de la procédure viendraient plus tard. En un sens, il était content que la réaction de Devereaux soit si violente. Dans son enthousiasme, il avait lâché certains éléments d'information stratégiques qu'il n'était pas sûr de vouloir partager avec lui.

— Je ne vous ai pas choisi à la légère. Ce n'est pas si facile de choisir son adjudant-chef, quand on est commandant. C'est un peu une extension de soi-même. Vous l'avez emporté au mérite, mon garçon. Je ne dis pas que vous êtes l'idéal. Vous avez vos défauts, je vous l'ai déjà dit. Mais, bon Dieu ! votre actif excède votre passif. Je vous le dis aussi bien à titre amical et honnête qu'en tant qu'officier supérieur. Il n'empêche que vous serez tenu de suivre certaines instructions en ne sachant pas toujours précisément pourquoi elles sont vitales. Vous serez simplement obligé de les suivre. C'est tout. Le commandement est une responsabilité solitaire. On n'a pas toujours le temps de justifier ses décisions. Demandez donc à n'importe quel officier de première ligne qui doit envoyer un bataillon au feu. Mais vous vous en tirerez superbement. Je sais que vous le ferez. Et si par hasard vous étiez tenté de discuter les ordres, ou si vous pensiez que vous ne pouvez pas les exécuter en toute conscience, je préfère que vous sachiez que notre associé, Angelo Dellacroce, croit que vous seul, en tant qu'avocat et secrétaire trésorier de la Shepherd Company, avez compilé cette liste de ses activités illégales et me l'avez remise. J'imagine que c'est pour ça qu'il a refusé de vous serrer la main. Si on ajoute à cela votre violation des règlements du G2 en matière de renseignements, je dirais que votre position est quelque peu critique. Mais, si j'étais vous, je préférerais faire face à une accusation de trahison du gouvernement plutôt qu'à celle de notre cher associé. Je crains que cette ordure de mafioso ne vous fasse arracher les couilles, avant de les broyer dans un mixer et de les servir en pâté en croûte le jour de vos funérailles. Comme vous le disiez justement tout à l'heure, vous aurez sans doute droit à des funérailles de première classe.

Il n'y avait pas de raison pour que le Faucon maintienne plus longtemps la pression de sa main sur la bouche de son adjudant-chef. Sam avait ravalé sa salive en blêmissant dans un spasme de panique et venait de perdre connaissance.

Le clair de lune qui filtrait à travers les feuilles du grand chêne trapu dans le rough qui bordait le sixième trou découpait des ombres blanc et jaune sur le visage jeune, paisible et indubitablement puissant de Sam.

Bon Dieu ! pensa MacKenzie, il va être parfait. Il avait juste besoin d'un peu de temps pour digérer tout ça. Bien sûr, pour quelqu'un qui ne serait pas au courant, il a l'air on ne peut plus mort, ce con !

10

Sam Devereaux s'effondra, découragé, dans un fauteuil de son hôtel, songeant qu'il aurait préféré être mort.

Enfin, pas vraiment. Mais cela aurait sans doute résolu un tas de problèmes. Bien sûr, il était parfaitement possible que son décès, souhaité ou non, survienne abruptement. Cette pensée ramena son regard au contrat d'association limitée entre la Shepherd Company, en la personne de MacKenzie Hawkins, président, et la North Hampton Corporation, en la personne d'Angelo Dellacroce, président. Un contrat dûment complété, mais non enregistré. Dépositaire : la Grande Banque de Genève, en Suisse. Il tenait en main le document légal et se demandait, l'air absent, où ses ongles avaient bien pu disparaître.

En évidence sur la première page, juste sous le titre de président et au-dessus de la ligne réservée pour le secrétaire trésorier, il pouvait lire son nom.

Mr. Samuel Devereaux, conseiller juridique, suite 4 F, The Drake Hotel, New York City.

Il s'interrogea un moment sur la possibilité de falsifier le registre du Drake Hotel, mais il finit par renoncer à cette idée. A quoi bon ? D'un côté, il y avait le gouvernement des États-Unis et ses lois très particulières sur l'espionnage. Et de l'autre, Angelo Dellacroce et sa garde d'honneur en cravate blanche sur chemise blanche, lunettes sombres et costume noir, et ses méthodes non moins particulières pour traiter avec des « vendus » du type de S. Devereaux, conseiller juridique.

Sam se demanda ce qu'Aaron Pinkus ferait à sa place. Mais quand il réalisa ce qu'Aaron ferait, il abandonna également cette idée.

Pinkus aurait pris la pose de Siva.

Sam se leva de son fauteuil et se mit à errer sans but dans la suite de l'hôtel. Que diable allait-il faire ? Qu'est-ce qu'il allait bien pouvoir faire, au nom du ciel ! Ses yeux tombèrent sur la note dactylographiée mais non signée posée sur le bureau.

Des copies de ce contrat d'association limitée ont été adressées par porteur à MacKenzie Hawkins, Esquire, président de la Shepherd Company, c/o Watergate Hotel, Wash. DC. Instructions câblées à : Grande Banque de Genève. Le transfert des fonds se fera en présence du secr. très. de la Shepherd Co., Samuel Devereaux, à Genève.

Son nom avait été câblé, internationalement.

Dans quelque hall de banque suisse en marbre, un puissant courtier de la haute finance internationale l'avait sans doute déjà étiqueté comme garant *bona fide* du transfert de dix millions de dollars sur le compte d'une société non enregistrée mais bien existante, du nom de Shepherd Company.

Et c'est ce qu'il allait faire, que cela lui plaise ou non. C'était Genève, ou le reste de son existence à casser des cailloux à Leavenworth, ou encore la justice expéditive de Dellacroce : les pieds scellés dans le ciment.

Kidnapper le pape !

Toutes les autres insanités de Mac pâlissaient en comparaison ! La troisième guerre mondiale serait peut-être plus acceptable ! Une simple guerre serait tellement plus... tellement plus simple. Les frontières étaient définies, les objectifs suffisamment obscurs et les idéologies flexibles. Une guerre, c'était du gâteau, comparée à quatre cents millions de catholiques hystériques. Et aux chefs d'État, marmonnant et grommelant dans leur barbe leurs obséquieuses platitudes, condamnant tout geste criminel, extrémiste ou non (mais secrètement ravis d'être débarrassés des ingérences insupportables du Vatican), et...

Dieu du ciel ! Une troisième guerre mondiale serait la conséquence très logique de l'action de Hawkins !

En faisant ce constat, Sam comprit ce qu'il avait à faire. Il fallait qu'il stoppe MacKenzie. Mais il ne pourrait pas le stopper s'il était dans une cellule d'isolement du quartier de haute sécurité de Leavenworth. Qui donc le croirait ? Et il ne pourrait sûrement pas l'arrêter s'il se retrouvait au fond de l'un des tronçons les plus profonds de l'Hudson River, probablement lesté par les bons soins d'Angelo Dellacroce. Qui l'entendrait ?

Non, la seule façon d'effacer de la réalité cette nouvelle insanité de Hawkins, c'était de trouver comment diable MacKenzie allait mener à bien son plan papal. L'attitude la plus stupide, en l'occurrence, serait de présumer qu'il n'y parviendrait pas. Le Faucon n'était pas un plaisantin. Et quiconque était tenté de le penser n'avait besoin que d'un coup d'œil aux précédents exploits de Mac — de la dévotion de ses quatre exceptionnelles ex-épouses à la façon dont il avait réuni un capital de dix millions de dollars ; sans parler de ses exploits militaires qui s'étalaient sur trois décennies et autant de guerres.

Ce que le Faucon apportait au crime professionnel, c'étaient toutes les ressources stratégiques, la discipline soigneusement affûtée et l'autorité d'un officier général expérimenté. MacKenzie avait frappé au sommet ; pas un de ces sous-fifres dans la hiérarchie, mais un chef patenté du crime, qui avait déjà dérouillé un ponte de la Mafia dans sa propre cour.

Bon Dieu ! Il avait du cran ce salaud ! Il avait les couilles de King Kong faisant céder le béton en grimpant le long des parois de l'Empire State Building.

Kidnapper le pape !

Qui diable le croirait ?

Samuel Devereaux le croyait, telle était la réponse à cette question. Et il ne restait plus à S. Devereaux, conseiller juridique, qu'à trouver le moyen de l'en empêcher. Tout en restant vivant et sans prendre le risque de se retrouver entre les murs d'une prison. Une vague idée prenait corps dans son esprit, mais elle était encore trop floue pour avoir un sens. Il y avait là, cependant, le germe d'une possibilité.

— Ne sois pas trop confiant, fit Sam à voix haute. Tu es en présence d'un cas de méningite cérébro-spinale aiguë, authentique et certifiée !

Mais c'était une possibilité. Il pouvait faire semblant d'être d'accord avec MacKenzie (toujours avec une grande réticence ; agir autrement ne lui paraîtrait guère vraisemblable), rassembler l'argent véreux et, au dernier moment, réunir les investisseurs et démolir l'opération. Et pour protéger sa retraite, il y aurait une foule de « en cas de disparition soudaine, mes propres avocats ont reçu l'instruction de révéler publiquement... », et toutes sortes de choses.

Y compris la mise au clair de la mention « commerce d'objets religieux » qui figurait dans les statuts de la Shepherd Company.

Qui le croirait ?

— Ça suffit !

Sam saisit son poignet, surpris par le son de sa propre voix. La sonnerie du téléphone le surprit encore davantage. Il se leva et se dirigea vers l'appareil comme un homme qui risque la peine de mort se précipiterait pour entendre la décision du gouverneur.

— Bon Dieu ! Je suppose que je m'adresse à l'avocat, au secrétaire et au trésorier de la Shepherd Company ! Celui qui a touché dix millions de dollars d'avance sur ses honoraires ! Quel effet ça vous fait ?

— C'est une question tendancieuse. Je réserve ma réponse.

— Vous savez quoi, mon garçon ? Vous devez être un sacré avocat.

— Vous êtes sûr de vouloir parler au téléphone ? demanda Devereaux. On a beaucoup parlé d'écoutes téléphoniques, ces derniers temps.

— Oh, pas de problème. Nous ne dirons rien de compromettant. En tout cas, pas moi, et j'espère que vous n'allez pas tomber dans le panneau. Je voulais juste vous dire que les copies supplémentaires du contrat d'association vous attendent à la réception. Je vous les ai fait apporter hier soir par un vieux sergent-chef de ma connaissance...

— Bon Dieu ! Vous avez fait des duplicatas ? Vous êtes cinglé ! Ces gens-là gardent généralement un exemplaire ! Si ce sont des photocopies, il y aura des négatifs !

— Pas là où je les ai faites. Juste en bas, dans le hall du Watergate, il y a une grosse machine. Il suffit de mettre une pièce d'un quarter par feuillet. Jésus ! Vous devriez voir la foule qui fait la queue ! Ils sont un peu nerveux par ici, n'est-ce pas ? Mais personne ne dit rien. A part deux types du *Washington Post,* qui sont arrivés de l'extérieur au pas de course.

— Ça va ! interrompit Devereaux. Les copies sont à la réception. Et qu'est-ce que je suis censé en faire ?

— Les mettre dans votre joli petit attaché-case. Celui que je vous ai offert. Les emmener à Genève. Vous n'en aurez pas besoin en Suisse, bien sûr, mais il y aura peut-être une ou deux escales sur le chemin du retour. Plus précisément, à Londres. Tout est organisé. Vous descendez au Savoy pour un jour ou deux. Les billets d'avion et tous les papiers seront à votre hôtel, à Genève. Et quand vous serez à Londres, un gentleman du nom de Danforth vous appellera. Vous saurez ce que vous aurez à faire.

— C'est un coup fourré ! Je ne saurai pas ce que j'aurai à faire. Je ne sais même pas ce que je suis en train de faire ! Vous n'avez pas le droit de me mettre dans cette situation insensée sans rien me dire. Je suis porteur de documents ! Et mon nom figure sur ces documents ! Je suis impliqué dans le transfert de dix millions de dollars !

— Calmez-vous maintenant, fit le Faucon sur un ton de gentillesse ferme. Rappelez-vous ce que je vous ai dit : il y aura des moments où, en tant que mon adjudant, vous serez contraint d'exécuter mes ordres.

— Foutaises ! rugit Sam. Qu'est-ce que je suis censé raconter aux gens ?

— Eh bien, ce qui peut paraître foutaises aux yeux d'un homme peut passer pour du petit-lait aux yeux d'un autre. Et si quelqu'un vous interroge, vous ne faites qu'aider un vieux soldat, qui réunit quelques dollars pour venir au secours de la religion.

— C'est absurde, fit Devereaux.

— C'est la Shepherd Company, répliqua le Faucon.

MacKenzie prit cinq feuillets spécifiques dans

les dossiers du G2 étalés sur son lit d'hôtel et les emporta jusqu'au bureau, à l'autre bout de la pièce. Il s'assit, s'empara d'un crayon rouge et entreprit de numéroter chaque copie dans la marge supérieure gauche. De la première à la cinquième.

Sacrebleu ! C'était l'enchaînement qu'il cherchait, et le plan qu'il connaissait était là, sous ses yeux, parce qu'un homme ne peut résister à revenir à ses premières méthodes de succès quand les circonstances paraissent appropriées. Et parce que le temps minimise les problèmes et les pressions qu'une personne a pu subir des dizaines d'années auparavant, surtout si les bénéfices sont toujours présents.

L'opération de renseignements qu'il avait couverte trois ans plus tôt autour de Hanoi avait été déroutante, mais fructueuse. Du moins, au bout du compte. Tout le reste était dénaturé.

Un Anglais faisait un véritable malheur en vendant des armements et des munitions au Nord-Viêt-nam.

Pas de quoi en faire un plat. Londres n'était pas très sourcilleux sur les échanges commerciaux avec le bloc communiste, bien qu'il y eût des réglementations spécifiques concernant les matériels de guerre. Mais, dans le foutoir et les magouilles de ce conflit, c'était une période où les types de Hanoi, de Moscou et de Pékin avaient ralenti leurs chaînes de production. Il y avait des paquets d'argent à gagner pour qui était capable d'acheminer des fournitures de combat vers les ports nord-vietnamiens.

C'est justement ce qu'avait fait un certain Lord Sidney Danforth.

Achetant aux États-Unis, à l'Allemagne et à la France, il naviguait sous pavillon chilien et ostensiblement en direction des ports des nouveaux États africains. Sauf que ses bateaux n'arrivaient jamais en Afrique. Ils modifiaient leur course au milieu des eaux internationales du Pacifique, filaient vers le nord, faisaient le plein dans les îles soviétiques et faisaient route vers Haiphong, comme navires de commerce, dûment autorisés.

Le G2 n'avait jamais pu prouver l'implication de Danforth, car les paiements communistes avaient été directement versés à des compagnies chiliennes et Danforth était toujours resté très en retrait. Et puis Washington n'était pas prêt à provoquer un incident. Danforth était un homme puissant en Angleterre, et il avait le bras long au Foreign Office. Le Viêt-nam n'en valait pas la peine.

Ce qui avait intrigué MacKenzie cependant, c'était les deux clés de cette affaire : le drapeau chilien et les ports africains. C'étaient des couvertures qui avaient déjà été utilisées trente ans plus tôt. Au cours de la Seconde Guerre mondiale.

Il était de notoriété publique, dans les milieux de l'espionnage, que certaines compagnies sud-américaines, grâce à des apports financiers extérieurs, avaient approvisionné en armes les pays de l'Axe, avec des profits exorbitants, au début des années quarante. En ces temps de guerre, très mouvementés, la destination des bateaux était toujours Cape Town ou Port Elizabeth, parce que dans ces ports, les registres étaient tenus d'une manière pour le moins chaotique, quand ils n'étaient pas inexistants. Une foule de bateaux, qui étaient supposés décharger en Afrique du Sud, changeaient de route dans les eaux de l'Atlantique Sud et se dirigeaient vers la Méditerranée. Vers l'Italie, généralement.

Était-il concevable qu'un certain Lord Sidney Danforth se soit inspiré pour ses propres opérations de ce qui s'était passé trente ans plus tôt ?

C'était une chose que de soutirer quelques millions en Asie du Sud-Est dans les années soixante-dix, mais c'était tout autre chose que de bâtir une fortune sur un holocauste qui mettait à rude épreuve le courage du Lion britannique. Un homme risquait de voir son nom disparaître rapidement de la liste des invités de Buckingham Palace, pour un motif de ce genre.

Il était temps pour le Faucon d'engager une conversation transatlantique avec Lord Sidney Danforth, ce modèle titré de l'industrie britannique, âgé aujourd'hui de soixante-douze ans. Et pratiquement l'homme le plus riche d'Angleterre.

Bon sang ! La Shepherd Company attirait les investisseurs les plus intéressants.

11

Le Strand était bondé. Il était à peine plus de cinq heures de l'après-midi ; et les employés de bureau regagnaient leur domicile par troupeaux entiers.

Sam était arrivé à Heathrow par le vol de quinze heures quarante en provenance de Genève et il s'était rendu sans perdre de temps au Savoy où l'attendait une suite confortable. Il en avait bien besoin. Genève avait été un véritable cauchemar.

Il avait réalisé que pour toute négociation à venir, il aurait intérêt à afficher une totale ignorance des objectifs de la Shepherd Company et à masquer cette lacune par son respect à l'égard des responsables anonymes de ce projet, du président en particulier, dont les motivations étaient inspirées par une profonde conviction religieuse.

Les banquiers genevois furent, au début, impressionnés par son humilité. Mon Dieu ! Dix millions en dollars américains et cet avocat qui se contente de sourire et d'émettre quelques banalités conviviales, si réservé quand on lui réclame les papiers de la compagnie, et ce hochement de tête éloquent pour exprimer son attendrissement devant la solidarité religieuse quand on avait mis sur la table cette somme stupéfiante. Ils l'avaient donc invité à déjeuner et il y avait eu bon nombre de clins d'œil, de toasts et une incroyable variété de propositions d'exercices en chambre. Nous étions en Suisse, après tout. Un dollar était un dollar, et il ne fallait pas confondre cette approche réaliste avec les vocalises des jodlers dans les edelweiss et le sourire de Heidi en dirndl. Comme les déjeuners se transformaient en dîners, Devereaux en vint graduellement à penser que les banquiers genevois étaient convaincus d'avoir affaire à l'avocat le plus stupide qui ait jamais exercé au barreau américain ou alors à l'intermédiaire le plus invraisemblablement retors qui ait jamais franchi leurs frontières.

Il joua le jeu pendant trois jours et trois nuits, laissant derrière lui une demi-douzaine de bourgmestres suisses, douloureusement frustrés par leur confiance non partagée et l'estomac bousillé par l'abus de lubrifiants chimiques. Et la pression qu'ils faisaient peser sur Sam était devenue insupportable. Il avait atteint le point où il n'arrivait plus à se concentrer sur autre chose que sur son propre sourire, figé et neutre, et sur le contrôle nécessaire de ses craintes. Il était si préoccupé de lui-même que lorsque le vice-président de la Grande Banque de Genève le raccompagna à l'aéroport, il ne put que sourire et dire « Merci » quand le banquier dégueula sur son imperméable.

Dans son impatience de foutre le camp, il avait oublié sa trousse de rasage, ce qui expliquait qu'il soit maintenant à la recherche d'un drugstore dans le Strand. Il descendit l'avenue sur un bloc et demi, en face de l'hippodrome, et entra dans une pharmacie. Ses achats terminés, il rentra à l'hôtel, se délectant à la perspective d'un long bain chaud, d'un rasage et d'un bon dîner au gril du Savoy.

— Commandant Devereaux !

La voix était enthousiaste, américaine et féminine. Elle provenait d'un taxi qui venait de s'arrêter dans Savoy Court. C'était « Tombante mais Convaincante », la quatrième Mrs. MacKenzie Hawkins, la ravissante Anne. Elle se jeta au cou de Sam, passant ses bras autour de sa nuque, pressant sa joue contre la sienne et appuyant tout son corps — charmant — contre le sien.

Elle se retira aussitôt, et se ressaisit, l'air embarrassé.

— Je suis vraiment navrée, mon Dieu ! Quelle effrontée je dois vous paraître. Pardonnez-moi, je vous prie. C'était tellement formidable de croiser un visage familier !

— Il n'y a pas de quoi vous excuser, fit Sam, se souvenant que « Tombante mais Convaincante » lui était apparue comme la plus naïve, et aussi la plus jeune, des quatre épouses du Faucon. Et si ses souvenirs étaient bons, elle avait beaucoup minaudé.

— Vous êtes descendue au Savoy ?

— Oui, je suis arrivée hier soir. Je n'étais encore jamais venue en Angleterre, et j'ai passé toute la journée à marcher, *partout.* Mon Dieu, mes jambes n'en peuvent plus.

Elle entrouvrit son luxueux manteau de daim et

il fronça le sourcil sur des jambes ravissantes, largement dévoilées par sa jupe courte.

— Eh bien, allons donc les soulager. Au bar, je veux dire.

— Comment vous dire ? C'est tellement merveilleux de rencontrer quelqu'un qu'on connaît !

— Vous êtes seule ici ? demanda Devereaux.

— Oh ! oui. Don — c'est mon mari, maintenant — est tellement débordé avec ses marinas, ses restaurants et tout le reste qu'il m'a dit, la semaine dernière à Los Angeles, il m'a dit justement : « Annie, chérie, pourquoi n'irais-tu pas changer d'air pendant quelque temps ? Je vais avoir un mois particulièrement chargé. » Alors, j'ai pensé à Mexico et à Palm Springs et à tous ces endroits auxquels on pense habituellement. Et puis je me suis dit : « Mais bon sang, Annie, tu n'as jamais mis les pieds à Londres ! » Et c'est comme ça que j'ai pris l'avion jusqu'ici.

Elle salua le portier du Savoy d'un air conquérant et poursuivit, tandis que Sam s'effaçait pour la laisser entrer dans le hall de l'hôtel.

— Don m'a trouvée complètement folle. Je veux dire : je ne connais personne en Angleterre. Mais je pense que c'est justement ce qui m'excitait, voyez-vous. Je voulais aller quelque part où je pourrais échapper aux visages qu'on rencontre partout. Un endroit totalement différent.

— J'espère que je n'ai pas gâché votre plaisir.

— Comment ça ?

— Eh bien, vous disiez que j'étais un visage familier...

— Grand Dieu, non ! J'ai dit familier, mais je ne voulais pas dire si familier ! Je veux dire qu'un tout petit après-midi chez Ginny n'est pas familier à ce point.

— Je vois. Le bar est juste en haut de cet escalier, fit Sam en désignant d'un signe de tête les marches qui montaient sur la gauche vers le bar américain du Savoy.

Mais Anne s'arrêta, toujours agrippée à son bras.

— Commandant, fit-elle d'une voix hésitante, j'ai les pieds en bouillie et mal à la nuque à force de regarder en l'air, et mes épaules sont littéralement sciées par le poids de ce foutu sac à bandoulière. J'aimerais vraiment pouvoir me détendre un petit moment.

— Oh ! bien sûr, répliqua Devereaux. Où avais-je la tête ? Je manque à tous les égards. En fait, j'avais moi-même l'intention de me — euh — détendre un peu. J'avais oublié mes affaires de rasage en Suisse.

Il lui montra le sac de la pharmacie.

— Alors, tout est pour le mieux !

— Je vous appellerai dans une heure environ.

— Pourquoi donc ? Avez-vous vu la taille des salles de bains là-haut ? Waouh ! Elles sont bien plus grandes que celles de Don. Dans ses restaurants, je veux dire. Il y a plein de place. Et vous avez vu ces essuie-mains super ? Ils sont tellement grands qu'on jurerait des draps en éponge !

Elle pressa son bras et lui sourit ingénument.

— Ce serait une solution.

— C'est la seule. Venez, nous commanderons quelque chose à boire et nous allons pouvoir *réellement* nous détendre.

Ils se dirigèrent vers l'ascenseur.

— C'est très gentil à vous.

— Gentil, vous plaisantez ! Ginny nous a dit que vous aviez appelé. Elle s'en est ouvertement vantée devant nous. Maintenant, c'est mon tour. Vous étiez à Genève ?

Sam s'arrêta :

— Je vous ai dit en Suisse.

— Genève n'est pas en Suisse ?

La suite d'Anne donnait également sur la Tamise et elle se trouvait aussi au sixième étage. Et comme par hasard, à moins de quinze mètres de la sienne, dans le même couloir.

Genève n'est pas en Suisse ? Diverses pensées lui traversèrent l'esprit, mais il était trop épuisé pour s'y arrêter. Et, pour la première fois depuis des jours, trop détendu pour les laisser s'immiscer.

La suite ressemblait beaucoup à la sienne. Des plafonds hauts avec des moulures authentiques ; de merveilleux meubles anciens, des bureaux vernis et fonctionnels, des tables, des tableaux, des fauteuils et un sofa qui n'auraient pas déparé une vente de Parke-Bernet ; des pendules et des luminaires qui n'étaient ni éraflés, ni tapissés de cartes plastifiées proclamant leur appartenance ; de larges fenêtres à battants, encadrées de tentures royales et surplombant le fleuve, avec les lumières des petits bateaux, les immeubles au-delà et surtout Waterloo Bridge.

Il était dans le boudoir, sur le sofa garni de coussins, déchaussé et un grand verre à la main. Sur la BBC, on entendait un concerto de Vivaldi, joué par le London Philharmonic Orchestra, et la chaleur du radiateur emplissait la pièce d'un délicieux confort. Les bonnes choses arrivent à ceux qui les méritent, songea Sam.

Anne sortit de la salle de bains et s'arrêta dans l'encadrement de la porte. Le verre de Devereaux s'immobilisa brusquement avant d'avoir atteint ses lèvres. Elle était vêtue — si l'on pouvait dire — d'un fourreau transparent qui ne cachait pas grand-chose et qui pourtant enflammait l'imagination. Ses seins « tombants mais convaincants » pointaient en aréoles rosées sous le voile souple et fin du tissu ; ses longs cheveux brun doré étaient lâchés et tombaient sensuellement sur ses épaules, encadrant ses appas exceptionnels. Ses jambes fuselées étaient soulignées par le fourreau.

Sans dire un mot, elle leva la main et lui fit signe de la suivre. Il s'arracha du sofa et la suivit.

Dans l'immense salle de bains carrelée, l'énorme baignoire du Savoy était pleine d'eau chaude ; des milliers de bulles exhalaient un parfum de rose et de printemps humide. Anne tendit les bras vers lui et lui retira sa cravate, sa chemise, puis défit sa ceinture, baissa la fermeture Éclair de son pantalon et le baissa jusqu'à ses chevilles. Il s'en débarrassa d'un coup de pied.

Elle posa ses mains de chaque côté de sa taille et fit glisser son caleçon en s'agenouillant devant lui.

Il s'assit sur le rebord de la baignoire tandis qu'elle lui enlevait ses chaussettes ; et elle le retint par le bras gauche quand il se laissa glisser de l'autre côté, son corps disparaissant sous la mousse blanche et vaporeuse.

Elle se releva, défit le ruban jaune qui enserrait son cou et son fourreau tomba au sol, sur l'épais tapis blanc.

Elle était absolument superbe.

Et elle entra dans la baignoire avec Sam.

— Tu veux descendre pour dîner ? demanda la fille enfouie sous les couvertures.

— Bien sûr, répondit Devereaux, de dessous les mêmes couvertures.

— Sais-tu que nous avons dormi pendant plus de trois heures ? Il est presque neuf heures et demie.

Elle s'étira. Sam la regardait. Elle ajouta :

— Si on allait dans un de ces pubs, après dîner ?

— Si tu veux, fit Devereaux qui ne l'avait pas quittée des yeux, la tête enfoncée dans l'oreiller.

Elle était assise maintenant, et le drap avait glissé jusqu'à sa taille. Ses seins, « tombants mais convaincants » étaient un véritable défi pour tout ce qui l'entourait.

— Mince ! chuchota Anne avec un soupçon de gêne, en se retournant et en regardant Sam qui pouvait à peine voir son visage. Voilà que je joue encore les effrontées.

— Disons plutôt que tu t'es montrée amicale. Moi aussi je suis de tempérament amical.

— Tu sais parfaitement ce que je veux dire, fit-elle en se penchant sur lui et en l'embrassant sur les deux yeux. Tu as peut-être d'autres projets ; des choses à faire ou je ne sais pas, moi.

— Des choses que j'ai envie de faire, interrompit Devereaux d'une voix tendre. Tous les plans sont complètement élastiques, et ne dépendent que de mon caprice ou de mon plaisir.

— Tout ça est sexy en diable !

— Je me sens sexy en diable.

— Merci.

— Merci à toi, fit Sam en la rapprochant de lui et en relevant le drap sur eux.

Dix minutes plus tard (dix minutes, ou peut-être plusieurs heures, songea Devereaux), ils prirent leur décision. Ils avaient vraiment besoin de nourriture, précédée bien sûr par deux petits whiskies bien glacés qu'ils prirent dans le boudoir, sur les coussins du sofa et sous deux énormes draps de bain.

— Je crois que le mot est « sybarite », fit Sam en rajustant la serviette éponge sur ses genoux.

Il y avait maintenant un pot-pourri de Noel Coward sur BBC1 et la fumée de leurs cigarettes se confondait avec la lueur orange qui environnait la cheminée. Seules deux lampes étaient restées allumées. La pièce évoquait ces lieux de rêve dont on parle dans des milliers de ballades.

— Sybarite a un sens égoïste, fit-elle remarquer. Nous, nous partageons ; ça n'est pas égoïste.

Sam la regarda. La quatrième femme de Hawkins n'était pas une idiote. Comment diable y était-il arrivé ? Y était-il seulement arrivé ?

— La façon dont nous partageons est tout à fait sybaritique, crois-moi.

— Si tu y tiens, répondit-elle en souriant et en posant son verre sur la table basse.

— Ça n'a pas d'importance. Et si on s'habillait pour aller dîner ?

— D'accord. Je suis prête dans deux secondes.

Elle vit son regard incrédule et ajouta :

— Non, vraiment. Je n'ai pas l'habitude de traîner pendant des heures. Un jour, Mac m'a dit... Elle s'arrêta, confuse.

— Ça ne fait rien, fit-il gentiment. Je suis vraiment curieux de savoir.

— Eh bien, un jour il m'a dit que lorsqu'on cherche trop à changer son aspect extérieur, on prend le risque de perturber l'intérieur. Et qu'il ne faut pas le faire, à moins d'avoir une sacrée bonne raison. Ou seulement si on ne s'aime pas du tout.

Elle déplia ses jambes et se leva du sofa en tenant la serviette serrée autour d'elle, avant de poursuivre :

— Un, je ne vois aucune raison à ça ; et deux, je me trouve plutôt pas mal. Mac m'a appris ça aussi. Je nous trouve pas mal du tout.

— Moi aussi, fit Devereaux. Quand tu en auras terminé, nous irons dans ma chambre et je me changerai.

— Parfait. Je boutonnerai ta chemise et je ferai ton nœud de cravate.

Elle lui sourit et se précipita vers la porte du vestibule et la chambre. Devereaux se leva, tout nu, balançant la longue serviette par-dessus son épaule, et s'approcha de la desserte où le bar était installé sur un plateau d'argent. Il se versa une petite quantité de scotch et pensa à la philosophie de fumoir de Mac Hawkins.

Quand on change trop l'extérieur, on perturbe l'intérieur.

Tout bien considéré, ça n'était pas si mauvais.

La minuscule lumière blanche brillait, entre l'ampoule rouge et l'ampoule verte alignées sur le petit panneau, à côté de la porte de Devereaux. Sam et Anne la virent en même temps, au moment où ils avançaient dans le corridor et approchaient de sa suite. C'était le signe qu'un message l'attendait à la réception. Devereaux jura dans sa barbe.

Merde alors ! Genève n'avait pas été effacé aussi rapidement. Ni totalement d'ailleurs. Hawkins aurait pu au moins lui accorder une nuit décente !

— Moi aussi j'ai eu une de ces lumières allumées, cet après-midi, fit Anne. J'étais revenue pour changer de souliers. Ça veut dire qu'on a eu un coup de téléphone.

— Ou un message.

— Pour moi, c'était un coup de téléphone. De Don, à Santa Monica. J'ai réussi à lui parler, finalement. Figure-toi qu'il était huit heures du matin en Californie.

— C'était gentil à lui de se lever si tôt pour te téléphoner.

— Pas tant que ça. Mon mari possède deux choses à Santa Monica : un restaurant et une maîtresse. Le restaurant n'est pas ouvert à huit heures du matin. Excuse ma vacherie. Je pense que Don voulait juste s'assurer que j'étais bien à des milliers de kilomètres de là.

Anne leva les yeux sur lui en souriant naïvement. Il ne savait pas trop que répondre, tout bien considéré.

— Ça me paraît bien compliqué pour, disons, une simple vérification, fit Sam en tournant l'interrupteur dans l'entrée de sa suite.

Les lampes du petit salon étaient allumées, telles qu'il les avait laissées cinq heures plus tôt.

— Mon mari souffre d'une maladie mentale particulière aux baiseurs à la petite semaine. En tant qu'avocat, je suis sûre que tu connais bien ce phénomène. Il est complètement paranoïaque à l'idée d'être pris sur le fait. Pas moralement, tu t'en doutes ; quand il bande, il s'assoit sur ses principes. Seulement financièrement ; il tremble à l'idée qu'un tribunal le condamne à payer gros si j'optais pour le divorce.

Ils entrèrent dans son salon ; il voulait dire quelque chose mais, là encore, tout bien considéré, il ne savait trop quoi dire, il choisit la prudence :

— Je pense qu'il a perdu la tête.

— Tu es gentil. Mais tu n'étais pas obligé de dire ça. D'un autre côté, je pense que c'est ce que tu pouvais dire de plus prudent.

— Parlons d'autre chose, coupa-t-il vivement en désignant le sofa et la table basse avec les journaux fournis par le Savoy. Assieds-toi. Je te rejoins dans une minute. Je n'ai pas oublié. C'est toi qui boutonneras ma chemise et qui noueras ma cravate.

Sam se dirigea vers la porte de la chambre.

— Tu n'appelles pas la réception ?

— Ça peut attendre, répondit-il depuis la chambre. Je n'ai pas l'intention de laisser quoi que ce soit gâcher la tranquillité de notre dîner. Ni m'empêcher de te montrer un ou deux pubs, s'ils sont encore ouverts quand nous aurons terminé.

— Tu devrais réellement chercher à savoir qui essaye de te joindre. C'est peut-être important.

— Ce qui est important, c'est toi, lui cria Sam en retirant de sa valise un costume marron double fil.

— C'est peut-être quelque chose de vital, insista la fille depuis le salon.

— Ce qui est vital, c'est toi, répliqua-t-il en choisissant une chemise à rayures rouges dans le compartiment de dessous.

— Je suis incapable de ne pas répondre au téléphone, ou d'ignorer mes messages, ou de ne pas rappeler quelqu'un, même si son nom ne me dit rien du tout. Je trouve ça trop désinvolte

— Tu n'es pas avocat. As-tu jamais essayé de joindre un avocat le lendemain du jour où tu l'as engagé ? Sa secrétaire est entraînée à mentir avec la conviction d'Aimee Semple McPherson.

— Pourquoi ?

Anne était maintenant debout sur le seuil de la chambre.

— Eh bien, il a déjà touché ton argent. Il est probablement en quête de nouveaux honoraires. Ton cas nécessite sans doute un échange de lettres avec les avocats de la partie adverse, sans parler des autres explications. Et il ne veut pas de complications.

Anne s'approcha de lui au moment où il enfila sa chemise à rayures rouges. Elle commença nonchalamment à la boutonner.

— Je te trouve très décontracté. Tu es en pays étranger, ici...

— Pas si étranger que ça, coupa-t-il en souriant. Je suis déjà venu ici. Je suis ton guide, tu l'as déjà oublié ?

— Je veux dire que tu viens d'arriver de Genève, où tu as visiblement passé un moment difficile.

— Pas si difficile que ça. J'ai survécu.

— Et maintenant, il y a quelqu'un qui essaye désespérément de te joindre...

— Désespérément ? Je ne connais personne de si désespéré.

— Pour l'amour du ciel ! (La fille tira sur sa cravate en la nouant.) Ces choses-là me rendent nerveuse !

— Pourquoi ?

— Je me sens responsable !

— Tu ne devrais pas.

Devereaux était fasciné. Anne était très sérieuse. Il se demanda...

Et le téléphone sonna.

— Allô ?

— Mr. Samuel Devereaux ? demanda la voix précise d'un mâle britannique.

— Oui, je suis Sam Devereaux.

— J'attendais votre appel...

— Je viens de rentrer, interrompit Sam. Je n'ai pas encore pris connaissance de mes messages. Qui êtes-vous ?

— Pour le moment, un simple numéro de téléphone.

Devereaux marqua une pause, agacé.

— Alors, autant vous dire que vous auriez

attendu toute la nuit. Je ne rappelle jamais un simple numéro de téléphone.

— Allons, monsieur, répondit son interlocuteur d'une voix agitée. Vous n'attendiez aucun autre appel important.

— C'est un peu présomptueux de votre part, je pense...

— Pensez ce que vous voudrez, monsieur ! Je suis extrêmement pressé et terriblement contrarié. Voyons, où voulez-vous que nous nous rencontrions ?

— Qui vous dit que je veuille vous rencontrer ? Allez vous faire foutre, Basil ou quel que soit votre nom !

Cette fois il y eut une pause à l'autre bout de la ligne. Sam pouvait entendre une lourde respiration. Quelques secondes plus tard, le « numéro de téléphone » se remit à parler.

— Pour l'amour de Dieu, ayez pitié d'un vieil homme. Je ne vous ai fait aucun mal.

Sam fut soudain ému. La voix avait légèrement craqué. L'homme était désespéré. Il se souvint de sa dernière conversation avec Hawkins.

— Êtes-vous...

— Pas de noms, je vous en prie !

— D'accord, pas de noms. Êtes-vous reconnaissable ?

— Très facilement. Je pensais que vous le saviez.

— Je ne le savais pas. Alors, voyons-nous dans un endroit discret.

— Bien entendu ! Je pensais que vous le saviez aussi.

— Arrêtez de dire ça ! (Devereaux était aussi

furieux contre Hawkins que contre le vieil Anglais à l'autre bout du fil.) Dans ce cas, vous feriez mieux de choisir vous-même l'endroit. A moins que vous ne préfériez venir au Savoy.

— Impossible ! C'est gentil à vous. Je possède plusieurs immeubles dans Belgravia. L'un d'eux est l'Empire Arms. Vous le connaissez ?

— Je trouverai.

— C'est bon. Je vous attends là-bas. Appartement quarante-sept. Il me faut une heure pour me rendre à Londres.

— Prenez votre temps. Je ne veux pas vous voir dans une heure.

— Oh ? A quelle heure alors ?

— Quand les pubs ferment-ils en ce moment ?

— A minuit. Dans un peu plus d'une heure.

— Merde !

— Je vous demande pardon ?

— Je vous verrai à une heure du matin.

— Très bien. Le service de sécurité de l'Empire Arms sera prévenu. Mais souvenez-vous, pas de noms. Juste appartement quarante-sept.

— Quarante-sept.

— Et, Devereaux, apportez les papiers avec vous.

— Quels papiers ?

La pause fut plus longue cette fois-ci, et l'Anglais respira plus bruyamment encore.

— Ce foutu contrat, pauvre con !

La fille accepta non seulement que leur dîner

soit écourté et qu'ils soient obligés de quitter l'hôtel, mais elle sembla être littéralement ravie.

Sam s'interrogeait de moins en moins. Le *pourquoi* lui échappait, mais le *quoi* était de plus en plus clair. Il consentit à prendre un dernier verre avec elle à son retour. L'heure n'avait aucune importance, disait Anne ; elle lui remit d'ailleurs une clé.

Le taxi stoppa dans un virage, devant l'Empire Arms. Lorsque Sam mentionna l'appartement quarante-sept, il fut précédé par un portier à travers un dédale de passages et de couloirs qui le conduisirent après les portes de service, un petit escalier dérobé et un monte-charge à l'entrée de service de l'appartement.

Un homme à l'air menaçant et à l'accent nordique s'enquit de son identité avant de laisser passer Sam par l'office, un grand salon, un vestibule, donnant accès à une petite bibliothèque, chichement éclairée, où un vieil homme plutôt hideux était assis dans l'ombre, près de la fenêtre. La porte se referma. Devereaux fit un effort pour ajuster ses yeux à la pénombre et au vieillard repoussant installé dans le fauteuil.

— Mr. Devereaux, naturellement, fit le vieil homme ridé.

— Oui. Vous êtes sans doute le Danforth dont Hawkins m'a parlé.

— Lord Sidney Danforth. (L'ignoble petite chose cracha ces mots ignobles, puis sa voix devint soudainement sirupeuse.) Je ne sais pas comment votre employeur a pu rassembler les renseignements qu'il détient, de même que pour l'instant je refuse d'admettre quoi que ce soit.

Tout cela est si grotesque. Et remonte à si longtemps. Néanmoins, je suis un homme bon, un homme charitable. Un homme irréprochable, en somme. Donnez-moi ces foutus papiers !

— Pardon ?

— Le contrat, espèce d'ordure !

Ahuri, Sam plongea la main dans sa poche de poitrine, où il avait une copie pliée des statuts de la Shepherd Company. Il s'avança vers l'horrible vieillard et la lui tendit. Danforth sortit un secrétaire portatif, de quelque part à côté de son fauteuil et y fixa une forte lampe de bureau. Il se saisit des documents et commença à les examiner de près.

— Bien ! fit-il dans un râle sifflant en donnant une chiquenaude aux feuillets. Il n'y a rien là-dedans !

Le petit Lord prit un stylo et se mit à remplir les lignes laissées en blanc. Quand il eut terminé, il replia les papiers et les tendit à Devereaux d'un air dégoûté.

— Maintenant, sortez d'ici ! Je suis un homme irréprochable, un donateur magnanime ; un multimillionnaire humble, que tout le monde adore. J'ai largement mérité les honneurs qui s'accumulent sur ma petite personne. Tout le monde le sait. Et personne, je répète *personne* ne songerait décemment à m'associer à une telle folie ! Je ne fais que contribuer à l'élargissement de la communauté catholique, vous avez bien compris ? J'ai dit *communauté !*

— Je ne comprends rien du tout, fit Sam.

— Moi non plus, répliqua Danforth. Le transfert aura lieu dans les îles Caïmans. La banque est désignée sur le document et les dix millions seront disponibles dans les quarante-huit heures. Après ça, je ne veux plus entendre parler de vous.

— Les îles Caïmans ?

— Ça se trouve dans les Caraïbes, pauvre con.

12

Il pouvait voir la minuscule lumière blanche briller à quinze mètres devant, dans le couloir du Savoy. Il n'avait guère besoin d'aller plus loin pour savoir que c'était à la hauteur de sa suite ; et l'éviter était une autre, très bonne, raison d'entrer dans la suite d'Anne.

— Si ce n'est pas toi, c'est que je vais avoir des problèmes, lança-t-elle depuis la chambre.

— C'est moi. Tout ce que tu risques c'est d'avoir des problèmes agréables.

— C'est ceux que je préfère.

Devereaux entra dans la grande chambre à coucher dont les fenêtres donnaient sur le fleuve. Anne était assise dans son lit, lisant un livre de poche à la couverture brillamment colorée, à la lumière de la lampe de chevet.

— C'est quoi ? demanda-t-il. Ça a l'air intéressant.

— Une merveilleuse histoire des femmes d'Henri VIII. Je l'ai acheté à la Tour de Londres, ce matin. Cet homme était un véritable monstre !

— Pas réellement. La plupart de ses problèmes étaient d'ordre géopolitique.

— Géopolitique, mon cul !

— Tu es moins loin de la vérité historique que tu ne pourrais le penser. Tu veux boire quelque chose ?

— Il faut d'abord que tu donnes un coup de téléphone. J'ai promis que ce serait la première chose que tu ferais en rentrant.

La fille tourna une page, calmement. Sam n'était pas seulement étonné, il était curieux.

— Qu'est-ce que tu viens de dire ?

— MacKenzie a appelé. Depuis Washington, fit-elle en tournant une autre page.

— MacKenzie ? (Devereaux ne put se contenir. Il rugit :) Et tu me dis ça comme ça. *MacKenzie a appelé !* Tu es assise là tranquillement, comme si tu venais d'avoir le message de la réception. Comment sais-tu qu'il a appelé ? Tu veux dire qu'il *t'a* appelée ?

— Je t'en prie, Sam. Ne sois pas si tendu.

Aussi froide qu'un glaçon, elle tourna une autre page de son foutu livre, et ajouta :

— Ce n'est pas comme si je ne le connaissais pas. Je veux dire qu'après tout, il...

— Oh non ! Épargne-moi ces comparaisons odieuses ! J'essaye seulement de comprendre par quelle extraordinaire coïncidence, alors que tu te trouves à douze mille kilomètres de chez toi, tu es tombée comme par hasard, en décrochant le téléphone, sur ton ex-mari qui m'appelait, *moi,* à dix mille kilomètres de New York.

— Si tu te calmes, je pourrai t'expliquer. Sinon, je préfère continuer à lire.

Devereaux pensa qu'il avait grand besoin d'un

verre, mais il réprima sa colère et parla calmement.

— Je suis calme, et j'aimerais beaucoup t'entendre parler. Je t'écoute.

Anne posa le livre sur ses genoux et leva les yeux sur lui.

— Pour commencer, Mac a été à peu près aussi furieux que toi quand j'ai pris son appel.

— Et comment se fait-il que tu aies pris son appel ?

— Parce que j'étais inquiète.

— Ça, c'est pourquoi, pas comment ?

— Si tu t'en souviens, et je pense que tu y parviendras si tu t'en donnes la peine, tu m'as laissée à notre table, en bas. Tu étais en retard et j'ai insisté. Je t'ai dit que je signerais la note et que je remonterais seule. Je me trompe, jusque-là ?

— Je te dois un dîner. Continue.

— Un charmant jeune homme en queue-de-pie et cravate blanche est venu à la table pour me dire qu'il y avait un appel urgent pour toi d'outre-Atlantique. Est-ce qu'ils sont toujours aussi habillés ?

— C'est une coutume au Savoy. Et qu'as-tu répondu ?

— Que tu ne serais pas de retour avant longtemps. Que je n'étais pas sûre de l'heure. Il a semblé contrarié, alors je lui ai demandé si je pouvais faire quelque chose. Il m'a annoncé que l'appel venait d'un certain général Hawkins, de Washington, et je pense que le grade et la provenance le rendaient un peu nerveux. Mac fait toujours ça. Ça améliore nettement le service téléphonique. Alors je lui ai dit de ne pas s'en faire, que je parlerais au vieux grincheux. Ça l'a rassuré. Maintenant, fit Anne en retournant à son livre, va l'appeler. Le numéro est sur le bureau, dans l'autre pièce. Il est également sur le bureau de ta suite et aussi en bas, à la réception. Je suis très flattée que tu sois venu ici en premier.

C'était *possible,* songea Sam. Invraisemblable, mais dans les limites du spectre des probabilités, de même que certaines ondes radio indiquent l'existence probable d'autres civilisations dans l'espace galactique.

— Qu'a dit Hawkins ? Pourquoi était-il furieux ?

— Oh ! juste que je sois ici, j'imagine, fit la fille, quittant des yeux son livre à regret. Il s'est mis à jurer et à hurler en me donnant des ordres. Je lui ai dit : « Mac, surveille ton langage ! » Je lui disais tout le temps ça. Je veux dire qu'il emploie un langage dont nous n'avons guère l'habitude à Belle-Isle. En tout cas, il s'est calmé et il s'est mis à rire.

Elle leva les yeux dans le vague. Elle était plongée dans ses souvenirs, songea Sam, et ces souvenirs-là n'étaient pas des plus froids.

— Il m'a demandé, poursuivit Anne, si je m'étais débarrassée de mon petit serveur gigolo — c'est comme ça qu'il appelle Don — et sinon ce que j'attendais pour le faire. Et il m'a dit que tu étais vraiment un chic type. Tu sais, Mac pense beaucoup de bien de toi. Quoi qu'il en soit, il faut absolument que tu le rappelles. Je lui ai dit que tu rentrerais horriblement tard, peut-être pas avant trois heures du matin, mais il a dit que ça ne faisait rien, qu'il serait seulement dix heures du matin à Washington.

— Ça ne peut pas attendre demain matin ?

— Non. Mac a beaucoup insisté. Il m'a dit que si tu étais tenté d'oublier, il fallait que je te dise que c'était en rapport avec un gentleman italien qui demandait à te voir.

— Est-ce qu'il a ajouté que c'était au sujet de l'affaire en cours ?

— Non. Mais je pense que tu devrais l'appeler. Si tu veux être tranquille, tu peux utiliser le téléphone dans l'autre pièce.

— Bon Dieu, mon garçon ! Comme le monde est petit ! Vous êtes pratiquement à l'autre bout du globe et sur qui tombez-vous ? Cette bonne vieille Annie ! Non pas qu'elle soit si vieille, mais vous comprenez...

— Je comprends, coupa Sam, que vous avez des nouvelles de Dellacroce pour moi. Qu'est-ce que vous avez encore raconté à votre très pieux ami ? Que c'est moi qui ai crucifié Jésus ?

— Grand Dieu, non ! C'était juste un petit scénario psychologique, au cas où vous auriez hésité à me rappeler. Je n'ai même pas parlé à Dellacroce. Je ne pense pas qu'il soit favorable à la poursuite de nos relations. Est-ce que ça vous met plus à l'aise ?

Devereaux alluma une cigarette. Pour l'aider à surmonter la légère douleur qui se développait dans son estomac.

— Je vais vous parler franchement, Mac. C'est le simple fait que vous m'appeliez qui m'a rendu nerveux. J'ai comme l'impression que vous allez me dire quelque chose qui ne va pas me rapprocher de Boston, ni de ma mère ou de mon véritable employeur, je veux parler d'Aaron Pinkus. C'est l'effet que me fait votre petit scénario psychologique.

Il y eut une longue succession de tss... tss... en provenance de Washington.

— Vous êtes très soupçonneux. C'est sans doute un travers d'avocat. Comment cela s'est-il passé avec Danforth ?

— C'est un fou. Il souffle le chaud et le froid comme un cinglé. Il a aussi signé les papiers. Il s'est engagé pour dix millions, et pour des raisons que je ne peux même pas imaginer. La banque se trouve dans les îles Caïmans et c'est, je suppose, la raison pour laquelle vous m'avez appelé.

— Vous voulez dire que vous pensez que j'allais vous demander de vous rendre aux îles Caïmans ?

— Ça m'est venu à l'esprit, en effet.

— Je ne ferai pas une chose pareille. Ça n'a rien d'une sinécure. Une foule de petits points chauds, avec un tas de banques et de banquiers à la con, qui essayent de faire de l'endroit une autre Suisse... Non, j'irai moi-même et je m'occuperai de cette affaire. Et vous voilà avec dix mille dollars de plus sur votre compte. J'ai pensé que ça vous ferait plaisir de l'apprendre.

— Mac ! (L'estomac de Devereaux venait d'expérimenter une nouvelle sensation aiguë et brûlante.) Vous ne pouvez pas faire ça !

— C'est très simple, mon garçon. Il suffit de

faire un chèque au comptoir, pour dépôt seulement.

— Ce n'est pas ce que je voulais dire ! Vous n'avez aucun droit de déposer de l'argent sur mon compte !

— La banque n'a pas eu l'air d'y trouver à redire.

— La banque n'a rien à y redire ! C'est moi qui m'y oppose ! Je m'y oppose ! Bon Dieu, vous ne voulez donc pas comprendre ? Ça signifie que vous me payez !

— Un dixième d'un pour cent ! Vous vous êtes fait rouler mon garçon !

— Je ne veux pas être payé ! Je ne veux rien avoir affaire avec de l'argent qui vient de vous ! Cela ferait de moi un complice !

— Je ne connais rien à ces choses-là, mais ce serait sûrement injuste de disposer du temps et des talents de quelqu'un comme vous sans le payer.

La voix de Hawkins avait la résonance d'un sermon d'évangéliste.

— Oh, ça va, fermez-la, espèce d'ordure ! fit Sam effondré par l'inéluctabilité de sa défaite. En dehors de Danforth, pourquoi avez-vous appelé ?

— Puisque vous en parlez, sachez qu'il y a un type à Berlin-Ouest que j'aimerais que vous rencontriez.

— Attendez. Ne me dites rien, coupa Sam d'une voix lasse. Les billets d'avion et la réservation d'hôtel seront à la réception du Savoy avant même que j'aie le temps de dire « chat perché », je parie.

— Ils y seront demain matin, en tout cas.

— O.K. ! Mac. Vous avez gagné.

Il s'enfonçait de plus en plus. Un jour, d'une manière ou d'une autre, songea Sam, il faudrait bien qu'il en sorte.

MacKenzie inscrivit la somme en chiffres.

20 000 000, 00 dollars.

Puis il l'écrivit en toutes lettres :

Vingt millions de dollars.

Étrangement, cela n'eut aucun effet sur lui. Cela représentait simplement un moyen, pas une fin en soi. Bien qu'il lui fût déjà venu à l'esprit qu'il pourrait aisément considérer cette somme comme une bénédiction économique, la rafler et se retirer dans le sud de la France. Il était évident que ni Dellacroce, ni Danforth ne le poursuivraient en justice. Pas le moindre risque. Mais ce n'était pas du tout de ça qu'il était question. Cet argent était à la fois un véhicule et un produit dérivé. Et, d'une certaine manière, une forme légitime de punition. Le bénéfice valait bien quelques pertes.

Mais le temps lui manquait et il ne pouvait se permettre de s'écarter du sujet. Il ne lui restait plus que quelques mois d'ici l'été ; et il avait encore beaucoup de travail à faire. La sélection et l'entraînement du personnel d'encadrement allaient lui prendre du temps. La location et l'aménagement du champ de manœuvre allaient être difficiles, en particulier les achats clandestins d'équipement. Les manœuvres elles-mêmes prendraient plusieurs semaines. Et si l'on tenait compte de tout ça, il y avait beaucoup de choses à faire en peu de temps. C'était donc une tentation naturelle que de dévier un peu de la stratégie initiale et de se contenter d'un capital inférieur, mais cela serait une erreur. A coup sûr. Il avait arrêté le chiffre de quarante millions de dollars non seulement pour des raisons de symétrie numérique avec les quatre cents millions (même si cela faisait le meilleur effet sur le contrat d'association limitée, sur les lignes en blanc qu'il avait complétées), mais parce que ces quarante millions de dollars couvraient tous les frais, y compris les contingences de dernière extrémité.

Autrement dit l'évacuation éclair de la base de tir.

Il fallait qu'il obtienne ces quarante millions. Il était quasiment prêt à affronter son troisième investisseur.

Heinrich Koenig, à Berlin.

Herr Koenig lui avait donné du fil à retordre. Si Sidney Danforth s'était montré excessif dans ses activités au Chili et si Angelo Dellacroce avait fait preuve de la plus grande négligence quant à ses paiements en Méditerranée et de la plus grande ostentation dans son mode de vie, Heinrich Koenig n'avait commis aucune erreur flagrante et menait la vie tranquille d'un petit propriétaire terrien, dans une bourgade rurale à une trentaine de kilomètres de Berlin.

Mais vingt-deux ans plus tôt Koenig avait brillamment joué un jeu excessivement dangereux. Un jeu qui non seulement lui avait valu sa fortune mais qui avait également assuré le financement de ses diverses entreprises commerciales.

Au moment culminant de la guerre froide,

Koenig avait joué à la fois les agents doubles et les maîtres chanteurs. Il avait commencé par s'informer secrètement sur les activités d'agents simples des deux bords, puis il avait, par le biais des réseaux adverses de renseignements, extorqué des fonds à ceux d'entre eux qui étaient en quête de protection. Bientôt, il obtint des « franchises » internationales exclusives pour ses sociétés dans une foule de pays qui dépendaient du bon vouloir économique des deux géants. Finalement, avec la grâce d'un Méphistophélès, il força Washington, Londres, Berlin, Bonn et Moscou à déclarer ses sociétés « hors régulations » et à échapper aux lois qui régissaient les autres industries. Koenig était parvenu à ses fins en menaçant chacun de dévoiler les activités passées de l'autre.

Et puis, au grand soulagement de bien des gouvernements, Koenig se retira. Il avait bâti son empire sur les corps piétinés — décédés ou paralysés — de la moitié de la population bureaucratique et industrielle d'Europe et d'Amérique. Il était resté intouchable grâce à une véritable terreur du risque de représailles en chaîne. Quel bureaucrate, quel sous-secrétaire, quel ministre ou quel homme d'État (quel chef de gouvernement, en fait) aurait ouvert l'accès aux horreurs de la boîte de Pandore ? C'est ainsi que, dans sa retraite, Koenig était resté autant en sécurité qu'aux jours heureux de son activité la plus intense.

La peur était l'arme de Koenig. Mais aucune peur ni aucune arme ne pouvait faire effet face à un homme qui ne redoutait ni les réactions, ni les représailles, fussent-elles gouvernementales, industrielles ou internationales.

Et c'était là bien sûr le point fort de Hawkins.

Car il y avait une armée internationale de victimes disposées à lui prêter main-forte si elles pensaient pouvoir le faire en toute impunité, si chacun prenait conscience que ses péchés passés étaient en fait connus de l'autre. Mac menacerait de tout dévoiler.

Koenig percevrait certainement la logique de cette approche. C'était l'absence de logique qui avait garanti sa fortune. Il pourrait certainement prévoir les effets de plusieurs centaines de télégrammes détaillés adressés simultanément à plusieurs centaines d'occupants des couloirs du pouvoir, dans le monde entier. Oh, oui ! Koenig serait convaincu, à l'instant même où il débiterait devant lui un véritable barrage de noms, de dates et de faits.

MacKenzie ramassa les photocopies étalées sur le lit, en les regroupant en piles numérotées, et les emporta sur la table basse, devant le canapé. Il s'assit et, avec son crayon rouge, commença à entourer deux ou trois articles sur chaque page.

Les choses se déroulaient impeccablement. Il s'agissait simplement de faire une estimation réaliste des capacités d'un homme et de la logistique disponible pour parfaire ces capacités. Il rassembla les photocopies, se dirigea vers le bureau et disposa les feuillets convenablement, devant le téléphone. Il était prêt à réciter, calmement, sans passion, une liste de forfaits internationaux qui auraient fait rougir Gengis Khan.

Heinrich Koenig s'en tirerait avec dix millions de dollars.

Les yeux soulignés par des cernes noirs de fatigue, Devereaux passa la douane à l'aéroport de Tempelhof, s'attendant à prendre en pleine gueule le poing de l'officier néo-nazi plein de zèle qui aboyait en inspectant ses papiers et ses bagages. Dieu du ciel ! pensa-t-il. Il suffit de donner un tampon en caoutchouc à un Allemand pour qu'il devienne enragé.

A un moment, il contempla, ahuri, le contenu de sa propre valise. Tout était plié soigneusement et rangé au carré, comme s'il sortait de chez Bergdorf Goodman[1]. Seulement, il ne faisait jamais ses valises de la sorte. A travers le brouillard de ses pensées disloquées, il se souvint qu'Anne s'était occupée de tout. Elle avait préparé ses bagages, elle l'avait accompagné à la caisse et elle l'avait même aidé à faire établir sa note.

Si elle avait fait tout ça, pensa Sam, c'est qu'il n'était pas lui-même en état de faire grand-chose. L'insanité de la situation l'avait conduit à une confrontation douloureuse avec une bouteille de scotch. Il avait perdu. La seule chose qu'il se souvenait avoir faite, c'était d'avoir posté ce foutu contrat d'association limitée à Hawkins.

L'hôtel Kempinsky à Berlin était une version teutonique du vieux Sherry-Netherland de New

1. Magasin de luxe de la Cinquième Avenue, à New York *(N.d.T.)*.

York, avec un intérieur plus sévère encore. Les fauteuils surrembourrés du hall semblaient davantage coulés dans le béton que tapissés de cuir. Tout cela puait l'argent, le bois ciré, et les employés excessivement convenables dont Sam sentait tout le mépris pour sa faiblesse, son esprit démocratique et son infériorité viscérale.

A la réception, on s'occupa de lui avec efficacité et célérité. Il fut escorté par un vieux SS Oberführer, parfaitement désagréable, qui traita sa valise comme si elle contenait les hardes d'un clochard. Une fois dans la suite (elle était immense, Mac Hawkins l'avait traité en première classe), l'Oberführer releva les stores des diverses pièces avec l'autorité d'un homme rompu à donner des ordres de tir à un peloton d'exécution. Devereaux, craignant pour sa vie, le gratifia d'un pourboire royal, le raccompagna à la porte comme il l'aurait fait pour un diplomate en visite et le salua d'un gracieux *Auf Wiedersehen!*

Il ouvrit sa valise. Anne avait eu la bonne idée d'envelopper une bouteille de scotch pleine dans une serviette éponge du Savoy. C'était le moment ou jamais d'ingurgiter l'iningurgitable. Pas trop. Juste assez pour mettre le moteur en marche.

On frappa à la porte. Sam fut tellement surpris qu'il recracha une gorgée de whisky sur le lit. Il reboucha la bouteille et chercha furieusement un endroit où la cacher.

Sous l'oreiller! Sous le couvre-lit! Il s'arrêta. Qu'était-il en train de faire? Qu'est-ce qui lui prenait tout d'un coup? Mais que lui arrivait-il donc? Maudit soit ce foutu MacKenzie Hawkins!

Il prit une profonde inspiration et posa calmement la bouteille sur la commode. Il prit une seconde inspiration, ouvrit la porte et expulsa vivement, involontairement, tout l'air contenu dans ses poumons.

Debout, dans l'encadrement de la porte, se trouvait la blonde Aphrodite de Palo Alto, Californie, cataloguée dans sa mémoire dans la rubrique « Menue et Pointue ». La troisième Mrs. MacKenzie Hawkins, Lilian.

— J'étais sûre que c'était vous ! Je disais au type de la réception que ça ne pouvait être que vous !

Sam ne se souvenait plus très bien pourquoi il avait catalogué Lilian dans la rubrique « Menue et Pointue ». « Menue » était une injustice à l'égard de la dame. Sans doute était-ce un adjectif relatif, compte tenu de la comparaison visuelle immédiate des six autres spécimens.

Devereaux était assailli par ces pensées absurdes et — il en était conscient — suivit Lilian des yeux comme un gosse de dix ans devant son premier numéro d'*Artists & Models,* tandis qu'elle s'asseyait en face de lui et lui racontait qu'elle était arrivée à Berlin trois jours plus tôt pour assister à un cours de deux semaines en cuisine gastronomique.

Bien sûr, tout cela était incroyable. Après tout, il avait une certaine expérience d'avocat. Il avait analysé une foule de comportements criminels, arrachant les couches d'imposture qui recouvraient des fraudes sophistiquées, à tous les niveaux de la jungle sociale. En dépit de son épuisement physique et mental, il n'était pas homme à se laisser leurrer facilement et il avait bien l'intention de le faire savoir à la troisième Mrs. MacKenzie — *non mais!* Il la fixa plus intensément puis haussa mentalement les épaules. *Qu'est-ce qu'elle croyait!*

— Et me voilà, Sam. Je peux vous appeler Sam, n'est-ce pas? C'est fou ce qu'un intérêt pour la cuisine gastronomique peut entraîner, parfois.

— Mais c'est tout à fait plausible, Lilian! C'est ce qui rend les coïncidences vraiment, euh, coïncidentielles!

Sam riait d'une manière quasi hystérique, faisant de son mieux pour contrôler ses yeux. Il était simplement trop fatigué pour y arriver. Il renonça et laissa son regard errer librement.

— Et c'est vraiment la meilleure façon de découvrir Berlin. Si nous avons de la chance, nous trouverons peut-être un court de tennis couvert! On m'a dit que l'hôtel avait une piscine. Et peut-être une salle de gymnastique.

Lilian se tut et Devereaux se sentit frustré. Dans son état d'épuisement, il appréciait ce doux massage auriculaire.

— Mais je vais peut-être trop vite, reprit Lilian. Êtes-vous seul ici?

Il savait qu'il ne fallait pas; qu'il ne devait pas.

— Plus seul que je ne l'ai jamais été de toute ma vie.

— Je crains qu'il ne faille pas songer à ce genre de chose. Si vous me le permettez, vous avez l'air horriblement fatigué. J'ai l'impression que vous vous êtes épuisé au travail. Vous avez vraiment besoin de quelqu'un qui s'occupe de vous.

— Je ne suis plus que l'ombre de moi-même...

— Oh, pauvre petit agneau. Venez donc près de moi et laissez-moi vous masser les épaules. Je fais des merveilles, croyez-moi. Des merveilles.

— Je suis une véritable loque. Une loque pleine de vide et de plomb fondu...

— Vous êtes épuisé, mon agneau. Là, mon garçon. Allongez-vous et posez votre tête sur les genoux de Lilly. Oh ! mon Dieu ! Vos tempes sont brûlantes. Et les muscles de votre cou sont bien trop tendus. Là... C'est mieux. C'est pas mieux comme ça ?

Et comment ! Il pouvait sentir ses doigts agiles qui déboutonnaient sa chemise et ses mains douces qui se posaient sur sa poitrine et caressaient sa peau avec la douceur d'un ange. Où était-il ? Il ouvrit les yeux et sa vue fut comblée par l'attrait insoutenable de deux seins magnifiques à quelques centimètres à peine de son visage.

— Vous aimez les bains chauds avec plein de bulles de savon qui sentent la rose et le printemps ? murmura-t-il.

— Pas vraiment, répondit-elle dans un murmure elle aussi. J'ai tendance à préférer les douches tièdes. Sérieusement.

Sam sourit.

13

Le parfum imprégnait l'air autour de lui. Il n'avait pas besoin d'ouvrir les yeux pour en connaître la source.

S'il était en mesure de reconstituer avec une certaine acuité la nuit qui venait de s'écouler — et la douce quiétude qui l'envahissait au-dessous de la ceinture lui en donnait la certitude — ils avaient passé la plus grande partie de cette nuit sous la douche de l'hôtel Kempinsky.

Sam ouvrit les yeux. Lilian était à ses côtés, assise contre les oreillers, une paire de lunettes cerclées de corne posée sur son adorable petit nez en trompette. Elle lisait un énorme livre à couverture cartonnée, le drap blanc recouvrant sa poitrine mais ne dissimulant rien de ses formes généreuses.

— Bonjour, fit-il d'une voix tranquille.

— Bonjour ! répondit-elle en baissant les yeux sur lui avec un sourire rayonnant. Tu sais quelle heure il est ?

La blonde créature était plutôt du type débordant de santé. C'était sans doute grâce à tout ce surfing, en Californie. Ou peut-être MacKenzie

Hawkins lui avait-il appris comment on fait des pompes.

— Ma montre est sous les oreillers, autour de mon poignet. Je n'ai pas la moindre idée de l'heure.

— Il est dix heures dix. Tu as dormi près de onze heures. Comment te sens-tu ?

— Tu prétends que nous nous sommes couchés — que je me suis endormi — à onze heures hier soir ?

— On pouvait t'entendre jusqu'à la porte de Brandebourg. Je n'ai pas cessé de te secouer pour t'empêcher de ronfler. Mais c'était un véritable concert. Comment va ta tête ?

— Ça a tout l'air de fonctionner pour le mieux. Je me demande par quel miracle.

— C'est toute cette vapeur. Et l'exercice aussi. En fait, tu ne supportes pas très bien l'alcool. Je pense que tes artères se sont révoltées.

Lilian prit un crayon sur la table de chevet et cocha délicatement la carte.

— Tu sens divinement bon, fit-il après l'avoir considérée pendant un long moment, se remémorant les courbes de ses genoux et la caresse angélique de ses seins.

— Toi aussi, mon agneau, répliqua-t-elle en retirant ses lunettes et en le parcourant du regard. Sais-tu que tu as un corps tout à fait acceptable ?

— Il a ses atouts.

— Je veux dire que tu as un physique fondamentalement sain, relativement bien proportionné et harmonieux. C'est vraiment dommage que tu l'aies laissé se désintégrer à ce point.

Elle tapota son menton de ses lunettes repliées,

tel un médecin examinant les séquelles postopératoires de son patient.

— Désintégrer ? Tu exagères peut-être un peu. Je jouais au hockey, autrefois. J'étais même plutôt bon.

— Je n'en doute pas. Mais ça doit faire beaucoup plus de dix ans. Regarde-toi... (Elle posa ses lunettes et releva les couvertures, découvrant sa poitrine.) Regarde, là ! Et là... Et là ! Pas le moindre tonus ! Des poches musculaires qui n'ont visiblement servi à rien depuis des années ! Et là !

— Ouïe !

— Tes abducteurs sont quasiment inexistants. Quand as-tu fait des exercices pour la dernière fois ?

— Hier soir. Sous la douche.

— Cet aspect de ta condition physique est indiscutable. Mais ce n'est qu'une infime partie de l'ensemble...

— Pas pour moi !

— ... d'un réseau musculaire. Ton corps est un temple. Ne le laisse pas s'avachir et tomber en décrépitude par négligence ou par ignorance. Chouchoute-le ! Donne-lui l'occasion de s'étirer, de respirer et de fonctionner. Il a été créé pour ça. Regarde MacKenzie...

— Objection ! Je n'ai aucune envie de ressembler à MacKenzie !

— Je parle en termes cliniques.

— Je le savais, marmonna Devereaux, vaincu. Impossible de lui échapper. Je me suis fait posséder.

— Tu réalises que Mac a largement dépassé la

cinquantaine ? Et regarde son corps. C'est un ressort huilé à la perfection...

Les yeux de Lilly se perdirent dans le vague. Tout comme ceux d'Anne au Savoy. Elle se souvenait, comme Anne s'était souvenue... et ces souvenirs-là n'avaient rien de glacial.

— Oh, pour l'amour du ciel ! fit Sam. Hawkins a passé toute sa vie dans l'armée. A courir et à sauter, à tuer et à torturer. Il était obligé de garder la forme, s'il voulait rester en vie. Il n'avait pas le choix.

— Tu te trompes. Mac est conscient de ses capacités. Il sait ce que veut dire vivre à plein régime. Un jour, il m'a dit — mais c'est sans importance...

La fille retira sa main de la poitrine de Devereaux et attrapa ses lunettes.

— Non, je t'en prie. (La chambre de l'hôtel Kempinsky aurait pu être une chambre du Savoy. Mais les femmes n'étaient pas interchangeables. Elles existaient chacune en tant qu'individu.) J'aimerais savoir ce que disait Mac, insista Sam.

Lilly tenait ses lunettes à deux mains, tripotant songeusement les branches.

— Ton corps doit être une extension concrète de ton esprit, poussé à sa limite, mais sans illusions.

— Je préférais « le changement extérieur qui perturbe l'intérieur ».

— Quoi ?

— Un autre de ses préceptes. Mais je n'ai peut-être rien compris. Pour moi le physique et le mental sont deux choses distinctes. Je serais capable de croire que je pourrais m'envoler du haut de la tour Eiffel, mais je ferais sans doute mieux de ne pas essayer.

— Parce que ça ne serait pas réaliste de ta part. Ce serait simplement illusoire. Mais tu pourrais t’entraîner à descendre en un temps record. Ça, ce serait réaliste, une extension physique de ton imagination. Et il est important de faire cette tentative.

— De descendre depuis le sommet de la tour Eiffel ?

— A défaut de pouvoir voler, c’est une considération qui mérite d’être prise au sérieux.

— Certainement pas. Si je suis bien cette pseudo-philosophie de mirliton, tu prétends que lorsqu’on envisage de faire quelque chose, il faut, autant que faire se peut, traduire cette intention en termes physiques ?

— Parfaitement. Ce qui comptc, c’cst ne pas rester inerte.

Lilly agitait les bras avec emphase. Le drap glissa.

Insupportablement délicieuse, pensa Devereaux. Mais intouchable, pour le moment. La fille était toute à son débat.

— Tout ça est soit beaucoup plus complexe, soit beaucoup plus simple qu’il n’y paraît, fit-il.

— C’est beaucoup plus complexe, crois-moi. La subtilité réside justement dans l’évidence.

— Tu crois vraiment à ce concept de défi, n’est-ce pas ? Je veux dire que pour toi, ce qui compte fondamentalement c’est la satisfaction nécessaire de relever le défi.

— Oui, je suppose que tu as raison. Pour le plaisir de la démonstration. Essayer d’atteindre l'objectif qu'on a imaginé. Tester ses propres capacités.

— Et tu crois à tout ça.

Ça n'était pas une question dans l'esprit de Sam.

— Oui, bien sûr. Pourquoi ?

— Parce que, en ce moment précis, mon imagination travaille tellement que c'en est insupportable. Je ressens le besoin de l'exprimer physiquement. De tester mes capacités. Dans des limites raisonnables, bien sûr.

Il se leva de son camp de base et s'assit face à elle, les yeux dans ses yeux. Il leva le bras et lui retira ses lunettes, les replia et les laissa tomber au pied du lit. Il tendit la main et elle lui remit la carte.

Les yeux de Lilian étaient brillants, ses lèvres entrouvertes dans un demi-sourire.

— Je me demandais quand tu te déciderais.

Et c'est là que le téléphone nazi se mit à sonner.

La voix, à l'autre bout de la ligne, appartenait à un homme qui avait passé ses années de formation à regarder tous ces films de guerre de la Warner Bros. Chaque syllabe distillait un funeste présage.

— Nous ne zavons — ne voulons — ne pouvons pas barler dans le téléphone.

— Traversez donc la rue et ouvrez une fenêtre. Nous crierons, répliqua Devereaux d'une voix irritée.

— Le temps, c'est l'essence ! Fous dans le

lobby, dans le bremier fauteuil devant la fenêtre, sur la droite de l'entrée ! Sous le bras, vous portez un exemplaire plié de *Der Spiegel. Und* vous croiserez les chambes toutes les vingt sekondes.

— Je dois m'asseoir ?

— Fous auriez l'air ridicule si fous croisiez les chambes debout, *mein Herr.*

— Et si quelqu'un était assis dans ce fauteuil ?

Le silence qui suivit traduisait la colère autant que la confusion. Puis on entendit un son curieux et bref, qui évoquait indéniablement un petit cochon, glapissant de frustration.

— Enlevez-le !

Ce fut la réponse qui suivit le glapissement.

— C'est stupide.

— Fous faites comme che dis ! Nous n'avons pas le temps de tiscuter ! Fous serez contacté. Dans quinze minutes.

— Hé ! Attendez une minute ! Je viens de me réveiller. Je n'ai pas encore pris mon petit déjeuner. Et il faut que je me rase...

— Quatorze minutes, *mein Herr !*

— J'ai faim !

La communication fut coupée par un bruyant cliquetis sur la ligne.

— Qu'il aille se faire foutre ! clama Devereaux en se retournant dans l'espoir de retrouver l'extraordinaire Lilian.

Mais Lilian n'était pas là où elle aurait dû l'être. Elle se tenait de l'autre côté du lit, debout dans la sortie de bain de Sam.

— Si je puis m'exprimer ainsi, mon chéri, nous avons été sauvés par le gong. Tu as des choses à faire et il faut que je me prépare pour aller à mon cours.

— Ton cours ?

— *Der erstklassig Strudelschule,* répliqua Lilly. Moins réputée, mais sans doute plus amusante que le Cordon bleu à Paris. Les cours commencent à midi. C'est dans Leipziger Strasse. Juste après Unter den Linden. Il faut vraiment que je me dépêche.

— Et... nous deux ? Et notre petit déjeuner ? Et... Tu ne prends pas de douche le matin ?

Lilian éclata de rire. C'était un rire charmant et spontané.

— *Der Schule* se termine vers quinze heures trente. Je te retrouverai ici.

— Quel est ton numéro de chambre ?

— Cinq cent onze.

— La mienne est le cinq cent neuf.

— Je sais. N'est-ce pas merveilleux !

— Merveilleux !

La confusion, dans le hall de l'hôtel Kempinsky, était absurde. « Le bremier fauteuil defant la fenêtre » était occupé par un vieux monsieur dont la tête aux cheveux coupés en brosse et joufflue retombait sans cesse dans les plis de son cou. Le vieux monsieur sommeillait. Sur ses genoux, il avait malheureusement un exemplaire replié de *Der Spiegel.*

Il fut d'abord agacé, puis furieux à la vue des deux hommes qui encadrèrent son fauteuil et lui intimèrent, en des termes sans équivoque, l'ordre de se lever et de les suivre. Sam tenta à deux reprises d'intervenir, expliquant, du mieux qu'il pouvait, que lui aussi possédait un exemplaire plié de *Der Spiegel.* Mais rien n'y fit. Les deux malabars n'étaient intéressés que par le vieil homme assis dans l'énorme fauteuil. Finalement, Devereaux se posta directement devant eux et, toutes les vingt secondes, croisa et décroisa les jambes.

A ce moment, le concierge de l'hôtel vint vers lui et, dans un anglais parfait et sonore, le pria de se rendre aux toilettes hommes.

Sur ce, une énorme dame, qui présentait une ressemblance frappante avec Dick Butkus, s'approcha du trio constitué autour du fauteuil et se mit à cogner sur les deux gestapistes, à la fois avec une boîte à chapeau et un très gros sac à main en cuir noir.

Il n'y avait qu'une chose à faire, se dit Devereaux. Il saisit l'un des deux contacts par le cou et l'attira hors de la zone de danger.

— Espèce de pauvre connard ! Je suis votre homme ! Vous êtes envoyés par Koenig, n'est-ce pas ?

Trente secondes plus tard, Devereaux était propulsé hors de l'entrée de l'hôtel Kempinsky et dans une allée adjacente. A mi-chemin de cette allée, occupant la presque totalité de l'espace entre les immeubles, se trouvait un énorme camion à remorque, avec une toile de bâche tendue au-dessus de la plate-forme arrière. Sous la bâche, du plancher au plafond, des centaines de caisses étaient empilées les unes sur les autres, remplies de poulets qui piaillaient si fort qu'on aurait pu croire qu'ils étaient des milliers.

Il y avait un étroit couloir ménagé au centre de la plate-forme, entre les caisses. Ce couloir conduisait à la fenêtre arrière de la cabine. Et devant la fenêtre étaient plantés deux tabourets minuscules.

— Mais voyons, tout ça est grotesque ! C'est, ah bon Dieu de bon Dieu ! Mais c'est insalubre !

Ses escorteurs hochèrent la tête, à l'allemande, lui sourirent, à l'allemande, le hissèrent, à l'allemande, sur la plate-forme et le poussèrent au fond du passage étriqué, qui ne devait pas faire trente-cinq centimètres de large, jusqu'aux deux tabourets.

Tout autour de lui, des becs pointus pointaient sur sa personne. Le soleil de la mi-journée était complètement obturé par la lourde toile de bâche tendue au-dessus de sa tête. L'odeur des excréments de poulet était insoutenable.

Ils roulèrent pendant près d'une heure dans la campagne, s'arrêtant de temps à autre pour se plier au contrôle de soldats est-allemands complaisants, qui les laissèrent passer après avoir empoché leur dû en *deutschmarks*.

Ils pénétrèrent dans une grande exploitation agricole. Le bétail broutait dans les champs, et l'on pouvait deviner, par l'ouverture de l'étroit passage, entre les caisses et les plumes qui voletaient à l'arrière du camion, des silos et des granges.

Ils s'arrêtèrent finalement. L'escorte numéro un afficha son sourire germanique et fit descendre Sam du camion.

Il fut entraîné dans une immense grange qui puait l'urine animale et le fumier frais. Il fut conduit, au pas, à travers le bâtiment puant, dans un véritable gymkhana, jusqu'à une stalle vide. Une rangée de rubans bleus marquait la résidence d'un bœuf médaillé.

A l'intérieur, assis sur un tabouret de traite, parmi les tas de bouses, se trouvait l'homme le plus trapu que Sam ait jamais rencontré, Heinrich Koenig.

Il ne se leva pas. Il resta assis, considérant Devereaux. Et ses yeux minuscules, cernés de plis de chair bouffie, lançaient des éclairs.

— Donc...

Koenig demeura immobile, lâchant le mot avec dédain et faisant signe aux escortes de repartir.

— Donc ? fit Sam, d'une voix légèrement défaillante, sentant les chiures humides de poulet qui avaient maculé son dos.

— Vous êtes le représentant de cette espèce de monstre, le général Hawkins.

Koenig prononçait le mot « général » à l'allemande, avec un g guttural.

— J'aimerais mettre les choses au point, si vous le permettez, fit Devereaux, avec un rire forcé. A vrai dire, je ne suis qu'une simple relation. Je connais à peine l'homme en question. Je suis un simple avocat de Boston. A peine plus qu'un vague auxiliaire juridique. Je travaille pour un petit homme juif du nom de Pinkus. Vous ne l'aimeriez pas beaucoup. Ma mère habite dans Quincy, et par la plus curieuse des coïncidences...

— Ça suffit ! (Un pet sonore résonna à proximité immédiate du tabouret de traite.) Vous êtes le contact, l'intermédiaire de ce diable de l'enfer !

— Eh bien, à ce sujet, je suis là pour discuter avec vous d'une association légale ; disons d'une association soumise à une clarification d'intention, compte tenu d'une connaissance anticipée. Je ne crois pas...

— Vous êtes un chacal, une hyène ! Mais les chiens dans votre genre aboient quand ils ont assez de viande. Dites-moi, ce Hawkins, il faisait partie de l'opération Gehlen, *nein ?*

— L'opération quoi ?

— Gehlen !

Devereaux s'en souvenait à présent. Gehlen était le principal espion du Troisième Reich et il avait acheté et vendu à l'Est, comme à l'Ouest, après la guerre. Il n'était pas bon que Koenig pense qu'il y avait un lien quelconque entre Hawkins et Gehlen ; car cela signifierait qu'il pouvait également y avoir un lien avec un certain Sam Devereaux, qui était à des lieues de ce complot.

— Oh, je suis sûr que non. Je ne pense pas que le général Hawkins ait jamais entendu parler de, comment l'appelez-vous déjà ? Moi, en tout cas, je ne le connais pas.

La merde de poulet était en train de se liquéfier sous la chemise de Sam, dégoulinant sur son dos fiévreux.

Koenig se leva lentement de son tabouret, un second pet bruyant venant proclamer cette ascension. Il s'exprima avec une hostilité tranquille et intense.

— Vous transmettrez mes respects réticents au général. Il m'a envoyé un parfait idiot. Et bavard, avec ça. Donnez-moi les papiers, imbécile !

— Les papiers...

Sam sortit de la poche de sa veste un autre exemplaire photocopié du contrat d'association limitée de la Shepherd Company.

L'Allemand feuilleta les feuillets silencieusement, en les pressant furieusement au passage. Sa réaction était audiblement évidente : une combinaison de pets et de grognements.

— C'est un véritable outrage ! Une terrible injustice ! Des ennemis politiques partout ! Et qui ne songent tous qu'à me détruire !

Des perles de salive se formèrent à la commissure des lèvres de Koenig.

— Je compatis de tout cœur avec vous, fit Devereaux en hochant la tête avec empressement. J'enverrais balader tout ça, si j'étais vous.

— Et qu'est-ce que vous en diriez ? Vous tous ? Vous êtes tous là, dans l'espoir de m'abattre. Oubliées, toutes mes interventions pour préserver la paix dans le monde, pour mettre l'ennemi sur la touche, en permanence, pour établir des téléphones rouges et des téléphones bleus entre les grandes puissances de ce monde ! Oublié, tout ça ! Maintenant, vous chuchotez derrière mon dos. Vous inventez des histoires au sujet de comptes en banque qui n'ont jamais existé et même sur mes modestes lieux de résidence. Vous ne voulez pas admettre que j'ai gagné durement chaque *deutschmark* que je possède ! Quand j'ai pris ma retraite, aucun d'entre vous ne l'a supporté ; je vous ai privés de votre souffre-douleur préféré. Et maintenant cette saloperie ! Quelle injustice !

— Oh, je comprends.

— Vous ne comprenez rien du tout ! Donnez-moi quelque chose pour écrire, espèce d'imbécile !

Il péta et signa.

14

Les cloches de l'angélus carillonnèrent dans une splendeur vibrante et solennelle. Leur écho retentit au-dessus de la place Saint-Pierre, flotta sur les gardiens de marbre du Bernin et se répercuta, en une célébration tranquille, au-delà du dôme, au plus profond des jardins du Vatican. Assis sur un banc de pierre blanche, contemplant les rayons orange du soleil couchant, se trouvait un homme corpulent dont on pouvait dire qu'il avait essuyé sept décennies avec une certaine bonhomie, à défaut de sérénité. Le visage était plein ; mais le caractère paysan de la structure osseuse sous les plis de la chair tendait à démentir que ce visage était pomponné. Les yeux de l'homme étaient grands et ouverts, bruns et doux ; ils recelaient presque autant de force et d'acuité que de résignation et d'amusement.

Il portait la splendide chasuble blanche de son office. L'office le plus élevé de la Sainte Église apostolique romaine, le descendant de Pierre lui-même, l'évêque de Rome, le chef spirituel de quatre cents millions d'âmes à travers le monde entier.

Le pape Francesco Ier, vicaire du Christ.

Né Giovanni Bombalini, dans un petit village au nord de Padoue, dans les premières années du siècle. C'était une naissance dont le récit manquait pour le moins de détails, car les Bombalini n'étaient guère influents. Giovanni fut accouché par une sage-femme qui, comme cela arrivait fréquemment, oublia de déclarer le fruit de son travail, en même temps que celui de sa patiente, à l'officier municipal du village, sachant que de toute façon l'église ferait *quelque chose.* Les baptêmes rapportaient de l'argent. A vrai dire, l'arrivée de Giovanni Bombalini sur cette terre avait bien failli passer totalement inaperçue, sauf que son père avait parié, avec son cousin Frescobaldi, qui vivait trois villages plus au nord, que son deuxième enfant serait un garçon. Bombalini senior ne voulut laisser aucune chance à son cousin Frescobaldi de renier son pari et il se rendit donc lui-même au village pour déclarer la naissance d'un enfant mâle.

En fait, ils avaient également parié que la femme de Frescobaldi — qui devait accoucher le même mois — n'aurait pas un garçon. Bien entendu, elle donna naissance à un garçon, et le pari fut annulé. Ce garçon, Guido Frescobaldi, était né — si l'on en croit les registres — deux jours après son cousin Giovanni.

Dès les premières années de sa vie, Giovanni montra des signes de différence avec les autres enfants du village. Pour commencer, il refusa d'apprendre son catéchisme par répétition verbale ; il voulait *le lire* d'abord, *puis* le mémoriser. Cela contraria le curé du village, qui se sentit bafoué par cette précocité et cet affront fait à l'autorité. Mais l'enfant ne fut pas rejeté.

Les façons de Giovanni Bombalini étaient décidément très inhabituelles. Bien qu'il ne se dérobât jamais à ses travaux dans les champs, il était rarement trop fatigué pour rester éveillé durant la moitié de la nuit, à lire tout ce qui lui tombait entre les mains. Lorsqu'il eut douze ans, il découvrit la *Biblioteca* de Padoue, qui ne valait pas celle de Milan ou de Venise, et encore moins celle de Rome, mais ceux qui connaissaient Giovanni racontaient qu'il avait lu tous les livres de Padoue, puis ceux de Milan, et ceux de Venise. Après quoi, le curé de son village le recommanda aux saints prêtres de Rome.

L'Église était la réponse de Giovanni à une prière. Et tant qu'il priait — il priait beaucoup, car cela lui était plus facile mêmc si ça lui prenait autant de temps que son travail dans les champs — il était autorisé à lire bien davantage que ce qu'il avait pu jamais espérer.

A l'âge de vingt-deux ans, Giovanni Bombalini fut ordonné prêtre. Certains disaient qu'il était le prêtre le plus érudit de Rome, un *erudito fantastico*. Mais Giovanni ne possédait pas le visage sérieux et émacié qui convenait à un érudit du Vatican ; ni l'assurance qui allait normalement de pair avec cette érudition, quant aux vérités de tous les jours. Il cherchait sans cesse l'exception et la flexibilité dans l'histoire liturgique et faisait remarquer (certains disaient malicieusement) que les écrits de l'Église puisaient leur force dans l'honnêteté de leurs contradictions.

A vingt-six ans, Giovanni Bombalini était une

épine douloureuse dans le talon puissant du Vatican. Ce qui fut aggravé ultérieurement par son apparence épanouie, antithèse de l'image désincarnée, académique, tant désirée par les *eruditi* de Rome. Il était, pour ainsi dire, la caricature du paysan de base des provinces du Nord. Trapu, massif et large de hanches, il avait l'air d'un ouvrier agricole, plus à sa place dans une étable parmi les chèvres, que dans les halls de marbre des divers *collegia* du Vatican. Aucune érudition théologique, ni bonhomie, ni même croyance en l'Église (aussi profonde soit-elle) ne pouvait contrebalancer le lourd handicap que constituait la combinaison de son esprit et de son image. On l'envoya donc en poste dans les lieux les plus invraisemblables, comme la Côte-de-l'Or, la Sierra Leone, Malte et même, par erreur, à Monte-Carlo. Un secrétaire du Vatican avait eu du mal à décrypter le nom de Monte-Claros et inscrivit Monte-Carlo. Sans doute n'avait-il jamais entendu parler de Monte-Claros, au Brésil. Et la chance de Giovanni Bombalini commença à tourner.

Car dans ce chaudron en ébullition, au milieu des paris élevés et des émotions fortes, le prêtre à l'allure simple promena son regard ahuri, sa bonne humeur, et une cervelle mieux remplie que celle de douze financiers internationaux associés. Il n'avait pas eu grand-chose à faire, sur la Côte-de-l'Or, en Sierra Leone et à Malte. Il avait occupé son temps à souscrire à une foule d'abonnements et à compléter l'exceptionnelle banque de données qu'il avait déjà en mémoire.

Il est de notoriété publique que les gens qui

vivent dans une instabilité permanente, en prenant de grands risques et pas mal d'alcool ont, de temps à autre, besoin de consolation spirituelle. C'est ainsi que le père Bombalini commença à réconforter quelques brebis égarées. Et qu'au grand étonnement de ces premiers « rescapés », ils trouvèrent en lui non pas un simple prêtre prônant la pénitence, mais un confident des plus sociables et distrayants, capable de deviser pendant des heures sur n'importe quel sujet : la situation économique des marchés internationaux, les précédents historiques de tel ou tel événement géopolitique prévisible et, plus particulièrement, la cuisine (en cette matière, il préférait les sauces de base, fuyant les artifices, souvent inappropriés, de la *haute cuisine*).

Quelques mois à peine s'étaient écoulés depuis son arrivée et déjà le père Bombalini était invité permanent dans bon nombre des grandes suites et des résidences privées de la Côte d'Azur. Ce prélat à l'allure étrange et à la silhouette ronde était un merveilleux conteur, et chacun se sentait la conscience plus tranquille quand il était là, même en convoitant — avec succès — la femme du voisin.

De nombreux dons, fort généreux, furent versés à l'Église, au nom du père Bombalini. Et ce, de plus en plus fréquemment.

Rome ne pouvait plus ignorer Bombalini. Les ministres du trésor du Vatican en étaient convaincus.

La guerre trouva monsignore Bombalini dans diverses capitales alliées et, occasionnellement, attaché auprès de diverses armées alliées. Ce qui s'expliquait par deux raisons. La première étant son refus — affiché devant sa hiérarchie — de rester neutre devant les objectifs avoués d'Hitler. Il argumenta sa thèse par seize feuillets de précédents historiques, théologiques et liturgiques; mais personne, hormis les jésuites, ne pouvait le comprendre; et ils étaient de son côté. Rome ferma donc les yeux et espéra que tout se passerait pour le mieux. La seconde raison de ses voyages pendant la guerre était que les riches résidents internationaux de Monte-Carlo des années trente étaient maintenant colonels et généraux, ou diplomates et attachés d'ambassade. Et ils le voulaient tous. Il y eut tant de requêtes interalliées pour ses services qu'à Washington J. Edgar Hoover marqua son dossier d'un : *Hautement suspect. Peut-être pédéraste.*

Les années d'après-guerre furent une époque d'accélération rapide dans l'ascension du cardinal Bombalini en haut de l'échelle du pouvoir du Vatican. Son succès était dû, en grande partie, à son amitié étroite avec Angelo Roncalli, avec lequel il partageait un certain nombre d'idées pas très orthodoxes, ainsi qu'un penchant pour le bon vin (pas nécessairement de grand cru) et une bonne partie de cartes après les prières du soir.

Assis sur le banc de pierre blanche, dans les jardins du Vatican, Giovanni Bombalini — le pape Francesco — réalisa à quel point Roncalli lui manquait. Ils avaient accompli tant de choses ensemble. De bonnes choses. Et les similarités de leurs ascendances respectives au siège de saint Pierre l'avaient toujours amusé. Roncalli aurait trouvé ça amusant, lui aussi ; il l'avait trouvé amusant, cela ne faisait aucun doute.

Dans les deux cas, il s'agissait d'un compromis proposé par les très sérieux et très orthodoxes électeurs de la Curie, pour apaiser les flammes du mécontentement au sein du troupeau des catholiques. Dans les deux cas, c'était un compromis qui n'était pas censé durer trop longtemps. Mais Roncalli eut la tâche facile. Il ne fut confronté qu'à des arguments théologiques et à des réformes sociales avortées. Il n'eut pas à compter avec ces jeunes prêtres qui voulaient se marier et avoir des enfants ou, quand ils étaient d'un autre bord, créer des paroisses homosexuelles ! Non pas que Giovanni ait personnellement quoi que ce soit à redire là-dessus ; il n'y avait absolument rien dans la loi théologique ni dans le dogme qui interdise expressément le mariage et la procréation ; et quant à l'autre option, si l'amour de ses semblables ne surmontait pas les ambiguïtés bibliques, alors qu'avaient-ils donc appris ? Mais, sainte mère de Dieu, quel vacarme !

Il y avait tant à faire, et les médecins lui avaient annoncé clairement que son temps était compté. C'était d'ailleurs la seule chose sur laquelle ils avaient été clairs. Ils n'avaient pu isoler aucune maladie spécifique, aucune affection particulière. Ils avaient juste conféré et confirmé que ses « signaux vitaux » ralentissaient à un rythme alarmant. Il avait exigé d'eux la franchise. Sainte mère de Dieu ! Il ne redoutait pas la mort. Il aspirait au repos. Roncalli et lui pourraient labourer ensemble les vignes célestes et reprendre leurs parties de baccara. Roncalli devait bien lui devoir encore quelque chose comme six cents millions de lires, ou plus.

Il avait dit aux médecins qu'ils passaient trop de temps penchés sur leurs microscopes et pas assez sur les faits. La machine était usée, c'était aussi simple que ça. Sur ce, les médecins avaient hoché la tête d'un air pontifiant et décrété sombrement :

— Trois mois, tout au plus quatre mois, Très Saint-Père.

Ces médecins ! *Basta!* Des vétérinaires, qui avaient des *cugini* dans la Curie ! Leurs factures étaient scandaleuses. Les gardiens de chèvres de Padoue en connaissaient davantage en matière de médecine ; ils y étaient bien obligés.

Francesco entendit des pas derrière lui et se retourna. Un jeune secrétaire papal, dont le nom lui échappait, avançait dans l'allée du jardin. Le jeune prêtre tenait en main un bloc-notes, sur la couverture duquel était peint un crucifix. C'était grotesque.

— Votre Sainteté désirait résoudre quelques problèmes mineurs avant l'heure des vêpres.

— Absolument, mon père. Je vous écoute.

Le prêtre débita à toute allure une succession de questions insignifiantes, de nature cérémonielle, et Giovanni flatta le jeune prélat en sollicitant son avis sur la plupart d'entre elles.

— Et puis, il y a une requête, de la part d'un magazine américain, *Viva Gourmet.* Je ne l'aurais pas mentionnée à Votre Sainteté si cette requête n'avait été accompagnée d'une chaude recommandation du Service d'information des forces armées des États-Unis.

— C'est une association pour le moins inhabituelle, n'est-ce pas, mon père ?

— En effet, Votre Sainteté. Tout à fait incompréhensible.

— Et quelle était la requête ?

— Ils ont eu l'effronterie de demander au Très Saint-Père d'accorder une interview à une jeune journaliste, sur ses plats favoris.

— En quoi cela est-il une effronterie ?

Le jeune prélat marqua une pause. Il parut perplexe, un instant. Puis il poursuivit avec assurance :

— C'est ce qu'a dit le cardinal Quartze, Très Saint-Père.

— Ah ? Et est-ce que le très docte cardinal a donné ses raisons ? Ou, comme d'habitude, a-t-il communié avec Dieu en personne et simplement délivré la divine parole ?

Francesco tentait de contenir cette réaction parfaitement naturelle à l'égard d'Ignatio Quartze. Le cardinal était un acolyte détestable, à peu près en toutes matières. C'était un *erudito aristocratico,* originaire d'une puissante famille italo-suisse, qui avait à peu près la compassion d'un cobra dérangé. Et qui lui ressemblait, se dit Giovanni.

— Il les a données, Très Saint-Père, répondit le prêtre. (Et à l'instant où il ouvrit à nouveau la bouche, il fut frappé d'un embarras soudain.) Il... Il...

— Vous voulez sans doute dire, mon père, fit le pontife avec une compréhension magnanime, que notre cher cardinal en robe de pourpre a émis l'opinion que les mets favoris du pape n'ont qu'un intérêt très limité.

— Je... Je...

— Je vois que c'est le cas. Eh bien, mon père, il est exact que je m'intéresse à une nourriture plus simple que notre cher cardinal, malencontreusement affligé de la goutte au nez. Mais cela n'est pas dû à une méconnaissance de la gastronomie. Peut-être un simple manque... d'ostentation. Non pas que notre cher cardinal, dont l'œil gauche tire un peu sur la droite quand il parle, soit ostentatoire. Je ne pense pas que cela lui ait jamais effleuré l'esprit.

— Non, bien sûr que non, Très Saint-Père.

— Mais je crois qu'en ces temps de vie chère et de chômage ce serait peut-être une bonne idée que votre pontife cite quelques plats bon marché, quoique excellents, je vous l'assure. Qui est cette journaliste ? Une femme, disiez-vous ? Ne répétez jamais à personne que je vous l'ai dit, mais ce ne sont pas les meilleures cuisinières, à mon avis.

— Non, bien sûr que non, Très Saint-Père. Les religieuses de Rome font une cuisine énergique...

— Galvanisante, mon père. Absolument galvanisante ! Qui est donc la journaliste de ce magazine gastronomique ?

— Son nom est Lilian von Schnabe. C'est une Américaine, de l'État de Californie, mariée à un homme plus âgé qu'elle, un immigrant allemand qui a fui Hitler. Le hasard a voulu qu'elle se trouve actuellement à Berlin.

— Je vous ai simplement demandé qui elle

était, mon père. Pas une biographie complète. Comment savez-vous tout cela ?

— Ça figurait dans la recommandation du Service d'information de l'armée américaine. Les militaires pensent le plus grand bien de cette personne, en apparence du moins.

— Pas seulement en apparence semble-t-il. Ainsi, son mari a fui le nazisme ? On ne peut pas négliger une femme aussi compatissante. En même temps qu'un barème des prix alimentaires, nous aurons besoin d'une liste de mets papaux bon marché. Fixez-lui donc un rendez-vous, mon père. Et vous pouvez dire à notre resplendissant cardinal, qui souffre d'une malheureuse affection respiratoire et qui siffle comme une locomotive, que nous espérons sincèrement que notre décision ne constitue pas un affront pour lui. *Viva Gourmet.* Notre-Seigneur a été bon pour moi. C'est un signe de reconnaissance. Je me demande pourquoi leur correspondant est à Berlin. Il y a un monsignore, à Bonn, qui fait un excellent *Sauerbraten* !

— Je te jure que tu as des plumes entre les dents ! fit Lilian en voyant Sam entrer dans la pièce.

— Ça vaut mieux que de la fiente de poulet.

— Quoi ?

— Mon interlocuteur avait d'étranges méthodes de transport.

— De quoi parles-tu ?

— Je veux prendre une douche.

— Pas avec moi, mon chou !

— Je n'ai jamais été aussi furieux de toute ma vie. Ils ne se seraient même pas arrêtés pour un — comment appellent-ils ça déjà ? — un strudel. Tout a été mené à la baguette. *Ein, zwei, drei! Mach schnell!* Bon Dieu ! Je crève de faim ! Ils sont vraiment persuadés qu'ils ont gagné la guerre !

Lilian s'écarta de lui.

— Tu es l'homme le plus dégoûtant et le plus puant que j'aie jamais rencontré. Je suis étonnée qu'ils t'aient laissé rentrer dans le hall.

— Je pense que c'est à cause du pas de l'oie, fit Sam en remarquant une large enveloppe commerciale blanche sur le bureau. Qu'est-ce que c'est que ça ?

— C'est la réception qui a fait monter ça. Ils ont dit que c'était urgent et qu'ils n'étaient pas sûrs que tu t'arrêtes pour demander tes messages.

— J'ai comme l'impression que c'est encore un coup de ton ex, ce cinglé.

Devereaux prit l'enveloppe. A l'intérieur, il trouva des billets d'avion et une note. Il n'avait pas besoin de la lire. Les billets d'avion en disaient assez.

Alger.

Il se décida tout de même à la lire.

— Non ! Pour l'amour du ciel ! Pas ça ! C'est dans moins d'une heure !

— Quoi ? demanda Lilian. L'avion ?

— Quel avion ? Comment diable sais-tu seulement qu'il y a un avion ?

— Parce que MacKenzie a appelé. De Washington. Tu peux imaginer le choc qu'il a eu quand j'ai répondu...

— Épargne-moi ces détails imaginaires ! rugit Devereaux en se précipitant sur le téléphone. J'ai deux mots à dire à ce fou furieux ! Même les bagnards ont droit à un jour de repos ! Ou du moins à une pause pour manger et prendre une douche !

— Tu ne peux pas le joindre maintenant, intervint Lilian. C'est une des raisons pour lesquelles il appelait. Il sera à l'extérieur pendant le reste de la journée.

Sam se retourna l'air menaçant. Puis il s'arrêta net. Cette fille était sûrement capable de le briser en deux.

— Et je suppose qu'il t'a donné une idée de la raison pour laquelle il fallait que je prenne cet avion ? Une fois qu'il s'est remis du choc d'entendre ta délicieuse voix, bien entendu.

Lilian parut déroutée. Sam se douta un instant que cette perplexité n'était pas absolument sincère.

— Mac a dit quelque chose au sujet d'un Allemand, du nom de Koenig. Il a dit que ce Koenig était très impatient de te voir quitter Berlin, d'une manière ou d'une autre.

— La méthode la moins discutable étant le vol d'Air France jusqu'à Paris, puis de Paris à Alger ?

— Oui. C'est ce qu'il a dit. Pas exactement dans les mêmes termes. Il t'aime beaucoup, Sam. Il parle de toi comme d'un fils. Le fils qu'il n'a jamais eu.

— S'il se prend pour Jacob, je suis d'accord pour être Esaü. Pas question de me faire enculer comme Absalon.

— Cette vulgarité n'est pas de circonstance.

— C'est la seule chose qui soit de circonstance ! Qu'y a-t-il donc à Alger ?

— Un cheik qui s'appelle Azaz-Varak, répondit Lilian von Schnabe.

Hawkins quitta précipitamment le Watergate. Il n'avait aucune envie de parler avec Sam. Il avait une confiance absolue en Lilian, plus qu'en n'importe quelle autre des filles, à vrai dire. Elles faisaient superbement leur boulot ! De surcroît, il devait rencontrer un commandant israélien qui, avec un peu de chance, pourrait l'aider à trouver les dernières pièces du puzzle. Le puzzle en question étant un certain cheik Azaz-Varak. Avant que Devereaux n'arrive à Alger, il fallait qu'il puisse donner un coup de téléphone. Le Faucon ne pourrait le faire sans cette ultime information, qui lui permettrait de compléter le capital de la Shepherd Company.

Qu'Azaz-Varak soit un voleur à grande échelle n'était pas un élément nouveau. Durant la Seconde Guerre mondiale, il avait vendu du pétrole aux Alliés comme aux puissances de l'Axe, à des prix scandaleux, n'acceptant de traiter qu'avec les pays qui payaient cash. Il avait réussi cependant à ne pas se faire d'ennemis. Au contraire, sa politique avait engendré le respect, de Detroit à Essen.

Mais la guerre était de l'histoire ancienne. Cette guerre-là, du moins. C'était le comportement d'Azaz-Varak dans un conflit beaucoup plus récent qui intéressait Hawkins : la crise du Moyen-Orient.

Azaz-Varak était devenu introuvable.

Tandis que les alliances se formaient entre les pays du Moyen-Orient, que le monde observait le choc des armées ennemies, que se tenaient des conférences génératrices de crises, et que des profits scandaleux étaient réalisés par certains, le cheik le plus cupide d'entre tous les cheiks annonça qu'il souffrait d'un zona et se retira dans les îles Vierges.

Bon Dieu ! Mais ça n'avait aucun sens ! Alors MacKenzie s'était replongé dans les dossiers d'Azaz-Varak et les avait étudiés avec l'œil du professionnel. Il commença par reconstituer la filière entre les années 1946 et 1948. Le cheik Azaz-Varak avait apparemment passé beaucoup de temps à Tel-Aviv !

Selon les rapports, ses tout premiers séjours avaient été absolument officiels. Il était censé choisir de jeunes Israéliennes pour son harem. Par la suite, cependant, Azaz-Varak avait continué à se rendre à Tel-Aviv, mais clandestinement cette fois ; atterrissant de nuit, sur des aéroports privés qui pouvaient accueillir ses avions luxueux et à la pointe du progrès.

Encore une histoire de femmes ? Hawkins avait poussé ses recherches à fond, mais il n'avait pas réussi à exhumer un seul nom de femme israélienne qui soit jamais repartie avec lui pour l'émirat d'Azaz-Koweit.

Alors, que pouvait bien faire en Israël le cheik Azaz-Varak ? Et pour quelle raison s'y était-il rendu si fréquemment ?

MacKenzie eut une illumination lorsque, de manière fort étrange, il tomba sur une information émanant des services de renseignements de la Marine sur l'île de Saint-Thomas, où Azaz-Varak avait fui durant la guerre du Moyen-Orient. Là, il avait essayé d'acquérir plus de terrains qu'il n'y en avait à vendre. Rabroué, il était devenu littéralement furieux.

Les habitants de l'île avaient déjà suffisamment d'ennuis. Ils n'avaient pas besoin des Arabes, avec leurs harems et leurs esclaves. Des esclaves ! Doux Jésus ! A cette seule idée, l'office du tourisme tomba en apoplexie. La vision de toute cette domesticité en révolte leur inspirait la nausée. On empêcha systématiquement Azaz-Varak d'acheter le moindre seau de sable. Et lorsqu'on le soupçonna d'essayer de négocier par le biais d'une tierce, voire d'une quarte personne, les contrats étaient truffés de réserves à faire pâlir d'envie les gens de Palm Beach[1] et rougir de fureur l'ACLU[2]. Ils stipulaient en toutes lettres : aucun Arabe ne peut posséder, louer, sous-louer, visiter la propriété, ni y pénétrer.

Dans sa frustration, le cheik fit appel, hâtivement et fébrilement, à un holding américain, la Buffalo Corporation, et tenta de négocier par son intermédiaire. Mais il y avait des lois, et Saint-Thomas était une possession américaine. Et Hawkins n'eut pas trop de mal à découvrir que la Buffalo Corporation — adresse : Alabany Street,

1. Une des stations les plus élégantes de la côte de Floride. *(N.d.T.)*

2. American Civil Liberties Union : équivalent américain de la Ligue des droits de l'homme ou de la LICRA. *(N.d.T.)*

Buffalo, New York — n'était en fait qu'une filiale d'une société inconnue, la Pan-Friendship, dont le siège était à Beyrouth, numéro de téléphone : inconnu également.

Des appels ultérieurs à plusieurs banques de compensation israéliennes lui révélèrent l'ahurissante vérité sur les activités d'Azaz-Varak au cours de ses nombreuses visites dans la patrie juive. Il possédait pratiquement la moitié des biens immobiliers de Tel-Aviv, la plupart situés dans les quartiers les plus pauvres de la ville. Le cheik était en fait un taulier.

La Buffalo Corporation collectait les loyers de toute la ville. Et, si le commandant israélien — qui était responsable de l'intendance et de l'approvisionnement en matériels — confirmait un rapport que le Faucon avait reçu d'un de ses vieux potes de la CIA au Cambodge, la Buffalo Corporation était également impliquée dans un tout autre genre d'affaires. De celles qui pourraient avoir de fâcheuses conséquences pour le propriétaire de ladite Buffalo Corporation, dans la mesure où celui-ci était justement cet Arabe qui avait tellement terrifié les marchands de biens de Saint-Thomas.

Le rapport était simple. Tout ce dont MacKenzie avait besoin, c'était d'un officiel militaire pour en corroborer le contenu. Car les types de la CIA avaient appris que l'un des principaux fournisseurs de l'armée israélienne pendant la guerre du Moyen-Orient, en matière de dérivés pétrochimiques et de fuel, était une compagnie américaine peu connue, la Buffalo Corporation.

Non seulement le cheik Azaz-Varak possédait

la moitié de Tel-Aviv, mais à l'apogée du conflit, il avait approvisionné la machine de guerre israélienne afin que les fous du Caire ne viennent pas endommager ses investissements.

C'était le genre d'information qui, de l'avis de MacKenzie Hawkins, justifiait un simple coup de téléphone à l'étranger. A l'émirat d'Azaz-Koweit.

Devereaux apprécia la sympathie de l'hôtesse d'Air France, mais il aurait apprécié davantage de quoi manger. Il n'y avait pas de provisions dans la soute du 727, une lacune qui serait corrigée à Paris. Apparemment — mais il n'était pas sûr d'avoir bien compris — les camions allemands qui assuraient le catering d'Air France avaient été bloqués dans un embouteillage provoqué par les Russes sur l'*Autobahn,* et ce qui restait dans les chambres froides de l'avion avait été volé par un équipage au sol tchécoslovaque, à Prague. De surcroît, la nourriture était meilleure à Paris.

Sam fuma donc cigarette sur cigarette, se surprenant même à mâchonner des bribes de tabac, et essaya de se concentrer sur les agissements de MacKenzie Hawkins. Son voisin était un de ces adeptes d'une religion orientale, un sikh peut-être, à la peau sombre nuancée de gris, avec une toute petite barbiche noire, un turban pourpre et des yeux exorbités qui ressemblaient, aussi humainement que possible, à ceux d'un rat. Il allait pouvoir réfléchir tranquillement au sujet de MacKenzie. La conversation serait limitée, jusqu'à Paris.

Hawkins avait obtenu ses troisièmes dix millions. Et maintenant, il y avait un cheik arabe qui allait apporter la quatrième et dernière participation à l'édifice. Il ignorait ce que MacKenzie avait déniché dans les dossiers, mais cela avait eu l'effet d'un chantage au cataclysme thermonucléaire. Dieu du ciel ! Quarante millions !

Qu'allait-il bien pouvoir faire de tout ça ? Quel type d'« équipement et de personnel d'encadrement » (quelle que soit leur qualité) pouvait bien coûter aussi cher ?

D'accord, on ne pouvait pas kidnapper un pape avec un dollar et quelques *cents* en poche ; mais était-il vraiment nécessaire de rembourser la dette nationale italienne pour y parvenir ?

Une chose était certaine. Le plan du Faucon pour ce kidnapping incluait des sommes d'argent colossales. Et quiconque accepterait de telles sommes serait *ipso facto* complice de l'enlèvement le plus scandaleux de toute l'histoire ! C'était encore une nouvelle considération qui s'ouvrait à lui, Sam. Une ouverture intéressante. Car s'il pouvait obtenir les noms de quelques-uns seulement des fournisseurs de Mac, il aurait les moyens de les dissuader. Le Faucon n'allait pas s'amuser à raconter : Oui, je voudrais acheter ce train parce que j'ai l'intention de kidnapper ce bon vieux pape et ça me sera très utile. Non, ça n'était guère dans le style d'un officier expérimenté qui avait drogué la moitié des courriers diplomatiques en Asie du Sud-Est. Mais si lui, Sam, contactait ces gens-là en leur disant : Vous savez, ce train que vous êtes en train de vendre à ce crétin de barbu ? Eh bien, il va servir à l'enlèvement du pape. Dormez bien... Ce serait tout autre chose. Le train ne serait pas vendu. Et s'il réussissait à empêcher cette vente, peut-être réussirait-il à empêcher d'autres fournitures de parvenir jusqu'au Faucon. MacKenzie c'était l'armée. Un bon circuit d'approvisionnement était primordial dans toute opération. A défaut, une stratégie tout entière pouvait être modifiée, voire abandonnée. C'était écrit dans la bible militaire.

Oui, songea Devereaux en contemplant le crépuscule allemand par les hublots de l'avion d'Air France, c'était décidément une possibilité à explorer. Associée à sa première considération — trouver comment le Faucon avait l'intention de monter son kidnapping — et à sa seconde considération — trouver quel chantage spécifique MacKenzie exerçait sur les investisseurs de la Shepherd Company —, cette troisième considération, concernant les fournisseurs, était un ingrédient de poids. En termes de médecine préventive.

Sam ferma les yeux, évoquant les images d'un passé lointain. Il était dans le sous-sol de sa maison, à Quincy, dans le Massachusetts. Sur l'énorme table au centre de sa chambre, il y avait son circuit de trains électriques, qui tournaient et tournaient, serpentant entre les buissons miniatures et traversant des ponts minuscules et des tunnels format jouet. Mais il y avait quelque chose d'étrange dans cette vision. A l'exception de la locomotive et du fourgon de queue, tous les autres wagons étaient marqués de façon identique : « Voiture réfrigérée. Catering. »

A l'aéroport d'Orly, les passagers pour Alger

furent priés de rester dans l'avion. Pour Devereaux, plus rien n'avait d'importance, à partir du moment où il vit le grand camion blanc s'arrêter contre l'appareil et des hommes en blouse blanche transférer des containers en acier immaculé dans la coque. Il alla jusqu'à gratifier d'un sourire Œil de Rat toujours à côté de lui, remarquant à cette occasion que le turban pourpre de son voisin avait quelque peu glissé sur son front sombre. Sam aurait pu dire quelque chose — il savait depuis longtemps que même les étrangers apprécient qu'on leur signale que leur braguette est ouverte — mais comme plusieurs autres individus enturbannés qui avaient embarqué à Orly étaient venus lui présenter leurs respects sans rien dire, Devereaux sentit que ce serait déplacé. De plus, la plupart des autres turbans pourpres semblaient légèrement de travers. Une coutume particulière à cette secte religieuse, peut-être.

La seule chose à laquelle Sam était capable de penser, c'était aux plateaux d'acier lisses maintenant en sécurité dans les flancs de l'appareil d'Air France et qui propageaient dans la cabine d'irrésistibles relents d'escalope de veau, de tournedos sauce béarnaise et, si son odorat ne le trompait pas, de steak au poivre. Dieu avait trouvé un autre paradis sur Air France. Seigneur ! Devereaux calcula vaguement depuis combien d'heures il n'avait rien avalé. Il n'était pas loin de trente-six.

Des mots inintelligibles bourdonnèrent dans les haut-parleurs ; le 727 se déplaça en direction de la piste d'envol.

Deux minutes plus tard, ils étaient en l'air et

l'hôtesse entreprit de distribuer la littérature la plus passionnante à laquelle Sam puisse penser : le menu.

Sa commande prit plus de temps que pour n'importe quel autre passager de la cabine. C'était dû, en partie, au fait qu'il salivait et qu'il lui fallait ravaler sa salive avant de parler. Elle fut suivie d'une heure de véritable agonie. En temps normal, Sam n'en aurait pas souffert, car il avait l'habitude de patienter en buvant des cocktails. Mais aujourd'hui, il ne pouvait pas boire. Son estomac était trop vide.

Enfin, le dîner approcha. L'hôtesse avança dans l'allée centrale, distribuant les sets miniatures, disposant les couverts enroulés dans une serviette en papier et confirmant le choix des vins. Sam n'en pouvait plus. Il tendait sans cesse le cou au-dessus du dossier avant. Les odeurs qui émanaient de la cuisine le rendaient fou. Chacune d'entre elles était un véritable festin pour ses narines. Et la salive lui venait à la bouche à chaque fumet reconnaissable.

Et naturellement, cela devait arriver.

Le sikh à l'allure bizarre qui était assis à côté de lui bondit hors de son siège et déroula son turban pourpre. Un gros revolver meurtrier tomba des plis du tissu et alla s'écraser sur le plancher de l'appareil. Œil de Rat se pencha, le récupéra et se mit à hurler :

— *Aïe ! Aïe ! Aïe ! El Fatah ! El Fatah ! Aïe !*

C'était le signal. Une cacophonie stridente de « Aïe ! » et de « Fatah ! » résonna à l'arrière des fauteuils de première classe, sur toute la longueur du fuselage. De quelque part dans son pantalon, Œil de Rat extirpa un long cimeterre menaçant.

Sam assistait à la scène l'air hébété. Dans un sentiment d'impuissance totale.

Ainsi, l'homme n'était pas un sikh. C'était un Arabe. Un de ces foutus Palestiniens.

Et maintenant ?

L'hôtesse était coincée sous la menace de la lame meurtrière ; le fût de l'énorme pistolet enfoncé entre ses seins. Elle fit de son mieux, mais elle ne pouvait cacher sa terreur.

— Prenez le micro ! Prenez le micro ! hurla le Palestinien. Dites à votre capitaine que cet avion doit se rendre en Algérie. C'est un ordre d'El Fatah ! A Alger ! Et seulement à Alger ! Ou vous mourrez tous ! Vous mourrez ! Vous mourrez !

— Mais oui monsieur, articula l'hôtesse dans un cri. Cet avion va à Alger. C'est notre destination, monsieur !

L'Arabe tomba des nues. Son regard farouche et perçant devint temporairement glauque et brouillé, sous l'effet de la frustration engendrée par le désordre chaotique des questions qui se bousculaient dans sa cervelle.

Puis ses yeux retrouvèrent leur exubérance violente et cruelle. Il se mit à fendre l'air de son gigantesque cimeterre et à manier son pistolet avec une nervosité maniaque.

Ses cris provocants et démoniaques étaient dignes de faire éclater les vitres de l'appareil, mais heureusement il n'en fut rien.

— Aïe ! Aïe ! Arafat ! Écoutez la parole d'Arafat ! Vous, chiens de juifs et porcs de chrétiens ! Il n'y aura ni repas ni boissons jusqu'à ce que nous atterrissions ! C'est la parole d'Arafat !

Du tréfonds de son subconscient Sam entendit une petite voix qui lui murmurait : « Baisé ! mon vieux. »

15

Le régisseur grimaça. Deux violons et trois cuivres avaient dérapé durant le crescendo de la « Valse de Musetta ». Le finale de l'acte était raté. Une fois de plus.

Il rédigea une note à l'intention du chef d'orchestre, qu'il pouvait voir sourire béatement, inconscient de la dissonance grinçante. C'était compréhensible : son oreille n'était plus aussi bonne.

En lançant un regard dans la salle, le régisseur constata que l'éclairagiste s'était endormi, une fois de plus ; ou alors qu'il était allé aux toilettes. Une fois de plus. Le flot de lumière était dévié, concentré sur la fosse d'orchestre — sur un flûtiste déconcerté — au lieu d'être dirigé sur Mimi.

Il rédigea une seconde note.

Sur la scène même, il y avait un autre problème. Deux problèmes. Les portes battantes qui donnaient accès au café avaient été accrochées à l'envers, pointes en bas, formant une découpe en V au-dessus du plancher, ce qui permettait au public de voir clairement ce qui se passait de l'autre côté, où un certain nombre de pieds nus donnaient tous les signes d'un ennui profond. Le second problème était l'escalier installé à gauche de la scène. Il était sorti de ses gonds et la jambe de Rodolphe plongea dans le vide. Son pantalon était déchiré jusqu'à l'entrejambes.

Le régisseur soupira et rédigea deux nouvelles notes.

C'était une représentation régulière de *La Bohème* de Puccini, par la troupe du théâtre *Mannaggia !*

Quand il eut terminé de mettre trois points d'exclamation à la fin de sa vingt-sixième note de la soirée, l'assistant du responsable de la caisse s'approcha de son lutrin et lui tendit un message.

C'était pour Guido Frescobaldi. Et comme toute distraction valait mieux que de regarder le reste de l'acte, le régisseur déplia le feuillet et lut le message.

Aussitôt, spontanément, il retint sa respiration. Le vieux Frescobaldi allait avoir un choc — si toutefois il était capable de la moindre émotion ! Il y avait un journaliste dans la salle qui désirait le rencontrer après le spectacle.

Le régisseur secoua tristement la tête, se souvenant fort bien des larmes et des protestations de Guido lorsque le dernier (et le seul) journaliste l'avait interviewé. Ils étaient deux, en fait : un homme de Rome et un de ses collègues chinois. Communistes tous les deux.

Ce n'était pas l'interview qui avait contrarié Frescobaldi, c'était l'article qui avait paru après.

« Un chanteur d'opéra dans la misère lutte pour la culture populaire, tandis que son cousin, le pape, vit dans un luxe insolent, de la sueur honnête des travailleurs opprimés ! »

Ça, c'était pour les hors-d'œuvre. L'histoire faisait la première page, en gros titre, du quotidien communiste *Lo Popolo*. L'article se poursuivait en révélant que les investigations diligentes des journalistes du *Popolo* — toujours à l'affût des iniquités de l'alliance maudite entre le capitalisme et une religion sauvagement organisée — avaient permis de mettre au jour l'injustice flagrante faite à ce sosie apparenté au leader religieux le plus despotique et le plus puissant de ce monde. Ou comment un certain Guido Frescobaldi se sacrifiait pour son art, tandis que son cousin, le pape Francesco, grugeait la terre entière. Comment Guido avait consacré son grand talent au bonheur des masses, ne cherchant jamais la récompense matérielle de ses efforts, se contentant de remonter le moral du peuple grâce à cette contribution. Si différent de son cousin, le pontife, qui ne contribuait à rien, si ce n'est à l'utilisation de nouvelles méthodes pour soustraire de l'argent aux pauvres en les effrayant. Guido Frescobaldi était un véritable saint ; son cousin, un vil scélérat, qui se délectait à n'en pas douter d'orgies dans les catacombes, au milieu de tous les trésors amassés par l'Église.

Le régisseur ne savait pas grand-chose au sujet du cousin de Guido, ni ce qu'il faisait dans les catacombes, mais il connaissait bien Guido Frescobaldi. Et le reporter du *Popolo* avait esquissé de lui un portrait qui différait quelque peu du Guido qu'ils connaissaient tous. Mais c'était de ce Guido-là que tout le monde, en dehors de

Milan, avait entendu parler. *Lo Popolo* avait révélé dans un éditorial que cette histoire édifiante serait reproduite dans toute la presse des pays socialistes, y compris en Chine.

Oh, comme Frescobaldi avait réagi ! Ses rugissements exprimaient la protestation d'un homme profondément embarrassé. Le régisseur espérait pouvoir coincer Guido durant le changement de décor pour lui remettre le message, mais il n'était pas toujours facile de le trouver pendant un changement de décor. Et il était vain de déposer le message dans sa loge, car il ne le verrait jamais.

Car le rôle d'Alcindoro était le moment de gloire de Guido Frescobaldi. C'était son seul triomphe, dans une vie entièrement vouée à sa chère *musica.* C'était la preuve que la ténacité pouvait parfois surpasser le talent.

Guido était généralement si ému par les événements qui se déroulaient sur la scène — autant que par sa propre prestation — qu'il se dandinait, en transe, dans les coulisses jusqu'à ce que la confusion du changement de décor s'apaise, les yeux invariablement humides, la tête haute, pénétré de l'assurance qu'il avait donné le meilleur de lui-même au public de la Scala Minuscolo, le cinquième orchestre de cordes de cet opéra mondialement renommé. C'était à la fois un terrain d'entraînement et un véritable cimetière musical, qui permettait aux débutants de faire travailler leurs cordes vocales et aux tocards de s'occuper en attendant que le Grand Chef d'orchestre là-haut les convoque pour ce glorieux festival dans le Ciel.

Le régisseur relut le message destiné à Guido.

Dans le public, ce soir-là, il y avait une dame journaliste du nom de signora Greenberg, qui souhaitait bavarder avec Frescobaldi. Il lui avait été chaudement recommandé par une source des plus distinguées : l'*Information Servizio* de l'armée américaine. Et le régisseur savait pourquoi la signora Greenberg mentionnait cette recommandation dans son message. Depuis que les communistes avaient écrit cet horrible article, Guido refusait de parler à quiconque travaillait dans un journal. Il s'était même laissé pousser une énorme moustache à la gauloise et la barbe, pour atténuer la ressemblance entre le pontife et lui.

Les communistes étaient stupides. *Lo Popolo,* par pure habitude, passait son temps à chercher querelle au Vatican, mais ils apprirent bientôt ce que tout le monde savait déjà : le pape Francesco n'était pas un homme vilipendable. C'était simplement un brave homme.

Guido Frescobaldi était un brave homme lui aussi, pensa le régisseur. Plus d'un soir, ils avaient partagé une bouteille de vin, voire plusieurs, après le spectacle. Lui, le vieux souffleur de répliques, et Guido, l'acteur de seconds rôles, qui avait voué sa vie à la musique.

Quel drame représentait la véritable histoire de Guido Frescobaldi ! C'était une histoire digne de Puccini lui-même !

Pour commencer, il n'avait vécu que pour son cher opéra ; tout le reste était à ses yeux sans intérêt, ne servant qu'à maintenir la cohésion entre son corps et son âme musicale. Il avait été marié, des années auparavant. Et sa femme l'avait quitté au bout de six ans, emmenant avec elle leurs six enfants, pour retrouver son village natal près de Padoue et la sécurité d'une ferme familiale plutôt cossue. Pourtant, la situation matérielle de Frescobaldi, qui par tradition était aussi celle de sa famille, n'était pas misérable. Et si ses ressources étaient, pour le moment, à peine suffisantes pour lui, c'était par choix et non par nécessité. Les Frescobaldi étaient en fait assez aisés. Leurs cousins, les Bombalini, avaient même eu les moyens de permettre à leur troisième enfant, Giovanni, d'entrer dans l'Église, et Dieu sait que ça leur avait coûté pas mal d'argent !

Mais Guido avait tourné le dos aux choses de la religion, du commerce ou de l'agriculture. Il ne s'intéressait qu'à sa musique, à son opéra. Il harcela son père et sa mère pour qu'ils l'envoient à l'Académie de Rome, où l'on s'aperçut rapidement que la passion de Guido surpassait largement ses talents.

Frescobaldi avait peut-être la flamme et l'âme latines, mais il avait une oreille déplorable. Et papa Frescobaldi enrageait. Il craignait que son rejeton ne tourne mal, et qu'il ne se mette à porter d'étranges vêtements, comme d'autres Guido — *non sono stabile.*

Quand Guido eut vingt-deux ans, papa le pria de rentrer à la maison, dans son village au nord de Padoue. Il avait étudié à Rome pendant huit ans, mais aucun progrès notable n'avait été enregistré. On ne lui avait proposé aucun emploi — dans la musique du moins — et un quelconque avenir musical semblait irréaliste.

Guido s'en fichait. La seule chose qui comptait,

c'était une immersion totale dans la musique. Papa ne pouvait pas comprendre. Mais papa ne voulait plus payer et Guido rentra à la maison.

Le vieux Frescobaldi suggéra à son fils d'épouser sa charmante cousine, Rosa Bombalini, qui avait quelque peine à trouver un mari, et papa promit à Guido qu'il lui offrirait un *fonografo,* comme présent de mariage. Comme ça, il pourrait écouter toute la musique qu'il voudrait. Mais s'il refusait d'épouser la cousine Rosa, alors papa lui botterait le cul.

C'est ainsi que pendant six années, tandis que son cousin et beau-frère, le père Giovanni Bombalini, étudiait au Vatican et était envoyé en mission à l'étranger, Guido Frescobaldi endura un mariage forcé avec ce paquet hystérique de trois cents livres et ce monstre d'égoïsme qu'était Rosa.

Le matin de leur septième année de mariage, il renonça. Il se réveilla en hurlant. Il fit voler les fenêtres en éclats, brisa les meubles, fracassa les bocaux de *linguini* contre les murs, et déclara à Rosa qu'elle et ses six enfants étaient les êtres les plus répugnants qu'il ait jamais rencontrés.

Basta !

Trop c'était trop !

Rosa rassembla ses enfants et s'enfuit vers la ferme familiale ; et Guido se rendit à la boutique de pâtes de son père, s'empara d'un bol de sauce tomate, le balança au visage du papa, et quitta Padoue pour toujours. Pour Milan.

Si le monde ne voulait pas de lui comme grand

ténor d'opéra, du moins il vivrait dans l'ombre des grands chanteurs et de la grande musique.

Il était prêt à nettoyer les chiottes, balayer les escaliers, repriser les costumes, porter les hallebardes. N'importe quoi.

Il ferait sa vie à la Scala!

Et telle avait été la vie de Frescobaldi pendant plus de quarante ans. Il avait grimpé les échelons lentement, mais sûrement, depuis les toilettes jusqu'aux balais, et des petits points aux hallebardes. Finalement, il eut droit à quelques mots sur scène — *Il ne s'agit pas vraiment de chanter, Guido! Mais plutôt de parler, tu vois?* — et la sincérité transparente de son émotion fit de lui un instant le favori des amateurs d'opéra les moins discriminateurs. Ceux de la Scala Minuscolo. Où le prix des billets était plus abordable.

A sa manière, Frescobaldi devint une figure appréciée autant qu'un participant dévoué. Il était toujours disponible pour aider dans les répétitions, pour donner la réplique, pour jouer les figurants, pour réciter, et son savoir était grand.

Une seule fois, au cours de toutes ces années, Guido suscita un problème, et ce n'était pas réellement sa faute. Ce fut, bien sûr, cette tentative du *Popolo* pour discréditer son cousin, le pape. Heureusement, l'auteur communiste de l'article n'avait pas découvert le mariage de Frescobaldi avec la sœur du pontife. Cela lui aurait été d'ailleurs difficile, car Rosa Bombalini était morte de suralimentation, trente ans plus tôt.

Le régisseur se fraya avec empressement un chemin jusqu'à la loge de Frescobaldi. Mais c'était trop tard. La dame qui parlait avec Guido était sûrement la signora Greenberg. Elle avait toutes les allures d'une Américaine, et visiblement tous les charmes aussi. Son italien était un peu bizarre, cependant. Les mots sortaient de sa bouche comme un bâillement, et pourtant la dame n'avait pas l'air d'avoir particulièrement sommeil.

— Voyez-vous, signore Frescobaldi, l'objectif serait de démentir ces choses infamantes que les communistes ont écrites sur vous.

— Oh oui, je vous en prie ! implora Guido d'une voix larmoyante. Ils ont été vraiment ignobles ! Il n'existe pas meilleur homme au monde que mon cher cousin, *Il Papa.* J'ai honte de lui avoir causé tant d'embarras !

— Je suis sûre qu'il ne vous en veut pas. Il dit tant de bien de vous.

— Si... Si, il doit m'en vouloir, répliqua Frescobaldi, les larmes embuant ses yeux plissés. Quand nous étions enfants, nous jouions ensemble dans les champs lorsque nos familles se rendaient visite. Giovanni — excusez-moi, le pape Francesco — était le meilleur de tous mes frères et cousins. C'était un homme bon, même quand il n'était encore qu'un petit garçon. Vous me comprenez, n'est-ce pas ? Et quelle intelligence !

— Il sera très heureux de vous revoir, fit la signora. Nous n'avons pas encore arrêté la date exacte, mais il espère pouvoir vous rencontrer devant les photographes.

Guido Frescobaldi ne put se retenir davantage. Sans perdre un gramme de sa dignité, il se mit à sangloter, doucement, sans un geste ni un bruit.

— C'est vraiment un brave homme. Saviez-vous que lorsque cet affreux magazine est paru, il m'a envoyé un mot, de sa propre main. Il m'a écrit : « Guido, mon cousin et cher ami. Pourquoi t'es-tu caché pendant toutes ces années ? Si tu passes un jour à Rome, je t'en prie, viens me voir. Nous jouerons ensemble au croquet. J'ai fait installer un parcours dans le jardin. Reçois, cher cousin, ma bénédiction. Giovanni. »

Frescobaldi s'essuya les yeux avec le coin de sa serviette de maquillage, puis ajouta :

— Pas une once de colère ni même de mécontentement. Mais, bien entendu, je ne me serais pas permis de déranger un personnage aussi important. Qui suis-je, après tout ?

— Il savait que ça n'était pas votre faute. Mais vous comprendrez que votre cousin préfère qu'on ne sache pas que nous projetons de publier cette histoire anticommuniste. Étant donné les contraintes actuelles de la politique...

— Pas un mot, interrompit Guido. Je ne dirai pas un mot ! J'attendrai seulement de vos nouvelles et je viendrai à Rome. Si besoin est — car je dois donner un certain nombre de représentations — j'autoriserai ma doublure à me remplacer. Le public lui enverra peut-être des tomates, mais pour Francesco, je suis prêt à tout !

— Il sera touché.

— Saviez-vous, fit Guido en se penchant dans son fauteuil et en baissant un peu le ton, que sous cette moustache je ressemble terriblement à mon respectable cousin ?

— Vous voulez dire que vous êtes pratiquement sosies ?

— Depuis toujours. Depuis que nous étions tout petits.

— Je ne m'en serais jamais rendu compte. Mais maintenant que vous me le dites, je vois une ressemblance, en effet.

Le régisseur ferma la porte sans faire de bruit. Il l'avait à peine entrouverte ; ils ne l'avaient pas vu et il n'y avait pas de raison de les interrompre. Guido serait embarrassé. La loge était petite. Ainsi donc, Frescobaldi allait voir son cousin, le pape. *Buonissimo !* Peut-être pourrait-il obtenir du pontife une allocation en faveur de la Scala Minuscolo. L'argent ne serait pas de trop.

Les chanteurs étaient vraiment épouvantables.

— *Aïe ! El Fatah ! Arafat !*

Les révolutionnaires palestiniens vociférants se ruèrent vers les portes de sortie de l'appareil et en bas de l'échelle de débarquement sur la piste de l'aéroport de Dar el-Belda. Ils s'embrassèrent et se congratulèrent les uns les autres, faisant tournoyer leurs lames dans l'air de la nuit. Un infortuné eut le doigt tranché dans cette embrassade, mais personne ne s'en soucia. Sous le commandement d'Œil de Rat, le groupe fit une percée en direction de la barrière qui entourait le terrain d'atterrissage.

Personne ne tenta de les arrêter. En vérité, les projecteurs étaient braqués sur eux pour les aider à trouver leur chemin au-delà de la barrière. Les autorités avaient compris qu'il valait mieux que ces cinglés quittent l'aéroport de cette manière. S'ils passaient par le terminal pour sortir par les portes, ce serait un terrible affront. De plus, plus vite ils s'en iraient, mieux ça vaudrait. Ça n'était pas une très bonne publicité pour le tourisme.

Au moment où le dernier Palestinien avait quitté l'avion, Sam s'était précipité vers la cantine. Mais en vain. Au beau milieu de la crise, Air France avait gardé la tête froide — et sa perspicacité financière. Les plateaux repas étaient déjà en place pour le prochain contingent de passagers.

— J'ai payé pour un de ces foutus repas ! hurla Sam.

— Je suis navrée, fit l'hôtesse avec un sourire indifférent. Mais les règlements nous interdisent de servir des repas après l'atterrissage.

— Pour l'amour du ciel ! Nous avons été piratés !

— Il y a bien écrit Alger sur votre ticket ? Nous sommes à Alger. Sur la piste. Après l'atterrissage. Nous ne pouvons servir aucun repas.

— C'est inhumain !

— C'est Air France, monsieur.

Devereaux tituba à travers la douane algérienne. Il tenait en main quatre billets de cinq dollars américains, disposés en éventail comme s'il s'agissait de cartes. Chacun des quatre inspecteurs algériens alignés sur son passage en prit un, avec un large sourire et l'envoya à son collègue. Aucun bagage ne fut ouvert. Sam récupéra sa valise sur le chariot et chercha frénétiquement des yeux le restaurant de l'aéroport.

Il était fermé. Pour cause de fête religieuse.

Le trajet en taxi de l'aéroport à l'hôtel Aletti, dans la rue Enur-el-Khettabi, ne fit rien pour calmer ses nerfs ni son estomac vide à l'agonie. Le véhicule était vieux, le chauffeur encore plus, et la route qui menait en ville escarpée et pleine de tournants et de virages en épingle à cheveux.

— Nous sommes absolument désolés, monsieur Devereaux, fit le réceptionniste à peau sombre dans un anglais d'une précision excessive. Toute la ville est en état de jeûne, jusqu'au lever du soleil, demain matin. Telle est la volonté du Prophète.

Sam se pencha sur le comptoir de marbre et répliqua dans un murmure :

— Écoutez, je respecte le droit de chacun de pratiquer son culte comme il l'entend, mais je n'ai pas mangé et j'ai un peu d'argent...

— Monsieur ! interrompit le réceptionniste, le regard horrifié, en se redressant de toute la hauteur de son mètre cinquante. Le vœu de Mahomet ! La volonté d'Allah !

— Seigneur ! Je n'arrive pas à en croire mes yeux !

La voix provenait du fond du hall de l'hôtel Aletti. La lumière était réduite et le plafond était haut. La silhouette était dans l'ombre. La seule chose que Sam pouvait constater, c'est que cette voix était chaleureuse et féminine. Chaleureusement féminine. Peut-être l'avait-il déjà entendue. Il n'en était pas tout à fait sûr. Comment pouvait-il être sûr de quoi que ce soit — en ce moment précis — dans un endroit aussi inattendu que ce hall d'hôtel algérien, en ce jour de fête religieuse et dans son état d'inanition avancée ? Il était loin de toute certitude.

Et puis la silhouette s'avança entre les taches de lumière tamisée, précédée de deux énormes seins qui fendaient l'air de leur majestueuse splendeur.

« Pleine et Ronde. » Naturellement. Pourquoi même se donnait-il la peine de paraître surpris ? Dix millions — trente millions, quarante millions — de dollars ne l'impressionnaient plus. Pourquoi serait-il impressionné par la vue de Mrs. MacKenzie Hawkins, le numéro deux ?

Elle pressa la serviette fraîche et humide sur son front ; il était allongé sur le lit. Six heures plus tôt, elle lui avait retiré ses chaussures, ses chaussettes et sa chemise, et elle lui avait dit de s'étendre et d'arrêter de trembler comme ça. En vérité, elle lui avait quasiment ordonné d'arrêter de trembler. Et tant qu'il y était, d'arrêter aussi de marmonner des choses incohérentes et complètement folles sur les nazis, les fientes de poulet et ces Arabes au regard dément qui voulaient faire sauter les avions parce qu'ils allaient justement là où ils étaient censés aller. Des propos ahurissants !

Mais ça, c'était six heures plus tôt. Et, dans l'intérim, elle avait réussi à détourner son esprit de la nourriture, de MacKenzie Hawkins, et d'un certain cheik du nom d'Azaz-Varak, et aussi — oh, mon Dieu ! — du *kidnapping du pape !*

Elle avait ramené les dimensions de toute cette folie aux proportions moins inquiétantes d'un terrible cauchemar.

Elle s'appelait Madge ; il s'en était souvenu. Et elle s'était assise à côté de lui, sur un fauteuil sac, dans le salon de Regina Greenberg ; et elle n'avait cessé de lui toucher le bras, à chaque fois qu'elle voulait insister sur un point. Il s'en souvenait distinctement parce qu'à chaque fois qu'elle s'était penchée sur lui, Pleine et Ronde semblait sur le point de faire craquer sa blouse paysanne, tout comme elle semblait maintenant sur le point de faire sauter les boutons du chemisier de soie qu'elle portait.

— Encore un peu de patience, fit-elle de sa voix profonde, presque haletante. Le réceptionniste a promis que vous auriez le premier plateau qui sortirait de la cuisine. Maintenant, détendez-vous.

— Redites-moi ça.

— Au sujet de votre petit déjeuner ?

— Non. Au sujet de votre présence à Alger. Ça m'aidera à attendre.

— Et vous allez recommencer à divaguer. Vous refuserez tout simplement de me croire.

— Il y a peut-être quelque chose qui m'a échappé.

— Vous me taquinez, fit Madge en se penchant dangereusement pour rajuster la serviette. D'accord. Alors résumons-nous. Mon dernier mari était le plus grand importateur de la côte Ouest en art africain. Sa galerie était la plus importante de toute la Californie. Quand il est mort, il avait investi plus de cent mille dollars dans des statues Musso-Grossai, qui dataient du XVIIe siècle. Qu'est-ce que j'allais bien pouvoir faire avec cinq cents statues de pygmées nus ? Je veux dire : sincèrement ! Vous auriez réagi exactement comme moi, non ? Vous auriez essayé de bloquer le transfert et de récupérer votre argent.

Or la banque de compensation du Musso-Grossai se trouve à Alger... Allons bon ! Voilà que ça vous reprend !

Devereaux ne put se retenir. Des larmes de fou rire roulaient sur ses joues.

— Je suis navré. C'est juste que je trouve ça tellement plus *inventif* qu'un séjour impromptu à Londres pour laisser le champ libre à un mari coureur de jupons. Ou qu'une école de cuisine à Berlin. Bon sang ! Quelle magnifique histoire ! Cinq cents pygmées nus ! C'est vous qui avez imaginé tout ça, ou bien c'est Mac ?

— Vous êtes trop soupçonneux, fit Madge en lui souriant gentiment d'un air entendu, avant de retirer la serviette de son front. C'est une mauvaise habitude. Là, voilà ! Je vais la tremper dans de l'eau froide. Le petit déjeuner devrait être servi d'ici quinze à vingt minutes. (Elle se leva du lit et alla jeter un coup d'œil à la fenêtre, l'air pensive et silencieuse.) Le soleil s'est levé, constata-t-elle.

Devereaux la regardait ; la lumière de l'aube estompait sa silhouette spectaculaire, accentuant l'éclat de sa chevelure auburn et nimbant son visage d'un reflet doux et profond. Ce n'était plus un visage jeune, mais il avait quelque chose de mieux que la jeunesse. Une candeur qui avait accepté les années et qui se riait gracieusement du temps qui passe. Une candeur qui alla droit au cœur de Sam.

— Vous êtes superbe, fit-il.

— Vous aussi, répondit-elle tranquillement. Vous avez ce qu'un de mes vieux amis appelait « un visage qu'on a envie de connaître ». C'est dans vos yeux. Mon ami disait : « Regarde toujours les yeux, en particulier dans une foule. Regarde s'ils écoutent. » En fait, c'est Mac qui disait ça. Oh, il y a longtemps. Je suppose que ça vous paraît ridicule, ces yeux qui écoutent.

— Ça n'est pas ridicule du tout. Les yeux écoutent, en effet. J'avais un ami qui fréquentait beaucoup les cocktails de Washington, et qui passait son temps à répéter le mot « hamburger » — juste « hamburger », rien d'autre. Il jurait que quatre-vingt-dix pour cent des gens autour de lui répondaient des choses comme « Très intéressant. Je vérifierai les statistiques sur ce point » ou bien « L'avez-vous signalé au sous-secrétaire ? ». Et il devinait toujours qui allait dire ce genre de choses, parce que leurs yeux bougeaient tellement ; il n'était pas quelqu'un de très important, voyez-vous.

Madge rit doucement. Leurs yeux se rencontrèrent et elle sourit :

— Pour moi, c'est quelqu'un de très important.

— Vous êtes très gentille, vous aussi.

— J'essaye de l'être. (Elle jeta à nouveau un coup d'œil à la fenêtre.) MacKenzie disait aussi que trop de gens se défendent de leur tendance parfaitement naturelle à se soucier de leurs semblables. Comme si c'était là un signe de faiblesse. Il disait : « Bon sang, Midgey ! Je me sens concerné ! Et aucun salaud n'a intérêt à oser me traiter de faible ! » Personne n'a jamais osé, en effet.

— Je suppose que se sentir concerné est une

autre manière d'être gentil, ajouta Devereaux ruminant cette toute dernière homélie.

— Il n'en existe pas de meilleure, fit Madge en emportant la serviette dans la salle de bains. Je reviens dans une minute.

Elle ferma la porte. Sam se répéta à lui-même : Trop de gens se défendent de leur tendance parfaitement naturelle à se soucier de leurs semblables. MacKenzie était un homme plus subtil que Sam ne voulait bien le penser. Jusqu'à l'arrivée du petit déjeuner, en tout cas.

La porte de la salle de bains s'ouvrit. Madge apparut sur le seuil en souriant délibérément, les yeux pétillants de malice, très consciente de l'effet qu'elle produisait. Elle avait enlevé sa jupe. Ses seins étaient délicieusement moulés dans un soutien-gorge en dentelle ivoire. Dessous, son slip échancré accentuait la courbe de ses hanches et mettait en valeur la chair blanche et douce du haut de ses cuisses qui se touchaient — et ne demandaient qu'à être touchées.

Elle contourna le lit et saisit sa main immobile. Elle s'assit gracieusement et se pencha, le frôlant de sa poitrine incroyable. Un courant électrique le parcourut et il se mit soudainement à haleter. Elle l'embrassa sur les lèvres. Elle se releva pour défaire sa ceinture et lui retira son pantalon avec la grâce et l'agileté d'une danseuse.

— Eh bien, commandant. Je vois que vous pensiez à des choses très agréables !

C'est alors que ce foutu téléphone terroriste sonna.

Et la galaxie perdit à nouveau la raison. Le bon sens disparut dans un soudain accès d'hystérie. Il n'y eut plus de douce persuasion, plus de chair tendre ni de soutien-gorge en dentelle. Tout ça avait fait place à des hurlements en arabe, des ordres accompagnés de menaces d'une violence inconcevable s'ils n'étaient pas exécutés.

— Si vous cessiez un instant de hurler après les porcs, et les chiens, et les vautours, je pourrais peut-être essayer de comprendre ce que vous êtes en train de dire, fit Sam en tenant le récepteur à distance de son oreille. Tout ce que j'ai dit, c'est que je ne pouvais pas descendre tout de suite.

— Je suis l'émissaire du cheik Azaz-Varak !

— Qui c'est celui-là ?

— Chien !

— C'est un chien ? Vous voulez dire un chien en peluche ?

— Silence ! Azaz-Varak est le dieu de tous les khans ! Le maître des vents du désert, les yeux du faucon, le courage de tous les lions de Judée, le prince du tonnerre !

— Dans ce cas, pourquoi aurait-il besoin de moi ? hasarda Sam prudemment, reconnaissant avec réticence le quatrième nom de la liste du Faucon.

Les dix derniers millions. Bon Dieu ! Il y pensait maintenant avec autant d'émotion que s'il s'était agi de dix cornets de pop-corn !

— Silence, chien ! Ou je vous fais couper les deux oreilles et je vous les fourre là où vous pensez, avec des fers rouges !

— Ça suffit, merde ! Ça n'est pas très amical ! Ou vous me parlez plus gentiment, ou je raccroche. Il y a une dame à côté de moi.

— Je vous en prie, monsieur Deverroux, fit la voix de l'Arabe, avec une gentillesse soudaine, un soupçon geignarde même. Au nom d'Allah, pour l'amour d'Allah, ne faites pas de difficultés. C'est moi qui risque de me retrouver avec les deux oreilles là où vous pensez, si vous ne voulez pas m'écouter. Nous devons partir sur-le-champ pour Tizi-Ouzou.

— Tizi quoi ?

— Ouzou, monsieur Deverroux.

— Ouzo ? Vous avez bien dit Ouzo ?

Soudain, sans le moindre avertissement, la chose la plus inattendue à laquelle Sam aurait pu s'attendre arriva. Madge lui arracha le téléphone des mains.

— Donnez-moi ça ! ordonna-t-elle. Je connais Tizi-Ouzou ; mon mari et moi nous y sommes allés une fois. C'est un endroit épouvantable ! Écoutez-moi, qui que vous soyez. Vous avez intérêt à avoir une sacrée bonne raison pour demander à mon ami d'aller à Tizi-Ouzou. C'est vraiment le bout du monde ! Sans le moindre hôtel décent ni le moindre restaurant digne de ce nom. Et sans parler d'installations sanitaires !

La fille tenait le téléphone collé à son oreille, hochant la tête brièvement, toutes les trois ou quatre secondes. Le gémissement, à l'autre bout de la ligne, était de plus en plus audible.

— Vraiment, Madge, je peux me débrouiller...

— Sois tranquille. Ce salaud n'est même pas un Algérien... Oui ? Oui... D'accord. Dans ce cas, nous descendons tous les deux !... C'est à prendre ou à laisser, espèce de moucheron du désert ! Il n'est pas question que ça se passe autrement... Il y va de vos oreilles, mon chou !... Et une chose encore. A la minute où nous arriverons, je veux un énorme repas pour mon ami, vous avez compris ?... Et pas des biscuits à base de bouse de chameau, hein ! D'accord. Dans cinq minutes.

Elle raccrocha et sourit à Devereaux qui était pratiquement nu et totalement livide.

— C'était très généreux de votre part, mais ce n'est pas nécessaire...

— Ne soyez pas stupide. Vous ne connaissez pas ces gens-là. Moi, si. Il faut être ferme avec eux. Ils sont tout à fait inoffensifs, malgré leurs satanés couteaux. De plus, vous croyez vraiment que je vous aurais lâché une seconde ? Après avoir vu les idées charmantes qui vous passaient par la tête ? Et dans votre état ?

Elle se pencha sur lui et l'embrassa à nouveau.

— C'est vraiment très touchant, conclut-elle.

Devereaux réalisa que dans son état de faiblesse il risquait d'être sujet à des hallucinations. Mais il n'était pas préparé à la vision des deux Arabes en robe qui les attendaient dans le hall de l'hôtel.

Peter Lorre et Boris Karloff. Bien plus jeunes que les photographies les plus récentes dont Sam pouvait se souvenir, mais indéniablement ressemblants.

Les vingt minutes qui suivirent furent très confuses. Pourtant, il fallait qu'il soit capable de penser clairement. Azaz-Varak (qui qu'il soit et où qu'il se trouve) était le dernier des investisseurs de la Shepherd Company. Il fallait qu'il commence à mettre en place les pions de sa contre-stratégie.

Peter Lorre s'assit à l'avant de la voiture, à côté de Boris Karloff qui conduisait. La voiture fonça dans les rues en braquant dangereusement dans les carrefours d'Alger, qui s'éveillait à peine. Ils étaient à mi-hauteur d'une colline escarpée et sur une route en lacets, quand Sam réalisa qu'ils se dirigeaient en fait vers l'aéroport de Dar el-Beida.

— On doit prendre un avion ? demanda-t-il avec appréhension.

Ce fut Madge qui répondit, à côté de lui :

— Bien sûr, mon chou. Tizi-Ouzou doit être à quelque chose comme trois cents kilomètres à l'est d'ici. Vous ne voudriez pas qu'on y aille en voiture. Souvenez-vous. J'y suis déjà allée.

Devereaux la regarda. Il était perplexe et murmura :

— Je m'en souviens. Mais ce que je n'arrive pas à comprendre, c'est pour quelle raison vous êtes ici. Vous vous rendez compte du risque que vous prenez ? Vous savez ce que vous faites ?

— J'essaye de me rendre utile.

— C'était aussi l'intention de Rose Mary Woods.

L'intérieur de l'hélicoptère était à peine plus petit que le niveau principal de Pennsylvania Station. Il y avait des coussins partout et à côté de chaque siège était posée une sorte de pipe à eau sophistiquée, reliée à la paroi, avec un bec Bunsen allumé dessous. Une cuisine ouverte était installée à l'arrière.

Et trois minutes après le décollage, Sam reçut la première alimentation dont il puisse se souvenir. Une petite tasse, remplie d'un liquide amer et noir qui sentait vaguement le café, mais qui évoquait davantage un jus de réglisse mixé avec des sardines séchées.

Il l'avala d'une seule gorgée, fit la grimace et observa la petite personne enroulée dans des draps qui le lui avait servi. La personne en question tripota plusieurs boutons sur la paroi et tendit une allumette enflammée vers le brûleur de la pipe à eau. Un long tube de caoutchouc avec un embout de métal fut déroulé et tendu à Sam.

Il le prit, d'un air dubitatif. Cela ne lui ferait certainement aucun bien, mais d'un autre côté c'était toujours ça de pris, et rien ne pouvait être pire, en la matière, que le manque cruel de nourriture qu'il venait de subir. Il glissa donc l'embout du narguilé entre ses dents et tira dessus.

Ce n'était pas de la fumée, à proprement parler. C'était plutôt de la vapeur. A la fois douce et âcre. Vraiment très agréable. Exquise, en fait. Et plutôt divertissante, d'une certaine manière.

Il aspira plus fort. Puis plus souvent. Il jeta un regard à Madge, assise en face de lui, sur une banquette.

— Ça vous tente, ma chère ? s'entendit-il prononcer calmement. Je vous en prie, retirez donc vos vêtements.

— Je n'abuserais pas de ça, si j'étais vous, répliqua la fille dans un murmure essoufflé des plus provocants.

Mais murmurait-elle réellement ? Sa voix semblait parvenir à ses oreilles avec une intensité sonore capricieuse.

— Votre chemisier d'abord, si vous le voulez bien. (Sam se demanda à nouveau s'il prononçait vraiment les paroles qu'il s'entendait dire.) Ensuite, peut-être pourrez-vous enlever votre jupe en esquissant une petite danse du ventre. Cela me serait très agréable.

— Posez donc ce foutu tuyau !

— Hein ?

Il percevait distinctement son parfum. Et ses douleurs d'estomac avaient disparu. Il sentait maintenant une vague puissante d'énergie monter en lui et envahir tout son corps. Il se sentait capable d'exploits gigantesques. Il était... qu'était-il au juste ?... Le maître des vents du désert ! Un prince du tonnerre, un lanceur d'éclairs. Et il avait le courage de tous les lions de Judée !

— Vous n'êtes pas en train de tirer sur des Lucky Strike. C'est du pur haschisch que vous fumez !

— Qui ça ?

L'information atteignit cette infime partie de son cerveau qui continuait à fonctionner. Qu'est-ce qu'il était en train de foutre ? Il cracha l'embout du narguilé et tenta de stabiliser l'appareil. Ce devait être l'hélicoptère, car quelque chose s'était mis soudain à tourner, et tourner, et tourner... Le lion de Judée avait rétréci. Il ne restait plus qu'un chat pelé.

C'est alors que lui parvinrent les paroles geignardes de Peter Lorre, qui était revenu de la cabine de pilotage.

— Nous avons été déportés au sud-sud-est de Tizi-Ouzou.

— Comment ça ? s'écria Madge furieuse et ne se souciant guère de le cacher. Vous avez dit

Tizi-Ouzou, pas ailleurs. J'ai des amis dans la rue Youssif, gros malin ! Mon ex-mari a rendu pas mal de services au gouvernement algérien !

— Mille grâces et mille pardons, *Lady of* Deverroux ! Mais mon gouvernement, c'est l'émirat d'Azaz-Koweit. Et mon cheik est le cheik de tous les cheiks, le dieu des khans, les yeux du faucon, le courage...

— *Si tu penses à moi, pense à moaa, pense à moaaa... !*

Sam s'était mis soudain à chanter. Du moins cela ressemblait-il à une chanson.

— Taisez-vous, commandant ! intervint Madge.

— *Seul... Tout seu... eu... eu... eul, dans cette nuit faite pour...*

— Tenez-vous tranquille ! hurla la fille.

— Ça me paraissait de circonstance, marmonna Sam.

— Où allons-nous ? demanda Madge à l'Arabe geignard qui considérait Deverraux comme une bête curieuse à surveiller de près.

— A trente-cinq kilomètres au sud-est de Tizi-Ouzou se trouve une langue de désert qui n'est traversée que par les tribus bédouines. Elle est très à l'écart et se prête parfaitement aux rendez-vous confidentiels. Une tente a été dressée pour le cheik de tous les cheiks, le dieu de tous les khans. Azaz-Varak, le magnifique, arrivera en avion de son royaume, béni entre tous, pour rencontrer ce chien infâme de Deverroux.

— *Quand je pense à vou... ou... ous... Deverroux... pense à vou... ou... ous...*

— Allez-vous la fermer à la fin ?

16

Il y avait des cartes partout, recouvrant le lit du Watergate Hotel, débordant de la table basse, éparpillées sur le sol, dépliées devant le miroir du bureau et drapées sur le sofa de l'hôtel. Il y avait des cartes routières, des cartes de chemin de fer, des plans d'élévation, des cartes géologiques et des cartes forestières. Il y avait même des photographies aériennes prises à des altitudes différentes : 500 pieds, 1 500 pieds, 5 000 pieds et enfin 20 000 pieds.

Tout ça, plus trois cent soixante-trois clichés au sol de chaque pouce du terrain à l'étude.

On ne pouvait rien laisser au hasard.

Cinq minutes plus tôt, il avait pris sa décision finale. L'arrivée de l'agent immobilier du cabinet international, strictement confidentiel, « Les Châteaux suisses des grands siècles », était imminente. Et secrète, naturellement. La première loi des « Châteaux suisses » était la discrétion absolue.

Mac avait sélectionné un château isolé, dans le canton du Valais, au sud de Zermatt, dans la région de Champoluc. Les terres environnantes

— deux cents acres de dépendances — étaient dans l'ombre cartographique du Matterhorn et pratiquement inaccessibles.

Ce qui était primordial dans son esprit, c'était deux facteurs. *Primo* le terrain. Il fallait qu'il soit aussi adapté que possible à la préparation du plan Zéro, comme Mac l'avait baptisé. Chaque tournant, chaque courbe, chaque élévation de la route, chaque pente et chaque monticule qui pourrait jouer un rôle dans l'approche ou le dénouement du plan Zéro devait être simulé aussi précisément que possible. Les manœuvres étaient inutiles si le terrain d'entraînement ne reflétait pas la zone de combat.

Secundo l'inaccessibilité. Sa base d'opérations, comme Mac se plaisait à considérer cette propriété en location, devait être complètement à l'écart des réseaux routiers de campagne comme des réseaux aériens. Il fallait qu'on puisse y camoufler en quelques secondes d'énormes pièces d'équipement, qu'une douzaine d'hommes au moins puissent y vivre et s'y entraîner tranquillement pendant huit semaines, au minimum.

Le château en question présentait ces caractéristiques. Et il n'était pas trop éloigné de Zurich. Le capital de la Shepherd Company serait donc transféré à Zurich. Devereaux veillerait à cette centralisation des finances. De même qu'aux formalités relatives à la location du château.

Il y eut un coup discret à la porte de l'hôtel. MacKenzie enjamba les cartes et les photos répandues sur le sol avec précaution pour aller ouvrir. Il s'arrêta juste devant le panneau de bois et demanda :

— Monsieur d'Artagnan ?

Les Châteaux suisses utilisaient tout le temps des pseudonymes.

— Oui, mon général, fut la réponse impassible qui lui parvint du couloir.

Hawkins ouvrit la porte et un homme d'âge moyen, au physique insignifiant et corpulent entra. Même sa moustache, légèrement gominée, était insignifiante, songea Hawkins. Ce ne serait pas un type facile à repérer dans une foule. Il n'y avait en lui absolument rien de remarquable.

— Je vois que vous avez compulsé attentivement la documentation que nous vous avons fait parvenir, fit M. d'Artagnan avec un accent contracté à l'ouest de l'Alsace-Lorraine.

C'était visiblement un homme qui ne s'embarrassait pas des civilités d'usage. Le Faucon lui en était reconnaissant.

— Oui, en effet. J'ai pris ma décision.

— Quelle propriété ?

— Le château Machenfeld.

— *Ach !* Le Machenfeld ! Magnifique... Extraordinaire ! Que d'histoire dans la mémoire de ces champs vallonnés ! Combien de victoires, et combien de défaites, devant ces parapets de granit ! Et la plomberie intérieure est, en majeure partie, tout à fait fonctionnelle ! Un choix parfait. Je vous félicite. Vous et votre cénacle de religieux y serez très heureux.

D'Artagnan sortit l'enveloppe la plus épaisse que Hawkins ait jamais vue de la poche intérieure de son veston. Cette agence, hautement confidentielle, n'utilisait jamais d'attachés-cases. Mac s'en souvenait à présent. Tant d'informations, aussi confidentielles, rassemblées dans un seul et même réceptacle ! C'était trop dangereux ! Les agents ne portaient jamais sur eux que des documents d'intérêt immédiat.

— C'est le bail de location ?

— Oui, mon général. Dûment complété et prêt à accueillir votre signature. Avec les six mois de dépôt de garantie, bien entendu.

— Avant d'en arriver là, je voudrais m'assurer des conditions...

— Il y en a de nouvelles, monsieur ?

— Non. Je veux juste être sûr que nous sommes bien d'accord sur celles qui ont déjà été définies.

— Mais, mon général, tout était clair, fit d'Artagnan avec un sourire. Vous avez dicté vos exigences ; je les ai transcrites moi-même, selon notre pratique habituelle, et vous en avez approuvé la transcription. Tenez, voyez par vous-même.

Il tendit à Hawkins les papiers, et ajouta :

— Je pense que vous savez que nous n'avons pas l'habitude de modifier les exigences de nos clients. Nous nous efforçons de trouver le château qui corresponde à leur demande et nous nous assurons qu'il n'y a aucun conflit d'intérêt avec le propriétaire. C'est ce que j'ai fait avec toutes les locations susceptibles de vous intéresser. Il n'y avait aucun conflit.

MacKenzie prit les papiers et se fraya un chemin entre les cartes et les photographies jusqu'au sofa. D'une main, il déplaça deux immenses plans d'élévation et s'assit.

— Je veux être sûr que ce que je lis correspond bien à ce que j'ai entendu.

— Je suis là pour répondre à toutes vos questions. Comme le veut la politique des Châteaux suisses des grands siècles, chacun de nos agents est parfaitement familiarisé avec les conditions des contrats qu'il soumet. Et quand l'affaire est conclue, les documents sont microfilmés et conservés à Genève, dans les chambres fortes de la compagnie. Nous vous suggérons d'ailleurs d'en faire autant. Pas de traces.

Hawkins lut à voix haute :

— Attendu que la partie ci-dessous désignée comme le preneur prendra possession *in nomen incognito*... Les yeux de Mac sautèrent un peu plus loin. En l'absence de... *communicatum-directorum* entre la partie... et la partie... Nom de Dieu ! Mais vous avez été formé dans les services secrets, ma parole !

D'Artagnan sourit. Sa moustache gominée s'allongea un peu.

— Posez vos questions, monsieur.

On entra donc dans le vif du sujet.

Les Châteaux suisses des grands siècles était avant tout un cabinet consciencieux et parfaitement compétent dans la rédaction d'un bail qui, à dater de ce moment, ne devait plus revoir la lumière du jour.

Pour commencer, toutes les identités étaient considérées comme sacro-saintes, ne devant jamais être divulguées à un quelconque individu, ni à une organisation, une cour de justice ou un gouvernement. Aucune loi, nationale ou internationale, n'outrepassait cet engagement, le contrat lui-même faisant office de loi. Les paiements étaient effectués soit en liquide, soit en bons du Trésor. Dans le cas de la Shepherd Company, par le biais d'un dépositaire aux îles Caïmans.

Pour le cas où des éclaircissements sur la « source » seraient jugés souhaitables, ceux-ci devaient être transmis à qui de droit et préservés de toute curiosité extérieure. En l'occurrence, la seule justification de la « source » était une vague fédération de philanthropes internationaux, attachés à l'étude et à la promulgation d'une religiosité historique.

Toutes les fournitures, tous les équipements, les transports et les services seraient assurés, en toute confidentialité, par Les Châteaux suisses des grands siècles, et consignés dans des succursales de la compagnie, à Zermatt, Interlaken, Chamonix ou Grenoble. Toute livraison importante destinée au château Machenfeld devait avoir lieu entre minuit et quatre heures du matin. Les chauffeurs, les techniciens et les manœuvres nécessaires à l'opération seraient fournis par la Shepherd Company et assureraient le transfert entre le château et les diverses succursales. A défaut, seuls les employés des Châteaux suisses pouvant justifier de dix ans au moins de bons et loyaux services pourraient les remplacer.

Tous les paiements devaient être effectués à l'avance, sur la base des prix de détail du marché, avec une surcharge de quarante pour cent pour les services confidentiels des Châteaux suisses.

— C'est un joli paquet, remarqua MacKenzie.

— Nous sommes engagés sur un très grand

boulevard, répliqua d'Artagnan. Nous ne travaillons pas avec ceux qui circulent dans les rues étroites. Nous pensons que nos tarifs de consultation en sont la preuve suffisante.

Ils l'étaient, en effet, se dit le Faucon. Le « tarif de consultation » appliqué, quelle que soit la nature du contrat, et si l'affaire était conclue, était de 500 000 dollars.

— Vous avez fait un sacré bon boulot, monsieur d'Artagnan, fit Hawkins en prenant un stylo-plume.

— Vous êtes en bonne main. Dans quelques jours, vous aurez, pour ainsi dire, disparu de la surface de la planète.

— Ne vous en faites pas. Tous les gens que je connais — c'est-à-dire *tout le monde* — seront extrêmement ravis de ne plus entendre parler de moi. On dirait que je leur complique plutôt la vie.

Le Faucon sourit intérieurement de cette remarque. Il signa les papiers de son nom : *George Washington Rappaport.*

Et d'Artagnan repartit avec un bon du Trésor tiré sur la Cayman Island's Admiralty Bank, d'un montant de 1 495 000 dollars.

Le Faucon ramassa une poignée de photographies et retourna vers le sofa. En s'asseyant, cependant, il savait qu'il ne pouvait pas s'arrêter sur la majesté du château Machenfeld. Il y avait d'autres considérations primordiales. Machenfeld ne présentait aucun intérêt sans le personnel adéquat pour y suivre l'entraînement prévu. Mais l'ex-lieutenant général MacKenzie Hawkins, décoré à deux reprises de la médaille d'honneur du Congrès, savait où il allait et comment y parvenir. L'étape Zéro était à plusieurs mois devant lui. Mais le voyage avait déjà commencé.

Il se demanda comment Sam et Madge s'en sortaient. Nom d'une pipe! Ce garçon se démerdait comme un chef!

L'hélicoptère descendit, en plongeant d'une traite, soulevant des nuages torrentiels de sable arraché furieusement au désert. La tempête environnante était si dense que le seul signe d'atterrissage que Sam perçut fut le choc sourd du ventre de l'appareil au moment où celui-ci s'enfonça dans les dunes.

Ils avaient volé un peu plus longtemps que prévu. Il y avait eu un petit problème de navigation : le pilote s'était perdu. Ça ne pouvait être que le pilote, car il était impensable d'envisager la possibilité que la tente d'Azaz-Varak ait été plantée au mauvais endroit. Mais ils finirent par repérer le campement de toile bleue au-dessous d'eux.

Le sable retomba et Peter Lorre ouvrit la portière. Le soleil du désert était aveuglant. Sam s'agrippa au bras de Madge pour descendre de l'appareil. Car si le soleil était aveuglant, le sable, lui, était brûlant.

— Où diable sommes-nous?

— *Atiyeh! Aïe! Aïe! Aïe!*

Des cris s'élevèrent de toutes parts et des hommes surgirent de partout. Des Arabes enturbannés, dont les voiles flottaient au vent, tels des centaines de voiliers blancs, sortirent des tentes environnantes et se précipitèrent sur eux. Peter

Lorre et Boris Karloff se postèrent aux côtés de Sam, le tenant fermement par les bras, comme s'ils transportaient une carcasse animale. Madge marchait en tête, dans une attitude protectrice, songea Sam mal à l'aise. On aurait pu croire qu'elle était sur le point de donner ses ordres à un boucher d'abattoir. Le bataillon de voiles et de turbans formait deux lignes distinctes, une sorte de haie d'honneur conduisant à la plus grande des tentes, plantée au sommet d'une dune, à quelque trente mètres d'eux.

Le cri nasillard de Peter Lorre fendit l'air :

— Aïe ! L'œil du faucon ! Le lanceur d'éclairs ! Le dieu de tous les khans et le cheik de tous les cheiks !

Il se tourna vers Sam et cria, encore plus fort :

— A genoux ! Hyène blanche méprisable !

— Quoi ?

Devereaux ne cherchait pas à discuter. Il craignait seulement que le sable ne fasse fondre son pantalon.

— Il vaut mieux s'agenouiller, fit Boris Karloff de sa voix de gorge, plutôt que de rester planté sur ses jambes.

Le sable était décidément très inconfortable. Et Sam, dans un instant de compassion sincère, se demanda ce que Madge allait faire. Elle portait une jupe très courte, au-dessus de ses bottes de marche. Il l'observa du coin de l'œil.

Il n'aurait pas dû se laisser aller à sa compassion. Madge ne s'agenouilla pas le moins du monde. Elle se déplaça légèrement sur le côté et resta droite comme un I. Elle était spectaculaire.

— Salope ! murmura-t-il.

— Ne perdez pas la tête, répondit-elle tranquillement. Je parle au sens figuré, bien sûr...

— Aïe ! Voici le prince du tonnerre et des éclairs ! s'écria Peter Lorre.

Il y eut un mouvement autour de la tente plantée au bout du couloir formé par les turbans. Deux larbins relevèrent la toile de l'entrée et se prosternèrent au sol, le visage enfoui dans le sable. De l'ombre du renfoncement, un homme émergea, qui fut une grande déception, une totale contradiction aux préparatifs dramatiques de son apparition.

Le prince du tonnerre et des éclairs était un petit Arabe tout frêle. Et sous son suaire pointait le visage le plus hideux que Sam ait jamais vu. Sous un nez démesurément long, fin et busqué, les lèvres d'Azaz-Varak étaient tellement ourlées — pour ne pas dire protubérantes — que sa moustache semblait faire corps avec ses narines. Sa peau — ou du moins ce qu'on en voyait — était d'une pâleur maladive et faisait ressortir les cernes sombres et profonds qui soulignaient des yeux aux paupières lourdes et épaisses.

Azaz-Varak s'approcha, les lèvres pincées, les narines frémissantes, la tête chancelante. Il ne vit que Madge. Et quand il ouvrit la bouche, il y avait une certaine autorité dans sa voix.

— Les épouses du lion, le harem royal... aucune d'entre elles ne comprend les terribles responsabilités qui pèsent sur ma généreuse personne... Puis-je vous offrir un chameau, madame ?

Madge secoua la tête avec une assurance qui

lui ressemblait bien. Azaz-Varak continuait à la contempler.

— Deux chameaux ? Cet avion ?

— Je suis en deuil, répondit Madge, respectueusement mais fermement. Mon riche époux est décédé juste après le dernier croissant de lune. Vous connaissez les règles.

La déception se lisait dans les yeux aux paupières lourdes d'Azaz-Varak. Il claqua des lèvres à deux reprises avant de répondre :

— Aaah ! Ce sont les terribles épreuves de notre foi. Il vous faudra laisser passer encore deux autres croissants sur le calendrier. Que le cheik, votre époux, repose en paix avec Allah ! Peut-être viendrez-vous me rendre visite dans mon palais, après ce temps ?

— Nous verrons. Pour l'instant, mon escorte est affamée. La volonté d'Allah est qu'il assure ma protection. Mais il ne pourra le faire s'il défaille.

Azaz-Varak considéra Sam comme s'il examinait la carcasse de l'animal qu'on mène à l'abattoir.

— Alors, il doit avoir deux fonctions. L'une louable et l'autre des plus méprisables. Viens, chien ! Dans la tente de l'aigle !

— C'est là qu'il y a de quoi manger, n'est-ce pas ? fit Devereaux avec son sourire le plus aimable, le plus obséquieux, en rampant à ses pieds.

— Vous pourrez partager ma table quand nous en aurons terminé avec notre affaire. Priez donc Allah que tout soit conclu avant que les neiges du nord ne s'abattent sur le désert. Avez-vous apporté ce document innommable ?

Devereaux hocha la tête.

— Avez-vous apporté du corned-beef chaud ?

— Silence ! vociféra Peter Lorre.

— Madame, fit Azaz-Varak à l'intention de Madge, mes serviteurs veilleront à ce que tous vos souhaits soient exaucés. Mes appartements sont très agréables ; ils vous plairont beaucoup.

— C'est tentant. Nous verrons où j'en suis, dans un mois ou deux, répondit-elle avec un clin d'œil.

Les lèvres d'Azaz-Varak exprimèrent son émotion par une série de mimiques humides, puis il claqua les doigts et s'en retourna vers sa tente.

Les minutes s'écoulèrent, de quart d'heure en quart d'heure, jusqu'à l'heure inévitable. A laquelle vinrent s'ajouter deux autres heures. Devereaux crut honnêtement avoir touché le fond. Une carrière juridique prometteuse était bafouée, brimée, dans ce trou perdu en plein milieu du désert, à trente-cinq kilomètres au sud d'un bled ridicule du nom de Tizi-Ouzou, en Afrique du Nord.

Ce qui porta l'absurdité à son comble fut la vision d'Azaz-Varak, décortiquant chaque phrase du contrat d'association limitée de la Shepherd Company, entouré de huit à dix Arabes intervenant par-dessus son épaule et discutant entre eux avec véhémence. Chaque page était considérée comme seule et unique ; le moindre terme juridique interprété dans un sens pernicieux. Sam vit clairement l'ironie terrible de la situation. Cette terminologie ésotérique et ampoulée, qui était la garantie de survie de tout avocat, menaçait justement sa propre survie.

Une pensée folle traversa sa cervelle malade : si tous les documents juridiques devaient être rédigés pour être compréhensibles entre les repas — tout repas étant différé jusqu'à ce que la compréhension des documents en question soit claire — alors le niveau de la justice remonterait d'un cran. Et la plupart des avocats de sa connaissance seraient au chômage.

De temps à autre, l'un des ministres d'Azaz-Varak lui apportait un feuillet et désignait un paragraphe précis en lui demandant, dans un anglais parfait, ce qu'il signifiait. Devereaux répondait invariablement que c'était là une clause standard — ce qui était d'ailleurs invariablement le cas — et sans importance.

Si c'était sans importance, pourquoi la rédaction en était-elle si confuse ? Seuls les points signifiants justifiaient certaines précautions de langage. Sinon, pourquoi toute cette confusion ?

Et aussi, les choses claires s'énoncent simplement. Les choses louches sont souvent masquées. Est-ce que « standard » signifiait « louche » ?

Et ainsi de suite... Jusqu'au moment où Sam se mit à crier.

Rien de plus. Juste crier.

Azaz-Varak et son troupeau de ministres levèrent les yeux sur lui. Ils hochèrent la tête comme pour dire : « Nous avons bien noté votre réaction » et ils reprirent leurs bruyants palabres.

Au moment où l'obscurité commença à brouiller sa vision, son dernier regard aux choses de ce monde pensa-t-il, Sam entendit les mots prononcés par le cheik des cheiks.

— Les neiges du nord sont aux portes du désert, oh misérable ! Ces papiers immondes sont comme la trace des chameaux dans les tempêtes de sable. Ils n'ont aucun sens. Aucun sens susceptible de déclencher la colère d'Allah, ou de certaines autorités internationales. Ma généreuse et magnanime personne les a signés. Non pas que j'aie souscrit aux suggestions infâmes qui ont été soufflées à mon oreille, mais dans le seul but d'aider à la communion universelle, dans l'amour. Chien exécrable !

Azaz-Varak s'extirpa de la montagne de coussins empilés autour de lui. Il fut escorté vers la partie de la tente dissimulée derrière un écran par plusieurs ministres au dos courbé, et disparut derrière le voile de soie.

Peter Lorre s'approcha de Sam, le contrat d'association limitée en main. Il le lui tendit en marmonnant :

— Mettez ça dans votre poche. Il vaut mieux que les yeux du faucon ne retombent pas dessus.

— Est-ce que le faucon est comestible ?

Perplexe, le petit Arabe regarda Sam :

— Vous avez les yeux plus grands que le ventre, Abdul Deverroux. Remettez-vous-en au Coran, premier paragraphe du livre quatre.

— Qu'est-ce que c'est que ça ? gémit Sam qui pouvait à peine parler.

— Le festin fut servi aux infidèles incrédules et bientôt, ils se mirent à croire.

— Est-ce que ça veut dire que nous allons manger ?

— Oui. Le dieu de tous les khans a commandé son plat favori : des testicules bouillis de chameau braisés avec la panse du rat du désert.

— Aïeeeeee !

Devereaux blêmit et se leva d'un bond sous la tente caïdale. Mais le ressort avait lâché. Il ne restait plus rien qu'un état d'anéantissement avancé. Il était au bout du rouleau. Les forces de la destruction réclamaient sa fin dans une explosion de violence.

Soit. Il irait à sa rencontre sans résister. Sans détour, et sans hésitation, dans une fureur aveugle. Il se mit à courir entre les coussins et sur les tapis et sortit sur le sable. Le soleil se couchait. Sa fin surviendrait avec la disparition du soleil orange à l'horizon du désert.

Des testicules bouillis ! De la panse de rat !

— Madge ! Madge !

Si seulement il pouvait la retrouver ! Elle pourrait apporter la nouvelle de son décès à sa mère, et à Aaron Pinkus. Il fallait qu'ils sachent qu'il était mort bravement.

— Madge ! Où êtes-vous ?

Lorsque la réponse lui parvint, il sentit en lui une poussée d'émerveillement tout à fait contradictoire avec les dernières pensées de ceux qui sont sur le point de périr.

— Oh, mon chou ! Venez donc voir. Regardez un peu ce que j'ai trouvé. C'est génial !

Sam se retourna, les chevilles enfouies dans le sable, les lèvres desséchées et tremblantes. A trente mètres devant, un groupe d'Arabes était agglutiné devant l'hélicoptère, les yeux rivés sur la cabine de pilotage.

Dans une transe confuse, Devereaux se dirigea en titubant jusqu'à ce mirage. Les Arabes hurlèrent et grognèrent, mais le laissèrent passer. Il s'agrippa au rebord de la vitre et plongea à l'intérieur. C'était facile, l'appareil s'était enfoncé dans la dune à l'atterrissage.

Ce ne furent pas ses yeux, cependant, qui encaissèrent le choc. Ce furent ses oreillcs.

Il y avait un craquement parasite continu et assourdissant provenant des parois de l'hélicoptère et qui emplissait l'espace confiné comme des marteaux-piqueurs dans un tunnel. Madge était installée dans le siège du copilote, le décolleté de son chemisier largement déboutonné.

Puis il entendit les mots qui filtraient à travers les parasites et il s'immobilisa, la faim et la fatigue ayant momentanément fait place à une sorte de terreur hypnotique.

— Midgey ! Midgey, mon petit ! Tu es toujours là ?

— Oui, Mac, je suis là. C'était juste Sam. Il vient de terminer avec ce..., comment tu l'appelles ?

— Nom de Dieu ! Comment est-il ?

— Affamé. Il crève de faim, le pauvre chou, répondit Madge en manipulant d'une main experte les commutateurs et les cadrans de l'installation radio.

— Il aura tout le temps de faire un gueuleton plus tard. Il a la responsabilité d'une armée tout entière sur l'estomac. Mais il faut d'abord qu'il évacue la zone de tir ! S'il ne veut pas risquer de se faire descendre ! Est-ce qu'il a les papiers ?

— Je les vois qui dépassent de sa poche...

— C'est un super-avocat, ce garçon-là ! Il ira loin ! Maintenant tirez-vous de là, Midgey ! Emmène-le à Dar el-Beida et mets-le sur un avion pour Zermatt. Confirmation, terminé et coupez !

— Ici Roger. Confirmation, Mac. Terminé.

Madge rabaissa plusieurs douzaines d'interrupteurs comme si elle avait affaire à un ordinateur. Elle se retourna pour faire face à Devereaux et annonça l'air rayonnant :

— Vous allez avoir droit à un repos de rêve, Sam. Mac dit que vous avez vraiment mérité des vacances.

— Qui ? Où ça... ?

— A Zermatt, mon chou. C'est en Suisse.

TROISIÈME PARTIE

Le bon fonctionnement d'une société dépend en grande partie de son personnel exécutif, dont la formation et les allégeances doivent être compatibles avec les objectifs généraux de la structure et dont l'identité fait corps avec l'image de la société.

17

Le cardinal Ignatio Quartze, dont les traits fins et aristocratiques témoignaient de plusieurs générations de noblesse, foula furieusement les tapis de son bureau du Vatican, jusqu'à la large fenêtre du balcon qui donnait sur la place Saint-Pierre. Il parlait avec rage, les lèvres pincées par la colère, et sa voix nasillarde fusant dans la pièce avec l'impact d'une balle de revolver.

— Ce paysan de Bombalini va trop loin ! Je vous affirme que cet homme est une disgrâce pour le collège qui — Dieu nous vienne en aide — l'a élevé dans cette fonction !

L'interlocuteur du cardinal était un prêtre replet, aux allures d'adolescent, qui était affalé, aussi langoureusement que son habit le lui permettait, dans un fauteuil de velours cramoisi, au centre de la pièce. Ses joues roses et ses lèvres charnues et retroussées trahissaient peut-être une origine moins aristocratique que celle de son supérieur, mais un goût du luxe non moins développé. Son langage était plus proche du ronronnement que de la voix.

— Ce choix a été, et restera toujours un

compromis, cardinal. Vous étiez assuré que sa santé ne lui permettrait pas un règne prolongé.

— Chaque jour qui passe est une prolongation au-delà de toute endurance !

— Il a certaines... humilités, qui nous sont fort utiles. Il a réussi à calmer la presse la plus hostile. Et les gens ont une certaine bienveillance à son égard. Les dons que nous recevons du monde entier sont presque aussi élevés qu'ils l'étaient du temps de Roncalli.

— Je vous en prie ! Pas ce nom-là ! A quoi sert un trésor qui gonfle et rétrécit comme un accordéon, parce que le Saint-Siège subventionne à peu près tout ce qui lui tombe entre ses grosses mains de paysan ! Et qu'avons-nous à faire d'une presse favorable ! La division est bien plus efficace pour consolider notre position. Personne ne comprend.

— Oh ! Moi si, cardinal. Moi si.

— Vous l'avez vu aujourd'hui ? poursuivit Quartze comme si le prêtre n'avait rien dit. Il m'a humilié publiquement ! En pleine audience ! Il a critiqué mes allocations africaines !

— De toute évidence, un stratagème pour apaiser cet horrible Noir, qui passe son temps à se plaindre !

— Et après ça, il s'est mis à plaisanter — vous vous rendez compte, à plaisanter ! — avec ce garde suisse. Et à se pavaner dans la foule du musée en mangeant une glace — une glace ! vous vous rendez compte ! — offerte par une de ces juments siciliennes ! La prochaine fois, il ira faire un tour aux toilettes pour hommes et tous les sièges seront volés ! Quelle indignité ! Quelle offense aux reliques de saint Pierre ! Elles finiront par tomber en poussière !

— Ça ne saurait durer, mon cher cardinal.

— Ça a déjà duré trop longtemps ! Il est en train de ruiner le trésor et de remplir la Curie de gauchistes enragés !

— Vous êtes notre prochain pontife. Les réactions négatives de la hiérarchie centriste vous sont favorables. Elles sont silencieuses, mais le mécontentement est profond.

Le cardinal marqua une pause ; le rictus de ses lèvres tomba légèrement lorsque son regard se porta sur la fenêtre et sur la place, sa mâchoire avança sous les orbites sombres de ses yeux enfoncés.

— Je crois en effet que nous avons les délégués de notre côté. Apportez-moi donc les plans de ma villa de San Vincente, Ronaldo. Ça me calme les nerfs de les consulter.

— Bien sûr, fit le prêtre en se levant du fauteuil cramoisi. Vous devez conserver votre calme. Et quand l'été arrivera, vous serez débarrassé de ce paysan de Bombalini. Il ira passer au moins six semaines à Castel Gandolfo.

— Les plans, Ronaldo ! Je suis très tendu. Et pourtant, au milieu de ce chaos, je reste l'homme le plus serein de tout le Vatican. Les plans, espèce de travesti ! hurla le cardinal.

Au moment où le camérier, toujours muni de son bloc-notes omniprésent, quitta la pièce, le pape Francesco Ier s'extirpa d'un profond fauteuil au dossier très haut, tapissé de velours blanc (un siège qui aurait sans doute effrayé saint Sébastien) pour aller s'asseoir sur le canapé, à côté de la dame de *Viva Gourmet.* Il fut immédiatement frappé par la beauté de sa voix, à la fois chaude et mélodieuse. Très agréable à entendre. Et elle allait bien à une femme si resplendissante de santé.

Le camérier avait suggéré que l'entrevue soit limitée à vingt minutes. Le pontife avait décidé qu'elle se terminerait quand ils en auraient fini. La journaliste avait légèrement rougi, embarrassée, et Giovanni choisit de la mettre à son aise en abandonnant l'italien pour l'anglais et en lui demandant si elle pensait qu'il y avait vraiment un marché pour des bloc-notes avec un crucifix sur la couverture. Elle avait ri de sa question, tandis que le camérier, qui ne comprenait pas l'anglais, se tenait à la porte, serrant son bloc-notes sur sa poitrine, tel un stigmate.

Le pape songea qu'il lui faudrait changer de camérier. Celui-ci était encore un de ces jeunes prélats séduits par les ambitions d'Ignatio Quartze. Les visées du cardinal étaient trop manifestes. Il plaçait ses pions dans les appartements papaux avant que les funérailles papales ne soient annoncées. Mais Francesco avait pris sa décision. L'Église ne devait pas tomber entre les mains d'Ignatio Quartze. Elles portaient le calice durant la messe comme si elles cherchaient à tordre le cou d'un poulet.

L'interview avec Lilian von Schnabe, l'envoyée de *Viva Gourmet,* fut plaisante et productive. Giovanni s'expliqua sur deux de ses sujets favoris : le fait que des plats savoureux et substantiels pouvaient être concoctés à partir de denrées bon marché et relevés avec des sauces simples et judicieusement épicées ; et qu'en ces jours difficiles de vie chère, c'était une marque de distinction — sans parler même de charité chrétienne — que d'ouvrir sa table à son voisin.

Mrs. von Schnabe comprit immédiatement ce qu'il tentait de communiquer.

— Serait-ce une extension de la parabole « des pains et des poissons », Votre Sainteté ?

— Il faut dire que Notre-Seigneur ne prêchait pas aux âmes les plus riches de Nazareth. Et que bon nombre de ses miracles étaient basés sur des principes psychologiques de simple bon sens, mon enfant. J'ouvre mon panier de fruits, vous ouvrez votre panier de *pasta,* et nous aurons des fruits et de la *pasta* au menu de ce soir. Cette simple addition suffit à apporter la variété. Une variété que nous associons, à juste titre, à une certaine abondance.

— Et à une diététique plus équilibrée, aussi, approuva Lilian en hochant la tête.

— *Perfetto.* Vous avez compris ? Deux *principios* : réduire les coûts et partager les réserves.

— Nous ne sommes pas très loin de la doctrine socialiste, n'est-ce pas ?

— Quand les estomacs sont vides, et que les prix sont élevés, ce genre d'étiquette n'a pas de sens. A la *Borsa Valori* — vous appelez ça le Stock Exchange, je crois — ils n'ont pas trop tendance à ouvrir leurs paniers ; ils les vendent. Et c'est tout à fait normal, compte tenu de la nature de leur travail. Mais je ne m'adresse pas à ces gens-là. Ils déjeunent au Grand Hôtel, sur les notes de frais de leurs confrères. Je crois que ça aussi, c'est une forme dérivée de la « multiplication des pains ».

Ils discutèrent de nombreuses recettes, inspirées des plats d'enfance du pape. Giovanni put constater que la jolie dame, qui parlait avec une si jolie voix, était impressionnée. Il avait bien appris sa leçon : dans ses recettes, on pouvait trouver des hydrates de carbone, des protéines, des féculents, des calories, du fer et toutes sortes de vitamines indispensables.

Lilian remplit la moitié de son carnet, écrivant aussi rapidement que le pape parlait, l'interrompant à l'occasion pour clarifier un mot ou une phrase. Au bout d'une heure ou presque de ce régime, elle s'arrêta et posa à Giovanni une question qu'il ne comprit pas.

— Et qu'en est-il de vos exigences personnelles, Votre Sainteté ? Y a-t-il une restriction quelconque ou des nécessités particulières, en ce qui concerne les repas qu'on vous apporte ?

— *Che cosa ?* Que voulez-vous dire ?

— Nous sommes ce que nous mangeons, le savez-vous ?

— J'espère sincèrement que non. Je suis dans ma septième décennie, mon enfant. Peut-être un peu trop d'oignon, d'olives ou de piment... Mais ce genre d'information n'apportera rien à votre article. Les gens de mon âge ont tout naturellement tendance à modérer leurs besoins et leurs tendances personnelles, dans ce domaine.

Lilian posa son stylo.

— Je ne voulais pas être indiscrète, mais vous êtes un homme si fascinant, et je suis considérée comme l'un des meilleurs experts d'Amérique en matière de nutrition. Je suppose que je voulais seulement approuver la manière dont vos cuisiniers vous traitent.

Ahhh ! pensa Giovanni Bombalini. Il y avait tant d'années qu'une personne agréable du sexe opposé ne s'était pas intéressée à lui ! Cela faisait si longtemps qu'il ne s'en souvenait même pas ! Des religieuses au visage pincé, ou des infirmières empressées, oui... Mais une femme aussi séduisante, avec une si délicieuse voix...

— Pour tout vous dire, mon enfant, ces médecins abusifs insistent bien sur certains aliments...

Lilian reprit son stylo.

Et ils parlèrent encore pendant quinze minutes.

A la fin desquelles il y eut un coup à la porte des appartements papaux. Francesco se leva du canapé et retourna à son fauteuil tapissé dc velours blanc, qui avait l'air sorti tout droit des studios de Cinecitta.

Un cardinal Ignatio Quartze très agité fit irruption sur le seuil, pressant contre son nez aquilin un mouchoir précieux, et émettant de curieux raclements de gorge.

— Pardonnez-moi de vous interrompre, Très Saint-Père, fit-il à la fois en italien et sur un ton offensé qui donnait au mot « Saint » une connotation plutôt profane mais éminemment courtoise. Mais je viens juste d'être informé que Votre Sainteté a jugé bon de désapprouver mes instructions concernant la convocation des banquiers du Christ.

— Désapprouver est un terme trop fort. J'ai simplement suggéré que le comité de convocation reconsidère la chose. Occuper la chapelle Sixtine pendant deux jours en pleine saison touristique de printemps me paraît injustifié.

— Si vous me permettez cette remarque contradictoire, la chapelle Sixtine est le site le plus apprécié et le plus fréquenté que nous possédions. Toutes les assemblées de mérite s'y déroulent.

— En privant chaque année des milliers de gens de sa beauté. Je ne suis pas sûr qu'il y ait un quelconque mérite à ça.

— Ce n'est pas un parc d'attractions, pape Francesco.

D'étranges bruits continuaient à sortir de la gorge du cardinal. Il se moucha avec une vigueur toute aristocratique.

— Je me le demande parfois, répliqua Giovanni. Nous vendons tellement de babioles de toutes sortes, un peu partout. Savez-vous qu'il y a même un stand où l'on trouve des chapelets en faux diamants ?

— Je vous en prie, Votre Sainteté. Les banquiers du Christ. Ils s'attendent à être reçus dans la chapelle Sixtine. Nous devons finaliser des accords extrêmement importants.

— Je sais, mon cher cardinal. J'ai reçu le mémorandum. Certains d'entre eux ont l'air d'être assez laborieux à négocier, mais je suppose qu'il y a certains avantages fiscaux à la clé.

L'attention de Giovanni fut soudain attirée par Lilian. Elle avait refermé son carnet, poliment mais fermement. Elle était impatiente de partir. Ahh ! Cette interview avait été un interlude si plaisant ! Quartze n'allait pas lui gâcher ce moment. Il pouvait attendre. Giovanni s'adressa à la jolie dame qui avait une si jolie voix. En anglais, bien sûr. Une langue que Quartze comprenait à peine.

— Comme nous avons été grossiers ! Pardonnez-nous, voulez-vous ? Le cardinal enrhumé, avec des hélices dans les narines, a trouvé mes jugements contestables, une fois de plus.

— Alors, permettez-moi de penser que ce sont ses jugements qui laissent à désirer, fit Lilian en se levant du canapé et en rangeant son carnet dans son sac. (Elle regarda Giovanni droit dans les yeux et ajouta, avec une certaine émotion :) Je suppose que ce n'est pas une chose à dire, mais puisque je ne suis pas catholique, je le dirai quand même : vous êtes l'un des hommes les plus séduisants que j'aie jamais rencontrés. J'espère que je ne vous ai pas offensé.

Giovanni Bombalini, le pape Francesco, vicaire du Christ, se sentit envahi par des souvenirs qui remontaient à une cinquantaine d'années. De bons souvenirs. Dans le sens le plus profondément sacré du terme. Et il en était reconnaissant à Lilian.

— Quant à vous, mon enfant, vous êtes d'une honnêteté qui, malgré le jugement erroné que vous venez de porter sur ma personne, vous conduira tout droit sur le chemin de Dieu.

— Si je le suis, c'est sans doute parce que j'ai été élevée par quelqu'un qui vous ressemblait beaucoup. Même si cette ressemblance peut surprendre certains.

— Je suis flatté. Ce... quelqu'un, donnez-lui la bénédiction d'un prêtre-paysan.

Lilian sourit. Elle se dirigea vers la porte. Le mouchoir de Quartze s'était littéralement imprimé sur son front agité et le bruit de ses muqueuses ulcérées tourmentait toujours son nez aquilin et ses lèvres très minces. Le prélat s'effaça pour la laisser passer, faisant de son mieux pour l'ignorer. Lilian décida de marquer un temps d'arrêt, pour le forcer à la regarder. Et quand il daigna poser les yeux sur elle, elle lui fit son plus beau clin d'œil.

En fermant la porte, elle entendit les paroles du pape Francesco, claires et fermes. Car, dans sa colère, le pontife avait élevé la voix, en anglais.

— Oubliez-moi, avec cette histoire de chapelle Sixtine, Ignatio ! Parlons plutôt de ces plans que j'ai demandé à voir, ceux de votre villa au bord de l'eau à San Vincente ! Qu'est-ce que c'est que ces « équipements de sécurité » ? Ça comprend aussi le bain de vapeur ?

Hawkins avait réservé deux places en première classe, sur le 747 de la Lufthansa. Puisqu'il aurait besoin d'espace, il n'y avait aucune raison d'incommoder un autre passager. De cette manière, il pourrait poser ses dossiers à côté de lui, à portée de main, au cas où il aurait besoin de les consulter rapidement.

Il avait choisi spécialement le vol de nuit pour Zurich. Les passagers étaient généralement des diplomates, des banquiers ou des cadres supérieurs, habitués à ces vols transatlantiques. Ils passaient la nuit à dormir, pas à faire la conversation. Ainsi, il serait dérangé le moins possible.

Car il lui fallait maintenant faire un certain nombre de sélections et lancer plusieurs recrutements dès son arrivée à Zurich.

La mallette de MacKenzie contenait une liasse de curriculum vitae, parmi lesquels il choisirait ses troupes. C'étaient les derniers documents qu'il avait photocopiés aux archives du G2. Ceux qui auraient la chance d'être élus formeraient sa brigade, son armée personnelle. Ils auraient le privilège de participer à la manœuvre la plus étonnante de toute l'histoire militaire moderne.

Et chacun de ces soldats rentrerait chez lui comme l'un des hommes les plus riches de son pays.

Car, dans toute la mesure du possible, ils viendraient de différentes parties du globe. La condition inviolable de ce recrutement était qu'aucun d'entre eux ne puisse témoigner de l'existence des autres une fois que l'opération serait terminée. Ça serait plus facile s'ils venaient de pays différents.

Les dossiers consignés dans la mallette de Hawkins étaient ceux des agents doubles et agents triples les plus accomplis des États-Unis. Ils provenaient des sources d'information de l'armée. Et il y avait un dénominateur commun entre ces dossiers : chacun de ces hommes était en retraite forcée.

Le statut d'agent double ou d'agent triple se portait au plus mal. Les experts décrits dans les dossiers n'avaient pas été engagés sur des missions importantes depuis pas mal de temps. Et pour ces hommes-là, l'inactivité, c'était l'anathème. Cela signifiait non seulement une perte de prestige au sein de la communauté criminelle internationale, mais également une réduction de leur standing de vie.

La perspective de ramasser cinq cent mille dollars, pour chacun d'entre eux, ne serait pas rejetée à la légère. Mais chaque recrue potentielle les valait. Chacune était la meilleure dans sa spécialité.

C'était essentiellement une question de logistique. Penser d'abord, puis réfléchir. Chaque fonction confiée à un expert et chaque mouvement calculé au quart de seconde.

Cela supposait un chef capable d'exiger, et d'obtenir, une précision sans faille de ses troupes. Capable de les entraîner pour qu'elles opèrent à leur niveau optimal d'efficacité. Capable de reproduire, d'aussi près que cela serait techniquement possible, les conditions exactes de l'assaut projeté. En résumé, un officier général de premier rang. Lui-même, sacrebleu !

Une fois que la brigade serait formée, Mac lui exposerait la stratégie de base. Il laisserait ensuite ses officiers lui faire part de leurs suggestions. Un bon chef écoute toujours ses subordonnés mais, bien entendu, il se réserve le jugement final.

Les semaines d'entraînement permettraient de déceler les points forts et les points faibles, l'objectif étant évidemment d'éliminer toute faiblesse.

Moins les hommes seraient nombreux et mieux cela vaudrait. Mais pas au point de compromettre l'efficacité de la mission. C'était la raison pour laquelle il n'avait prévu qu'un seul versement par soldat : cinq cent mille dollars. Pas de prime, s'ils se faisaient prendre, du moins pas de celles qu'ils pouvaient espérer. Les familles, en revanche, recevraient une indemnité en cas de capture. C'était une chose que toutes les armées considéraient comme acquise. Les hommes se donnaient au combat avec plus d'ardeur si leur esprit était libre de tout souci au sujet de leur famille. Et puis c'était une bonne chose. Une garantie supplémentaire de la séparation des genres.

La Shepherd Company avancerait les fonds nécessaires à la mise en place du plan Zéro ; qui viendraient bien entendu en déduction des bénéfices assurés par la réussite de l'opération.

Bon sang ! Non seulement il était un pro, mais il était un sacré pro ! Si ces imbéciles du Pentagone lui avaient confié l'armée américaine tout entière, ils n'auraient pas eu tous ces problèmes avec les engagés volontaires. Ces connards du Pentagone ne comprenaient décidément rien à la notion de règle. Si un soldat s'en tenait strictement à la règle et n'essayait pas de la contourner politiquement, ou d'en dénoncer les ambiguïtés, eh bien c'est que c'était une sacrée bonne règle ! Imparfaite, certes, mais fonctionnelle.

Mais il n'avait pas de temps à perdre à penser aux connards. Il avait à peu près défini sa brigade. Les domaines d'expérience requis étaient au nombre de sept : camouflage, destruction, médecines sédatives, sens de l'orientation, technologie aérienne, cartographie stratégique et électronique.

Sept experts. Il avait sélectionné une douzaine de dossiers. Il savait qu'avant son arrivée à

Zurich il n'en resterait plus que sept. C'était une simple question de lecture et de relecture. Il enverrait ses offres de recrutement de Zurich, pas du château Machenfeld. Aucun indice ne devait conduire au château Machenfeld.

Il lui faudrait être prudent à Zurich aussi. Ce n'était plus une question d'indice, cette fois ; il pouvait parfaitement maîtriser ce problème. Mais il ne fallait surtout pas qu'il tombe sur Sam Devereaux. Car Sam devait arriver quelques heures à peine après lui. Et il n'était pas prêt à affronter sa panique habituelle. Il préférait régler ce problème-*là* entre les murs du château Machenfeld.

Le Faucon réalisa que, dans le fond, il n'avait pas vraiment besoin de s'inquiéter à ce sujet. Devereaux était entre les mains de Madge et ils s'étaient — l'un comme l'autre — acquittés de leur mission avec un réel savoir-faire.

Nom d'un chien ! Elles étaient superbes ! Un homme pouvait s'estimer heureux, vraiment, de pouvoir compter sur un tel quatuor de femmes. « Derrière chaque grand homme... », dit le proverbe... Derrière *lui,* il n'y en avait pas qu'*une,* il y en avait *quatre*.

Et toutes plus courageuses et plus fortes qu'elles ne l'avaient jamais été ! Sam avait beaucoup de chance, il ne s'en rendait même pas compte. Hawkins fit mentalement un nœud à son mouchoir pour se souvenir de le lui dire, quand ils se verraient à Machenfeld.

Demain, si tout se passait comme prévu.

Devereaux parcourut le quai, à la recherche de la voiture portant le bon numéro. Sa tâche était rendue difficile parce qu'il n'arrêtait pas de roter. Il avait passé tout son voyage depuis Tizi-je-ne-sais-où, jusqu'à Zurich, en passant par Alger, et Rome, à manger. Madge l'avait expédié à l'aéroport de Dar el-Beida sans lui accorder davantage, au cours de ces adieux, qu'elle ne l'avait fait en l'accueillant à l'hôtel Aletti.

Mais Sam était déterminé à ne plus spéculer sur les filles. Il laisserait à d'autres le soin de comprendre ce qui les poussait à agir de la sorte pour venir en aide au Faucon. Il lui fallait maintenant se concentrer sur les étapes suivantes.

Le capital de quarante millions de dollars était constitué. Hawkins avait maintenant ses billes (non, il ne les avait pas, mais c'était là une autre question), et il pouvait entamer la partie. Le Faucon allait commencer à régler les derniers arrangements, faire ses achats, recruter ses — quoi déjà ? — ah, oui, son « personnel d'encadrement ».

Doux Jésus ! Son personnel d'encadrement !

Alors, il allait pouvoir kidnapper le pape !

Oh, mon Dieu ! Le monde entier était une énorme chierie !

Il lui fallait garder une seule chose à l'esprit, un seul objectif à ne pas perdre de vue : comment empêcher Hawkins d'arriver à ses fins.

Deux corollaires : rester du bon côté des barreaux de la prison ; et à l'abri des menaces homicides de la Mafia, de la Pairie, des nazis et plus particulièrement de ces Arabes qui voulaient lui fourrer ses « ineffables » entre les « innommables », à moins que ce ne soit le contraire.

Il trouva enfin son compartiment, le genre de

ceux qui ont été rendus célèbres par le couple Rex Harrison et Margaret Lockwood. Des ombres qui glissent, des cols en velours noir qu'on relève, et le chuintement incessant des roues grinçantes contre les rails métalliques, signifiant l'inévitable approche de la terreur. Et ces portes coulissantes avec de larges vitres, dont les rideaux se soulevaient soudain, révélant les visages du mal.

Train de nuit. Orient-Express. L'image se dissolvait lentement pour faire place à des mains, plongeant dans les replis de pardessus sombres et faisant apparaître, avec la même lenteur, le métal noir de pistolets meurtriers... Le train partait.

— Ça alors ! Ah, je n'en reviens pas ! Ah, je n'arrive pas à le croire ! Regardez voir qui est là ! Ce bon vieux commandant ! Ici, dans ce bon vieux Zurich !

Il n'y avait aucune raison d'être le moins du monde étonné. Après le *Titanic*, tout pouvait arriver.

Regina Sommerville Hawkins Clark Madison Greenberg se tenait là dans le corridor, devant le compartiment, et lui parlait à travers la vitre encadrée de bois. Elle fit coulisser la porte et le souvenir du doux parfum des magnolias emplit le petit espace. Sam s'assit calmement près de la fenêtre, surpris de sa propre décontraction.

— Votre timing est on ne peut plus au point. Le train démarre et vous avec. Si j'essayais de descendre à Lucerne, j'ai comme dans l'idée que vous vous mettriez soudain à crier « au viol ! ».

— Pourquoi dites-vous ça ? C'est étrange.

J'espère que vous n'avez pas oublié le Beverly Hill Hotel. Moi, je n'oublierai jamais.

— Mes souvenirs n'ont ni commencement, ni milieu, ni fin. Le monde entier fornique dans un millier de miroirs brisés ; nous nous laissons abuser par des reflets de Sodome et Gomorrhe... Maintenant dites-moi par quelle coïncidence étonnante vous vous trouvez à Zurich. A la gare principale, sur ce train-ci et dans ce wagon justement.

— Oh, rien de plus simple. Manny est en train de tourner un film à Genève. Pour United Artists. Je crois que c'est tellement porno qu'ils ont été obligés de tourner en dehors des États-Unis.

— Ça, c'est à Genève. Ici, nous sommes à Zurich. Vous pouvez sûrement faire mieux. Pour la réputation du harem de Hawkins. Un peu d'imagination, je vous en prie !

— Honnêtement ! Vous devenez vexant, ma parole !

Regina écarta son manteau de vigogne et posa les mains sur les hanches, dans une attitude de défi. Deux canons étaient pointés sur Devereaux.

— Je ne pense pas que vous ayez à vous plaindre de quoi que ce soit. Nous nous sommes arrachées à une existence très confortable, nous nous sommes traînées dans le monde entier, et nous nous sommes exposées à toutes sortes d'inconvénients : courir, courir, toujours courir... vérifier tous les détails... s'occuper de vous, corps et âme... s'assurer que personne ne vous fasse du mal... veiller à votre confort de tous les instants... Oh, Sainte Mère ! Qu'est-ce qu'on pouvait faire de plus ? Et tout ça pour quoi ? Pour se faire insulter !

Regina abandonna sa pose arrogante et se mit à pleurer. Elle ouvrit son sac, en sortit un Kleenex et s'assit en face de Sam en se tamponnant les yeux.

Une petite fille perdue et blessée.

— Allons, allons, ça suffit. Ça n'est pas équitable.

Comme la plupart des hommes, Sam était totalement désarmé devant une femme en pleurs.

Regina sanglotait ; sa poitrine se soulevait. Devereaux se leva de sa place et s'agenouilla devant elle.

— Ça n'est rien, tout va bien... Ne pleurez pas, je vous en prie.

Entre deux sursauts, la fille le regarda avec reconnaissance.

— Alors, vous ne me détestez pas ? Dites-moi que vous ne me détestez pas.

— Comment pourrais-je vous détester ? Vous êtes charmante, et si douce... et, pour l'amour du ciel ! je vous supplie d'arrêter de pleurer !

Elle approcha son visage du sien et ses lèvres de son oreille.

— Je suis navrée. C'est seulement parce que je suis épuisée. Cette pression est tout simplement insoutenable ! Je suis restée nuit et jour devant mon téléphone, à me faire du souci et, bien sûr, à m'interroger. Vous m'avez vraiment manqué.

Le manteau de Ginny était comme une couverture tiède et confortable posée entre eux. Les immenses revers du col venaient presque envelopper de leur douceur les bras de Devereaux. Elle prit ses deux mains et les guida entre les plis de l'épais tissu. Elle les posa sur les courbes plus douces, plus tièdes, plus réconfortantes, des charmants appas qui pointaient sous la soie de son chemisier.

— Là, c'est mieux. Arrêtez de pleurer maintenant.

C'était tout ce qu'il trouvait à dire, alors il le dit gentiment.

Elle murmura dans son oreille, provoquant toutes sortes de désordres dans son métabolisme.

— Vous vous souvenez de ces vieux films anglais merveilleux qui se passaient dans des trains comme celui-ci ?

— Bien sûr ! Avec Rex Harrison et Margaret Lockwood, qui fuyaient le méchant Conrad Veidt...

— Je crois que vous pourriez fermer la porte, et la verrouiller. Et il y a des rideaux...

Devereaux se remit sur ses jambes. Il ferma le verrou de la porte du compartiment, tira les rideaux, puis se retourna vers Regina. Elle avait retiré son manteau de vigogne et l'avait étalé, d'un geste invitant, sur le siège moelleux du compartiment de chemin de fer.

Sous eux, le frottement chuintant du métal contre le métal rythma d'un battement sensuel l'inexorable voyage. Au-dehors, la campagne suisse défilait, baignée par la lumière du soleil couchant.

— Combien de temps nous reste-t-il avant d'arriver à Zurich ?

— Suffisamment, répondit-elle en souriant. (Elle commença à déboutonner son chemisier de soie, avant d'ajouter :) On ne risque pas d'oublier de descendre, c'est le terminus !

18

Hawkins présenta un faux passeport à la réception de l'hôtel D'Accord de Zurich. Il l'avait acheté à Washington à un agent de la CIA qui avait réalisé que les tribunaux ne lui permettraient pas de publier un livre de souvenirs après sa retraite. L'homme lui avait également proposé tout un assortiment de perruques et de caméras secrètes, mais MacKenzie avait hésité. En s'installant dans sa chambre, son premier geste fut de redescendre aussitôt dans le hall et de négocier avec la chef standardiste. Quelques billets en échange de sa coopération. Comme le montant s'élevait à cent dollars, il fut convenu sans difficulté que tous les appels et les câbles qui lui étaient destinés passeraient par elle.

Il retourna à sa chambre et étala les sept dossiers (sa sélection finale) sur la table basse. Il était positivement ravi. Ces hommes étaient, dans leur domaine, les provocateurs les plus sournois et les plus expérimentés. Il ne lui restait plus maintenant qu'à les engager. Et MacKenzie avait conscience d'être un recruteur exceptionnellement qualifié.

Il savait qu'il pouvait en joindre quatre par téléphone. Trois par câble. Les contacts par téléphone seraient évidemment difficiles, car il n'avait aucune chance de trouver ces experts chez eux au premier appel. Mais il finirait par les joindre en utilisant divers codes qui lui avaient déjà servi par le passé. Le premier appel serait destiné à un village basque de pêcheurs, sur la baie de Biscaye ; le deuxième à un village similaire, en Crète ; le troisième à Stockholm, où la sœur d'un expert du renseignement secret vivait actuellement avec un pasteur de l'Église baptiste scandinave. Et le quatrième à Marseille, où l'homme recherché était employé comme pilote sur un remorqueur.

Quelle diversité géographique ! En plus de ceux qu'il pourrait joindre par téléphone (Biscaye, Crète, Stockholm et Marseille), il y avait les câbles : à Athènes, à Rome et à Beyrouth. Quelle envergure ! Un vrai rêve de chef de réseau d'espionnage !

MacKenzie ôta son blouson, le jeta sur le lit et tira un cigare frais de sa poche de chemise. Il en mâchonna le bout jusqu'à lui donner la consistance adéquate et l'alluma. Il était juste neuf heures et quart. Le train de l'après-midi pour Zermatt était à seize heures quinze.

Sept heures. Ça, c'était un bon présage, si toutefois il en existait ! Sept heures et sept officiers subordonnés à recruter.

Il apporta les trois dossiers sur le bureau et les disposa devant le téléphone. Il commencerait par les câbles.

A quinze heures trente-huit, précisément, le

Faucon reposa le téléphone et marqua d'un trait rouge le dossier intitulé Marseille. C'était le dernier des contacts par téléphone. Il n'attendait que deux réponses : celles des câbles envoyés à Athènes et à Beyrouth. Il avait reçu la réponse de Rome deux heures plus tôt. Rome était restée sur la touche plus longtemps que les autres.

Les appels s'étaient déroulés sans problème. Dans chaque cas, la conversation initiale avec l'intermédiaire — homme ou femme — avait été réservée, courtoise, générale et pratiquement abstraite. Dans chaque cas, MacKenzie avait employé les mots qu'il fallait, avec calme et assurance. Et chacun des experts qu'il voulait contacter l'avait rappelé.

Il n'y avait eu aucune anicroche. Ses propositions étaient formulées dans un langage universellement compris ; le détonateur en étant le terme *yellow mountain*[1]. C'était là le score le plus élevé qu'un agent pouvait réaliser. *Yellow mountain* signifiait en l'occurrence « cinq cents tickets », avec une avance pour couvrir les imprévus. Les « mesures de sécurité » comprenaient, entre autres, des « banques de compensation inaccessibles » qui n'entretenaient aucune relation avec les agences internationales de régulation. Le « facteur temps » était de six à huit semaines, selon les « raffinements technologiques requis pour mener à bien un processus de manœuvre très sophistiqué ». Et enfin, en tant que chef des opérations, il contrôlait des marchés entiers dans la plupart des pays d'Asie du Sud-Est, comme pou-

1. « La montagne jaune ».

vaient en attester plusieurs comptes en banque à Genève.

Il avait bien mené ses recherches. Ils avaient tous besoin de faire sauter la *yellow mountain.*

Hawkins se leva de son bureau et s'étira. La journée avait été longue et elle n'était pas encore terminée. Dans vingt minutes, il lui faudrait partir pour la gare. Entre-temps, il parlerait avec la standardiste et lui laisserait ses instructions pour ceux de ses interlocuteurs qui chercheraient à le joindre. Les instructions étaient simples : il avait réservé la chambre pour une semaine ; il serait de retour à Zurich dans trois jours. Les correspondants pourraient le rappeler à ce moment-là, ou bien laisser le numéro où l'on pouvait les joindre. MacKenzie n'avait pas l'intention de revenir à Zurich, mais les recrues d'Athènes et de Beyrouth étaient des hommes exceptionnels.

Le téléphone sonna. C'était Athènes.

Six minutes plus tard, Athènes était de la partie.

Plus qu'un.

Le Faucon déposa sa valise intacte devant la porte et rangea sa mallette en laissant le dossier Beyrouth dans une case séparée, plus facilement accessible. Il consulta sa montre : quinze heures quarante-sept. Il ne pouvait plus différer son départ. Il devait se rendre à la gare. Retournant au bureau, il composa le numéro du standard et annonça à l'opératrice qu'il souhaitait lui laisser quelques instructions simples.

L'opératrice l'interrompit poliment :

— Oui, certainement, *mein Herr.* Mais pourrais-je les prendre plus tard ? J'étais justement en train de sonner votre chambre. Il y a un appel qui vient juste d'arriver pour vous. Un appel de Beyrouth.

— Merde !

Sam ouvrit les yeux. Le soleil filtrait à travers les immenses portes-fenêtres ; la brise gonflait les tentures de soie bleue. Il jeta un regard autour de la pièce. Le plafond était à six mètres au moins au-dessus de sa tête ; les colonnes élancées dans les angles, et les moulures de bois sombre aux sculptures compliquées évoquaient incontestablement le mot « château ». Tout lui revint en mémoire. Cet endroit s'appelait le château Machenfeld et se trouvait quelque part au sud de Zermatt. De l'autre côté de l'épaisse porte sculptée de sa chambre se trouvait un large hall, avec des tapis de prière persans étalés sur un sol noir et brillant, et des candélabres voilés sur les murs. Le hall conduisait à un immense escalier d'apparat et à un salon de la taille d'une salle de bal respectable, éclairé par une profusion de lustres en cristal. Là, au milieu d'antiquités inestimables et de portraits de la Renaissance, se trouvait l'entrée à proprement parler, une gigantesque porte de chêne à deux battants, ouvrant sur une envolée de marches de marbre qui menait à un chemin de ronde assez large pour contenir le cortège funèbre du président de la General Motors.

Qu'est-ce qui avait pris à Hawkins ? Comment avait-il fait ça ? Mon Dieu ! Et pourquoi ? Qu'avait-il l'intention de faire d'un endroit pareil ?

Devereaux regarda Regina qui dormait encore, sa chevelure brun sombre étalée en vagues sur l'oreiller, et son visage de Californienne bronzée à moitié enfoui sous l'édredon. Si elle connaissait la réponse, elle ne lui en dirait certainement rien. De toutes les filles, Ginny était la plus scandaleusement manipulatrice. Elle l'avait littéralement mené par le bout du nez jusqu'au moment où il s'était endormi. En partie, mais seulement en partie, parce qu'il était fasciné par elle. Il y avait une volonté de fer, sous ses allures de tendre magnolia. C'était un chef-né qui, comme tous les gens de son espèce, prenait un plaisir évident à diriger les choses. Elle utilisait ses dons, physiques et intellectuels, avec courage et imagination, et aussi avec une dose d'humour considérable. Elle savait être un ardent défenseur de la morale pendant un instant et, l'instant d'après, une petite fille perdue en plein milieu d'Atlanta en flammes... Elle était la sirène provocante et rieuse, sous le clair de lune de la plantation qui se transformait en l'espace d'un éclair en une Mata-Hari conspiratrice et sournoise donnant ses ordres à un chauffeur suspect, dans l'ombre de la gare de chemin de fer de Zermatt.

— Mac Feldman a intérêt à se magner le train !

Autant que Sam puisse s'en souvenir, c'étaient là les mots que Ginny avait prononcés à voix basse devant l'étrange individu coiffé d'un béret noir, avec une dent en or sur le devant et dont les yeux de chat semblaient rivés sur son corsage.

— Mac est en route, répondit l'homme dans un murmure. Il sera là dans moins de temps qu'il n'en faudrait à un pot de fleurs à réacteur !

A la suite de cette repartie pour le moins confuse, Ginny avait hoché la tête, saisi Devereaux par le bras et l'avait entraîné dans les rues de Zermatt.

— Tenez votre valise dans la main gauche et sifflotez quelque chose. Il s'engagera dans une allée et nous attendrons au coin de la rue qu'il sorte la voiture.

— Pourquoi tous ces micmacs ? La main gauche. Que je siffle... et puis quoi encore ?

— Les autres vérifient que nous n'avons pas été suivis.

Le syndrome de l'Orient-Express avait frappé un peu fort, s'était dit Sam sur le moment, mais il avait néanmoins changé sa valise de main et s'était mis à siffloter.

— Pas ça, pauvre débile !

— Qu'est-ce qu'il y a ? C'est une sorte d'hymne...

— Par ici, c'est un hymne qui s'appelle *Deutschland über Alles* !

Il avait donc changé pour *Rock of Ages*, lorsqu'un autre homme, celui-ci vêtu d'un véritable pardessus à la Conrad Veidt, avec des revers en velours sombre, s'approcha de Regina et lui annonça doucement :

— La marchandise est en route.

— Mac Feldman a décidément de bons mollets ! avait-elle répondu calmement, promptement.

Et quelques secondes plus tard une longue automobile noire fit irruption au bout de l'allée sombre et ils montèrent dedans.

C'était ainsi que leur voyage tortueux de deux heures avait débuté. Des kilomètres de virages, des routes de côte à travers les montagnes et les forêts suisses, illuminées par intermittence par la lueur féerique de la lune. Jusqu'à ce qu'ils atteignent une sorte de portail massif qui n'était pas un portail : c'était, il n'en croyait pas ses yeux, une herse, dressée devant les douves d'un château fort.

De véritables douves ! Avec de lourdes planches et le bruit de l'eau dessous. Puis une autre route en lacets grimpait encore pour aboutir à une immense allée circulaire devant la plus grosse maison de campagne que Sam avait jamais vue depuis sa visite à Fontainebleau avec les scouts de Quincy. Et encore, à Fontainebleau, il n'y avait même pas de parapets. Cet endroit évoquait irrésistiblement les péripéties d'Ivanhoé.

Un sacré site, ce château Machenfeld ! Et il ne l'avait vu que de nuit. Il n'était pas très sûr de vouloir le voir à la lumière du jour. Il y avait quelque chose de terrifiant dans la simple idée qu'un édifice aussi massif puisse servir les fins d'un MacKenzie Hawkins.

Mais quelle était la place du château dans son plan ? A quoi lui servirait-il ? Si ça devait être le poste de commandement de ce salaud, pourquoi diable n'avait-il pas tout simplement loué Fenway Park ? Il lui faudrait une véritable armée de serviteurs pour entretenir les lieux ; et les serviteurs parlent. Demandez donc aux tribunaux de Nuremberg ou de Sirica.

Regina, elle, ne parlerait pas. (Bien sûr, elle ne pouvait en aucun cas être considérée comme un serviteur.) Et pourtant, il avait essayé. Tout au long de la route, depuis Zurich — enfin, peut-être pas tout le temps — et la moitié de la nuit à Machenfeld — peut-être un peu moins de la moitié pour être honnête — il avait fait de son mieux pour lui faire dire ce qu'elle savait.

Ils avaient combattu verbalement, chacun d'eux parlant en oblique, et ni l'un ni l'autre n'arrivant à saisir le moindre propos positif, susceptible de leur fournir une conclusion intéressante. Elle finit toutefois par admettre — elle n'avait guère le choix — que toutes les filles avaient accepté d'intervenir au bon moment et à la bonne heure pour que lui, Sam, ait de la compagnie et qu'il ne cède pas à des tentations néfastes dans un voyage d'affaires si long et si délicat. Et pour que quelqu'un de fiable puisse prendre ses messages. Et ouvrir l'œil autour de lui. Où diable voyait-il le mal là-dedans ? Où trouverait-il un groupe de filles aussi dévouées et qui prendraient à ce point ses intérêts à cœur ? Et qui l'aideraient à mener sa mission dans les temps.

Connaissait-elle l'objet de ce voyage d'affaires ?

Grand Dieu, non ! Elle n'avait jamais posé de questions. Ni elle, ni les autres.

Et pourquoi ?

Par prudence, mon ange ! Le Faucon les avait prévenues.

Et aucune d'entre elles n'avait... fait certains recoupements ? Je veux dire que, bon Dieu ! Cet itinéraire n'était pas exactement celui d'un représentant en chaussures de la Nouvelle-Angleterre !

Mais mon chou ! Quand elles étaient mariées avec le Faucon — chacune à son tour, bien entendu — il était toujours impliqué dans des histoires top secret et elles savaient toutes qu'il ne fallait pas le questionner là-dessus.

Mais il n'était plus dans l'armée, maintenant !

Mais il continuait à porter haut le drapeau de sa bonne vieille patrie ! C'était de la faute de l'armée !

Et ainsi de suite...

C'est alors qu'il commença à comprendre. Regina n'était pas dupe. Aucune des filles ne l'était. Le mot « pigeon » ne faisait pas partie de leur vocabulaire collectif. Si Ginny, Lilian, Madge ou Anne savaient quoi que ce soit de concret, elles n'étaient pas près de l'avouer. Si elles percevaient quelque chose de louche, elles préféraient mettre des œillères et poursuivre leur action, chacune de leur côté, sans chercher à comprendre où tout cela mènerait. Aucune ne se permettrait d'en discuter avec lui.

Il y avait un autre problème, au cœur de cette folie : Sam aimait vraiment les filles. Quelles que soient les raisons inavouables qui les poussaient à se plier aux exigences de MacKenzie, chacune d'entre elles avait sa propre personnalité et chacune — Dieu merci ! — faisait preuve à son égard d'une honnêteté qu'il trouvait rafraîchissante. Mais, s'il tenait compte de ce qu'il savait, elles devenaient aussitôt complices. Complices d'une conspiration. Pas la peine d'être avocat pour comprendre ça. Mais où avait-il donc la tête ? Il *était* avocat.

Et, dorénavant, elles étaient toutes innocentes. Peut-être pas aussi nettes que les crocs d'un chien de chasse ou que le dentier d'un poivrot mais, légalement, on pouvait affirmer que chacune avait opéré dans l'ignorance de l'objectif final. Et dans ces circonstances, il ne pouvait être question de complicité.

Merci, monsieur l'avocat de la défense. Le tribunal suggère que vous réclamiez votre diplôme de droit.

Sam sortit du lit à baldaquin ridiculement grand le plus silencieusement possible. Il vit son caleçon qui traînait au beau milieu de la pièce, à mi-chemin de la porte-fenêtre vers laquelle il se dirigeait, et il se demanda un instant comment il avait abouti si loin du lit. Puis il s'en souvint, et sourit.

Mais c'était le matin d'un nouveau jour, et les choses allaient changer. Ginny lui avait donné une information qui allait lui être utile : Hawkins devait arriver en fin d'après-midi ou en début de soirée. Il profiterait du temps qui lui était imparti pour apprendre tout ce qu'il pourrait au sujet du château Machenfeld. Ou, plus précisément, quels étaient les plans de Hawkins dans ce château en ce qui concernait le pape Francesco, vicaire du Christ.

Il était temps pour lui d'échafauder une contre-stratégie. Hawkins avait du talent, pas de doute là-dessus. Mais lui, Sam Devereaux, membre de l'axe Quincy-Boston de l'establishment de la côte Est, n'était pas si nul. Confiance ! Mac en avait. Lui aussi en aurait.

En enfilant son caleçon, il entrevit le premier mouvement de sa riposte. Ce n'était pas seulement évident, c'était une véritable révélation. Les cloches sonnèrent ! Un endroit aussi extraordinaire que Machenfeld (le château, le terrain, l'environnement) exigeait une chaîne d'approvisionnement ininterrompue pour assurer son fonctionnement. Et les fournisseurs étaient comme les serviteurs : ils pouvaient voir, et entendre, et témoigner. La propension du Faucon à voir tout en grand risquait d'être l'aspect le plus vulnérable de son plan. Sam avait envisagé l'interruption de la chaîne d'approvisionnement de Mac comme une des options possibles, d'un point de vue militaire, mais il n'avait aucune idée de la valeur logistique de cette option. C'était peut-être là le seul élément qui lui manquait.

Il ferait circuler des rumeurs aussi massivement dangereuses, aussi gigantesquement scandaleuses que l'était la vision même du château Machenfeld. Il commencerait avec les serviteurs, puis avec les fournisseurs et tous ceux qui approcheraient du château jusqu'à ce qu'il parvienne à créer un climat d'isolement et à coincer Hawkins, et... mais quel était donc ce bruit ?

Il s'approcha rapidement de la porte-fenêtre et jeta un coup d'œil au-delà du petit balcon, qui surplombait l'arrière du château Machenfeld. Du moins le présumait-il ; il n'y avait pas d'allée circulaire de ce côté-ci. Au lieu de cela, des jardins en fleurs, des sentiers gravelés, des tonnelles en treillis et toute une foule de petits bassins à poissons taillés dans le roc. Au-delà des jardins, s'étendaient de vertes prairies qui jouxtaient des forêts encore plus vertes et plus sombres ; et, dans le lointain, on apercevait la majestueuse chaîne des Alpes.

Le bruit persistait, gâchant ce paysage magnifique. Il n'arrivait pas à en déterminer l'origine, alors il plissa les yeux dans la lumière du soleil. Mais il le regretta aussitôt amèrement. Car maintenant il pouvait voir ce qui faisait un tel boucan.

Un, deux, trois... cinq, six... huit, neuf ! Neuf véhicules assortis — de façon insensée — avançaient lentement le long d'un chemin de terre qui bordait la prairie et se dirigeaient vers le sud et les forêts alentour.

Il y avait deux longues limousines noires, un énorme bulldozer à pelle, un tracteur gigantesque équipé d'une sorte de ratelier métallique à l'avant et cinq — nom d'un chien ! — oui, cinq motocyclettes !

Il ne fallait pas beaucoup d'imagination pour comprendre le topo. Le Faucon était sur le point d'entreprendre des manœuvres ! Il s'était acheté sa propre escorte papale ! Plus un équipement qui lui permettrait de façonner le terrain à sa guise : à l'image de l'itinéraire de ladite escorte papale, évidemment !

Et il n'était même pas encore arrivé à Machenfeld ! Comment diable avait-il réussi à... et qu'est-ce que c'était encore que ça ?

Dans sa colère et sa confusion, Devereaux avait agrippé la rampe du balcon, et secouait la tête, dans une frustration perplexe. Ses yeux s'étaient arrêtés sur un spectacle ahurissant, à une trentaine de mètres de lui.

Au milieu d'une sorte de patio, de l'autre côté des deux battants d'une porte ouverte, qui faisait penser à l'entrée d'une immense cuisine, se tenait un homme corpulent, coiffé d'une toque de chef cuisinier et qui était en train de vérifier la livraison de toute une série d'articles, en pointant l'épaisse liste qu'il tenait en main. Devant lui s'élevait une montagne de caisses et de cartons qui devait atteindre l'altitude de cinq mètres.

La chaîne d'approvisionnement, et merde !

Il n'y avait plus rien à vendre à Hawkins dans toute l'Europe ! Il y avait assez de nourriture là en bas pour faire échec à la famine sur les bords du Gange ! Le salaud avait réquisitionné assez de rations pour nourrir une armée entière. Une armée qui s'installerait pour un bivouac de deux ans !

Des limousines, des motos, des bulldozers, des tracteurs et de la nourriture pour tout un bataillon fantôme ! Le premier mouvement de la contre-stratégie de Sam était foutu en l'air par le défilé de neuf véhicules stupidement assortis et les jacassements d'un excentrique coiffé d'une toque de chef !

Le seul isolement envisageable à court terme concernait le ravitaillement ; celui-ci était désormais assuré.

Il lui restait les serviteurs. La douzaine d'employés indispensables pour entretenir Machenfeld. Les cuisines, les jardins, les champs (ce qui signifiait probablement aussi les granges et peut-être le bétail), et au moins trente à quarante pièces à nettoyer, à balayer, à cirer, à épousseter... Jésus ! Il fallait bien une vingtaine de personnes pour faire tout ça !

Il allait commencer tout de suite. Peut-être avec les chauffeurs des neuf véhicules. Il allait les convaincre de détourner leurs putains de machines du château Machenfeld avant qu'il ne soit trop tard. Ensuite, il irait rapidement d'un groupe de serviteurs à l'autre. Il leur dirait en termes inquiétants, en l'occurrence en termes juridiques, que s'ils tenaient à leur peau ils feraient mieux de se carapater d'ici avant que les agents d'Interpol ne fassent une descente.

Toute la nourriture de Suisse ne servirait à rien s'il ne restait plus personne sur les lieux. Plus personne pour faire marcher la baraque. Et quelques mots bien choisis, à l'intention de ceux qui occupaient les véhicules, des mots comme « violations internationales », « responsabilité personnelle » ou « prison à vie », feraient sûrement faire demi-tour à ce cortège de motos, de limousines et de camions pour regagner un territoire plus sûr, de l'autre côté des douves du château Machenfeld.

Sam était tellement préoccupé par sa nouvelle stratégie qu'il ne réalisa même pas que son caleçon pendait et qu'il était obligé de le retenir d'une main. Mais force lui fut de le constater lorsqu'il s'appuya à la rampe du balcon et que son caleçon glissa jusqu'à ses chevilles. Il récupéra prestement sa pudeur, non sans un certain degré d'autosatisfaction à l'idée que son divertissement avec Ginny Greenberg avait dû être sacrément excitant. Mais ce n'était guère le moment de se laisser aller à ces charmants souvenirs. Il avait du boulot sur la planche. Sa montre indiquait près de onze heures. Il n'avait pas réalisé qu'il avait dormi si longtemps — le divertissement n'avait pas seulement été excitant, mais aussi épuisant. Il lui restait à peine cinq ou six heures pour foutre tout le monde dehors. Un personnel aussi nombreux avait sans doute beaucoup d'affaires personnelles à emporter. Il fallait qu'il s'inquiète du transport et cela serait peut-être plus compliqué qu'il ne l'avait prévu.

Mais il fallait qu'une chose soit claire : lorsque les serviteurs auraient quitté Machenfeld, ils ne pourraient y revenir en aucun cas. Quel que soit leur motif. Toute concession contredirait ses affirmations de départ : Machenfeld était une menace pour quiconque y resterait, en conséquence de quoi tout le monde devait partir.

Évacuation !

Il fallait que le château soit déserté !

Comment MacKenzie allait-il réagir ?

Il ne pourrait plus que faire cracher la fumée à son cigare. C'était tout ce qu'il pourrait faire.

Une simple question de logistique et d'exécution.

Bon sang ! Logistique et exécution ! Voilà qu'il commençait à penser comme le Faucon ! Et à avoir l'assurance du Faucon ! Sois courageux ! Sois téméraire ! Prends ton destin par les couilles et...

Merde ! Avant d'entreprendre quoi que ce soit, il fallait d'abord qu'il s'habille. Il se précipita à l'intérieur de la chambre. Ginny bougea et marmonna quelques syllabes, puis elle replongea la tête sous l'édredon. Il retira son caleçon déchiré et se dirigea sans bruit vers sa valise, posée sur un fauteuil surrembourré, contre le mur tapissé de velours.

Elle était vide.

Il ne restait pas la moindre épingle dedans.

Il chercha un placard autour de lui.

Des placards, il y en avait quatre.

Vides. A l'exception de celui qui contenait les robes de Ginny.

Merde !

Il courut, aussi silencieusement que possible, jusqu'à la porte sculptée et l'ouvrit.

Assis de l'autre côté du large hall, se trouvait le béret noir avec la dent en or sur le devant et les yeux de chat qui étaient maintenant posés sur les parties basses de Sam. Dans la confusion, c'était à la rigueur compréhensible. Mais pas le ricanement qui suivit.

— Où sont mes vêtements ? chuchota Devereaux en refermant partiellement la porte et en s'appuyant contre elle.

— A la lingerie, *mein Herr,* répondit le béret noir avec un accent qu'il avait dû attraper dans quelque canton suisse gouverné par Hermann Goering.

— Tout ?

— Aux bons soins du château Machenfeld. Tout était sale.

— C'est ridicule ! (Sam faisait un effort pour ne pas parler trop fort. Il ne voulait pas risquer de réveiller Ginny.) Personne ne m'a demandé...

— Vous dormiez, *mein Herr,* interrompit le béret noir avec une grimace suggestive qui révélait tout l'éclat de sa dent en or. Vous étiez très fatigué.

— Eh bien, maintenant, je suis très en colère ! Je veux mes vêtements. Et tout de suite !

— Je ne peux pas faire ça.

— Non ? Et pourquoi ?

— C'est le jour de fermeture de la lingerie.

— Quoi ! Alors pourquoi les avez-vous emportés ?

— Je vous l'ai dit, *mein Herr*. Ils étaient sales.

Sam observa les yeux de chat à l'autre bout du hall. Ils s'étaient rétrécis, prenant un air menaçant ; et la dent en or n'était plus visible parce que le sourire avait disparu, remplacé par une bouche inflexible. Sam ferma la porte. Il lui fallait réfléchir, rapidement. Comme l'aurait dit Mac, il fallait qu'il pèse le pour et le contre. Et il fallait qu'il se sorte de là.

Il ne se considérait pas comme téméraire, mais il n'était pas lâche pour autant. Il était plutôt imposant, et quoi qu'ait pu dire Lilian à Berlin, il était en bonne forme. Mais, tout bien considéré, il y avait tout lieu de croire que le maniaque au béret noir posté dans le hall était capable de lui faire cracher ses tripes. Et même nu, il ne pourrait pas sortir par l'escalier.

Première option rejetée.

Il restait les fenêtres, plus particulièrement le petit balcon au-delà de la porte-fenêtre. Il ramassa son caleçon sur le plancher, l'enfila en le retenant et sortit sans faire de bruit. La chambre était au troisième étage, mais il y avait un autre balcon juste en dessous. Avec des draps ou des rideaux noués ensemble, il pouvait tenter le coup sans trop de risques.

Deuxième option envisageable.

Il retourna à l'intérieur de la pièce et considéra les tentures de la fenêtre. Un feu de paille, aurait dit sa mère, à Quincy. De la soie, tissée lâche et pas très résistante. La deuxième option était compromise. Il s'intéressa alors aux draps du lit, ignorant la vision alléchante de Regina, qui se trouvait maintenant davantage sur l'édredon que dessous. En combinant les draps et les tentures, il obtiendrait sans doute une corde plus solide. La deuxième option reprenait corps.

Tenue de combat.

Ça, c'était un problème. Il n'avait rien d'autre sous la main que des robes.

Il s'imagina alors, la deuxième option ayant réussi, au pied du château. Il lui fallait considérer la troisième et la quatrième option. Il sentit un pincement douloureux au creux de l'estomac. Il avait le choix entre courir autour de Machenfeld avec un caleçon qui n'arrêtait pas de glisser à ses pieds, ou enfiler l'une des robes imprimées de Ginny, signées Balenciaga, en espérant que la fermeture Éclair ne céderait pas.

Il était peu vraisemblable qu'un homme courant en sous-vêtements déchirés ou dans un modèle original d'un grand couturier parisien soit pris très au sérieux. Il fallait peut-être même envisager une cinquième ou une sixième option : se faire enfermer, ou se faire violer.

Merde !

Il fallait qu'il garde la tête froide. Il fallait qu'il garde le contrôle de ses facultés et qu'il réfléchisse. En prenant tout son temps. Il ne pouvait se permettre de laisser un élément mineur, comme l'habillement, contrarier son projet d'évacuation.

Qu'aurait donc fait le Faucon ? Quel était ce foutu mot qu'il employait si souvent ?

Personnel d'encadrement ! C'était ça !

Sam se précipita sur le balcon. L'homme à la

toque de cuisinier était toujours en train de pointer sa liste. Ça lui prendrait sans doute une semaine entière.

— Psssst ! Psssst ! fit Devereaux en se penchant sur la balustrade et se souvenant in extremis de retenir son caleçon. Hé, vous ! chuchota-t-il avec insistance.

L'homme leva les yeux, parut étonné un instant, puis s'écria avec un large sourire :

— Ahh ! Bonjour monsieur ! Ça va ?

Sam porta le doigt à sa bouche.

— Chuuut ! siffla-t-il en faisant signe au chef de s'approcher.

Le chef s'approcha, sans lâcher ses papiers et cochant une dernière ligne tout en marchant :

— Oui monsieur ?

— Je suis prisonnier ! murmura Devereaux sur un ton d'urgence solennelle et de grande autorité. Ils ont pris mes vêtements. J'ai besoin de vêtements. Et quand je serai en bas, je veux que vous rassembliez tous ceux qui travaillent à la cuisine. J'ai quelque chose de très important à leur dire. Je suis avocat. Avocat, précisa-t-il en français.

L'homme à la toque secoua la tête.

— Je ne comprends pas, monsieur. Désirez-vous le petit déjeuner ?

— Quoi ?... Non, je veux des vêtements. Vous voyez ? C'est tout ce que j'ai à me mettre, fit Sam en tirant sur son caleçon pour qu'il soit visible à travers la grille. (Puis il ajouta, en désignant ses jambes :) J'ai besoin d'un pantalon, vous entendez, d'un pantalon ! Sur-le-champ. S'il vous plaît.

L'expression ahurie du visage de l'homme fit

place à la suspicion. Peut-être même à une certaine répugnance, mêlée d'hostilité.

— Vos sous-vêtements sont très jolis, fit-il en secouant la tête et en retournant vers le patio et les caisses de provisions.

— Attendez ! Attendez une minute !

— Le chef est français, *mein Herr,* mais pas français à ce point.

La voix venait du dessous, du balcon qui se trouvait juste en dessous. Son propriétaire était un homme chauve et immense, dont les épaules étaient presque aussi larges que la profondeur de la balustrade.

— Il trouve que votre proposition est des plus étranges. Je peux vous assurer qu'il n'est pas intéressé.

— Mais qui êtes-vous ?

— Mon nom est sans importance. Je quitterai le château quand le nouveau maître des lieux arrivera. Jusque-là, je suis responsable de la bonne exécution de ses instructions. Et il n'y en a aucune qui concerne votre habillement.

Devereaux fut pris d'une envie pressante de laisser tomber son caleçon et d'imiter le geste de Hawkins sur le toit de la mission diplomatique de Pékin, mais il se contrôla. L'homme qui se trouvait sur le balcon du dessous était gigantesque. Et visiblement, il manquait d'humour. Sam se contenta donc de se pencher et de chuchoter d'une voix de conspirateur :

— *Heil Hitler!* Espèce d'enfoiré !

Le bras de l'homme se releva mécaniquement et ses talons se joignirent dans un cliquetis métallique qui ressemblait à un bruit de culasse.

— *Jawohl! Sieg heil!*

— Et merde !

Sam fit demi-tour et rentra dans la chambre. Exaspéré, il se débarrassa de son caleçon d'un coup de pied. Puis il se mit à le regarder, l'air absent. C'était peut-être un effet du tissu, il ne savait plus très bien. Mais tout à coup, il lui parut étrange.

Il se baissa et le ramassa.

Mon Dieu ! A quels jeux s'était-il laissé entraîner ?

L'élastique de la taille avait été coupé délibérément en trois endroits ! Les incisions étaient de vraies incisions, pas des déchirures. Ce n'était pas l'élastique qui avait cédé ou qui s'était distendu. Quelqu'un avait utilisé un instrument contondant et avait taillé dans son foutu caleçon ! Intentionnellement ! Et ce quelqu'un-là l'avait immobilisé par la méthode la plus simple qui soit !

— Sainte mère ! Qu'est-ce que c'est que ce chahut ! s'écria Regina Greenberg en bâillant et en s'étirant, remontant avec modestie l'édredon sur son énorme poitrine.

— Salope ! fit Devereaux avec une colère tranquille. Vous n'êtes qu'une sale garce !

— Que se passe-t-il, mon chéri ?

— Chéri, mon cul ! Pauvre retardée mentale ! Je ne peux pas sortir d'ici !

Ginny plissa les yeux et bâilla à nouveau. Elle répondit avec calme et autorité :

— Vous savez, Mac m'a dit un jour quelque chose qui m'a aidée à vivre pendant toutes ces années. Il m'a dit : quand les tirs de mortier s'abattent tout autour de toi, et que les choses vont au plus mal — et croyez-moi, il y a eu des moments où les choses allaient vraiment mal dans ma vie —, il m'a dit : pense à toutes les bonnes choses que tu as faites, à tes réussites, à tout ce que tu as apporté aux autres. Ne t'appesantis pas sur tes erreurs ou sur tes chagrins ; ça ne ferait que te mettre dans un état dépressif. Et dans cet état dépressif, tu risquerais de laisser échapper cette chance unique qui risque de survenir à ce moment précis et qui te permettrait de sauver ta peau. Tout n'est qu'une question d'attitude mentale, dans la vie.

— Et qu'est-ce que toutes ces conneries ont à voir avec le fait que je n'ai plus de vêtements ?

— Pas grand-chose, je m'en rends compte. Mais vous aviez l'air si déprimé. Ça n'est certainement pas la meilleure manière d'affronter le Faucon.

Devereaux commença à répondre aveuglément, furieusement. Puis il s'arrêta et vit la sincérité du regard de Ginny. Alors, il se reprit.

— Attendez une minute. « Affronter le Faucon. » Est-ce que vous entendriez par là que vous voudriez que je me batte contre lui ? Que je l'empêche d'arriver à ses fins ?

— C'est une décision qui vous appartient, Sam. Je veux seulement ce qui est le mieux, pour chacun.

— Est-ce que vous m'aiderez ?

Ginny resta pensive un instant, puis elle répondit d'une voix ferme :

— Non, je ne vous aiderai pas. Pas comme

vous l'entendez, en tout cas. Je dois trop à MacKenzie.

— Mrs. Hawkins ! éclata Devereaux, avez-vous seulement idée des intentions de ce cinglé ?

Mrs. Hawkins numéro un le regarda avec une expression d'innocence toute neuve.

— Un lieutenant ne pose pas de question à un officier général, commandant. On ne peut attendre de lui qu'il comprenne les complexités du commandement...

— Alors de quoi sommes-nous donc en train de parler ?

— Vous êtes un type intelligent. Le Faucon ne vous aurait pas promu, sinon. Je veux seulement qu'il bénéficie des meilleurs conseils. Pour qu'il puisse faire ce qu'il veut faire dans les meilleures conditions possibles. J'ai vraiment très sommeil, conclut-elle en replongeant sous l'édredon.

C'est alors que Devereaux les vit, sur la table de chevet, à côté de sa tête.

Une paire de ciseaux.

19

— Désolé pour vos vêtements, lança le Faucon dans l'immense salle de réception.

Sam lui jeta un regard furibond en resserrant la cordelière de rideau qui lui servait de ceinture autour de l'édredon dans lequel il s'était enroulé.

— On aurait pu penser qu'il y aurait plusieurs clés de la lingerie, non ? Mais dans cc genre de grandes demeures, on ne fait confiance à personne ; sans doute à cause du genre d'invités qu'ils ont l'habitude de recevoir...

— Oh, fermez-la ! grommela Devereaux qui jugea nécessaire de faire un double nœud à la cordelière dont la soie glissait. La lingère sera de retour dans la matinée, je suppose.

— J'en suis persuadé. Elle est une des seules à rentrer dormir chez elle. Au village. Ça va changer, bien sûr. Il y a beaucoup de choses qui vont changer.

— Si vous continuez à me parler de changement, je retourne dîner en tête à tête avec Azaz-Varak !

— Allons, Sam ! Ne soyez pas si obtus ! Parlons plutôt d'autre chose. Vous êtes sûr que vous ne voulez pas une de mes chemises et un pantalon ? Ça me prendrait une minute à peine pour monter... Hawkins fit un geste en direction du grand hall, au-delà d'une douzaine ou presque de fauteuils rebondis à appui-tête.

— Non ! Je ne veux rien de vous !... Oubliez ce que je viens de dire... Je voudrais quelque chose. Je voudrais que vous laissiez tomber toute l'affaire et que vous me laissiez rentrer chez moi !

MacKenzie arracha des dents le bout mâchonné de son cigare et le cracha entre les pieds d'une armure.

— Vous rentrerez chez vous, je vous le promets. A la minute où vous aurez centralisé les finances de la compagnie et où vous aurez fait un certain nombre de dépôts qui pourront être ponctionnés sous certaines conditions. Je vous conduirai moi-même à l'aéroport. Vous avez ma parole d'officier général.

— C'est le raisonnement d'une cervelle imprégnée d'huile de lin ! Avez-vous la moindre idée de ce que vous me demandez de faire ? On n'est pas en train de faire dans la dentelle ! Quarante millions de dollars ! Je suis marqué à vie ! Il y aura une fiche sur moi dans chaque agence d'Interpol et dans chaque commissariat de police du monde civilisé ! On ne peut pas mettre son nom sur des ordres de transfert pour un montant de quarante millions de dollars et espérer pouvoir recommencer à exercer normalement une profession d'avocat. Ça se saura.

— Ça n'est pas vrai, et vous le savez. Toutes les opérations bancaires suisses sont confidentielles.

Devereaux regarda autour d'eux pour s'assurer que personne d'autre ne se trouvait à portée d'écoute.

— Même si elles sont supposées l'être, ça ne sera plus le cas lorsque... une certaine tentative d'enlèvement contre... une certaine personne à Rome... ! Et ça n'ira pas plus loin ! Une tentative ! Vous allez vous faire pincer et tous les contacts que vous avez pris depuis la Chine seront mis sous surveillance, et mon nom refera surface, avec ces foutus quarante millions de dollars à Zurich, et finie la rigolade !

— Bon sang ! Ça suffit, mon garçon ! Ce problème est déjà réglé. Votre travail est terminé maintenant. Ou le sera aussitôt que vous aurez mis l'argent en sécurité. Vous ne serez plus impliqué dans cette affaire. Et vous êtes clean, fiston. Javellisé à cent pour cent !

— Bien sûr que non, éructa Devereaux, suffoquant et étreignant l'édredon contre lui. Je vous l'ai déjà dit : à la minute où vous vous ferez épingler, je serai foutu !

— Pourquoi ? Supposons que vous ayez raison — ce que je n'arrive pas à croire une seconde —, qu'est-ce qu'ils pourraient bien avoir à vous reprocher ? D'avoir transféré des fonds, pour le compte d'un vieux soldat qui vous a raconté qu'il collectait de l'argent pour soutenir un organisme voué à la propagation de la charité chrétienne ? Permettez-moi de vous poser une question, monsieur l'avocat : pourriez-vous, sous serment, témoigner d'un méfait quelconque ?

— Vous êtes fou ou quoi ! interrompit Sam qui trébucha en s'avançant vers le Faucon. Vous me l'avez dit ! Vous allez kidnapper...

Il s'arrêta et fit quelques signes cabalistiques dont le geste de hisser un corps sur son épaule et le signe de la croix.

— Allons, mon garçon. Que diable ! Il y a serment et serment ! Soyez raisonnable. De toute façon, ce ne sont que des ouï-dire, pas une preuve admissible.

Sam ferma les yeux. Il commençait à comprendre ce que le mot martyre signifiait. Il poursuivit, dans un murmure tendu, mais contrôlé :

— Je suis sorti de ces foutues archives avec cette foutue mallette enchaînée à mon poignet !

— Rien à voir avec tout ça, maugréa MacKenzie. De toute façon, c'était des documents de l'armée ; et ni vous ni moi ne sommes d'aucun intérêt pour l'armée. Autre chose ?

Devereaux réfléchit.

— Accessoirement, il n'y a eu aucune transaction franchement honnête.

— C'est un point de vue subjectif, fit Hawkins en secouant la tête. Il n'y a eu aucune violence ; personne de tué. Pas de vol ni de détournement. Tout le monde était volontaire. Et si les méthodes peuvent paraître inhabituelles, c'est la prérogative de tout investisseur, tant qu'il n'enfreint pas les droits d'autrui. (Mac fit une pose et soutint un instant le regard de Sam. Puis il ajouta :) Il y a aussi autre chose. Vous avez dit vous-même que la première responsabilité d'un avocat était de défendre les intérêts de son client, et pas de se lancer dans des dilemmes moraux abstraits.

— J'ai dit ça ?

— Je vous l'assure.

— C'est pas mal.

— C'est même sacrément éloquent, si vous voulez mon avis. Vous avez une langue d'or dans votre cervelle, jeune homme.

Sam leva les yeux sur le Faucon, essayant de déceler la ruse. Mais ce n'était pas une ruse : il pensait vraiment ce qu'il disait. Et puisque la sincérité personnelle était à l'ordre du jour, Sam décida de jouer lui aussi la carte de la sincérité.

— Écoutez-moi, fit-il calmement. Supposons que vous alliez jusqu'au bout de cette... cette folie. Parce que c'est une folie, vous le savez bien. Supposons que vous le fassiez réellement. Que vous kidnappiez vraiment le pape et que vous vous tiriez avec lui. Même pour quelques jours. Savez-vous ce qui risque de se passer ? Ce que vous risquez de déclencher ?

— Mais bien évidemment. Quatre cents millions de petits billets verts de la part de quatre cents millions de gobeurs de bobards en délire. N'y voyez aucune insulte, c'est une phrase inoffensive de ma part.

— Vous n'y êtes pas du tout ! Espèce de salopard ! Il y aurait une véritable crise internationale ! Des condamnations ! Et surtout, des accusations ! Certains gouvernements dénonceraient d'autres gouvernements ! Des présidents, et des chefs d'État, des Premiers ministres se précipiteraient sur leurs téléphones bleus et leurs téléphones rouges. Et avant que vous vous soyez retourné, il se trouvera un connard pour pianoter un code dans une petite boîte noire, parce qu'il n'a pas aimé ce qu'un autre connard aurait fait ou aurait dit. Putain ! Mac ! Vous risquez de déclencher une troisième guerre mondiale.

— Nom d'un chien ! C'est ce qui vous triturait l'esprit ?

— C'est ce que j'ai essayé de chasser de mon esprit !

Hawkins jeta son cigare dans la cheminée qui avait des dimensions de caverne, et resta là, les bras ballants, une petite flamme mourante dans les yeux.

— Sam, mon garçon, vous ne pourriez être plus éloigné de la vérité. Voyez-vous, fiston, la guerre n'est plus ce qu'elle était. Il n'y a plus le moindre esprit en elle. Des cornemuses et des tambours, des hommes qui se sentent responsables d'autres hommes et qui haïssent l'ennemi parce qu'il peut faire du mal aux valeurs et aux gens que vous aimez. C'est fini tout ça. Maintenant, on appuie sur un bouton et les politiciens continuent à saluer les foules et à serrer des mains. Ça n'a plus de sens. Je hais la guerre. Je n'aurais jamais cru que je m'entendrais dire ça un jour, mais je le dis pourtant et j'en suis convaincu. Je ne prendrai jamais le risque de faire éclater une guerre.

Devereaux regarda le Faucon droit dans les yeux. Il voulait l'empêcher de détourner le regard.

— Pourquoi devrais-je vous croire ? Tout ce que vous avez fait pue l'arnaque. Une gigantesque arnaque. Je ne vois pas pourquoi la crainte d'une guerre vous arrêterait.

— Parce que, jeune homme, répliqua Hawkins

calmement, défiant le regard de Sam, ce que je viens de vous dire est la pure vérité.

— Soit. Mais supposons que vous en provoquiez une sans l'avoir vraiment voulu ?

— Nom de Dieu ! Là vous allez un peu trop loin ! s'écria MacKenzie en quittant la cheminée et en s'approchant d'une seconde armure dressée à la droite du manteau. (Le heaume était ouvert. Il le referma d'une chiquenaude, avant d'ajouter :) Je leur ai donné près de quarante ans de ma vie, et je me suis fait enculer par ces pantins ! Ce sont vos propres paroles, mon garçon ! Mais je n'ai aucun regret pour moi-même, parce que je savais ce que je faisais, et que j'étais parfaitement responsable de mes actes ! Mais, bon sang ! Ne me demandez pas d'être navré pour eux, ni de me sentir responsable de leur stupidité !

Autant pour la sincérité personnelle, songea Devereaux. Quant à ses options Un, Deux, Trois et Quatre de ce matin, elles venaient d'être descendues en flèche. Par un subit accès de vertu, cette fois. Il ne lui restait plus qu'à trouver une autre solution. Il finirait bien par s'en présenter une, Sam en était convaincu. Le Faucon avait encore un long chemin à parcourir avant que le pontife de l'Église catholique ne vienne bénir les edelweiss à Machenfeld. Son heure arriverait et l'option Sept — les options Cinq et Six ayant été heureusement écartées — restait toujours valide. Mais pour le moment, il lui fallait calmer MacKenzie et, en aucun cas, risquer de perdre sa confiance. Et puis, Mac avait raison sur un point. Un point juridique.

Lui, Sam, était clean. Juridiquement clean. De

n'importe quel autre point de vue, il était dans la merde jusqu'au cou, mais en matière de preuve, il était à l'abri de toute poursuite judiciaire.

— C'est bon, Mac. Je ne vais pas me battre avec vous. Vous vous êtes fait baiser et c'est vrai que je l'ai dit. Et je vous crois, quand vous dites que vous détestez la guerre. Peut-être que ça me suffit. Je ne veux pas en savoir davantage. Je veux juste retourner chez moi, à Quincy, et si j'entends parler de vous dans les journaux, je me souviendrai des paroles prononcées dans cette pièce par un guerrier balafré, mais honnête.

— Une langue en or, mon garçon ! Je vous admire.

— Tant que ce n'est pas dans une cervelle truffée de plomb, j'accepte le compliment. Vous avez les papiers pour la banque de Zurich ?

— Vous voulez connaître le montant que j'ai... dégagé pour votre participation ? Que dites-vous de ce « dégager » ? Me voilà président d'un groupe. Plus question de jongler avec un vocabulaire de deuxième classe.

— Je suis impressionné. Quel est le montant de la passation ?

— La quoi ?

— Combien avez-vous « dégagé » ?

— Espèce de sous-lieutenant à la con ! Que dites-vous d'un demi-million de dollars ?

Sam n'avait plus rien à dire. Il resta coi. Il vit sa main bouger dans un signe d'étonnement et la considéra avec une certaine fascination, se demandant si cet appendice lui appartenait réellement. Mais il ne pouvait en douter. Car lorsqu'il pensa à remuer les doigts, ses doigts remuèrent.

Un demi-million de dollars !

Que fallait-il penser de ça ? C'était aussi fou que tout le reste. Compte tenu du fait qu'il n'était pas juridiquement compromis.

C'était comme au Monopoly. Et si j'achetais la rue de la Paix et la place Vendôme ?

Stop. Allez à la case « Prison ».

Mais pourquoi s'en faire ?

Ça ne servait à rien, de toute façon.

— C'est une... indemnité de licenciement raisonnable, fit Sam.

— C'est tout ce que vous trouvez à dire ? Avec ce que j'ai déposé pour vous à New York, vous allez pouvoir engager ce type dont vous m'avez parlé, votre juif de patron ; et il sera bien content de travailler pour vous.

MacKenzie était la partie offensée. Il avait visiblement espéré que Devereaux serait, comme à son habitude, un peu plus démonstratif.

— Disons que je sauterai au plafond quand je verrai ces chiffres inscrits sur un relevé bancaire, à Boston, avec ma mère en face de moi, se plaignant du changement de direction du Copley Plaza. Ça vous va ?

— Vous savez quoi ? articula Hawkins dont les yeux louchaient. Vous êtes un drôle de type...

— Moi, je suis un... !

Devereaux n'acheva pas sa phrase. A quoi bon !

On entendit soudain le cliquètement épisodique d'une paire de hauts talons. Regina Greenberg franchit l'arche de cathédrale qui donnait accès à la salle de réception. Elle portait un tailleur-pantalon beige dont la veste, plutôt stricte, avait du mal à contenir sa poitrine. Elle avait l'air en forme et prête à faire la preuve de son efficacité. Elle afficha un bref sourire et s'adressa à Hawkins.

— J'ai rencontré le personnel. J'en ai retenu cinq. Il y en avait trois qui ne pouvaient pas rester. Ils auraient dû continuer à vivre dans le village et je leur ai expliqué que ça n'était pas possible.

— J'espère qu'ils n'ont pas été vexés.

Ginny se mit à rire.

— Ça m'étonnerait ! J'ai parlé avec chacun d'entre eux, en privé ; et je leur ai remis à tous les trois l'équivalent de deux mois de gages.

— Les autres ont bien compris les conditions ? demanda MacKenzie en sortant un nouveau cigare de sa poche.

— Et leur bonus, précisa Ginny. Trois mois minimum. Tous avec une famille pour expliquer qu'ils ont été engagés pour travailler comme résidents en France, pendant cette période. Et détourner toute curiosité.

— C'est comme en Amérique, commenta le Faucon en hochant la tête. Et les salaires sont bien plus intéressants qu'une solde de militaire... sans la moindre arme en vue.

— Les statistiques aussi sont en ta faveur, poursuivit Ginny. Il n'y en a que deux sur les cinq qui sont mariés. Et pas très heureux en ménage, si j'ai bien compris. Ils ne risquent pas de regretter, ni d'être regrettés.

— Il nous faudra trouver des femmes, de toute façon, contra MacKenzie. Pour les récrés. Je sonderai le terrain plus tard. Occupe-toi de l'installation du campement, pas trop près du champ de manœuvres, bien entendu. Notre cher conseiller, ici présent, va aller à Zurich pour régler plusieurs questions d'ordre financier. Qu'en dites-vous, Sam ? Combien de temps vous faudra-t-il à votre avis ?

Devereaux dut faire un effort pour se concentrer sur la question de MacKenzie. Il était ébahi par le pouvoir évident que MacKenzie exerçait sur Ginny. Selon ses informations, il y avait plus de vingt ans qu'ils avaient divorcé. Et pourtant, aujourd'hui, elle s'en remettait à lui comme une écolière entichée de son professeur.

— Que dites-vous ?

Sam avait parfaitement entendu la question, mais il voulait gagner un peu de temps.

— Combien de temps vous faudra-t-il, à Zurich ?

— Une journée. Peut-être une journée et demie, s'il n'y a pas de contretemps. Les choses dépendent surtout des autorisations bancaires. Je pense que les transferts ont été signalés à Genève, mais je peux me tromper.

— Est-ce qu'on ne pourrait pas éliminer ces « contretemps » éventuels en mettant un peu de beurre sur les épinards ?

— Probablement. En renonçant aux intérêts. Le délai est mineur, mais pas les sommes en jeu. Les dépositaires pourraient récupérer plusieurs milliers de dollars... sur le papier. Ça pourrait être un argument convaincant.

— Bon Dieu, mon garçon ! Vous vous êtes entendu ? Est-ce que vous avez entendu à quel point vous êtes bon, sur ce coup ?

— C'est de la comptabilité élémentaire. Un

avocat d'assises s'imagine que les litiges avec les banques sont une aubaine. Mais elles disposent de plus de moyens de se mentir à elles-mêmes — et à autrui — que n'importe qui d'autre sur cette planète, depuis que les premières tribus ont commencé à faire du troc. Un avocat digne de ce nom se contente d'utiliser les mensonges qui serviront le mieux sa cause.

— Tu entends ça, Ginny ? C'est vraiment quelqu'un, ce garçon !

— Je suis très impressionnée, Sam. Je dois l'admettre. Mais dis-moi, Mac, puisque le commandant a l'air de parfaitement maîtriser tout ça, peut-être pourrais-je aller à Zurich avec lui ? Pour lui tenir compagnie, en quelque sorte.

— Mais c'est une très bonne idée ! Je me demande comment je n'y ai pas pensé plus tôt !

— Je me demande en effet comment ça a pu vous échapper, remarqua Devereaux d'une voix calme. Vous qui êtes si attentionné.

Les officiers subalternes du Faucon arrivèrent des quatre coins du globe. Ce fut Rudolph, le chauffeur au béret noir, à la dent en or et aux yeux de chat, qui alla les chercher à la gare de Zermatt. Et Rudolph vécut deux jours d'enfer.

Ce fut le Crétois qui arriva en premier, sans incident. C'est-à-dire qu'il s'était arrangé pour passer les frontières internationales, malgré le regard inquisiteur d'autorités hautement compétentes (mais avec un faux passeport), et qu'il avait atteint la gare de Zermatt, où tous ses ennuis commencèrent. Car Rudolph refusa d'identifier le

Crétois, en dépit des indices de reconnaissance convenus sur ses vêtements. Et il refusa, en conséquence, de le laisser monter dans son taxi italien.

Et tout ça parce que, pour des raisons qui échappaient à Hawkins, aucune des informations du G2 sur le Crétois ne précisait qu'il était noir. Et pourtant, il fallut se faire une raison. Le Crétois était un brillant ingénieur aéronautique, sympathisant communiste, dans la mesure où il était payé par les Russkofs, et un agent secret passé à l'ennemi, avec son diplôme de médecine et une peau décidément très noire. Rudolph était complètement déboussolé, et MacKenzie dut employer un langage particulièrement musclé, au téléphone, pour que l'homme au béret accepte finalement de laisser monter le *Schwarzer* à l'arrière de sa voiture.

Le Marseillais et le Suédois arrivèrent ensuite. Ils avaient pris le même avion depuis Paris, parce qu'ils s'étaient rencontrés la veille au restaurant La Calavados, avenue Pierre-Ier-de-Serbie, et renoué ainsi une vieille amitié qui remontait à l'époque où tous les deux avaient gagné beaucoup d'argent sur le dos des Alliés et des pays de l'Axe. Ils avaient été ravis de découvrir qu'ils étaient du même voyage : en route pour la *yellow mountain* et pour Zermatt ! Rudolph n'eut aucun problème avec le Marseillais et le Suédois ; ils l'avaient repéré avant qu'il ne les repère et avaient critiqué ouvertement son manque de discrétion.

Le Libanais n'arriva pas de Zurich par le train. Il avait préféré louer une ambulance. Il avait ses raisons. Il s'était heurté à plusieurs contrôles de la police des frontières de Zurich et avait dû reprendre l'avion pour Genève. Là, il avait loué une voiture, au nom d'un travesti du jet-set international, puis l'avait abandonnée à Lausanne, et contacté l'hôpital des Deux-Enfants à Montreux en réclamant une ambulance pour le conduire à Zermatt, sous prétexte qu'il était cardiaque et qu'il voulait y passer les derniers jours de son existence. Il avait cependant tout planifié en tenant compte de l'heure d'arrivée du train de Zurich, et tout se serait bien passé si ce n'est que Rudolph... Rudolph avait crevé un pneu sur les routes caillouteuses de Machenfeld et dans sa hâte pour arriver à temps à la gare, il avait eu un petit accrochage dans le parking. Avec l'ambulance, justement.

Il lui fut particulièrement difficile d'identifier le malade excessivement agité qui surgit du véhicule par la porte arrière en traitant tout le monde d'imbécile. Et ce, malgré les indices qui auraient dû lui permettre de reconnaître le Libanais.

Mais Rudolph commençait à hausser les épaules de plus en plus souvent. Il commençait à soupçonner que le maître de Machenfeld n'avait pas vraiment tous ses esprits. Ni d'ailleurs les gens qu'il devait aller chercher à Zermatt.

Et la charmante dame de ses rêves de la nuit, cette *Fräulein* aux seins superbes, avait quitté le château pour plusieurs jours. Les choses n'étaient plus pareilles.

Le Romain et Rudolph s'entendirent à merveille. Le Romain avait perdu ses bagages dans le train. Et chercher ses valises dans un tel chaos tout en essayant de repérer son contact lui avait paru un challenge presque insurmontable. Ce qui lui valut la sympathie immédiate de Rudolph et le privilège de s'asseoir à côté de lui, à l'avant de la voiture, pendant le trajet jusqu'au château.

Le Basque était extrêmement méfiant. Une fois qu'il eut étalé les indices convenus (une paire de gants blancs avec des roses noires fixées sur le revers), il s'excusa pour aller aux toilettes et disparut derrière une vitre. Au bout d'une demi-heure, l'impatience de Rudolph se mua en curiosité et sa curiosité fit place à la panique quand il s'aperçut que les toilettes pour hommes étaient vides. Il essaya de passer inaperçu tout en jetant un œil dans les coins et les recoins, et dans les coffres à bagages des voitures stationnées. Le Basque le suivait en fait discrètement et ce n'est qu'en voyant Rudolph, inquiet, téléphoner à Machenfeld et en entendant la conversation d'une cabine voisine, qu'il décida que l'homme était bien son contact.

Le Basque s'installa à l'arrière de la voiture et Rudolph ne prononça pas un seul mot jusqu'au château.

Le dernier à arriver fut l'Athénien. Si le Basque était soupçonneux, l'Athénien était carrément paranoïaque. Pour commencer, il avait tiré sur le signal d'alarme du train, au moment où celui-ci arrivait dans la zone de fret, à quelques mètres des quais de la gare. Les chauffeurs et les mécaniciens avaient couru le long des rails pour voir d'où venait l'appel, tandis que l'Athénien sautait du train et gagnait le quai d'arrivée, où il s'était caché derrière un pilier de béton. Ce ne fut pas difficile pour lui de repérer Rudolph.

Le train avait finalement redémarré et était entré en gare. Rudolph examinait tous les passagers qui en descendaient. L'Athénien pouvait voir son anxiété. Et lorsqu'il n'y eut plus personne sur le quai, à l'exception du personnel des chemins de fer, il s'approcha de Rudolph par-derrière et lui tapa sur l'épaule. Puis il exhiba son identification (une cravate Ascot rouge) et lui fit signe de le suivre.

L'Athénien repartit alors en courant vers le bout de la plate-forme, sauta sur les rails et fila en direction de la zone de fret. Il distança bientôt Rudolph et s'engagea dans une véritable partie de cache-cache entre les voitures immobiles.

Cinq minutes plus tard, c'est un Rudolph désemparé que l'Athénien réconfortait énergiquement, et entraînait hors de la zone de fret vers le taxi.

Et lorsque MacKenzie vit la voiture s'approcher des remparts de Machenfeld, il se félicita, une fois de plus, de son professionnalisme. Soixante-douze heures s'étaient écoulées depuis qu'il avait lancé ses contrats codés de l'hôtel D'Accord ; et au bout de ces soixante-douze heures, chacun de ses officiers subalternes était physiquement sur les lieux.

Bon Dieu !

S'appuyant sur le principe acquis que le vol est une pratique courante dans les milieux bancaires, le voyage de Sam à Zurich — et en particulier sa visite à la Staats Bank pour rassembler le capital de la Shepherd Company — porta si rapidement ses fruits qu'il pourrait sans doute attraper le train du début de l'après-midi pour rentrer à Zermatt. Et comme Regina Greenberg était sortie faire du shopping, il lui laissa un message à l'hôtel D'Accord : Suis allé au bowling. Serai de retour dans la soirée.

Il voulait ces quelques heures dans le train pour lui tout seul. Pour réfléchir et pour peaufiner son plan. Car l'option Sept se précisait au fur et à mesure que le temps passait. Grâce surtout aux papiers avec lesquels il était sorti de la banque et qui lui avaient été remis par un homme de confiance suant et transpirant, considérablement enrichi depuis son entrevue avec lui.

Parmi les quatorze documents, quatre avaient trait au transfert des comptes de Genève, des îles Caïmans, de Berlin et d'Alger, amputés bien entendu du montant des intérêts cumulés. Un autre établissait la liste de tous les biens de la Shepherd Company, avec un engagement de confidentialité, des codes de retrait et un numéro de compte. Un sixième était établi au nom de la famille Devereaux (Sam n'avait donné aucune explication là-dessus et le banquier n'avait posé aucune question, traitant cette clause comme si elle n'existait pas). Et huit documents distincts qui définissaient huit comptes en fidéicommis.

L'un de ces dépôts était plus important que les autres et comportait quatre montants séparés... visiblement destinés à quatre individus spécifiques. Il ne fallut pas beaucoup de réflexion à Devereaux pour les identifier : les épouses Hawkins, numéro un, numéro deux, numéro trois et numéro quatre.

Il en restait donc sept, chacun comportant une somme maximum identique.

Sept.

Le personnel d'encadrement de Hawkins.

MacKenzie avait recruté sept hommes pour kidnapper le pape. (Sam ne pouvait imaginer qu'il y avait une femme parmi eux. Les quatre ex-épouses du Faucon étaient capables d'assurer toute mission faisant appel à des talents spécifiquement féminins.) Ces sept hommes étaient donc ses... quoi donc ? Ses officiers subalternes. MacKenzie avait laissé entendre, en effet, que ses officiers subalternes devaient arriver incessamment à Machenfeld.

— Qu'entendez-vous par « officiers subalternes » ? avait demandé Devereaux.

— Mes troupes, mon garçon ! Mes troupes ! avait répondu le Faucon, le regard ravivé par une petite flamme.

— Qu'entendez-vous par « incessamment » ?

— L'alerte bleue a été lancée, mon garçon. Ce qui veut dire que tous les hommes sont à leur poste, ou le seront d'ici peu.

— Vous voulez dire dans quelques jours ?

— Peut-être même avant. Cela dépend des obstacles mis en place par l'ennemi. Nos troupes devront traverser des territoires hostiles pour atteindre leur campement de base.

— Qu'est-ce que c'est que ce cirque ?

— Vous n'avez pas à vous en inquiéter. Contentez-vous de nous ramener ces documents de Zurich. Avant de tenir mon premier briefing sur notre mission, je veux que mes officiers subalternes puissent voir par eux-mêmes que le commandement a pris le plus grand soin de leurs intérêts. Ça leur donnera un sens plus aigu de leur objectif, de leur solidarité. Ce sont des choses qui émanent toujours du haut, voyez-vous. Toujours.

C'était la seconde raison pour laquelle Sam envisageait l'option Sept. Ramenez-nous ces documents... avant que je tienne mon premier briefing... le commandement prend soin de leurs intérêts...

Les hommes du Faucon avaient été recrutés sans savoir précisément dans quelle guerre ils étaient engagés. Militairement parlant, il n'y avait rien d'inhabituel à ça ; mais, compte tenu de l'énormité des ressources de l'ennemi potentiel — en fait, le monde entier —, quelques mots bien choisis comme : « Vous vous rendez compte de ce que ce fou a l'intention de faire ? Kidnapper le pape ! » ou « Vous avez affaire à un véritable malade mental ! », « Votre chef est un illuminé ! », « Ce cinglé a fait sauter les couilles d'une statue de jade à Pékin ! ». Ce genre de choses pouvait personnellement décourager le dévouement de ce personnel d'encadrement.

C'était une question de timing. Et de psychologie. Si Sam voyait clair en lui, Hawkins allait accueillir ses officiers subalternes par une double salve d'honneur : une description hautement technique des conditions stratégiques de « faisabilité » de l'enlèvement, *et* les documents de la Staats Bank de Zurich, garantissant sa bonne foi et une véritable fortune pour chaque homme, quelle qu'en soit l'issue ! Ce serait là un engagement difficile à invalider. Mais c'était justement le but de l'option Sept.

Sam s'attaquerait d'abord aux officiers subalternes. Il sèmerait, sans ménagements, le doute sur la santé mentale du Faucon. Rien de plus effrayant, pour des sous-fifres criminels, que d'être confrontés à la perspective d'un éventuel déséquilibre de leur employeur. Qui disait manque d'équilibre disait manque de discernement. Et ce manque de discernement pouvait leur coûter dix, ou vingt ans de peine, si ce n'était la prison à vie. Dans ce cas, ils risquaient la corde et le bandeau sur les yeux.

Même la communauté criminelle européenne avait dû entendre parler de ce général paranoïaque qui avait été expulsé de Chine, il n'y avait pas si longtemps. Et quand il en aurait terminé avec cette sommation orale, Sam poserait son atout sur la table.

Son atout ? Le meilleur des atouts. Un atout irrésistible.

Car durant le trajet en train jusqu'à Zermatt, il consulterait les documents de la Staats Bank de Zurich, en particulier ceux qui concernaient les comptes en fidéicommis. Il relèverait tous les numéros et les codes et il les transcrirait sur sept morceaux de papier.

Il donnerait à chaque homme une carte, avec les informations inscrites dessus. Et chacun d'eux pourrait quitter le château Machenfeld sans même attendre la fin du dîner, chacun pourrait se rendre à Zurich et réclamer tout simplement son argent.

Chacun des officiers subalternes du Faucon

serait à la tête d'une véritable fortune ! Et sans avoir absolument rien fait ! Irrésistible !

Giovanni Bombalini, vicaire du Christ, sortit dans son jardin adoré pour y trouver un peu de solitude. Il ne voulait voir ni entendre personne. Il était en colère contre le monde, *son* monde, et quand il était en colère, il savait qu'il valait toujours mieux méditer.

Il soupira. S'il était honnête avec lui-même, il devait reconnaître qu'il était en colère après Dieu. C'était insensé ! Il leva les yeux au ciel. Un seul mot émergea plaintivement de ses lèvres :

— Pourquoi ?

Il baissa la tête et continua à avancer le long du chemin. Les parterres de lis étaient en pleine floraison de printemps, s'ouvrant à la vie.

Et lui, il était justement sur le point de la quitter.

Les médecins venaient de remettre leur rapport collectif. Ses signes vitaux diminuaient avec une accélération accrue. Il ne lui restait plus que six ou sept semaines à vivre.

La mort, en elle-même, lui était chose facile. Ce serait même un soulagement, Dieu merci ! La vie était un combat. Mais combat ou pas, il lui fallait rassembler les forces nécessaires pour poursuivre l'œuvre de Roncalli et la sienne. Il avait besoin de gagner du temps. Il avait besoin de l'autorité de son office pour rapprocher les factions divergentes. Pourquoi Dieu ne voulait-il pas le comprendre ?

Hein, mon Seigneur bien-aimé ? Pourquoi ?

Juste encore un peu de temps ? Je promets de ne pas perdre mon calme. Ni d'insulter ce cardinal à la voix nasillarde — oh ! pardon Seigneur ! — ou sa bande de dinosaures avides d'argent. Six mois, ce serait épatant. Ensuite, je pourrais reposer dans les bras du Christ en toute reconnaissance et en toute dévotion. Cinq mois, peut-être ? Je pourrais faire beaucoup de choses encore en cinq mois...

Giovanni essaya de tout son cœur de percevoir une réponse céleste. Mais, s'il y en avait une, elle était trop faible pour franchir le seuil de ses signes vitaux.

Peut-être, très cher Père, pourriez-vous en parler à la Sainte Vierge ? Elle trouvera des mots plus éloquents pour vous exprimer ma supplique. On dit que les femmes sont plus persuasives en la matière...

Toujours rien. Juste une petite douleur dans les genoux, qui venait l'avertir que son poids était trop important pour ses vieux os et qu'il devait s'asseoir un moment. Que disait donc cette charmante *giornalista* ? Qu'il y avait certains exercices...

Basta ! Il ne manquerait plus qu'il rende l'âme en faisant des pompes ! Ignatio Quartze ferait rouler son corps sous son lit et on ne le trouverait pas avant une semaine au moins. Quartze aurait tout le temps de convaincre la Curie.

Le pontife arriva à son banc favori et se laissa tomber sur la pierre blanche et froide. Une petite brise provenait de l'enceinte, agitant les feuilles de l'arbre sous lequel il était assis. Était-ce un signe ? En tout cas, c'était rafraîchissant. Puis la brise s'arrêta ; l'air redevint immobile et le bruissement des feuilles fut remplacé par des pas sur le gravier de l'allée.

C'était le nouveau camérier du pape. Un jeune prêtre noir, du diocèse de New York, un brillant séminariste qui avait accompli un très bon travail dans les paroisses de Harlem. Francesco avait choisi ce jeune prélat méritant, sans tenir compte d'une opposition générale. Ce n'était qu'une infime partie d'un plan beaucoup plus vaste.

— Votre Sainteté ?

— Oui, mon fils. Vous avez l'air agité. Que se passe-t-il ?

— Je crains d'avoir commis une erreur. J'étais surpris de ne pas vous trouver dans vos appartements, et il m'a semblé que c'était la seule chose à faire. Je suis vraiment confus.

— Allons, allons, nous ne saurons l'étendue réelle du désastre que lorsque vous voudrez bien m'expliquer de quoi il s'agit. Vous n'auriez pas, par hasard, trouvé le cardinal Quartze dans mon cabinet privé et appelé les gardes à la rescousse ?

Le prêtre noir sourit. Ignatio avait clairement exprimé sa désapprobation au sujet de sa désignation. Francesco ne ratait pas une occasion de gommer l'insulte.

— Non, Votre Sainteté. J'ai entendu sonner votre téléphone privé. Celui qui se trouve dans le tiroir de votre table de chevet. Il n'arrêtait pas.

— C'est tout à fait normal, mon fils, interrompit le pontife. Il n'est pas relié au standard téléphonique du Vatican. Une petite complaisance. Donc, vous avez décroché ? Qui était-ce ? Il n'y a que quelques vieux amis et un ou deux complices de longue date qui connaissent ce numéro. N'ayez pas trop de scrupules à avoir répondu. Qui était-ce ?

— Un monsignore de Washington, Très Saint-Père... Il semblait très contrarié...

— Ahh ! monsignore Patrick Dennis O'Gilligan ! Oui, il m'appelle souvent. Nous jouons aux échecs par téléphone.

— Il était très énervé... et il a cru que c'était vous. Il ne m'a pas laissé le temps de lui parler. Et il s'exprimait avec un tel débit que je n'ai pas pu l'arrêter.

— Ah ! Ça ressemble bien à ce vieux Paddy. Il a ses problèmes. Encore un coup des Berrigan [1] ? Ces deux-là n'arrêtent pas...

— Non, Très Saint-Père. Bien pire. Le président l'a appelé. Au sujet du secret de la confession et de sa recevabilité. Il veut se convertir, Très Saint-Père !

— *Che cosa ? Madre de Dio !*

— Il y a pis encore, Votre Sainteté. Seize de ses assistants de la Maison-Blanche veulent aller eux aussi à la rencontre de Jésus. Sous certaines conditions garanties par le Vatican, et sous couvert de ce qu'on pourrait appeler l'immunité chrétienne.

Giovanni soupira. Il avait tant à faire !

Quatre mois, oh, Seigneur !

1. Les frères Berrigan : deux prêtres catholiques américains, figures célèbres du mouvement contestataire extrémiste. *(N.d.T.)*

20

Il y avait un trait commun à chacun de ces nouveaux venus, songea Sam. Une musculature très puissante. Comme s'ils avaient tous passé leur vie en plein air, et entretenu leur forme en roulant des cailloux sous le regard attentif des gardes d'un pénitencier. A propos de regard, c'était une autre chose qu'ils avaient en commun. Des yeux un peu endormis, de prime abord, avec des paupières mi-closes. Mais ce n'était qu'une apparence. En les examinant de plus près, on pouvait les voir rouler dans leur orbite comme des têtes d'épingles prises entre deux aimants. Aucune chance d'échapper à leur attention.

Il y avait un homme grand et blond qui semblait sortir tout droit d'un spot publicitaire pour des cigares scandinaves ; un Noir qui secouait souvent la tête en silence et parlait un anglais peaufiné dans les salles de conférences universitaires ; un autre type à la peau sombre et au faciès aigu dont l'accent ressemblait à celui de ces gens qui évoluent dans les salons du Savoy, deux Français qui avaient quelque chose à voir avec les bateaux ; un homme aux cheveux longs, qui portait un pantalon très moulant et qui se pavanait en marchant, comme un danseur de tango conscient de ses fesses... Un Italien, à n'en pas douter ; et enfin, un Grec au regard farouche qui portait un foulard rouge et passait son temps à raconter des blagues que personne ne comprenait tout à fait.

Il régnait entre eux une courtoisie pleine d'onction. Leurs manières auraient laissé supposer une certaine éducation et une certaine aisance, si ce n'était leur regard furtif. Ils étaient, de toute évidence, parfaitement à leur aise dans la grande salle de réception du château Machenfeld, où le Faucon les avait tous conviés avant le souper.

Conviés mais, dans l'intérêt de la sécurité internationale, pas présentés. Aucun nom n'avait été prononcé.

Sam était arrivé au château à sept heures. Il aurait dû y être une heure plus tôt, mais il avait été obligé de marcher durant les cinq derniers kilomètres, car aucun taxi en provenance de Zermatt n'était autorisé à franchir certaines limites et Rudolph avait été introuvable. Lorsque Sam avait appelé les renseignements téléphoniques pour obtenir le numéro de Machenfeld, il lui fut répondu qu'aucun abonné de ce nom ne figurait sur les listes.

Cela aurait pu le décourager définitivement, mais l'option Sept l'aida à tenir le coup. Il savait que son affaire était gagnée d'avance.

MacKenzie l'avait accueilli avec des sentiments mitigés. Le Faucon était content qu'il ait rapporté les documents financiers si rapidement, mais il trouvait que son comportement à l'égard de Regina avait été des plus mufles. C'était une chic fille et Sam n'aurait plus l'occasion de lui faire ses adieux.

Pourquoi ça ?

Parce que ses bagages avaient été expédiés à l'aéroport. Et que Ginny était en route pour la Californie, avec une escale à Rome pour visiter les musées.

Tant pis pour Ginny, songea Devereaux. Il était un peu triste, mais son esprit était occupé par l'option Sept. Et il commençait à se dire que le timing était parfait.

MacKenzie l'informa qu'on ne parlerait pas boulot le premier soir. Juste quelques propos amicaux et une petite balade dans les jardins, avec des cocktails, un bon dîner et du brandy. Pourquoi ? Parce que ses hommes, pensait-il, apprécieraient d'avoir l'occasion de mieux faire connaissance, de vérifier que leurs chambres n'étaient pas sur table d'écoute, de graisser leurs armes et de s'assurer, par tous les moyens, que Machenfeld n'était pas un piège d'Interpol. Sam pouvait s'attendre à entendre des bruits pendant la nuit ; la plupart des hommes allaient sûrement faire leur propre tour de ronde, et c'était bien comme ça. Ils ne manqueraient pas de se croiser et pourraient ainsi constater que tout était réglo.

Le lendemain matin, quand ils seraient tous frais et dispos, le Faucon tiendrait son premier briefing. Auparavant, il prendrait bien sûr le temps de dire au revoir à Sam. Son jeune ami allait lui manquer, il n'y avait pas de doute là-dessus. Mais la parole d'un officier général était sacrée. C'était le ciment qui confortait ses bataillons.

Le travail de Devereaux était terminé. Rudolph le conduirait à Zermatt où il prendrait le train du matin pour Zurich et l'avion de la fin de l'après-midi pour New York.

Il fallait cependant que Sam soit prévenu, juste au cas où il deviendrait nerveux ou atteint d'hypertension subite. Pendant les deux ou trois mois à venir, plusieurs associés du premier investisseur de la Shepherd Company, Mr. Dellacroce, resteraient en contact étroit avec lui. Fingers et Meat, c'étaient leurs noms, si sa mémoire était bonne. Oh, juste un arrangement temporaire. Il ne fallait pas y voir d'offense.

Oui, bien sûr, Sam comprenait. MacKenzie n'avait pas besoin de mettre les points sur les *i*.

Devereaux avait mis fin à cette conversation en annonçant qu'il souhaitait se raser et prendre une douche pour ôter la poussière des cinq kilomètres de marche qu'il avait dû faire dans la montagne. Et qu'il les rejoindrait pour les cocktails.

Dans sa chambre, Sam retrouva les ciseaux que Ginny avait utilisés pour taillader son caleçon et découpa sept bandes de papier de douze centimètres de long sur trois centimètres de large. Il inscrivit un message identique sur chacune d'entre elles :

Il faut absolument que nous nous rencontrions dans ma chambre (troisième étage, sur l'arrière, dernière porte sur la droite dans le couloir nord). A deux heures du matin, précises. Votre vie en dépend. Je suis un ami. N'oubliez pas, deux heures du matin !

Il plia soigneusement les bandes de papier au format de la paume de sa main et les glissa dans la poche de sa veste. Il retira ensuite de sa mallette les sept fiches qu'il avait préparées, celles sur lesquelles il avait inscrit les numéros de compte et les codes de retrait, et il les mit dans sa poche de pantalon. Il tenait là ses sept atouts. Imparable !

Il redescendit dans la salle de réception et se prêta avec grâce à toutes les convivialités qu'on lui avait enseignées à Boston.

Il serra la main aux recrues du Faucon.

Et il leur remit à chacune un message.

A une heure trente du matin, il était prêt. L'Italien arriva le premier, les mains gantées de fin cuir noir, les pieds chaussés de ballerines de danseur à semelle de caoutchouc. Puis les autres apparurent, un par un, dans un accoutrement sensiblement identique. Une prolifération soudaine de gants noirs, de chaussures à semelle souple ou de tennis, de pulls noirs et de pantalons étroits avec de larges ceinturons retenant des couteaux non moins larges, de petits étuis à pistolet contenant une arme de format réduit et même, dans plusieurs cas, des rouleaux de corde.

Un joli groupe de psychopathes professionnels, songea Sam en leur proposant, avec une autorité sereine mais pas totalement convaincue, de se détendre et de se mettre à l'aise, de fumer s'ils le souhaitaient.

Dans la mesure où ils étaient tous parfaitement détendus, et que la plupart d'entre eux avaient déjà allumé une cigarette, Sam se demanda si c'était là une bonne entrée en matière. Mais les sommations les plus efficaces étaient celles qui étaient abordées avec calme.

Il aborda donc le sujet. Tout doucement, pour commencer. Déclarant que l'homme était un être tribal, qui cherchait dans les étoiles la signification de chacun des gestes de sa lutte quotidienne pour la survie, y trouvant un réconfort qu'il n'était pas vraiment en mesure de comprendre, car il y avait un certain réconfort dans cette foi primitive. Il y avait une structure, une organisation dans tout phénomène naturel, et cela signifiait qu'il devait y avoir une force, un esprit, une intelligence omnisciente qui avait conçu le tout. Et qui jusque-là était restée incomprise.

Il y avait une certaine beauté dans ce manque de compréhension, car les hommes se surpassaient pour découvrir cette force omniprésente et omnisciente qui avait créé la terre, qui les avait créés, eux, qui les connaissait et qui les aimait.

Sans cette quête, l'homme était un animal. Par elle, il se transcendait et la compassion devenait une part intégrante de lui-même.

Sam leur expliqua que les symboles et les titres n'étaient pas importants en eux-mêmes, car il y avait des liens puissants entre toutes les religions. Que l'essentiel était de différencier le bien du mal. Mais les symboles et les titres avaient un sens mystique et ils étaient un réconfort, pour des millions d'individus de par le monde. La foi. Les pauvres et les opprimés priaient pour eux, avec un profond respect et un grand espoir. Et, pour des millions de gens, ces symboles étaient la seule lumière dans un long et froid hiver.

Devereaux marqua une pause. Il voulait ménager ses effets.

— Messieurs, vous êtes en présence d'un crime d'une proportion si monstrueuse, un crime si maléfique, un crime qui ne peut décemment pas aboutir et qui ne peut que vous conduire à la mort ou à une vie entière, si l'on peut encore appeler ça une vie, dans une sinistre cellule de prison. Car, entre les murs de ce château, se trouve un homme prêt à s'emparer de vos biens les plus précieux ! De votre liberté ! De votre existence même ! Car c'est lui qui a conçu l'*impossible.* Dans son esprit dérangé — cruellement dérangé — il est convaincu qu'il pourra surmonter la réaction immédiate et terrible, la vengeance du monde entier ! Il espère vous entraîner avec lui entre les mâchoires fatales de l'oubli. Il a l'intention de kidnapper le pontife de l'Église catholique ! En un mot, il est *fou* !

Sam se tut. Il scruta le visage des sept hommes présents dans la chambre. Les cigarettes étaient comme en suspension, les bouches béaient d'incrédulité, les paupières étaient tendues et les regards étaient figés dans une paralysie provoquée par le choc.

Il les tenait ! Il tenait ses jurés dans la paume de sa main ! Ses paroles leur avaient fait l'effet d'un coup de tonnerre !

Maintenant, il pouvait jouer ses atouts. Ces chiffres et ces codes irrésistibles qui allaient faire de chacun de ces hommes un homme riche. Très, très riche. Sans avoir rien fait d'autre que de refuser de sombrer dans l'oubli.

— Messieurs, je comprends que vous soyez en

état de choc, et je suis très peiné de le constater. Je suis peiné surtout d'en avoir été la cause. Comme l'observait Marcus Aurelius, ce grand Romain : Nous devons faire ce que nous avons à faire, au moment où le destin l'exige de nous. Mais comme le faisait aussi remarquer le prophète indien Baga Nishyad : Que l'on verse des seaux pleins de larmes sur le grain, et le riz poussera comme un joyau. Je ne possède pas de joyaux, messieurs, mais j'ai la clé de la richesse pour chacun d'entre vous. Une récompense bien méritée. Une somme d'argent qui adoucira votre peine et qui vous permettra de retourner dans le pays de votre choix, pour y vivre libre, libre de toute peur. A l'abri de l'oubli et du besoin. Voilà, je vais vous remettre ces petites fiches. Chacune est un passeport pour votre nirvana personnel. Je vais vous expliquer.

Et Sam leur expliqua.

Et les sept officiers subalternes étudièrent leur propre fiche en lorgnant sur celle du voisin.

— Vous parlez français ? demanda l'un des deux Français.

Devereaux rigola — un peu trop gaiement peut-être.

— Pas vraiment, non.

— Merci, fit le Français en se retournant vers les autres. *Vous parlez tous français ?*

Ils acquiescèrent tous de la tête, comme un seul homme. Et ils se mirent à parler français entre eux. Calmement. A mots brefs. Jusqu'à ce que leurs sept têtes hochent à nouveau de manière affirmative.

Sam était touché. Il savait qu'ils essayaient de trouver un moyen de le remercier.

C'est la raison pour laquelle il fut ahuri lorsque deux des hommes s'approchèrent soudain de lui et le saisirent, en le faisant tourner sur lui-même et en lui ligotant les poignets.

— Mais qu'est-ce que vous êtes en train de faire ? hurla-t-il. Qu'est-ce que vous faites avec mes mains ? Et qu'est-ce que vous allez faire de ça ?

Il désignait de la tête le foulard rouge que le Grec avait retiré de son encolure et qu'il était maintenant en train de tortiller.

— Et qu'est-ce que c'est que ce bruit ?

Il faisait allusion aux cliquetis métalliques qui évoquaient curieusement des armes dont on vérifiait le chargement.

— Nous sommes capables de faire preuve de cette compassion dont vous nous parliez tout à l'heure, monsieur, fit le Français. Nous laissons toujours à un homme le choix de porter ou non un bandeau sur les yeux, avant de l'exécuter.

— Quoi ?!

— Soyez courageux, signore, lança l'Italien. Nous connaissons tous cette mission. Nous en acceptons les risques ou bien nous nous retirons du jeu.

— *Ja,* ajouta le Viking. C'est un jeu. Certains gagnent et d'autres perdent. Vous, vous avez perdu.

— Quoooi ?!

— Emmenez-le en bas, dans le patio, dit le deuxième Français. Nous dirons au personnel que c'est un exercice de tir.

— Mac ! Maac ! Maaac ! (Ils l'entraînèrent dans le couloir. Plusieurs paires de mains vinrent se plaquer sur sa bouche. Il mordit.) Pour l'amour du ciel ! Hawkins ! Où êtes-vous passé ?

Les mains s'abattirent à nouveau sur son visage. Le cordon avançait avec précision le long du couloir, en direction du magnifique escalier monumental. Devereaux se dégagea à nouveau et réussit à ouvrir la bouche pour mordre furieusement dans la chair des bras et des mains qui se retirèrent momentanément. Ce qui lui permit d'envoyer force coups de pied derrière lui et de se libérer pour un instant.

Il se mit à courir et plongea courageusement au bas des marches incurvées, dans une série de cascades involontaires.

— Hawkins ! Espèce d'ordure ! Montrez-vous un peu ! Ces cinglés veulent m'abattre !

Il rebondit sur le tranchant des marches, alla cogner contre le mur et parcourut la dernière ligne droite quasiment sur les épaules. Ses cris étaient de plus en plus inarticulés, mais on ne pouvait se méprendre sur leur sens global :

— Enculés ! Un bandeau ! Ouille ! Et des pistolets ! Putain ! Espèce de... Oh... Ohhh ! Hawkins ! Aïe ! Jésus ! Ma tête !

Il atteignit le bas de l'escalier dans un état de dislocation avancée. Le Faucon apparut au milieu de l'arche de cathédrale du grand salon, un cigare coincé entre les dents, plusieurs cartes pliées dans la main. Il jeta un regard à Sam toujours au sol, puis leva les yeux sur le groupe des officiers subalternes.

— Bon sang, mon garçon ! Mais ça change tout !

Une fois de plus, on lui confisqua ses vêtements. Seulement, cette fois-ci, il n'y avait même pas de robes dans le placard. Ses repas lui étaient montés par Rudolph.

Le Faucon lui expliqua qu'il avait dû prendre une contre-décision pour lui sauver la vie et que ses hommes n'aimaient pas ça du tout.

— C'est un fait que j'ai failli me retrouver avec une mutinerie sur les bras, avant même que ma brigade n'ait choisi ses couleurs, lui avait-il annoncé le lendemain matin.

— Choisi quoi ? Peu importe, je ne veux rien savoir.

— Croyez-moi, mon garçon. J'ai dû prendre des mesures très sévères et leur affirmer qu'en matière d'exécution aucune autorité — quel que soit le consensus — ne pouvait surseoir à celle d'un général. On a été à deux doigts du clash, pendant un moment, mais j'en ai maté de plus durs dans mon existence. Ces jeunes godelureaux, même si ce sont les meilleurs, ne sont pas à la hauteur. Tout se passe dans les yeux, mon garçon. Toujours dans les yeux !

— Je ne comprends pas, avait marmonné Devereaux dans un élan de sincérité. Je leur ai tout raconté dans le détail. J'ai démêlé l'embrouille point par point. La toile de fond. Les motifs. Jésus ! Même l'argent ! Je les tenais !

— Vous ne teniez rien du tout ! répliqua le Faucon sèchement. Vous avez commis deux graves erreurs. Pour commencer, vous avez cru que ces hommes, que ce contingent superbe d'officiers, accepteraient de l'argent subrepticement sans l'avoir gagné...

— Ça suffit ! avait interrompu Devereaux dans un rugissement. Vous n'allez pas encore me servir vos conneries d'honneur entre bandits de votre espèce ! Je ne marche plus !

— Je pense que vous avez tort, mon garçon, mais si c'est votre manière de voir les choses... Peut-être prendrez-vous davantage en considération votre deuxième erreur ?

— Laquelle ?

— L'un des plus vieux pièges d'Interpol consiste à ouvrir un compte en banque sous surveillance pour appâter la personne recherchée. Je suis étonné que vous ne soyez pas au courant. Vous, vous en avez établi sept d'un coup.

Sam avait fait retraite sous l'édredon et l'avait tiré au-dessus de sa tête. Malheureusement, il ne pouvait empêcher les paroles de MacKenzie de parvenir jusqu'à ses oreilles.

— Voyez-vous, Sam, la vie est une série de compartiments, dont certains sont reliés aux autres, mais dont la plupart sont isolés. Il arrive exceptionnellement que ces compartiments parallèles, comme je les appelle, soient obligés de tenir compte de l'existence d'un autre. Vous m'avez sauvé la vie à Pékin, c'est un fait. Vous avez consacré tous vos talents et toute votre expérience à me préserver de cet oubli dont je vous ai entendu parler. Mais hier soir, ici, en Suisse, je vous ai sauvé la vie. En faisant appel à mes talents et à mon expérience. Nous sommes quittes. Nos compartiments dans ce domaine ne sont plus parallèles. Alors cessez de déconner, mon garçon. Je ne vous couvrirai plus ! Parole d'officier général !

A la fin des deux semaines, Sam était persuadé d'avoir perdu le peu de raison qui lui restait. La simple idée de vêtements le rendait fou. Tout au long de sa vie, les vêtements avaient été une composante reconnue de son existence — une composante parfois agréable, et même satisfaisante pour son ego. Mais il ne s'était jamais penché plus longuement que ça sur le sujet.

C'est une jolie veste. Et elle n'est pas trop chère. Adjugée ! Des chemises ? Sa mère disait qu'il avait besoin de chemises. Pourquoi ? Celles qu'il portait ne lui plaisaient pas ? Ah, oui, il était avocat. D'accord : chemises rayées et flanelle grise. Des chaussettes ? Il y en avait toujours de rechange dans le tiroir de son bureau. Des caleçons et des mouchoirs aussi. L'achat d'un costume était une occasion un peu exceptionnelle, qui ne s'était présentée que quelques rares fois au cours de sa vie d'adulte. Mais il ne s'était jamais laissé tenter par un costume sur mesures. Et dans cette putain d'armée, ses vestes et ses pantalons de civil ne l'intéressaient que pour le plaisir de quitter son foutu uniforme. Non. Les vêtements n'avaient jamais été un facteur important dans sa vie.

Mais ils l'étaient maintenant.

Comme chacun sait, la nécessité — en l'occurrence celle de ne pas perdre la raison — est mère de l'imagination. Jamais adage ne fut mieux adapté à la situation. Sam se mit à improviser et son imagination lui souffla de changer sincèrement de position.

Il fallait que ce soit une évolution progressive, basée sur les alternatives potentielles. Puisqu'il était complètement, intrinsèquement, légalement impliqué dans les opérations de la Shepherd Company et puisque toutes les échappatoires avaient été bloquées, à quoi bon se battre plus longtemps ? La vie était une suite de compartiments et il était coincé dans une sacrée impasse, du nom de Mac Hawkins, une impasse qui renfermait quarante millions de dollars (ça faisait pas mal de *pastrami* et de foie haché !).

Peut-être, après tout, son approche avait-elle été trop défaitiste ? Peut-être, à la réflexion, ferait-il mieux d'engager son énergie dans des voies plus productives, de chercher dans quel domaine il pouvait apporter sa contribution ? Son nom était inscrit en lettres indélébiles sur les documents de la Shepherd Company. Et si celle-ci venait à sauter, il risquait de prendre quelques éclats d'obus dans les fesses.

Il commença à énoncer ces conjectures, par bribes, sans trop de conviction au départ, durant les visites quotidiennes de MacKenzie, au début de la troisième semaine. Mais il réalisa bien vite que le simple fait de les énoncer n'était pas très persuasif. Il fallait que le Faucon sente que son esprit travaillait aussi, qu'il observe la transformation.

Le mercredi, il aborda la conversation comme suit :

— Mac, avez-vous songé aux aspects juridiques après... vous savez bien, après...

— Disons le plan Zéro. Quels aspects juridiques ? Il me semblait que vous vous étiez fort aimablement occupé de tout ça.

— Je ne suis pas tout à fait sûr. J'ai été mêlé à pas mal de négociations juridiques. De Boston à Pékin.

— De quoi voulez-vous parler ?

— De rien... Je disais juste... Oh, rien du tout.

Le jeudi :

— Il pourrait y avoir des conséquences après... ce plan Zéro... auxquelles vous n'avez peut-être pas songé. Un cancer pourrait se mettre à ronger la présidence de la Shepherd Company et invalider ses activités.

— Crachez donc le morceau, mon garçon.

— A vrai dire... Oh, ça n'a pas d'importance. C'était une simple hypothèse. C'était quoi, tout ce bruit cet après-midi ? Ça avait l'air très excitant.

Le Faucon lorgna dans sa direction avant de répondre à sa question.

— Sacrément excitant, en effet, fit-il au bout de plusieurs secondes. Rien ne vaut un travail de précision sur un champ de manœuvre ! Ça vous réchauffe le cœur d'un homme ! Mais de quoi diable parlez-vous ? Cette histoire de cancer.

— N'en parlons plus. C'est encore une de ces divagations de ma vieille cervelle d'avocat... Dites-moi, ces manœuvres... c'est vraiment... le top du top ?

— Ouais... acquiesça Hawkins en faisant rouler son cigare d'un coin de sa bouche à l'autre. Je pense que ça ira.

Le vendredi :

— Comment s'est passé l'entraînement aujourd'hui ? Vous aviez l'air en grande forme.

— L'entraînement ? Bon Dieu ! Ça n'est pas un entraînement, ce sont des manœuvres !

— Navré. Comment c'était ?

— Un peu bâclé. Nous avons eu quelques petits problèmes.

— Navré, vraiment. Mais je vous fais confiance. Vous allez certainement redresser tout ça.

— Ouais... maugréa le Faucon en s'approchant du pied du lit, le cigare en bouillie. Je serai peut-être obligé d'engager une équipe de diversion. Deux ou trois hommes, pas plus. Je n'étais pas assez concentré. Et, nom d'un chien ! Sam, tout aurait marché sur des roulettes, si vous n'aviez pas mis votre grain de sel là-dedans !

— Je vous l'ai dit. Je le regrette sincèrement. Je n'avais pas mesuré...

MacKenzie l'interrompit et cracha :

— Vous pensez ce que vous dites ?

— Oui, répondit Devereaux, lentement, avec conviction. La première chose qu'un avocat doit savoir c'est tenir compte des faits, s'appuyer sur les évidences. Tous les faits, pas seulement des bribes çà et là. Je les ai isolés. Je suis sincèrement navré.

— Je ne peux pas prétendre que je comprends toutes ces subtilités, mais si vous pensez vraiment ce que vous dites, de quoi diable parliez-vous alors hier ? Et avant-hier aussi ? C'est quoi, ces fameuses « conséquences » du plan Zéro ?

Bingo ! Comme on dit à Boston. Devereaux jubilait mais ne montra aucune émotion. Il resta l'avocat calme et attentif, qui prend à cœur les intérêts de son client.

— D'accord. Je vais vous le dire. Je connais bien ces comptes en fidéicommis, Mac. En dehors du compte principal, qui est le vôtre, je suppose, vos sept hommes pourront retirer (ou faire retirer par leurs consignataires) jusqu'à trois cent mille dollars sur la base du premier code. Le second code figure dans l'un des autres documents, sous forme de fiche électronique. Cette fiche doit être contresignée par vous, et je présume que vous ne l'enverrez à Zurich que juste avant le démarrage de votre fameux plan Zéro. Je me trompe ?

— Je me suis vraiment creusé la cervelle pour mettre au point ce système de comptes en fidéicommis. Qu'est-ce qui ne va pas ?

— Oh, rien. Jusque-là, du moins. Mais, une fois le second code en main, chaque homme disposera d'un total de cinq cent mille dollars, c'est bien ça ? Le montant de son salaire, exact ? Un demi-million de dollars pour le plan Zéro. Et la même chose pour tout le monde.

— Ça n'est pas si mal pour six semaines de boulot.

— Il y a d'autres choses qui entrent en ligne de compte. La couverture juridique, au sens large, peut aller plus loin que la simple immunité. Et je ne pense pas seulement à la publication d'un livre. Encore qu'il semblerait que les éditeurs manipulent pas mal d'argent ces temps-ci.

— De quoi parlez-vous ? s'inquiéta le Faucon en écrasant son cigare contre le montant du lit.

— Qu'est-ce qui empêche l'un de vos officiers

subalternes de s'adresser directement aux autorités — par le biais d'intermédiaires, bien entendu — et de traiter séparément avec elles? Après coup. Ils ont votre argent; ils éviteront toute poursuite en coopérant. N'oubliez pas que nous sommes en présence d'un des plus gros coups de l'histoire. Ça leur permettrait, par-dessus le marché, d'empocher quelques milliers de dollars supplémentaires.

Les yeux plissés de Mac s'élargirent soudain de soulagement. Et d'autosatisfaction. Il y avait indéniablement un accent de triomphe dans son sourire.

— Et c'est ce qui vous inquiétait tellement, mon garçon?

— Mais ne le tenez pas pour parole d'évangile.

— Diable non! Ça n'était pas du tout dans mon intention. Aucun de mes hommes ne ferait une chose pareille. Leur seul souci sera de disparaître de la circulation, comme les lièvres détalent devant l'incendie. Et ils ne referont jamais plus surface, par crainte de se retrouver nez à nez avec l'un des autres.

— Là, je ne vous comprends pas, fit Sam abattu.

Le Faucon s'assit sur le lit.

— J'ai prévu tout ça, mon garçon. Un peu de la même manière que je vous ai ligoté à un canon chargé. C'est vous qui m'avez donné l'idée. J'ai l'intention de faire mes adieux à chacun d'eux séparément. Et à chacun d'eux, je remettrai un titre au porteur d'une valeur d'un demi-million de dollars. En lui disant qu'il est le seul à en bénéficier. Parce que, comme un bon général que je suis, j'ai conservé mes carnets de combat, et en les relisant, j'ai réalisé qu'une mission ne pouvait pas réussir sans un atout stratégique spécifique. Ils sont coincés. De tous les côtés. Aucun homme n'irait dénoncer un crime qui n'aurait pu être commis sans sa propre participation. Surtout quand ça lui rapporte un bonus d'un demi-million de dollars. Et il ne tiendra certainement pas à ce que ses camarades de complot apprennent qu'il a eu droit à un traitement préférentiel aussi avantageux.

— Mon Dieu !

Sam ne put contenir l'admiration qui perçait dans sa voix.

— Clausewitz démontre clairement que l'on ne peut s'engager contre les Berbères de la même manière que l'on combat les Dragons du Roi. C'est une question de réalisme tactique.

Devereaux fut, une fois de plus, frappé par l'audace du Faucon. Il s'étonna doucement, dans un murmure à peine perceptible :

— C'est surtout une question de... Jésus ! trois millions et demi de dollars !

— C'est exact. Vous comptez vite. Et un million de dollars par tête pour les filles, ce qui fait quatre millions. Plus les indemnités initiales pour les officiers, soit trois millions et demi de dollars en sus. Et pour votre information, bien qu'il me faille maintenant reconsidérer la chose, j'avais prévu un autre titre au porteur pour vous. Un million de dollars à rajuster sur votre feuille de paie.

— Quoi ?

— J'ai toujours soupçonné que vous n'aviez pas vraiment compris l'utilité de ce capital de quarante millions de dollars. Ça n'était pas juste un chiffre au hasard, voyez-vous. Cette somme était l'aboutissement d'une estimation soigneusement pesée. Je me suis procuré un petit fascicule de la Commission d'échanges et de sécurité, qui m'a appris quels étaient les écueils à éviter dans le cadre d'une gestion financière saine. Avant même que la société ne mette ses services sur le marché, il nous fallait envisager une dépense salariale préopérationnelle de près de quinze millions de dollars. Et puis il y avait les dépenses relatives à la constitution du capital : les frais de voyages, les frais de représentation et de prospection. Je vous ai un peu doublé là-dessus, mon garçon ; mais je savais que c'était pour votre bien. Et pour finir, les dépenses immobilières et les frais d'équipement relatifs à l'exploitation du marché potentiel...

Involontairement, les oreilles de Sam déformaient les vagues sonores qui leur parvenaient. Des phrases isolées, comme « achat de matériel aérien estimé à cinq millions de dollars », « relais de communications ondes courtes, un million deux cent mille dollars », « travaux de remise en état et fournitures » ou « location de bureaux supplémentaires », lui étaient assez clairement audibles, toutefois, pour qu'il se demande où il était. Nu comme un ver, sous un édredon, quelque part en Suisse, ou habillé de la tête aux pieds, dans une salle de conseil, au sommet du Chrysler Building ? Malheureusement pour la santé de son estomac, dans un cas comme dans l'autre, il était confronté à la brève sommation de Hawkins.

— Ce fascicule du SEC insistait particulièrement sur la nécessité de constituer un capital de réserve en liquide. En recommandant un pourcentage de vingt à trente pour cent par rapport au capital global de la compagnie. J'ai tout de même vérifié quelle était la pratique courante dans le cas des sociétés à responsabilité limitée et j'ai constaté que ce montant dépassait rarement dix à quinze pour cent, ce qui m'a paru parfaitement inadéquat. Alors j'ai gonflé un peu, et j'ai tranché à vingt-cinq pour cent. C'est d'ailleurs ce que nous avons. Les prévisions budgétaires pour la phase préparatoire, avant commercialisation, s'élèvent à environ trente millions de dollars. Si l'on prend ce chiffre pour base de calcul et si l'on y ajoute vingt-cinq pour cent, soit dix millions de dollars si l'on tient compte des imprévus, on arrive à quarante millions. Et c'est justement la somme que j'ai réunie. Pure réflexion économique, si j'ose dire.

Devereaux resta momentanément muet. Son esprit fonctionnait à toute vitesse, mais aucun mot ne parvenait jusqu'à ses lèvres. MacKenzie, cette tête brûlée de militaire, était devenu Hawkins, le financier de haute volée. Et cela était bien plus inquiétant que tout ce qu'il avait envisagé jusqu'à maintenant. Les principes militaires (ou l'absence de principes en la matière), combinés avec les principes industriels (même quand on y dérogeait) formaient un véritable conglomérat militaro-industriel. Et Hawkins était l'illustration vivante de cette réalité.

S'il était d'une urgence aiguë que Sam empêche MacKenzie d'agir, cette urgence était aujourd'hui triplée.

— Vous êtes invincible, articula Sam finalement. Je reviens sur toutes mes réserves antérieures. Laissez-moi me joindre à vous. Me joindre activement à vous. Laissez-moi gagner mes millions de dollars.

21

Chacun des officiers s'était vu attribuer une couleur en français. Non seulement tout le monde parlait français, mais les noms de couleurs étaient mieux différenciés dans cette langue que dans toute autre.

Le nègre américain qui venait de Crète était *Noir,* bien sûr. Le Viking de Stockholm, *Gris* ; le Français de Biscaye était *Bleu* et son compatriote de Marseille, *Vert* ; le Libanais de Beyrouth au teint basané était *Brun* ; le Romain était *Orange* ; et enfin, l'Athénien était *Rouge*, en l'honneur du foulard qu'il arborait en permanence. Désireux d'insuffler à ses hommes le sens de la discipline et de leur identité, le Faucon insista pour que chaque couleur soit précédée du mot « capitaine ».

Cette notion d'autorité et d'identité était d'autant plus souhaitable que MacKenzie, par les nécessités de son commandement, serait amené à dépouiller ces hommes de leur individualité spécifique. L'assaut final du plan Zéro aurait lieu à visage masqué. Les traits camouflés par un collant, le teint poudré ou maquillé, selon les complexions, pour figurer un type caucasien moyen. Et toutes les habitudes gestuelles, sans doute soigneusement déguisées, devaient être drastiquement modifiées.

Les hommes acceptèrent l'ordre sans discussion. Les rasoirs, les ciseaux et les décapants entrèrent en action. Aucun d'eux n'avait le moindre désir de se distinguer de ses camarades, autrement que par les caractéristiques de base dictées par la nature. L'anonymat était synonyme de sécurité et ils en avaient tous pleinement conscience.

Les manœuvres entraient dans leur quatrième semaine. La route forestière qui bordait le domaine de Machenfeld avait été retracée pour se conformer, aussi précisément que possible, au site du plan Zéro. Des rochers avaient été déplacés, des arbres déracinés, des zones entières de broussailles transplantées. Un autre lieu avait été sélectionné et maquillé : une petite route étroite en zigzag, qui descendait une colline relativement escarpée, et aboutissait dans les bois.

Pour remodeler ces deux sites, les hommes travaillèrent à partir de photographies agrandies — cent vingt-trois, pour être exact — envoyées par un touriste complaisant de passage à Rome, un touriste du nom de Lilian von Schnabe. Mrs. von Schnabe ne s'attribua cependant pas le mérite de ses photos. En fait, les rouleaux avaient été confiés à deux relais qui ne se connaissaient absolument pas et remis à Zermatt à un Rudolph ahuri. Dans plusieurs cartons de tampons hygiéniques. Rudolph avait placé l'étrange cargaison dans le coffre de son taxi italien, sous la boîte à outils. Un homme devait préserver sa dignité avant tout.

Le troisième jour de la quatrième semaine, le Faucon programma la première simulation complète de l'assaut. Ce fut un exercice mouvementé, où les hommes devaient assumer alternativement leur rôle d'attaquant et celui de l'adversaire. Les motos vrombirent, les limousines filèrent, les visages masqués de collants surgirent de leurs postes pour accomplir la tâche qui leur était assignée. Muni d'un chronomètre, MacKenzie minutait chaque phase de la manœuvre. Il avait défini huit phases progressives, depuis l'incursion jusqu'au décrochage. Et ses officiers se démerdaient superbement ! Ils savaient que le succès final du plan Zéro dépendait de la réussite de chaque mission individuelle à l'intérieur de chaque phase spécifique. Le concept d'échec n'avait rien d'attrayant à leurs yeux.

Ce fut la raison pour laquelle les capitaines objectèrent unanimement contre l'innovation tactique initiale du Faucon : absence totale d'arme à main. Un couteau bien placé ou un garrot habilement utilisé leur avaient été fort précieux au cours de leurs escarmouches antérieures, et avaient souvent fait la différence entre survie et capture. Mais MacKenzie était inflexible. Il lui fallait à la fois garantir et prouver qu'aucun mal ne serait fait au pape avant le paiement de la rançon. C'est pourquoi les pistolets, les couteaux, les cordes, les crampons, les ongles métalliques et même les coups-de-poing américains furent éliminés. Interdites également, toutes formes de corps à corps, au-delà des figures de base du karaté.

Ils finirent par accepter ces limitations.

— En Suède, nous avons un proverbe, entonna le capitaine Gris avec son plus bel accent nordique : Mieux vaut une Volvo dans son garage qu'un abonnement à vie sur les chemins de fer scandinaves. Je m'en remets aux ordres du commandant.

— Oui, approuva le capitaine Bleu, le Français de Biscaye. Pour une telle récompense, je suis prêt à les endormir en leur chantant des berceuses gasconnes, s'il le fallait.

Mais les berceuses ne seraient pas nécessaires. MacKenzie avait prévu des seringues hypodermiques pour dispenser le sommeil grâce à une solution de penthotal. Chaque officier serait équipé avec une mince bandoulière en travers de la poitrine, contenant de minuscules seringues dans des réceptacles en caoutchouc initialement prévus pour contenir des balles. Elles seraient très faciles à extraire rapidement. Et si elles étaient administrées convenablement, dans un diamètre de cinq centimètres, à la base droite du cou, l'anesthésie se produirait en quelques secondes à peine. Le problème serait simplement d'immobiliser la victime pendant ce bref instant, jusqu'à ce que la drogue fasse son effet. Mais ce n'était pas un problème difficile à résoudre et, étant donné le bruit considérable des véhicules en action, les cris éventuels passeraient totalement inaperçus.

Les officiers, tenant compte des paroles de sagesse de Gris et de Bleu, ravalèrent donc leurs objections contre la consigne du Faucon. D'une certaine manière, c'était un challenge ; et aucun d'entre eux n'était intéressé par un abonnement à vie sur les chemins de fer scandinaves. Surtout quand ils avaient l'opportunité de s'offrir une flotte entière de Volvos !

Chacun de leurs talents fut mis à contribution. Le capitaine Gris et le capitaine Bleu furent nommés responsables du camouflage et du plan de fuite. Le capitaine Rouge était un expert en explosifs ; il avait fait sauter personnellement six jetées dans le détroit de Corinthe au moment où la flotte américaine était censée y passer. Les sédatifs médicaux étaient une spécialité de l'Anglais, le capitaine Brun, dont la peau s'était tannée au soleil de Beyrouth ; et il connaissait parfaitement la plupart des narcotiques. Les technologies aériennes et l'électronique étaient des domaines brillamment représentés. Le premier, bien sûr, était celui du capitaine Noir, dont les exploits — à Houston comme à Moscou — étaient entrés dans la légende. Le second était la province du capitaine Vert, qui avait jugé utile, à Marseille, de mettre sur pied un réseau extraordinaire de communications radio. Car c'était un port très actif et Interpol fourrait son nez partout.

Les opérations locales, enfin, furent confiées au capitaine Orange, qui connaissait Rome comme la paume de sa main constamment agitée. Il devait mettre sur papier une description minutieuse de huit accoutrements susceptibles de passer inaperçus dans la foule et suggérer un minimum de quatre moyens de transports différents pour accéder au site du plan Zéro, incluant éventuellement les transports publics. Car, pendant les derniers jours de la quatrième semaine, chaque capitaine ferait un bref séjour à Rome pour repérer personnellement la zone d'assaut.

Le terrain d'atterrissage à Zaragolo ne poserait aucun problème, ils en convinrent tous. Pas davantage que l'intervention de l'hélicoptère dans le plan Zéro. Il serait sur les lieux dès la veille. Gris et Bleu assurèrent que le camouflage serait indécelable.

Putain ! pensa MacKenzie en arrêtant le chronomètre à la fin de la phase Huit de la manœuvre. Vingt et une minutes ! Dans un jour ou deux, ils descendraient jusqu'à dix-huit minutes maximum. Il ressentit un sursaut de fierté dans sa poitrine naguère surchargée de médailles. Sa machine de guerre était en passe de devenir l'une des miniforces de frappe les plus impressionnantes de l'histoire militaire.

Même les trois deuxième-classe (les troupes de diversion) se comportaient magnifiquement. Ils n'avaient que deux fonctions : crier et rester tranquilles. Mais, comme c'était toujours le cas pour les recrues de dernier rang, ils ne savaient rien. Ils avaient été recrutés par le capitaine Brun dans les champs de pavots des montagnes turques, où ils retourneraient à l'instant même où le plan Zéro s'achèverait. Ils avaient été engagés pour un prix forfaitaire, se fichaient de connaître le but de la mission et, naturellement, ils étaient logés à part dans des quartiers réservés et ne partageaient pas les repas du mess des officiers.

On les avait simplement baptisés : deuxième-classe Un, Deux et Trois.

Une fois le parcours terminé, les officiers se

rassemblèrent autour du Faucon, devant l'énorme tableau qu'il avait installé sur le terrain, contre un chevalet en A. La sueur perlait à travers les collants qui leur masquaient le visage. Ceux qui portaient des vêtements sacerdotaux les retirèrent soigneusement, prenant note des réparations à prévoir. Et les inévitables cigarettes et allumettes sortirent des poches. Pas de briquets, car on pouvait relever des empreintes digitales sur les briquets.

Les trois deuxième-classe restèrent bien entendu à l'écart. A portée de vue, mais pas d'ouïe. Les recrues de rang inférieur n'étaient pas conviées à ces analyses tactiques. Ce n'était pas pensable.

Et l'analyse commença. Bien qu'immensément satisfait, Hawkins ne s'appesantit pas sur les éléments positifs. Il leur signala leurs erreurs, surchargeant le tableau de ses critiques avec une telle autorité que les officiers tremblèrent comme des gosses pris en faute.

— De la précision, messieurs ! Tout est dans la précision ! Vous ne devez jamais relâcher votre concentration, même l'espace d'une seconde ! Capitaine Noir, votre intervention est minutée trop serré entre la phase Un et votre stationnement en phase Six. Capitaine Gris, vous avez eu des problèmes en enfilant votre soutane par-dessus votre uniforme. Entraînez-vous, mon vieux ! Capitaine Rouge et capitaine Brun, votre exécution de la phase Cinq est un vrai désastre ! Virez-moi cet équipement radio ! Et bougez-vous ! Capitaine Orange ! Votre prestation a été la plus lamentable de toutes !

— *Che Cosa!* Je n'ai fait aucune erreur !

— La phase Sept, capitaine ! Si la phase Sept n'est pas exécutée scrupuleusement, la mission tout entière s'envole en fumée ! C'est le moment où se déroule l'échange, soldat ! Vous êtes celui qui parle le mieux italien. J'ai mis ce Frescobaldi dans la voiture du pape et j'ai emmené le pape. Où diable étiez-vous pendant ce temps-là ?

— En position, *generale* !

— Vous étiez du mauvais côté de la route ! Et, capitaine Bleu, pour un expert du camouflage, vous étiez aussi discret qu'un canard déplumé dans votre position en phase Quatre ! Couvrez-vous, bon Dieu ! Utilisez au moins le feuillage pour vous camoufler ! Maintenant, en ce qui concerne ces rumeurs de latrines, selon lesquelles certains d'entre vous ne seraient pas contents de la phase Huit, c'est-à-dire du plan de fuite sur Zaragolo, et penseraient que nous devrions avoir deux hélicoptères sur les lieux... Eh bien, laissez-moi vous dire, messieurs, que je ne tiens pas à ce qu'on se fasse repérer par un radar. Et que si un petit coucou, volant à basse altitude, peut espérer échapper aux observateurs de l'aviation italienne, deux hélicos seraient aussitôt repérés par les scanners. Je ne pense pas qu'aucun d'entre vous apprécierait de se retrouver à mille pieds d'altitude, en compagnie de toute une patrouille en exercice. N'y voyez aucune offense, capitaine Orange !

Les capitaines se regardèrent les uns les autres. Ils avaient visiblement discuté entre eux de la phase Huit et s'étaient plaints du fait que le petit hélicoptère au centre de la cible n'emporterait que le Faucon, le pape et les deux pilotes. Mais leur commandant venait de leur peindre un tableau convaincant. Ce plan de fuite avait été exhaustivement analysé par Gris et Bleu, qui non seulement étaient les meilleurs en la matière mais seraient les premiers à l'utiliser. On pouvait donc penser que la sécurité du terrain était garantie.

— Nous retirons nos objections, annonça le capitaine Vert.

— Bien, fit MacKenzie. Maintenant, concentrons-nous sur...

Il n'alla pas plus loin. Car, de l'autre côté du terrain sud, à une certaine distance, courant dans l'herbe, apparut la silhouette de Sam Devereaux, en pantalon de jogging, criant aussi fort que ses poumons le lui permettaient :

— Un, deux, trois, quatre ! Le jogging, c'est bon pour la forme ! Cinq, six, sept, huit ! A moi la ligne et le ressort ! Quatre, trois, deux, un ! Le jogging, c'est bon pour le moral !

— Mon Dieu ! s'écria le capitaine Bleu. Cette cervelle de pois chiche ne s'arrêtera donc jamais ! Ça fait maintenant cinq jours qu'il se traîne comme ça !

— Avant même qu'on se réveille ! ajouta Gris. Quand on se repose, à chaque fois qu'on a un moment tranquille dans la journée, il est toujours sous nos fenêtres, à hurler !

Les autres capitaines se joignirent en chœur à cette complainte. Ils avaient accepté la décision du général de ne pas abattre ce débile, concédant même, avec réticence, qu'il n'y avait aucun mal à le laisser prendre un peu d'exercice dehors, tant que deux des gardes de Machenfeld étaient assignés à sa surveillance. Ce trouduc ne pouvait aller nulle part. Pas en pantalon de jogging, torse nu, et au-delà d'une haute barrière de barbelés où il ne ferait que s'enfoncer dans les inextricables forêts de la montagne suisse. Mais ils avaient tiré un trait sur la participation éventuelle de ce clown au plan Zéro.

Il était donc là, essayant de les impressionner par son entraînement. Un pauvre athlète pathétique, qui n'avait aucune chance de rentrer dans l'équipe, mais qui essayait tout de même.

— D'accord, d'accord, fit le Faucon contenant un éclat de rire. Je vais lui parler, je vais lui dire de se calmer. Il ne fait ça que pour vous convaincre, vous le savez bien. Il veut vraiment se joindre aux superchampions.

Il les rendait tous fous, et il le savait. Bien sûr, il y avait des moments où il se disait qu'il risquait de tomber raide mort d'épuisement, mais la conviction que ses singeries produisaient l'effet désiré l'aida à tenir le coup. Tout le monde l'évitait, certains même s'enfuyaient carrément à sa vue. Sa conduite insensée était devenue une plaisanterie irritante. On avait déjà renvoyé dans les communs les trois chiens apparus de nulle part qui montaient la garde dans le couloir, devant la porte de sa chambre, à cause de leurs aboiements incessants. Et il se faisait un devoir de rendre régulièrement visite au personnel. Les chiens, soucieux d'éviter les réprimandes pour leurs réactions parfaitement naturelles, levaient maintenant à peine la tête et le regardaient avec haine quand il passait les grilles.

Tout comme le personnel, et les officiers de MacKenzie. Sam était un sacré poids, une plaisanterie qui avait tourné court. Ce qui se passa, bien entendu, c'est qu'on finit par ignorer sa présence. Et, d'ici quelques jours, il pourrait tirer parti de ce dédain.

Bien qu'il ne fût pas autorisé à manger avec Mac et sa bande de psychopathes, le Faucon était assez prévenant pour continuer à lui rendre visite chaque jour, en fin d'après-midi, lorsque Sam était ramené dans sa chambre et qu'on lui avait retiré son pantalon de jogging. Devereaux comprenait. Hawkins avait besoin d'une caisse de résonance pour ses enthousiasmes. Et, se vantant, il lâcha l'information que lui et ses hommes allaient s'absenter pendant un jour ou deux, pour un contrôle de surveillance du plan Zéro. Ils rentreraient ensuite à Machenfeld pour mettre au point les éventuels changements de dernière minute.

Mais Sam n'avait pas à se faire du souci. Il ne serait pas tout seul à Machenfeld. Il y aurait les gardes, et les chiens, et tout le personnel...

Sam sourit. Car son propre plan Zéro démarrait au moment où le Faucon et ses hurluberlus quitteraient le château. Il avait commencé par préparer ses gardes, le farouche Rudolph et un autre tueur du même gabarit qui n'avait pas de nom. Il les avait convaincus, en plusieurs occasions, de s'asseoir au milieu d'un champ, pendant qu'il courait autour. Ça n'était pas difficile, ils étaient reconnaissants de pouvoir se reposer. Ils restaient simplement assis dans l'herbe, leurs deux pistolets menaçants pointés sur lui, tandis qu'il courait en s'arrêtant par intermittence pour faire quelques mouvements de gymnastique. A chaque fois, il avait progressivement élargi la distance qui le séparait de ses gardes et cet après-midi, il s'était éloigné à près de deux cent cinquante mètres d'eux.

L'armée lui avait tout de même enseigné quelques petites choses en matière d'armes. Il savait qu'aucune arme de poing n'avait de portée réelle au-delà de trente mètres. Pas en termes de précision ; le tir dispersé était une autre affaire, mais il lui fallait prendre certains risques. Faire échec au Faucon était le genre d'objectif qui, en temps de guerre, faisait de soldats sans mérite des héros. Que disait donc MacKenzie à ce sujet : « C'est une question de motivation. Rien ne peut remplacer ça. Et toutes les munitions du monde n'y changeront rien... »

Sam était motivé. La perspective d'une troisième guerre mondiale se dessinait plus distinctement chaque jour.

Son plan était simple... et relativement sûr. Il avait été tenté de lui donner un numéro d'option, mais ses options n'avaient guère été couronnées de succès jusqu'à présent. Il décida donc de s'abstenir. Il irait courir dans le champ situé au sud du château, comme il le faisait maintenant, là où la forêt limitrophe était plus épaisse et où l'herbe était plus haute que dans les autres pâturages. Il agrandirait la distance entre lui et ses gardes, comme il l'avait fait cet après-midi, en faisant des mouvements de gymnastique, par intermittence. Il ferait des pompes, aussi. Ce qui l'amènerait, tout naturellement, à se rapprocher du sol, au niveau de l'herbe.

Et au moment adéquat, il s'éloignerait en rampant aussi vite que possible en direction de la forêt. Puis il courrait jusqu'à la clôture. Une fois là, il ne grimperait pas mais il retirerait son pantalon de jogging — judicieusement déchiré — et le balancerait de l'autre côté. Et si tout se passait comme prévu, si Rudolph et l'autre garde sans nom se mettaient à courir dans toutes les directions à la fois, alors il se mettrait à crier comme s'il était sévèrement blessé et il prendrait ses jambes à son cou pour aller s'enfoncer dans les bois les plus profonds.

Bien entendu, Rudolph et Sans Nom se précipiteraient vers la clôture. Ils verraient le pantalon de l'autre côté et prendraient, sans aucun doute, les dispositions qui s'imposaient. L'un d'eux sauterait la barrière et l'autre retournerait au château pour aller chercher les chiens.

A ce stade, Sam attendrait jusqu'à ce qu'il entende les aboiements. Puis il retournerait à Machenfeld, rentrerait normalement par la porte, volerait des vêtements et une arme. Puis il récupérerait une automobile dans l'allée circulaire et menacerait le gardien du portail de l'entrée de son pistolet. Après ça, à lui la liberté !

Il fallait que ça marche !

Pour quelle raison échouerait-il, cette fois ?

Le Faucon n'était pas le seul homme capable de stratégie. Il allait comprendre qu'on ne se moque pas impunément d'un avocat de Boston, qui travaillait pour Aaron Pinkus !

Les cris interrompirent ses pensées. Il était en vue de la zone de manœuvre. Il pouvait voir les étranges panneaux routiers et les véhicules. Rudolph et Sans Nom lui criaient de revenir. Naturellement, il obtempérerait. Il n'était pas autorisé à observer les manœuvres.

— Navré, les gars ! hurla-t-il à bout de souffle en changeant de direction. (Ses jambes martelèrent la terre molle.) Je vais juste faire un aller-retour jusqu'au portail et ce sera fini pour aujourd'hui !

Rudolph et Sans Nom firent la grimace et se relevèrent. Rudolph fit un signe obscène en pointant le majeur et Sans Nom, d'une manière non moins expressive, fit claquer son pouce contre ses dents supérieures.

Sam tenait à terminer tous les après-midi son jogging par une course jusqu'au portail principal. Ça lui paraissait une bonne idée de profiter de la circonstance pour étudier minutieusement les lieux, en prévision de son évasion. Selon la panique du moment, il serait peut-être obligé d'actionner lui-même le mécanisme. Mais, si cette panique était à son maximum (comme aurait dit Mac), le portail serait peut-être ouvert.

Il songeait à cette éventualité quand ses pieds vinrent cogner contre les planches du pont-levis. Mais ses rêveries firent soudain place à un sentiment de malaise. Car là-bas, au portail, une longue limousine noire était accueillie par le gardien avec force courbettes et sourires obséquieux. Et lorsqu'il entendit les mots qui s'échappaient du siège du conducteur, tandis que l'automobile conduite d'une main experte s'approchait de lui, il se figea instantanément, pris d'une envie intense de se jeter dans les douves du château.

— Je n'en crois pas mes yeux ! s'écria Lilian von Schnabe. Sam Devereaux, en pantalon de jogging ! Dieu Tout-Puissant ! Est-ce qu'il aurait suivi mes conseils ? Alors, on essaye de tonifier un peu cette vieille coquille toute déglinguée !

S'il avait envisagé de se noyer en entendant la voix de Lilian von Schnabe, Sam fut ramené dans le droit chemin par les paroles qui suivirent.

— Tu as l'air en meilleure forme qu'à Londres, ça c'est sûr ! lança Anne, de Santa Monica, la quatrième Mrs. Hawkins. « Tombante mais Convaincante ». Ton petit voyage a dû te faire le plus grand bien !

22

Le plan d'évasion de Devereaux ne s'englua pas comme les options Un à Quatre. Il ne fut pas non plus balayé comme les options Cinq et Six l'avaient été. Il ne subit pas davantage le sort de l'option Sept et n'explosa pas dans un torrent d'injures. Il fut néanmoins différé.

Sam se trouva soudain dans l'obligation de composer avec deux gardes supplémentaires, dont l'un posait autant de problèmes à Mac que les deux en posaient à Devereaux. MacKenzie s'en ouvrit à lui. Incidemment, sans que cela perturbe pour autant ses projets ; en s'appuyant simplement sur la réalité pour affirmer son autorité et transformer son passif en actif.

— Annie a un problème, mon cher conseiller, lui annonça le Faucon au cours de l'une de ses visites dans sa chambre. Je pense que vous devriez vous pencher dessus. Et essayer de faire quelque chose sur le plan juridique avant qu'il ne soit trop tard.

— Tous les problèmes finissent par se résoudre d'eux-mêmes...

— Pas les siens. Voyez-vous, la famille

d'Annie — la famille tout entière — a passé plus de temps en prison qu'hors de prison. Mère, père, frères... Elle était la seule fille... Ils avaient tous des casiers judiciaires qui constituaient à eux seuls la majeure partie des dossiers de la circonscription de Detroit.

— Je ne suis jamais tombé là-dessus. Ils ne figuraient pas dans les dossiers de renseignements.

Devereaux fut momentanément distrait de ses propres préoccupations. MacKenzie n'était pas en train d'essayer de le baiser. Il n'y avait aucune flamme dans ses yeux, seulement de la tristesse. La vérité. Mais il n'y avait aucune mention de casier juridique dans le dossier d'Anne. Si sa mémoire était bonne, elle était fichée comme étant la fille unique de deux obscurs enseignants du Michigan, qui écrivaient de la poésie en français médiéval. Parents décédés.

— Faux, bien sûr, fit le Faucon. J'ai changé tout ça pour l'armée. Pour les autres aussi, et principalement pour elle-même. C'était un lourd handicap pour la fille ; un frein terrible dans sa vie. (MacKenzie baissa le ton, comme si ces mots étaient une réalité douloureuse, mais impossible à ignorer.) Annie s'est prostituée, poursuivit-il. Elle a vécu d'une manière lamentable — très artificielle à ses yeux. Elle a fait le trottoir. C'était la seule chose qu'elle savait faire. Elle n'avait aucune vie familiale et, la plupart du temps, aucun toit. Et quand elle ne raccolait pas, elle passait son temps dans les bibliothèques, à feuilleter des magazines séduisants, imaginant ce que pourrait être une vie décente. Elle essayait constamment de s'améliorer. Elle n'arrête pas de lire, encore maintenant, toujours dans sa soif d'apprendre. Parce que derrière ce personnage se cache une fille épatante. Et depuis le début.

Les souvenirs de Sam le ramenèrent au Savoy. Anne dans le lit, avec cet énorme livre de poche à la couverture glacée sur les genoux : *Les Femmes d'Henri VIII.* Et, plus tard, les propos lancés avec tant de conviction, sur le seuil du vestibule, juste avant d'aller s'habiller. Des propos qui semblaient signifier beaucoup pour elle. Devereaux leva les yeux sur le Faucon et les répéta calmement :

— Ne change pas trop l'extérieur, tu risques de perturber l'intérieur. Elle m'a dit que c'est ce que vous lui avez enseigné.

MacKenzie semblait embarrassé. Il était évident qu'il n'avait pas oublié.

— Elle avait des problèmes. Mais comme je viens de vous le dire, c'était une fille formidable, derrière les apparences. Elle ne voulait pas le reconnaître. Mais moi, je le savais. N'importe qui l'aurait senti.

— Quel est son problème juridique ? demanda Sam.

— Cette espèce de serveur-gigolo qui lui sert de mari. Ça fait six ans qu'elle est maquée avec cette crapule. Elle l'a aidé à sortir de son minable statut de garçon de plage pour en faire le propriétaire de deux restaurants. Elle a littéralement construit ces restaurants. Et elle en est sacrément fière. Cette vie lui plaît. Au bord de l'eau, avec tous ces bateaux, et ces gens chic... Elle mène une vie décente aujourd'hui, et c'est elle qui l'a construite, à la force du poignet.

— Et alors ?

— Il veut la virer. Il s'est trouvé une autre nana et il ne veut plus entendre parler d'Annie. Un divorce sans histoires et qu'elle foute le camp.

— Elle ne veut pas divorcer ?

— Ça lui est indifférent. Mais elle ne veut pas perdre les restaurants. C'est une question de principe, Sam. Ils représentent tout ce pour quoi elle a vécu, et travaillé.

— Il ne peut pas se les approprier comme ça. Il doit tenir compte des termes de l'acte de propriété. Et les lois sont particulièrement dures à cet égard en Californie.

— Lui aussi. Il est retourné à Detroit et il a exhumé son casier judiciaire.

Sam marqua une pause.

— Ça, c'est un problème juridique, en effet.

— Vous vous en occuperez ?

— Il n'y a pas grand-chose que je puisse faire d'ici. C'est un problème de confrontation, de l'espèce la plus virulente. Œil pour œil, dent pour dent. Il s'agit de trouver des arguments de contre-accusation, fit Devereaux en claquant des doigts (le petit génie du barreau venait d'avoir une idée !). Je vais vous dire quoi. Laissez-moi sortir d'ici et je prendrai directement l'avion pour la Californie. Je louerai les services de l'un des meilleurs détectives privés de L.A., comme à la télé, et je vous garantis que j'aurai la peau de ce salaud !

— Bien vu, mon garçon, répliqua le Faucon

en claquant la langue en signe d'admiration. J'aime votre ton agressif. Gardez ça en tête pour plus tard. Disons dans un mois ou deux.

— Pourquoi pas tout de suite ? Je pourrais...

— Je crains que vous ne puissiez pas, justement. C'est tout à fait hors de question. Vous êtes coincé ici jusqu'à la fin des opérations. Mais parlez-en avec Annie. Essayez d'en tirer les informations dont vous aurez besoin. Peut-être que Lilian pourra vous aider. C'est une fille pleine de ressources.

Par ces mots, MacKenzie effaçait son passif et gagnait un actif. Sam avait maintenant deux personnes de plus pour le surveiller. Il pourrait peut-être berner Rudolph et Sans Nom. Mais, avec les filles, ce serait une autre paire de manches.

Mais quelques heures à peine après leur arrivée, Sam put constater que Lilian aurait très peu de temps à lui consacrer. Comme à son habitude, elle s'était plongée aussitôt dans une activité frénétique, ayant réquisitionné deux des employés du personnel de Machenfeld pour l'aider. Les travaux commencèrent dès les premières heures de la matinée, après le départ de la brigade pour la manœuvre.

Là-haut. Dans les pièces du dernier étage et sur les remparts du château.

On entendit des coups de marteau, des bruits de scie électrique et des craquements de plâtre. Des meubles montaient et descendaient, dans l'escalier hélicoïdal, ou étaient hissés le long des murs extérieurs, à l'aide de poulies et de cordes, quand ils étaient trop larges ou de forme trop tarabiscotée. Des dizaines de plantes en pot, de buissons et d'arbustes furent disposés le long des remparts, du moins d'après ce que Sam put en voir du palier, car il n'avait pas accès au troisième étage. Lilian et ses deux acolytes transportaient quotidiennement des pots de peinture, des pinceaux et des panneaux de bois et lorsque Sam ne put décemment plus ignorer ses travaux, il lui demanda ce qu'elle était en train de faire.

— Quelques aménagements, rien de plus, répondit-elle.

Pour finir, des caisses de gravier et de galets polis furent hissées sur les remparts, ainsi que plusieurs bancs de béton et (si les yeux de Sam ne le trompaient pas) un autel de marbre.

Oh, mon Dieu ! Une résidence papale !

Anne, de son côté, passait la majeure partie de son temps avec Sam. Et comme MacKenzie avait décrété qu'il n'était pas convenable que les filles mangent au mess des officiers — des femmes rompant leur pain avec la force de frappe, juste avant le combat, c'était un élément de diversion peu souhaitable —, Anne et Lilian prenaient leurs repas dans la chambre de Devereaux. Sam consigné sous son édredon, bien entendu. Mais Lilian était rarement là, elle avait trop de choses à faire là-haut... des aménagements, comme elle disait.

C'est ainsi que Sam et Anne se retrouvèrent dans les bras l'un de l'autre. D'une manière toute platonique, aussi surprenant que cela puisse paraître. Il est vrai qu'il ne fit aucune tentative, mais elle ne lui fit aucune avance non plus. C'était comme si tous les deux comprenaient l'insanité de la situation. Aucun ne voulant porter préjudice à l'autre et chacun cherchant spontanément à protéger l'autre. Et plus ils parlèrent, plus Sam comprenait ce que MacKenzie avait voulu dire au sujet d'Anne. Elle était la personne la plus authentique, la moins tortueuse, que Sam ait jamais rencontrée. Toutes les ex-femmes de Mac étaient dénuées d'artifices, mais il y avait quelque chose de différent chez elle. Alors que les autres avaient atteint certains plateaux, conscientes de leur propre valeur, Anne était insatisfaite. Il y avait en elle une volonté délicieuse et insolente de s'affirmer, de clamer à la face du monde qu'elle était capable de progresser, d'apprendre... Mais, grands dieux ! il n'y avait pas là de quoi sombrer dans la mélancolie !

Devereaux repéra le danger immédiat : il risquait de se faire réellement coincer. Il réalisa que cela faisait plus de quinze ans qu'il rêvait de ce genre de fille.

Mais il ne pouvait se laisser aller à cette pensée. Il avait un autre plan en tête, depuis peu. Un plan qui avait toutes chances d'aboutir.

Le jour même où Hawkins et sa brigade de capitaines à la noix lèveraient le camp pour démarrer leur plan Zéro !

Les dernières mesures douces-amères de l'orchestre emplirent la salle. Guido Frescobaldi honora ses rappels en essuyant une larme au coin de ses yeux. Il lui fallait maintenant se dépouiller de son art et songer à ses projets plénipotentiaires. Il fallait qu'il se dépêche vers sa loge et qu'il boucle sa boîte de maquillage.

Il avait reçu l'appel tant attendu ! Il partait pour

Rome ! Il allait embrasser son cousin bien-aimé, le plus chéri de tous les papes, Giovanni Bombalini, Francesco, le vicaire du Christ ! Ohhh ! Quelle bénédiction ! Enfin réunis après toutes ces années !

Mais il ne pouvait rien dire, absolument rien. Ça faisait partie des arrangements. C'était le souhait de Bombalini — sainte mère de Dieu ! —, du pape Francesco, et l'on ne pouvait discuter les exigences d'un pontife aussi munificent. Mais Guido s'interrogeait tout de même un tout petit peu sur ce point. Pourquoi Giovanni avait-il insisté pour qu'il raconte ce petit mensonge à la direction du théâtre, pour qu'il dise qu'il allait rendre visite à sa famille à Padoue et non à Rome ? Même son ami, le régisseur, avait cligné de l'œil quand il avait dit ça.

— Vous devriez peut-être demander à *votre famille* de prier saint Pierre, pour qu'il nous accorde quelques lires, Guido. La vente des billets n'a pas été brillante, cette saison.

Mais que savait donc le régisseur ? Et comment l'avait-il appris ?

Ce goût du secret ne ressemblait guère au Giovanni d'autrefois. Mais qui était-il, lui, Frescobaldi, pour douter de la sagesse de son cher cousin, le pape ?

Guido entra dans sa petite loge et commença à se défaire de son costume. Ses yeux tombèrent sur son costume du dimanche, soigneusement repassé et accroché au milieu du mur. Il avait décidé de le mettre pour prendre le train de Rome. Et soudain, il se sentit très ingrat et il eut honte de lui-même.

Giovanni était si bon avec lui. Comment avait-il pu se laisser aller à la moindre pensée déplaisante ?

La journaliste qui avait organisé leur rencontre lui avait demandé toutes ses mesures. Dans le moindre détail. Et quand il lui avait demandé pourquoi, et qu'elle lui avait répondu, il en avait pleuré.

Giovanni voulait lui offrir un costume neuf.

Le Faucon et ses officiers rentrèrent de Rome. Les dernières vérifications du plan Zéro s'étaient déroulées sans la moindre anicroche. Aucune modification ne serait nécessaire.

De surcroît, tous les renseignements requis avaient été rassemblés et traités. Utilisant les techniques classiques de reconnaissance en territoire hostile, Hawkins avait endossé un uniforme ennemi (dans sa mallette, un costume noir et un plastron clérical) et avait obtenu un laissez-passer du Vatican, certifiant qu'il était un jésuite et qu'il avait été chargé par le Trésor de faire une étude de rentabilité. Il eut ainsi accès librement à tous les calendriers et tous les emplois du temps personnels. Depuis les appartements privés jusqu'aux campements du personnel.

Toutes ces informations confirmèrent le Faucon dans ses projets.

Le pape partirait pour Castel Gandolfo à la même date que les deux années précédentes. C'était un homme organisé. Son temps devait être convenablement réparti entre ses besoins et ses fonctions. Castel Gandolfo l'attendait, et il serait présent à ce rendez-vous.

Le pape utiliserait la même escorte modeste que précédemment. Ce n'était pas un homme dispendieux ni prétentieux. Deux motards à l'avant et deux motards à l'arrière du convoi. Les limousines étaient limitées à deux : la sienne, dans laquelle prendraient place ses aides les plus proches ; et une deuxième, pour les secrétaires et les prélats de moindre importance, qui transporterait tous ses dossiers de travail. L'itinéraire du convoi suivait la route pittoresque dont il parlait avec émotion à chaque fois qu'il évoquait ses séjours à Castel Gandolfo, la magnifique Via Appia, avec ses collines et ses vallons, ponctuée tout au long du tracé par les vestiges de la Rome antique.

Via Appia Antica. Plan Zéro.

Les deux jets Lear avaient été acheminés vers Zaragolo. C'était un aéroport pour les riches. La petite berline Fiat, prévue pour les troupes de diversion, les trois Turcs, avait été achetée par le capitaine Noir, au nom de l'ambassade d'Éthiopie. Elle était stationnée dans un garage de nuit, près d'un commissariat de police où la criminalité était à un taux minimal.

Guido Frescobaldi était en route pour Rome. Regina s'occuperait de lui. Elle l'installerait dans une *pensione,* Le Doge, sur la Via Due Macelli, juste à côté de la Piazza di Spagna. Et elle prendrait soin du vieil homme jusqu'au matin de l'assaut, où elle lui administrerait une solution inoffensive de thiopenthal qui le mettrait hors d'état de nuire pendant près de douze heures.

Le Faucon avait prévu de récupérer Guido dans la Fiat, sur son chemin vers la Via Appia. Bien sûr, Regina l'aurait déjà habillé, avec un long pardessus qui recouvrirait sa peu discrète panoplie. Sa soutane, pour tout dire.

Il ne restait plus qu'un seul détail à régler. Les deux limousines utilisées pendant les manœuvres devaient être conduites à un endroit nommé Valtournanche, à plusieurs kilomètres au nord-ouest de la ville alpine de Champoluc. Jusqu'à un aéroport privé peu connu, fréquenté uniquement par la jet-set internationale pour desservir les chalets de montagne. Les limousines passeraient inaperçues. Elles étaient immatriculées au nom de Grecs inexistants et les Suisses n'avaient pas l'habitude d'ennuyer les Grecs qui avaient les moyens de s'offrir de telles voitures.

Lilian pourrait s'occuper de ce transfert. En prendre la direction, même. Elle aurait à sa disposition les deux hommes qui l'avaient aidée à aménager les nouveaux quartiers du pape. Une fois que les voitures seraient en position, ils pourraient disparaître sans problèmes avec Lilian. Mac leur verserait bien sûr une prime.

Il se débarrasserait de Rudolph aussi, et de ce psychotique (comment s'appelait-il déjà ?) à la minute où ils seraient de retour et où le pape serait en sécurité, et au secret, derrière les remparts de Machenfeld. Il fallait garder le chef. Peu importe qu'il se doute pour qui il cuisinait. C'était un huguenot recherché par la police de seize pays.

Il restait Annie. Et Sam, bien sûr.

Il pourrait se démerder avec Sam. Sam était tellement bien ligoté à ce revolver chargé qu'il faisait quasiment partie du canon. Mais il ne savait trop quoi faire avec Annie. Qu'avait-elle donc en tête ? Pourquoi n'était-elle pas partie ? Pourquoi avait-elle retourné son propre serment contre lui ?

— Tu avais donné ta parole solennelle que si l'une d'entre nous venait à toi dans le besoin, tu ne l'abandonnerais jamais. Tu n'as jamais laissé une injustice se commettre, quand tu pouvais l'empêcher. Je suis ici. J'ai besoin de toi, et une injustice a été commise. Je n'ai nulle part où aller. Je t'en prie, laisse-moi rester.

Bien sûr, il était dans l'obligation de la garder. Il avait donné sa parole d'officier.

Mais pourquoi ? Serait-ce à cause de Sam ?

Bon sang !

Ainsi donc, il allait mourir à Gandolfo. Cela aurait pu être pire, songea Giovanni Bombalini en jetant un regard par les fenêtres de son bureau. Un demi-siècle plus tôt, la seule perspective qui s'offrait à lui c'était une sépulture sur la Côte-de-l'Or, après une longue cérémonie de funérailles, moitié en latin, moitié en kwa, avec des nuées de mouches tournoyant autour de sa tête. Gandolfo présentait indubitablement quelques avantages sur une telle sortie.

Et puis, il pourrait travailler beaucoup mieux à Gandolfo ; utiliser les quelques semaines qui lui restaient pour mettre en ordre ses affaires personnelles, tout à fait minimes, et pour préparer de son mieux le futur immédiat de l'Église. Il emporterait avec lui plusieurs centaines de dossiers sur les diocèses les plus importants de ce monde et il déciderait d'un certain nombre de promotions. Il pèserait le pour et le contre, mais il favoriserait les initiatives plus jeunes, plus vigoureuses. Qui n'avaient souvent rien à voir avec la jeunesse des titulaires.

Il fallait qu'il garde présent à l'esprit que le vieux gardien intraitable ne pouvait être méprisé, et ne devait pas l'être. Les vieux chevaux de bataille avaient mené bien des combats ecclésiastiques ignorés de la vaste majorité de ceux qui réclamaient à cor et à cri des réformes et des changements. Il n'était pas facile d'infléchir la philosophie d'une existence tout entière. Mais ces bons vieux chevaux de bataille savaient se retirer, quand l'heure était venue, pour aller paître dans les pâturages du Bon Dieu, prêts à donner leur avis, quand il était requis, avec affection mais sans complaisance. Les autres — tous les Ignatio Quartze de ce monde — avaient besoin d'un petit coup de cravache.

Le pape Francesco décida qu'il y aurait un certain nombre de coups de cravache, parmi ses dernières actions. Sous la forme d'une dissertation funèbre, qui serait lue devant la Curie après sa mort, puis rendue publique. C'était un peu présomptueux, il s'en rendait bien compte, mais si Dieu ne voulait pas qu'il l'écrive jusqu'au bout, Il pouvait toujours le rappeler à Lui, à Sa guise.

Il avait commencé à la rédiger, en dictant au jeune prêtre noir. Et il avait envoyé un mémorandum papal à tous les bureaux du Vatican, désignant le jeune camérier comme exécuteur de ses volontés personnelles, dans l'éventualité où il serait rappelé entre les bras du Christ.

Giovanni apprit qu'Ignatio Quartze avait dégueulé pendant près d'une heure après avoir reçu ces instructions papales. Cela avait dû provoquer des ravages dans les membranes nasales du cardinal.

— Votre Sainteté ? (Le jeune camérier noir apparut à la porte de sa chambre, portant une valise.) Je n'arrive pas à trouver votre échiquier miniature. Il n'est pas dans le tiroir du téléphone.

Giovanni réfléchit un instant, puis expectora dans un rire embarrassé :

— J'ai bien peur qu'il ne soit resté dans les toilettes, mon père. Depuis que monsignore O'Gilligan a résolu ses problèmes de conversion en expliquant le principe de la pénitence, il est devenu une véritable terreur aux échecs. J'avais besoin de concentration.

— Certainement, fit le jeune prêtre en souriant et en posant la valise. Je le mettrai dans la malle des vêtements.

— Avons-nous terminé nos bagages ? Je dis « nous », mais c'est vous qui avez fait tout le travail.

— Presque, Très Saint-Père. Les comprimés et les remontants resteront dans ma mallette.

— Un bon brandy ferait aussi bien l'affaire.

— J'en ai aussi, Votre Sainteté.

— Vous êtes vraiment un homme de Dieu, mon fils.

23

RIGIRATI ! COSTRUZIONE !

Le grand panneau de métal était fixé au centre de la barrière de bois qui fermait la route de campagne sur toute sa largeur.

Cela faisait très officiel, avec le petit réflecteur rouge et l'imposant insigne de la municipalité de Rome. Tout aussi officiellement, cela fermait une section de la Via Appia Antica à tous les véhicules qui se présentaient, en leur offrant une route de déviation traversant les forêts des collines appiennes. Et comme ce passage précis de la Via Appia était le plus étroit de toute la route, il n'y avait pas d'autre alternative pour les véhicules plus gros que le plus petit modèle Fiat. Pas même pour la berline Fiat que le Faucon avait sortie du garage près du poste de police et qui gisait maintenant renversée, au pied de la colline.

Toute automobile plus large n'avait pas assez de place pour faire demi-tour. Pour repartir en sens inverse, le conducteur était obligé de parcourir un bon kilomètre en marche arrière, avec des tournants sans visibilité et d'innombrables nids-de-poule. Bien sûr, ce même conducteur pouvait choisir de couper à travers champs, entre les espaces forestiers. Mais ces champs-là étaient truffés de rochers et de monticules de terre, et parfois barrés de murs de pierre dont certains remontaient à l'Antiquité. Ces champs n'étaient pas seulement dangereux, il était interdit d'y rouler en voiture.

Ces pensées agitaient le capitaine Noir, dont le visage était poudré sous le bas de nylon qui lui servait de masque. Il se tenait sans faire de bruit dans les buissons, sur le bas-côté de la route, au-delà de la barrière. Il venait d'entendre au loin le bruit des motocyclettes.

Tout était prêt.

Le plan Zéro commençait.

L'emplacement était parfait. Seulement des arbres, des champs et des forêts. Le général avait bien calculé son coup. L'enlèvement aurait pu sans doute avoir lieu dans cette partie isolée de la route, sans recours à la déviation, mais, d'une certaine façon, cette déviation était l'élément le plus important du plan Zéro. Les voitures *pouvaient* faire demi-tour, centimètre par centimètre, mais elles ne le feraient pas. Elles emprunteraient la déviation.

Au cas où elles ne le feraient pas, le capitaine Noir avait dans sa main un sifflet aigu, à haute fréquence. S'il s'en servait, cela signifierait que le plan A, phase 1, positions 1 à 3 avait échoué. Le plan B serait aussitôt mis en œuvre, phase 00, positions 101 à 110 : l'enlèvement aurait lieu plus loin.

Sur la route, au-delà du barrage, le casque bleu en acier avec sa croix blanche émaillée brillait au soleil italien comme un énorme joyau. Il enserrait la tête du motard qui ouvrait le convoi papal. Le point Vatican, comme l'appelait le général. L'officier en uniforme roulait à une vitesse moyenne ; aller plus vite sur cette vieille route eût été peu confortable pour les passagers des limousines.

Le motard aperçut la barrière et son grand panneau officiel, mais roula jusque-là. Le capitaine Noir retint son souffle. L'officier descendit de sa machine, la cala d'un coup de pied et s'avança vers l'obstacle. Il haussa les sourcils d'un air désorienté, regarda au-delà de la barrière en cherchant les traces de quelconques travaux et grommela des propos inintelligibles.

Il se retourna et leva les bras. La voiture de tête n'était plus qu'à une centaine de mètres de la barrière.

Puis l'homme repartit vers sa moto, dont le moteur tournait à vide, l'enfourcha et rejoignit rapidement la limousine. Il parla avec excitation à ses passagers.

La porte arrière s'ouvrit et un prêtre en soutane noire en descendit. Le motard et lui s'approchèrent de la barrière, considérant la route en pente qui partait en direction des collines appiennes.

Il y eut entre les deux hommes un rapide échange de propos qu'on ne pouvait comprendre, mais leurs gestes exprimaient clairement leur incertitude. Le prêtre se retourna, saisit le pan de sa soutane et courut, au-delà de la voiture de tête, jusqu'à la limousine papale.

Le capitaine Noir ne voyait pas très bien, mais

la brise légère lui renvoyait les échos d'une conversation animée. Noir ravala sa salive et serra dans sa main son sifflet à haute fréquence.

C'est alors qu'à son grand soulagement il entendit un rire. Le prêtre regagna la première voiture, secoua la tête, indiquant la direction de la gauche au motard et remonta dans la limousine.

Une décision aventureuse avait été prise : le général connaissait bien son adversaire.

Le cortège tourna donc à gauche et s'engagea vers la colline, précédé du motard. Les véhicules roulaient avec précaution, à très basse vitesse. Dès que les deux motards de queue eurent atteint le premier tournant, Noir sortit des buissons, courut vers la barrière et la tira de façon à fermer la route de déviation. Il ôta le panneau, en dévoilant ainsi un second :

DINAMITE ! FERMA ! PERICOLOSO !

Il y était arrivé! Bon Dieu, oui, il y était arrivé! Il s'était échappé de Machenfeld et se dirigeait sur Rome. Si tout marchait bien, personne ne s'apercevrait de son absence avant le lendemain matin. Il serait trop tard! Le Faucon serait déjà en route pour le plan Zéro.

Il n'y avait pas moyen qu'ils sachent qu'il était parti. A moins de défoncer la porte de sa chambre, ce qui était hautement improbable étant donné les circonstances. Anne ne lui adressait plus la parole et restait confinée dans sa chambre, dans l'aile sud du château. Il s'était arrangé pour provoquer une dispute qu'on avait pu entendre jusqu'au sommet du Cervin. Il l'avait amenée à se servir d'un langage que seule son ignoble famille avait pu lui enseigner. Rudolph et Sans Nom ne voulaient rien savoir. Et surtout pas l'approcher. Après sa dispute avec Anne, il s'était plaint à ses gardes de douleurs soudaines à l'aine. Plié en deux, il avait hurlé :

— Bon Dieu ! C'est l'encéphalite koweitienne ! J'ai vu ça dans le désert algérien il y a cinq semaines. Merde ! Je l'ai attrapée ! On a les couilles qui enflent comme un ballon de basket, mais en plus lourd. Il faut que je voie un médecin ! Trouvez-moi un médecin !

— Pas de médecin. Pas de communication avec l'extérieur avant le retour du Maître, avait répondu Rudolph d'un ton sévère.

— Alors vous feriez mieux de faire gaffe ! avait dit Sam. C'est très contagieux.

Là-dessus, il s'était évanoui en se tenant à deux mains, au travers de son pantalon de jogging. Paniqués, Sans Nom et Rudolph avaient reculé en rasant les murs. Revenu à lui, mais toujours agonisant, Sam était sorti de la pièce et avait escaladé l'escalier en rampant. Pour aller retrouver la paix du Seigneur, avec ses énormes testicules.

Rudolph et Sans Nom étaient restés en arrière jusqu'à ce que Sam eût regagné sa chambre et fermé sa porte. Quand il l'ouvrit une dernière fois, il aperçut ses gardes, loin dans le hall, une double épaisseur de mouchoirs noués sur le visage, une bouteille d'aérosol à la main, en train de pulvériser autour d'eux des nuages de désinfectant.

La voie était libre ! Pour une sortie superbe et sans bavure !

Lilian et les deux membres du personnel devaient conduire les limousines à un aéroport, quelque part au sud de Machenfeld. Il avait entendu le Faucon expliquer la route à Mrs. Hawkins numéro trois. Le trajet prendrait quatre heures et il était vital qu'elle gare les voitures sur une route à proximité de l'accès ouest de l'aéroport.

Un aéroport !

Cela signifiait des avions ! Et les avions vont à Rome ! Et même s'ils n'y allaient pas — ou ne voulaient pas y aller — il y avait des téléphones ! Et des radios !

Aussitôt, il avait conçu un nouveau plan. Il se cacherait dans le coffre de la seconde limousine, celle qui devait être conduite par un des employés du château. Coincer la serrure du coffre pendant que l'employé prenait congé de Lilian et l'aidait à porter ses bagages avait été un jeu d'enfant.

Dès que ses gardes eurent disparu dans un nuage de désinfectant, Sam noua trois couvertures, se laissa glisser du balcon jusqu'au sol, courut à la limousine et se glissa dans le coffre.

Une fois dedans, il enroula son torse dans les couvertures, heureux d'avoir conservé son pantalon de jogging, et attendit. Il espérait bien que la nature forcerait le conducteur à s'arrêter. Il ne fut pas déçu.

Les limousines franchirent le portail et le voyage commença. Après trois heures et demie à rebondir, à grimper, à plonger, et à foncer dans les montagnes suisses, Sam entendit le conducteur klaxonner de plusieurs coups rapides. Quelques secondes plus tard, l'automobile de tête répondit par le même signal. La voiture ralentit et s'arrêta. Le conducteur sortit précipitamment. Devereaux pouvait entendre ses pas, suivis d'un bruit amorti et facilement reconnaissable, celui d'un jaillissement.

Il ouvrit le coffre, en sortit silencieusement et assomma avec la poignée du cric le Suisse en train d'uriner.

En moins de trente secondes, Devereaux avait délesté l'homme de sa veste, de son pantalon, de sa chemise et de ses chaussures. Après avoir enfilé le pantalon et la veste — c'était suffisant pour le dissimuler dans l'obscurité — il fonça à la porte, s'installa à la place du conducteur et appuya deux fois sur l'avertisseur pour indiquer qu'il était prêt à reprendre la route.

Lilian en fit autant et démarra aussitôt.

L'aéroport de Valtournanche, dont il avait lu le nom sur un panneau indicateur, constituait une petite difficulté, mais largement compensée par l'énorme somme d'argent que Sam avait trouvée dans la poche de la veste du Suisse. Cinq mille dollars américains ! Le Faucon avait dû verser une prime aux membres du personnel.

Cela lui donna aussitôt l'idée d'un autre plan. Un superbe finale !

Il pourrait arrêter le Faucon, sans même l'aide de la police. Ni celle des autorités. L'arrêter et, du même coup, démanteler le plan Zéro et disperser la brigade. Sans peloton d'exécution, sans bourreaux et sans prison à vie en perspective ! C'était parfait. Sans bavure.

La route dessinait une courbe aboutissant à la limite ouest de l'aérodrome. Sam ralentit et dès que la limousine de Lilian eut disparu dans le virage, il arrêta sa voiture, coupa le contact, attrapa la chemise et les chaussures, sauta dehors et courut jusque dans les bois.

Il attendit, tapi dans l'obscurité, ce qui allait inévitablement se produire. Il entendit la voiture de Lilian entamer une marche arrière. Suivie de l'homme qui l'accompagnait, elle descendit et courut jusqu'à la voiture abandonnée.

— Ça alors, c'est le bouquet ! (Lilian éructait de fureur.) Ce minable fiche le camp au dernier moment ! Et après tout l'argent que Mac lui a donné ! Ça ne m'étonne pas. (Les muscles de son cou étaient tout avachis, c'est toujours un signe de faiblesse.) Allons-y ! On est presque arrivés !

Une heure plus tard, Devereaux, vêtu d'une veste de cuir et d'un pantalon large, manifestement trop grand pour lui, se trouvait dans un hangar de Valtournanche, en train d'aligner deux mille cinq cents dollars devant un pilote stupéfait. C'était ce qu'il lui offrait pour un vol éclair et impromptu en direction de Rome. Sam avait choisi un homme plus petit que lui, dont tous les muscles étaient avachis. Les pilotes qui acceptent ce genre de travail ne passent pas pour de grandes consciences morales. Il ne tenait pas à être balancé par-dessus bord au-dessus des Alpes.

Accord conclu. Ils étaient maintenant en train de voler. Ils seraient à Rome bien avant l'aube.

Et alors lui, Sam Devereaux, le plus brillant des jeunes avocats de Boston, délivrerait la plus belle assignation de toute sa carrière !

Les capitaines Gris et Bleu, sanglés dans d'impeccables uniformes de police, se tenaient immobiles, cachés par les troncs de deux érables, de part et d'autre de la route. Leur seul mouvement consistait à caresser avec le pouce les courtes aiguilles creuses qui dépassaient de leurs anneaux retournés.

Comme le commandant l'avait prévu, les deux motos latérales du convoi papal avaient régressé et roulaient maintenant de front, à l'arrière de la voiture. Et, toujours comme le commandant l'avait prévu, le bruit était assourdissant.

Les voitures défilèrent une par une. Au moment où les deux derniers motards passaient entre les deux érables, Gris et Bleu se jetèrent sur les deux hommes et, après une prise serrée, enfoncèrent leurs petites aiguilles au niveau du cou. En quelques secondes, les deux hommes se firent mous.

Gris et Bleu allongèrent les motos et tirèrent les deux corps jusque dans les buissons. Puis ils s'enfoncèrent dans la forêt et se mirent à courir en diagonale vers le bas de la colline, dans l'enchevêtrement du feuillage, pour gagner leur nouveau poste. Là se trouvaient cachées les soutanes qu'ils devaient enfiler par-dessus leurs uniformes.

Les capitaines Orange et Vert étaient couchés à

plat ventre, dissimulés par les hautes herbes. Ils étaient postés à l'entrée du deuxième virage, sur la route descendante. Ils sourirent en constatant avec satisfaction, au travers de l'épaisse végétation, que les deux motocyclettes de queue n'étaient plus là. Et les deux autres motards d'escorte, qui roulaient derrière la seconde limousine du convoi, avaient visiblement le plus grand mal à maintenir leurs motos en position verticale.

Le capitaine Orange fit le signe de croix au passage de la voiture papale.

Le capitaine Vert cracha. Il y avait longtemps qu'on aurait dû élire un pape *français*. Les Italiens se conduisaient décidément comme des porcs !

La voiture papale s'engagea dans le dernier virage. Orange et Vert surgirent de leur planque et exécutèrent à la vitesse de l'éclair les mouvements prévus contre les deux motards d'escorte.

Les deux hommes s'écroulèrent sous l'assaut. La limousine papale atteignait maintenant le pied de la colline. Il ne restait plus que quelques secondes avant les détonations de la phase Quatre, les bombes fumigènes qui jaillirent de la Fiat renversée. Orange et Vert se précipitèrent vers leurs nouveaux postes, les plus prestigieux de tous, ceux de la phase Sept. Les phases Cinq et Six — la destruction du matériel de communication et la neutralisation de l'entourage du pape — allaient intervenir d'une seconde à l'autre.

La phase Sept était le point culminant du plan Zéro : l'échange des papes. Guido Frescobaldi contre Giovanni Bombalini.

Les explosions de la Fiat furent positivement terrifiantes ; les hurlements hystériques des Turcs y contribuèrent pour beaucoup. Le Faucon en grimaça de satisfaction. Bon Dieu ! Quel beau spectacle ! Toute cette fumée, ce bruit... Seuls les cris étaient un peu exagérés.

Le cortège s'immobilisa, en état de choc. On entendit des voix agitées. Deux voitures et une moto sur une route de campagne isolée, avec une colline escarpée au sud et une forêt au nord.

Optimum ! observa le Faucon, qui tenait un Guido Frescobaldi titubant dans les buissons.

Le capitaine Noir gagna son poste et envoya son signal au capitaine Rouge et au capitaine Brun, qui attendaient, à dix mètres l'un de l'autre, le moment d'entamer la phase Cinq, la destruction de tous les moyens de communication.

Ce moment était arrivé.

Le dernier policier du Vatican sauta de sa moto et se précipita vers la Fiat et ses passagers coincés qui hurlaient. Les portes des deux limousines s'ouvrirent. Chauffeurs et prêtres criaient, agitaient les mains, lançaient des ordres à tort et à travers... puis coururent à leur tour vers la voiture renversée.

Maintenant !

Déguisés en prêtres, Noir, Rouge et Brun sortirent de leurs cachettes. Brun et Rouge s'installèrent sur la banquette avant de la première voiture, arrachant tous les fils qui se présentaient. Noir fonça sur la seconde voiture, celle du pape, et, par la porte ouverte, se pencha sur l'équipement radio.

Soudain, une main surgit du siège arrière, suivie d'un bras issu d'une casaque blanche. Mais le bras et la main n'étaient pas blancs. Ils étaient *noirs* !

Et la prise qui immobilisa le capitaine Noir, le coup du lapin qui vint s'abattre sur sa nuque, tout cela relevait d'une technique de combat de rue que Noir connaissait bien. Une technique qu'on pratiquait dans un endroit du nom de Harlem !

Noir tourna sa tête, encore douloureuse, et eut soudain la stupéfaction de se trouver face à face avec un de ses frères de race.

Un frère, revêtu de la soutane blanche de l'Église !

C'était contre les principes de Noir de frapper un de ses frères, mais il n'y avait pas moyen de faire autrement. Ce frère catholique n'était pas mauvais, mais il lui manquait un entraînement intensif, au-dessus de la 138e Rue et d'Amsterdam Avenue. Noir lui tordit le pouce et l'index, à l'endroit le plus sensible. Le prêtre hurla et relâcha la tête de Noir, qui le hissa à moitié par-dessus le dossier du siège. Noir soupira en le cognant à la base du crâne et reprit aussitôt sa mission, arrachant les fils et brisant les cadrans.

Le vieux gros Blanc en soutane blanche — notre homme en personne, songea Noir — se pencha à l'avant et ramena le jeune Noir sur le siège arrière, lui caressant la tête, comme si le garçon était gravement atteint.

— Vous en faites pas, grand-père ! Il s'en tirera. J'sais pas comment vous vous démerdez, vous autres. Je vous jure bien que je me le demande ! C'est sûrement les baptistes qui lui ont appris la musique ! Ils ont le sens du rythme, ces gars-là ! Évidemment, vous, vous avez vos flics...

Putain ! Qu'est-ce qui pourrait encore aller de travers ? Quel nouveau retard lui réservait-on sous le soleil aveuglant de l'aéroport romain Leonardo da Vinci ? C'était un véritable cauchemar qu'il vivait en cette belle matinée, sans avoir même l'avantage de dormir.

Ce foutu salopard de pilote de Valtournanche tenait absolument à ce que l'avion soit fouillé par les inspecteurs du bureau des narcotiques. Tout le monde se foutait que l'avion contienne des lingots d'or volés, ou des diamants de contrebande, ou les plans les plus secrets de la défense de l'OTAN. Pourvu qu'il n'y ait pas un joint à bord. Toutes les protestations de Sam restèrent sans effet. Ou plutôt, si, elles en eurent un : elles lui valurent d'être déshabillé et fouillé à corps.

— Per favore, signore, où est votre sous-vêtement ? *Où l'avez-vous laissé ?* Fouillez à nouveau l'avion !

— C'est dingue ! hurla Devereaux. Tout ça pour un caleçon !

— Che cosa ? demanda le capitaine d'un ton soupçonneux.

— *Un caleçon. Comment voulez-vous que je puisse y cacher...*

— Ahh ! interrompit le capitaine. Les montagnards suisses portent des caleçons longs, avec

des poches, des rabats et beaucoup de boutons. Les boutons sont creux...

— Je ne suis pas suisse, je suis américain !

Le capitaine haussa les sourcils et baissa la voix :

— Ah ! Ah ! Mafia, signore ?

Et cela continua jusqu'au moment où Sam déboursa dix billets de cent dollars, geste qui coïncida avec un changement d'attitude radical du capitaine. Sam fut enfin libre de s'en aller.

— Où puis-je trouver un taxi ?

— Changez d'abord votre argent, signore. Aucun taxi ne pourra vous rendre la monnaie sur un billet de cent dollars.

— Je n'en ai plus de cent dollars. Seulement de cinq cents.

— Alors, ils appelleront la police. Ils ne voudront jamais croire qu'une aussi grosse coupure est authentique. Il vous faut des lires.

Oh, mon Dieu ! pensa Sam. La police et les chauffeurs de taxi hystériques étaient bien la dernière chose qu'il souhaitait affronter. Ils n'avaient aucun rôle à jouer dans le grand final qu'il avait mis en scène pour contrecarrer les plans du Faucon.

En attendant, il perdit presque une heure dans la file d'attente du bureau de change pour finalement s'entendre dire par une dame moustachue que des coupures d'un pareil montant devaient être passées au spectrographe.

— Merci signore, *lui annonça enfin la dame. Nous avons soumis vos billets à quatre machines différentes. Ils sont bons. Voici vos lires. Avez-vous une valise vide ?*

Neuf heures quarante-cinq ! Il avait encore le temps ! Compte tenu de la circulation, un taxi mettrait à peu près une heure pour arriver à Rome et peut-être une demi-heure de plus pour atteindre les faubourgs sud et rejoindre la Via Appia.

Descendre la Via Appia ne devrait pas prendre plus de vingt minutes, à quelque chose près. Il saurait reconnaître les signaux qu'il avait vus pendant les manœuvres, il en était sûr. Il atteindrait le plan Zéro avec au moins une demi-heure de marge.

Il arrêterait le Faucon, il empêcherait une troisième guerre mondiale, écarterait le spectre d'un emprisonnement à vie et rentrerait à Boston avec un vrai compte en Suisse !

Bon Dieu ! S'il avait eu deux cigares, il les aurait fumés tous les deux en même temps.

Il traversa en courant le terminal, jusqu'à la porte qui indiquait la station de taxis en trois langues différentes. Il continua à courir, hors d'haleine.

Tout le coin était encombré de centaines de chariots immobiles, remplis de bagages à ras bord. Des groupes s'agitaient dans la rue, dans une ambiance d'émeute.

Sam s'approcha d'un touriste.

— Qu'est-ce qui se passe ?

— Il se passe que ces fumiers de taxis sont en grève.

Sam s'écarta. Il avait sur lui plusieurs millions de lires qui donnaient à ses poches l'allure d'un rembourrage de joueur de football américain. Il devait bien y avoir quelqu'un disposant d'une voiture dans l'un des parkings.

Il trouva ce quelqu'un. A onze heures vingt. Il lui offrit de l'argent. Le plus vite il roulerait, le plus de lires il aurait. L'homme fut d'accord.

Onze heures trente-deux. Il y arriverait !

Il le fallait !

C'était l'affaire de sa vie !

Qu'est-ce qu'il racontait ? C'était sa vie !

Revêtus de leur soutane, Gris et Bleu s'étaient agenouillés pour mieux se cacher derrière les broussailles et les branches d'arbre, au pied de la colline, au bord de la vieille route. Tous deux étaient prêts à bondir du feuillage pour exécuter la phase Six, l'immobilisation du cortège. La Fiat retournée gisait juste en face d'eux, dans la fumée qui se répandait partout. Les cinq assistants du pape, les deux chauffeurs et le dernier des motards faisaient de réels efforts pour arriver jusqu'aux Turcs qui hurlaient toujours.

Le nombre ne soulevait aucun problème. Dès que Gris et Bleu seraient lancés dans la mêlée et dans la fumée, ils agiraient très vite, en comptant sur leurs habits ecclésiastiques pour ajouter à la confusion. Il suffirait de neutraliser un adversaire après l'autre. Rouge les rejoindrait par le côté ouest et intercepterait quiconque ayant découvert prématurément l'attaque et qui tenterait de s'élancer vers les voitures.

Maintenant !

Gris et Bleu surgirent des buissons et plongèrent dans la confusion de la fumée et des cris, leurs larges soutanes se soulevant comme des vagues, leurs anneaux prêts à l'emploi.

Un à un, les membres de la suite du pape s'effondrèrent sur le sol, leurs visages paisibles éclairés par des sourires épanouis.

— Ligotez-les ! Passez-moi de la corde ! lança Gris aux Turcs, tandis que les « victimes » sortaient par les fenêtres de la voiture en rampant.

— Pas si serré, bande de maniaques ! ajouta Bleu d'un ton assez dur. Rappelez-vous ce que le commandant a dit !

— Mon Dieu ! (Bleu avait rugi et, agrippant l'épaule de Gris, lui désignait un endroit sur le sol, derrière la fumée en train de se dissiper.) Qu'est-ce que c'est que ça ?

En plein milieu de la chaussée, à mi-chemin des limousines, Rouge était étendu sur le dos, un bras blessé, le poignet tordu, comme s'il avait été figé sur place en faisant un roulé-boulé. Le collant qui masquait son visage ne pouvait cacher son expression de béatitude olympienne. Dans la confusion, il avait retroussé sa soutane et avait enfoncé son aiguille dans son estomac.

— Vite ! cria Gris, l'antidote ! Le général a pensé à tout !

— Heureusement, soupira Bleu.

Maintenant ! ordonna le Faucon qui tenait à ses côtés Guido Frescobaldi, dont le babil confus tournait à la vocalise.

De l'autre côté de la route en terre battue, Mac aperçut Orange faisant le signe de croix avant de s'élancer depuis les buissons vers la limousine papale. Un geste inutile, pensa-t-il. Le pape ne tenterait certainement pas de s'échapper. Il avait aidé son camérier à se réinstaller à l'arrière et était lui-même en train de sortir de la voiture, une expression courroucée sur le visage.

Le Faucon prit Frescobaldi par la main et le guida jusqu'à la limousine.

— Je vous souhaite le bonjour, monsieur, lança le Faucon au pape.

Militairement parlant, ce salut lui paraissait convenir parfaitement à une reddition.

— *Animale !* gronda le souverain pontife, d'une voix tonitruante qui se répercuta jusque dans les collines et les forêts alentour. *Uccisore ! Assassino !*

— Quoi ?

— *Basta !* (La foudre éclata à nouveau. Et l'éclair était dans les yeux du pape. Les yeux d'un titan dans le corps d'un mortel.) Prenez ma vie ! Vous avez tué mes fils bien-aimés ! Les enfants de Dieu ! Vous avez assassiné des *innocenti* ! Envoyez-moi à Jésus ! Tuez-moi aussi ! Et que Dieu ait pitié de votre âme !

— Mais nom de D... Je veux dire : pour l'amour du ciel, taisez-vous ! Personne ne veut tuer qui que ce soit !

— Je vois ce que je vois ! Les enfants de Dieu sont morts assassinés !

— Arrêtez vos conneries ! On n'a fait de mal à personne. Et on ne fera de mal à personne.

— Ils sont tous *morto,* fit Francesco, avec moins de conviction cette fois, en roulant des yeux effarés autour de lui.

— Ils ne sont pas plus morts que vous ! Vous

croyez qu'on se serait donné le mal de les ligoter, s'ils étaient vraiment morts ? Orange, venez ici !

— *Si, generale !*

Orange contourna le capot de la limousine, sans cesser de se signer.

— Sortez-moi ce nègre de la voiture. Ça doit être un invité du pape.

— Cet homme est un prêtre. C'est mon camérier !

— Vraiment ? Il doit pas être mauvais comme choriste. Allez-y doucement, Orange, fit MacKenzie, tandis que l'Italien tirait de la voiture le jeune prêtre noir inanimé.

— Étendez-le et défaites cette robe encombrante. Il fait trop chaud pour porter ce genre de poncho !

— Vous voulez dire qu'ils sont tous vivants ? demanda Giovanni d'un ton incrédule.

— Bien sûr qu'ils sont vivants ! répondit MacKenzie, tout en faisant signe à Vert de préparer Frescobaldi pour l'échange.

Le sosie du pape se tenait tranquillement assis.

C'est alors que le pontife se remit soudain à rugir.

— Je ne vous crois pas ! Vous les avez assassinés !

— Vous allez vous tenir tranquille ? Écoutez-moi ! Je ne sais pas comment vous assumez votre commandement, mais en ce qui me concerne je sais distinguer un soldat mort d'un soldat vivant.

— *Che cosa ?...*

— Capitaine Gris ! cria MacKenzie à l'intention du Scandinave masqué qui était en train d'attacher un prêtre à l'enjoliveur de la première limousine. Déliez cet homme et amenez-le ici, je vous prie !

Gris s'exécuta. MacKenzie saisit la main droite du souverain pontife.

— Ici ! Posez vos doigts sur le côté de la gorge, au-dessus de la clavicule. Alors ? Vous sentez son pouls ?

Le pape ferma les yeux, concentrant toute son attention.

— Le cœur... Oui, vous dites vrai. Et les autres ? C'est la même chose ! Leur cœur bat ?

— Je vous en donne ma parole, assura le Faucon d'un ton sévère. Je suis obligé de vous réprimander, monsieur. Il n'est pas convenable de s'opposer aux ordres, quand une capture est réalisée en toute sécurité. Nous ne sommes pas des animaux, monsieur. Mais nous avons peu de temps. (Le Faucon, d'un geste, ordonna à Vert de lui amener un Frescobaldi complètement drogué, puis ajouta :) Je crains que nous ne soyons obligés de vous changer de tenue. Je dois...

MacKenzie s'interrompit. Le pape regardait fixement Frescobaldi. C'était la première fois qu'il voyait le chanteur entièrement rasé. Sans sa moustache, il ressemblait davantage à Bombalini que Bombalini lui-même.

— Guido ! C'est Guido Frescobaldi ! (On aurait pu entendre la voix du Saint-Père jusque dans la baie de Naples, tant son cri était retentissant.) Guido ! Ma propre chair ! Mon sang ! Guido ! *Madre de Dio !* Tu fais donc partie de cette... hérésie !

Signore Guido Frescobaldi sourit.

— *Che gelida... manina... a rigido esanime... ah, la-la... la-laa...*

— C'est bien lui, c'est vrai. Mais depuis ce matin il est un peu en dehors du coup. Et il le restera encore un petit bout de temps. Venez, maintenant. Nous devons vous retirer un peu de cette quincaillerie pour la lui mettre. Capitaine Orange ? Capitaine Vert ? Aidez monsieur Francesco !

— Là ! (Le Faucon avait pris le ton d'un général victorieux. Il tenait par les épaules un Guido Frescobaldi béat et admirait le résultat final.) Il fait vraiment bon effet, n'est-ce pas ?

Francesco, pétrifié, ne pouvait en croire ses yeux.

— *Jesus et Spiritus Sanctus !* L'horrible Frescobaldi est devenu moi-même ! C'est un miracle du Ciel !

— Comme deux gouttes d'eau dans un trou d'obus, monsieur le Pape !

Le souverain pontife murmura d'une voix à peine audible :

— Vous allez... mettre Frescobaldi... sur le trône de saint Pierre ?

— Seulement pour deux heures, d'après mes prévisions.

— Mais *pourquoi* ?

— Rien de personnel. Je pense que vous êtes un type très bien.

— Alors pourquoi ? Au nom de Dieu, *pourquoi* ? Ce n'est pas une réponse.

— N'espérez pas que je vous en donne une, répondit le Faucon. Je n'ai aucune envie de vous entendre hurler. Vous avez décidément une voix trop forte.

— Alors, je vais vraiment hurler si vous ne me le dites pas. Aiyeeeeee !

— D'accord ! D'accord ! Nous vous enlevons. Pour demander une rançon. Vous serez bien traité. Il ne vous sera fait aucun mal. Vous avez la parole d'un officier général.

La conférence fut interrompue par les capitaines Gris et Bleu qui arrivaient au pas de course et happèrent l'attention.

— Le secteur est dégagé, mon général ! aboya Gris.

— Les opérations sont bouclées, ajouta Bleu. Parés pour la manœuvre !

— Bien ! Allons-y ! *Troupes* ! Évacuez le secteur ! Préparez-vous à utiliser les procédures de retrait ! En avant, marche !

Comme pour lui donner la réplique, on entendit soudain, venant du couvert, à cinquante mètres du site du plan Zéro, le bruit d'un moteur d'hélicoptère qui démarrait.

Et, en même temps, il y eut un autre bruit, venant de la route cette fois, et descendant du sommet de la colline : celui d'une voiture qui venait de freiner brutalement dans un crissement de pneus.

— Stop ! cria une voix plaintive venant de la forêt. Pour l'amour du ciel, stop !

— Quoi ?

— Mon Dieu !

— *Che cosa ?*

— *Tokig !*

— *Bakasi !*

— Merde !

Sam dévala le vieux chemin en terre battue. Il apparut en courant dans le dernier tournant et s'effondra, un genou à terre.

Giovanni Bombalini le regarda avec stupéfaction. Voyant cette silhouette agenouillée, il lui donna machinalement sa bénédiction.

— *Deus et figlio...*

— Allez-vous vous taire ! lui intima MacKenzie en plongeant ses yeux dans les siens. Bon Dieu, Sam, qu'est-ce que vous foutez ici ? Vous étiez censé être malade comme un chien...

Sam l'interrompit.

— Écoutez-moi, vous tous ! Que tout le monde se rassemble autour de moi ! (Il se releva. Les capitaines restèrent là où ils étaient, le visage imperturbable. Il poursuivit :) Fuyez ! Sauvez vos vies ! Laissez cet homme ! C'est un piège ! Machenfeld est tombé ! C'est arrivé cette nuit. Les agents d'Interpol grouillent par centaines...

Sam resta soudain la bouche ouverte en voyant l'expression du Faucon.

— *Qu'est-ce que vous dites ?* Vous êtes vraiment un rigolo, fiston ! Je respecte votre courage, je vous l'ai déjà dit, mais vous, vous ne respectez pas mon expérience.

MacKenzie saisit une des courroies qui barraient sa poitrine par-dessus son treillis. Elle était reliée à une boîte en cuir fixée sur sa hanche. Il précisa :

— Aucune opération n'est lancée sans contact radio permanent avec le PC. Pas depuis soixante et onze en tout cas. Quand j'étais à Ly Sol, au

Cambodge, j'étais déjà relayé avec toutes mes unités jusqu'au Mékong !

— Quoi ?

— Contact radio haute fréquence, mon garçon. Vous retardez un peu, Sam ! Depuis une heure, les seules choses qui grouillent à Machenfeld sont les papillons... Je ne sais pas comment vous avez fait, mais vous avez du pot d'être arrivé seul jusqu'ici. Réfléchissez-y. C'était une véritable folie ! Bien, messieurs ! En route pour la phase Huit. Venez, Sam, nous allons faire un petit tour. Mais je vous préviens, mon garçon : si vous faites encore une bêtise, j'ouvre la porte à six cents mètres d'altitude et je vous laisse voler de vos propres ailes...

— Mac, vous ne pouvez pas ! Pensez au risque de troisième guerre mondiale !

— Et vous, pensez plutôt à une jolie descente en chute libre, sans parachute, droit dans un plat de spaghettis !

C'est alors que surgit un nouveau bruit. Un bruit angoissant. Venant du sommet de la colline. De la route, une fois encore.

Les capitaines et les Turcs se figèrent sur place.

Le Faucon tourna la tête vers la Via Appia.

Le pape ne dit qu'un mot :

— *Carabinieri.*

On entendit dans le lointain les deux notes plaintives et discordantes d'une sirène de police. Le son se rapprochait.

— Bon Dieu ! Comment ? Qu'est-ce qui a bien pu arriver ? Sam, vous n'auriez pas fait une chose pareille ?

— Dieu ! Non ! Je n'y suis pour rien ! Je ne voulais pas !

— Je crois que c'est une faute de calcul, signore, fit doucement le pape Francesco.

— Quoi ? Quelle putain de... Quelle faute de calcul ?

— Le cortège devait s'arrêter dans un petit village... Pas vraiment un village... A Tuscabondo. C'était juste quelques kilomètres après votre... *deviazione*...

— Jésus !

— Jésus est plein de mansuétude, *signore generale* !

— Ces salauds vont ratisser les collines, les champs... Merde !

— Et le ciel aussi, *generale,* fit le capitaine Orange. (Sous son masque de nylon, il transpirait d'inquiétude.) Les *carabinieri* ont une flotte d'*elicotteri.* Ce sont les *pazzi* du ciel !

— Jésus-Christ !

— *Figlio de Santa Maria, figlio de Dio !* Il est notre voie, *generale* !

— Je vous ai déjà dit de la fermer ! Les hommes ! Vérifiez les cartes ! Vite, vite ! Gris et Bleu, étudiez les voies de secours E-8 et E-12. Celles que nous avions prévues sont plus rapides, mais plus exposées. Votre réponse dans une minute ! Orange et Vert, donnez-moi Frescobaldi ! Et rejoignez les autres ! Sam, vous restez ici !

Les sirènes étaient maintenant très proches, pratiquement au croisement de la Via Appia. Frescobaldi, maintenu par la poigne ferme de MacKenzie, se mit à chanter plus fort.

— Signore, fit Giovanni Bombalini en avançant d'un pas vers MacKenzie, vous avez parlé de votre parole de général. Vous aviez l'air très sincère en disant cela.

— Que dites-vous ? Oui, bien sûr. Vous êtes comme moi, j'ai l'impression. Un commandement est une grosse responsabilité.

— A coup sûr. Et la vérité est le bras droit de la responsabilité, répliqua le pape en contemplant une fois encore les silhouettes inertes des hommes de son escorte, leurs corps confortablement étendus, sans blessures. La compassion aussi, naturellement, ajouta-t-il.

Le Faucon écoutait à peine. Il maintenait Frescobaldi, surveillant Sam Devereaux du coin de l'œil, observant les capitaines Gris et Bleu, penchés sur les cartes.

— Qu'est-ce que vous me racontez ?

— Vous avez dit que vous ne vouliez pas toucher à ma personne ?

— Bien sûr que non. On ne demande pas de rançon pour un cadavre... Encore qu'avec vos fidèles...

— Et Frescobaldi est fort comme un bœuf, fit le pape, parlant davantage pour lui-même que pour MacKenzie et considérant Guido, à demi inconscient. Il l'a toujours été *Signore generale,* si je vous dis que je vous suivrai sans résistance, peut-être même en faisant preuve d'une certaine coopération, m'accorderez-vous une petite faveur ? D'un commandant à un autre ?

Le Faucon loucha en direction du souverain pontife.

— De quoi s'agit-il ?

— Une courte note, seulement quelques mots — en anglais — qu'on laisserait avec mon camérier. Bien entendu, je vous laisserai la lire.

MacKenzie tira un carnet de son treillis, déchira une page, dévissa son stylo étanche et tendit le tout à Francesco :

— Vous avez quinze secondes.

Le pape posa le papier sur la voiture et écrivit rapidement. Puis il tendit la page au Faucon.

Je suis sain et sauf. Avec la bénédiction de Dieu, je prendrai contact avec vous par les mêmes voies que celles du joueur d'échec O'Gilligan.

Le vieux Blanc.

— Si c'est un code, c'est pas terrible. D'accord, mettez ça dans la poche de votre nègre. J'aime bien la phrase où vous dites que vous êtes sain et sauf.

Giovanni se pencha sur son camérier, glissa la note sous la soutane et revint vers le Faucon.

— *Signore generale,* vous êtes en train de perdre du temps.

— Quoi ?

— Mettez donc Frescobaldi dans la limousine ! Dépêchez-vous ! Dedans, il y a une valise. Avec mes médicaments. Prenez-la, je vous en prie.

— Quoi ?

— Vous ne dureriez pas cinq minutes à la Curie. Où est l'*elicottero ?*

— L'hélicoptère ?

— Oui.

— Là-bas, dans une clairière.

Le capitaine Gris et le capitaine Bleu avaient terminé leur rapide consultation. Gris ordonna le rassemblement.

— Nous avons donné les instructions, mon général. Nous partons ! Nous nous retrouverons à Zaragolo !

— *Zaragolo !* intervint le pape. L'aéroport de Monti Prenestini ?

— Oui, confirma le Faucon, fixant Francesco avec une soudaine attention. Où est le problème ?

— Dites-leur de rester au nord de Rocca Priora. Il y a des bataillons de police stationnés à Rocca Priora.

— C'est à l'est de Frascati ?

— Oui.

— Vous avez entendu, capitaine ? Contournez Rocca Priora. Et maintenant, foutez le camp ! hurla le Faucon.

— Non ! cria Sam, reculant vers la route et levant les yeux en direction du sommet de la colline. Vous êtes tous fous ! Vous perdez l'esprit ! Je vais vous arrêter, tous !

— Jeune homme ! fit Giovanni en se dressant pour parler à Sam avec toute l'autorité du souverain pontife, voulez-vous s'il vous plaît vous tenir tranquille et faire ce que le général vous dit !

Noir émergea de la clairière.

— L'oiseau est prêt, mon général. Nous avons une aire de décollage bien dégagée.

— Nous avons aussi un passager suppplémentaire. Emmenez le conseiller, capitaine. Vous pouvez lui montrer une de vos aiguilles, au besoin.

— Avec plaisir, fit Noir.
— Une dose, capitaine !
— Merde !

Et c'est ainsi que Giovanni Bombalini, Saint-Père de l'Église catholique, et MacKenzie Hawkins, deux fois décoré de la médaille d'honneur du Congrès, installèrent Guido Frescobaldi dans la limousine papale avant de détaler comme des fous à travers la forêt appienne jusqu'à l'hélicoptère.

Ce fut difficile pour Francesco. Le souverain pontife invoqua doucement saint Sébastien, le saint patron des athlètes, et finalement se décida à relever les pans de son habit, exhibant des jambes de paysan, plutôt épaisses. Il ne fut pas loin de battre MacKenzie à l'arrivée.

Le jet Lear prit son essor au-dessus de la couche nuageuse de Zaragolo, le capitaine Noir aux commandes, le capitaine Rouge occupant le siège du copilote. Le Faucon et le pape étaient assis à l'avant, l'un en face de l'autre, chacun près d'un hublot.

Déconcerté, le Faucon dévisageait Francesco. Des années d'expérience lui avaient enseigné que lorsque quelqu'un contestait votre commandement, la meilleure chose à faire était de ne rien faire du tout. A moins que le combat à mains nues n'exige une contre-attaque immédiate.

Mais tel n'était pas le cas aujourd'hui. Le problème était que Francesco ne se comportait comme aucun des ennemis que le Faucon avait eu à combattre jusqu'alors.

Merde !

Il était assis là, sa lourde soutane déboutonnée laissant entrevoir sa camisole, les chaussures retirées, et les mains confortablement posées sur ses larges hanches, regardant à travers le hublot du Lear avec l'air réjoui d'un épicier de luxe prenant son baptême de l'air. C'était ahurissant. Et déroutant.

Merde !

— *Pourquoi ?*

MacKenzie réalisa qu'il n'avait pas de raison de garder plus longtemps son masque de nylon. Les autres oui, pour leur propre protection, mais pour lui cela ne faisait aucune différence.

Il le retira avec un soupir de soulagement. Francesco le regarda, sans animosité. Il hocha la tête, comme pour dire : Ravi de me trouver face à face avec vous !

Merde !

MacKenzie plongea la main dans sa poche pour prendre un cigare. Il le porta à sa bouche, coupa le bout avec ses dents et sortit une pochette d'allumettes.

— *Per favore ?* fit Francesco en se penchant vers lui.

— Quoi ?

— Un cigare, *signore generale*. Pour moi. Ça vous ennuie ?

— Oh non, pas du tout. Tenez.

Hawkins sortit un deuxième cigare de sa poche et le tendit au pontife. Puis, comme après réflexion, il tira de son autre poche un coupe-cigare.

Mais il était trop tard.

Francesco en avait cisaillé le bout avec les dents, et l'avait déjà recraché, sans intention vexante. Il prit les allumettes de la main de Mac et en frotta une.

Le pape Francesco, vicaire du Christ, alluma son cigare. Et tandis que les volutes de fumée odorante s'élevaient au-dessus de sa tête, le pontife se renfonça dans son siège, croisa les jambes sous sa soutane et contempla le paysage qui défilait sous lui.

— *Grazie,* fit Francesco.

— *Prego,* répliqua MacKenzie.

QUATRIÈME PARTIE

Le succès final de toute entreprise dépend de son principal produit ou service. Il est impératif d'amener, par des techniques agressives de communication, le client potentiel à se convaincre que le produit ou le service en question lui est essentiel, voire vital.

Les Lois économiques de Shepherd
Livre CCCXXI, chapitre 173

24

Sam était assis sur une chaise en fer forgé, garnie de coussins, au coin nord-ouest des jardins de Machenfeld. Anne avait choisi l'endroit après mûre réflexion ; c'était la partie des jardins qui offrait la meilleure vue du Cervin, dont on apercevait la pointe.

Trois semaines s'étaient écoulées maintenant depuis l'horrible chose.

Le plan Zéro.

Les capitaines et les Turcs étaient partis pour quelque contrée inconnue et l'on ne devait plus jamais entendre parler d'eux. Le personnel se réduisait à un cuisinier qui aidait aussi Anne et Sam au ménage et à l'entretien des jardins. MacKenzie ne brillant dans aucune de ces activités ménagères, il se rendait quotidiennement au village pour acheter les journaux. Il en profitait chaque fois pour vérifier la présence du médecin qu'on avait fait venir par avion depuis New York, à prix d'or, juste au cas où. Le médecin, un spécialiste en médecine interne, n'avait pas la moindre idée de la raison pour laquelle on le payait si grassement à ne rien faire, si ce n'est à se laisser vivre somptueusement dans une résidence au bord du lac. Mais, fidèle à l'esprit de l'Ordre, il encaissait sans broncher ces versements en espèces non déclarés.

Francesco — Sam ne pouvait se résoudre à dire « le pape » — était confortablement installé dans l'appartement bien fermé situé au dernier étage du château. On pouvait le voir chaque jour sur les remparts, se promenant dans les jardins en terrasse.

MacKenzie avait réussi son coup ! Il avait atteint le plus gros objectif militaire de sa carrière.

Et il était en train, par une série d'approches complexes et contournées, dont toutes les traces s'effaceraient, de présenter sa demande de rançon au Vatican. Un réseau radio haute fréquence reliait les Alpes à Beyrouth et à Alger ; dans le désert comme sur mer, des relais permettaient, depuis Marseille, d'entrer en contact avec Paris, Milan et enfin Rome.

Suivant le délai qu'il avait imposé, la réponse du Vatican devait être émise de Rome par radio et relayée par Beyrouth à dix-sept heures.

MacKenzie avait quitté Machenfeld en moto pour gagner le centre de transmission, une simple cabane isolée en haute montagne, où avait été installé le matériel le plus sophistiqué actuellement disponible. Ce matériel avait été fourni à MacKenzie par Les Châteaux suisses, mais installé personnellement par le Faucon. Personne d'autre que lui ne connaissait l'emplacement de cette retraite montagnarde.

Oh, mon Dieu ! Cinq heures de l'après-midi !

Sam se força à éloigner de son esprit l'horrible pensée.

Il y eut un mouvement du côté du château. Anne franchissait la porte-fenêtre portant sous le bras, comme d'habitude, son gros livre illustré à la couverture glacée et, entre ses mains, un plateau en argent avec des verres. Elle traversa la pelouse en direction des jardins. Sa démarche était assurée tout en restant très féminine. Une danseuse-née, inconsciente des rythmes subtils dont était faite sa grâce. Ses cheveux châtains tombaient naturellement, encadrant le rose clair de son joli visage. Ses grands yeux bleus reflétaient la lumière du moment.

Les quatre femmes lui avaient appris quelque chose, songea Devereaux. Quelque chose de différent, qui n'appartenait qu'à chacune et dont elles lui avaient fait cadeau. Et s'il devait jamais revenir à une vie normale, il leur serait reconnaissant de ces cadeaux.

Mais c'était peut-être Anne qui lui avait appris le plus important : essayer d'améliorer les choses, mais sans jamais remettre en cause le passé.

Il y eut un rire venant de la pelouse. Anne avait les yeux levés vers la corniche où Francesco, vêtu d'une tenue de ski colorée, était penché pardessus le parapet.

C'était devenu un jeu entre eux. Chaque fois que le Faucon était hors de vue, ils engageaient la conversation. Sam était sûr — et Anne ne l'avait pas nié — qu'elle montait souvent dans les appartements privés de Francesco pour lui apporter un verre de chianti, rigoureusement interdit par son régime. Anne et Francesco étaient devenus de bons amis.

Quelques minutes plus tard, cette impression était confirmée. Anne posa le plateau et les verres sur la table, à côté de Sam. Ses yeux souriaient.

— Savais-tu, Sam, que Jésus était quelqu'un de très pragmatique, et même assez terre à terre ? En lavant les pieds de Marie-Madeleine, il faisait comprendre à tout le monde qu'elle était un être humain, et même quelqu'un de très bien, en dépit de la vie qu'elle avait menée. Et aussi que les gens ne devaient pas lui jeter la pierre, juste parce qu'elle avait peut-être les pieds sales.

MacKenzie franchit le dernier précipice à l'aide de son piolet. Les deux cents derniers mètres de la route en spirale étaient trop enneigés pour sa moto et il était plus rapide de faire l'ascension finale à même le roc. Il était seize heures quarante-neuf, heure de Zurich.

Les signaux seraient transmis depuis Beyrouth dans onze minutes. Ils seraient répétés après un intervalle de cinq minutes, pour éviter d'éventuelles erreurs de décodage. A la fin de la seconde émission, le Faucon confirmerait la réception en envoyant à Beyrouth le signal convenu : quatre traits, répétés deux fois.

Une fois à l'intérieur du refuge, le Faucon mit en marche les générateurs et contempla avec satisfaction les innombrables roues en train de tourner avec un léger ronronnement. Les cadrans commencèrent à s'agiter.

Quand les deux voyants verts s'allumèrent,

signifiant que la puissance maximale était atteinte, il brancha l'unique radiateur électrique, et sentit aussitôt la chaleur de la résistance qui rougissait. Il se tourna vers le puissant appareil à ondes courtes, tourna l'interrupteur et poussa les amplis au maximum. Plus que trois minutes à attendre.

Il alla vers le mur. Lentement, il fit tourner une poignée et l'on entendit un mécanisme s'enclencher. Dehors, de l'autre côté du grillage métallique qui habillait la petite fenêtre, il pouvait voir un disque entoilé sautiller sur un rail.

Il revint au récepteur et régla avec précision les cadrans mégacycle et tétracycle. Des voix d'une douzaine de langues différentes sortirent des amplificateurs. Quand les deux aiguilles furent exactement en parallèle, le silence se fit. Une minute encore.

MacKenzie tira un cigare de sa poche et l'alluma. Il avala chaque bouffée avec une réelle satisfaction et exhala des ronds de fumée en série.

Et soudain le signal lui parvint. Quatre traits aigus, répétés une fois.

Il saisit un crayon, la main en équilibre au-dessus d'une feuille de papier vierge, s'apprêtant à écrire le message codé tel qu'il serait émis par Beyrouth.

Celui-ci terminé, le Faucon avait cinq minutes pour décoder. Pour convertir les signaux en nombres, les nombres en lettres et les lettres en mots.

Quand il eut terminé, il contempla sans y croire la réponse du Vatican.

C'était impossible !

A coup sûr, il avait dû se tromper en notant le message de Beyrouth.

La transmission reprit.

Le Faucon recommença à écrire sur une nouvelle feuille.

Soigneusement.

Scrupuleusement.

L'émission prit fin comme elle avait commencé : quatre traits, répétés une fois.

MacKenzie, cette fois, consulta la grille de décodage. Il pensait l'avoir intégralement mémorisée, mais ce n'était pas le moment de faire une erreur. Il revérifia chaque trait, chaque point.

Chaque mot.

Il n'y avait pas d'erreur.

L'incroyable s'était produit.

« Se référant à votre folle demande de contribution de quatre cents millions de dollars, imposant tous les diocèses du monde sur la base d'un dollar par fidèle, la trésorerie du Saint-Siège vous fait savoir qu'elle n'est pas en mesure de prendre une telle demande en considération. Ni toute autre requête relevant de cette forme particulière de charité. Le Saint-Père est en excellente santé et vous envoie sa bénédiction au nom du Père, du Fils et du Saint-Esprit.

Ignatio Quartze
Cardinal Omnipitum
Gardien du Trésor du Vatican. »

La Shepherd Company suspendit ses activités.

MacKenzie Hawkins parcourait les terres du

château Machenfeld, fumant ses cigares, contemplant d'un air absent l'infinie beauté des Alpes.

Sam fit un bilan des comptes financiers de la société, indépendamment de ses biens mobiliers et immobiliers. Des 40 millions de dollars du capital d'origine, il restait 12 810 431 dollars et 2 *cents*.

Plus un fonds spécial de 150 000 dollars qui devait couvrir les imprévus et auquel il n'avait pas été touché.

Pas mal du tout. Surtout depuis que les investisseurs, rapaces pris de panique, avaient refusé tout remboursement. Leur seul souci étant de n'avoir rien à faire avec la Shepherd Company ni avec aucun de ses dirigeants. Aucun ne voulut même se préoccuper de ses pertes fiscales, du moment que les dirigeants de la Shepherd Company s'engageaient — que ce soit sur la Bible, le Coran ou *Mein Kampf* — à ne plus jamais reprendre contact avec lui.

Et Francesco, qui avait complété sa tenue de ski d'un magnifique chapeau tyrolien, fut autorisé à sortir de ses appartements du dernier étage. Pour la sécurité de tous, il fut entendu qu'il serait désormais *Zio Francesco,* l'oncle Francesco.

Comme il ne montrait aucun désir d'aller quelque part ou de faire quoi que ce soit, si ce n'est de profiter de la compagnie des autres, on lui permit de se promener librement. Il y avait toujours quelqu'un à proximité. Ce n'était pas pour parer à une évasion, mais pour lui prêter éventuellement assistance. Après tout, il avait plus de soixante-dix ans.

Le cuisinier devint son confident, car il passait

de longs moments dans la cuisine, aidant à la confection des sauces, demandant parfois la permission de cuisiner quelque plat.

Il fit un jour une demande au Faucon. Le Faucon refusa.

Non ! Définitivement non ! L'oncle ne téléphonerait pas à son appartement du Vatican ! Que la ligne soit privée et ne figure sur aucun annuaire, ou que le combiné soit caché dans un tiroir de sa table de nuit, n'y changeait rien. On pouvait retrouver la trace d'un appel téléphonique.

Mais pas d'un appel radio, insista Francesco. Le Faucon avait impressionné tout le monde en parlant souvent de sa procédure compliquée de communication avec Rome. Bien sûr, un simple coup de fil ne nécessiterait rien de tel. Peut-être un petit relais...

Non ! Tous ces spaghettis montaient à la tête de l'oncle Francesco. Son cerveau s'était ramolli.

Peut-être celui du Faucon l'était-il encore davantage, suggérait Francesco. Quels progrès le général avait-il faits ? Les choses n'en étaient-elles pas au point mort ? Se serait-il laissé déborder par le cardinal Quartze ?

Qu'est-ce qu'un coup de téléphone pouvait bien changer à tout ça ? En quoi cela pouvait-il aggraver les choses ? insista Francesco. Le Faucon pourrait même êtrc présent, le doigt sur le bouton, prêt à couper la communication si l'oncle disait quoi que ce soit qu'il ne fallait pas dire. Est-ce qu'il n'y avait pas avantage, pour le général, à ce que deux personnes au moins sachent qu'il était vivant ? Que la substitution en était *vraiment* une ? A coup sûr, il n'y avait rien à perdre. Puisque le Faucon avait déjà perdu. Et il restait une chance de gagner quelque chose. Peut-être quatre cents millions de dollars ?

De plus, Guido avait besoin d'aide. Cela n'impliquait aucune critique à l'égard de son cousin, qui était un garçon non seulement solide, mais posé et réfléchi. Simplement, il était nouveau dans le métier et écouterait certainement les conseils de son cousin Giovanni Bombalini. Et bien sûr ceux de son camérier, le jeune prêtre américain de Harlem.

La situation ne pouvait être dénouée en un jour. Il y avait des considérations de santé, des problèmes de logistique dont il fallait tenir compte. Mais si l'on faisait bien le tour de la question, quelle autre alternative restait-il au Faucon ?

A l'évidence, aucune. C'est bien pourquoi on vit MacKenzie redescendre un après-midi de la montagne en transportant trois cartons enveloppés de toile, contenant le matériel radio qu'il réinstalla dans une des chambres de Machenfeld.

Quand tout fut terminé, le Faucon lança un ordre sans réplique : lui seul et l'oncle Francesco auraient le droit de pénétrer dans cette pièce pendant les transmissions radio !

Cela convenait tout à fait à Anne et à Sam. Ils n'avaient aucune envie d'être là. Quant au cuisinier, il en conclut que tout le monde était fou dans cette maison et s'en retourna à ses fourneaux.

Désormais, au moins deux fois par semaine, tard dans la nuit, la grande antenne circulaire apparut au-dessus du parapet. Ni Sam ni Anne ne savaient ce qui se disait ni ce qui s'y faisait. Mais souvent, alors qu'ils étaient assis dans le parc à bavarder ou à contempler le clair de lune suisse, de grands éclats de rire leur parvenaient des étages supérieurs. Le Faucon et le pape étaient comme deux gosses, entichés d'un nouveau jeu.

Un jeu secret, auquel ils jouaient dans leur domaine réservé.

Sam était assis dans le jardin, parcourant d'un air absent son exemplaire du *Times* de Londres. La vie à Machenfeld était devenue routinière. Ainsi, chaque matin, l'un d'eux descendait au village chercher les journaux. Prendre le café dans le jardin en lisant la presse était une excellente façon de commencer la journée. Le monde était un abominable gâchis, alors que la vie était si paisible à Machenfeld.

Le Faucon, ayant découvert que la propriété comportait des allées cavalières, loua quelques beaux chevaux et les monta souvent, parfois pendant plusieurs heures d'affilée. Il a trouvé quelque chose à quoi il aspirait, songea Sam.

Francesco, lui, avait découvert la peinture à l'huile. Son chapeau tyrolien sur la tête, il parcourait les champs en compagnie d'Anne ou du cuisinier, dressait son chevalet, prenait ses pinceaux et fixait pour la postérité ses impressions des splendeurs alpestres. Cela quand il n'était pas dans la cuisine, ou en train d'apprendre à Anne à jouer aux échecs, ou encore à débattre avec Sam, toujours sur le mode plaisant, de quelque point de droit.

L'attitude de Francesco suscitait une réflexion que chacun gardait pour soi. Quand on l'avait arraché des monts Albains, il n'était pas en bonne santé. Il n'était même pas bien du tout. C'est d'ailleurs pour ça que Mac avait insisté pour avoir sous la main un spécialiste new-yorkais.

Mais, les semaines passant, l'air de la montagne semblait faire à Francesco le plus grand bien.

Autrement, aurait-il été le même ?

Personne, bien sûr, ne se risquait à faire des pronostics. Mais un soir, au dîner, Francesco dit quelque chose que tout le monde releva :

— Ces docteurs ! Je vivrai plus longtemps qu'eux ! Et dire qu'il y a un mois, ils m'avaient déjà enterré !

Le Faucon répondit par un hoquet.

Et Sam ? Qu'en était-il de lui ?

Quoi qu'il en soit, il savait qu'Anne faisait désormais partie de sa vie.

Il la regardait ce jour-là, dans le soleil de cette fin de matinée, assise sur sa chaise, lisant le journal, un éternel livre posé à côté d'elle, sur la table. *Histoire illustrée de la Suisse,* c'était le titre de celui d'aujourd'hui.

Elle était si belle, si resplendissante. Elle l'avait aidé à devenir un meilleur juriste en lui faisant comprendre que la loi, après tout, n'était pas si importante.

Il commençait maintenant à s'intéresser à d'autres choses.

Comme lire, tranquillement. Comprendre. Réfléchir.

Comme... s'il était devenu le juge Devereaux.

Oh, Boston allait aimer Anne ! Sa mère l'aimerait, elle aussi. Et Aaron Pinkus. Aaron l'approuverait du fond du cœur.

Si le juge Devereaux revenait jamais à Boston...

Il y penserait demain.

— Sam ? demanda Anne en levant les yeux vers lui.

— Oui.

— Tu as lu cet article dans *La Tribune* ?

— Quel article ? Je n'ai pas lu *La Tribune*.

— Ici, fit-elle en pointant le doigt mais sans se dessaisir du journal. (Elle semblait très absorbée par sa lecture.) C'est à propos de l'Église catholique. Des tas de choses. Le pape a convoqué un cinquième concile œcuménique. Et on annonce que cent soixante-trois opéras seront subventionnés pour encourager l'esprit de créativité. Et un cardinal — mon Dieu, Sam ! C'est cet Ignatio Quartze ! Celui qui faisait hurler Mac !

— Qu'est-ce qui lui arrive ?

— Il semble qu'il se soit retiré dans une villa à San Vincente. Ce serait en rapport avec des reproches du pape sur la gestion du trésor du Vatican. Curieux, non ?

Devereaux mit quclques instants à répondre :

— Je crois que nos amis se sont beaucoup démenés là-haut.

On entendit au loin le bruit d'un galop. Quelques secondes plus tard, Hawkins émergea sur la route poudreuse, au milieu des champs où les manœuvres avaient eu lieu, il y avait de cela quelques semaines à peine. Il tira sur les rênes et avança au trot jusqu'à l'angle nord-ouest des jardins.

— Bon Dieu, quelle belle journée ! On peut voir la pointe du Cervin !

Le son d'un triangle parvint jusqu'à eux, venant de la direction opposée. MacKenzie, Devereaux et Anne se tournèrent et aperçurent Francesco sur la terrasse surplombant le patio de la cuisine. Le triangle et la baguette d'argent entre les mains, le chapeau tyrolien vissé sur la tête, il était revêtu d'un grand tablier.

Zio Francesco cria :

— A table, tout le monde ! Le *speciale di giorno* est *fantastico* !

— J'ai une faim de cheval ! rugit le Faucon en mettant sa monture au pas. Qu'est-ce que vous nous avez fait de bon aujourd'hui, Zio ?

Francesco éleva la voix vers les collines des Alpes. Il y avait de la musique dans ses mots.

— Mes chers amis, des *linguini Bombalini* !

Impression réalisée sur Presse Offset par

BRODARD & TAUPIN

GROUPE CPI

20763 – La Flèche (Sarthe), le 29-10-2003
Dépôt légal : novembre 2003

POCKET – 12, avenue d'Italie - 75627 Paris cedex 13
Tél. : 01.44.16.05.00

Imprimé en France